골든 선 1

GOLDEN SON:
The Red Rising Trilogy #2
by Pierce Brown

골든 선 I

GOLDEN SON

피어스 브라운
이윤진 옮김

황금가지

나에게 말을 가르쳐 주신

어머니께

차 례

컬러의 시작에 대하여

첫 식민지 개척자들이 위성에 터전을 잡기 위해 지구로부터 모험을 떠났을 때, 그들은 노동을 위한 계층을 만들었다. 시간이 흘러 그들은 자신들의 동료 인간들에게 유전적 및 수술적 조작을 가해 이 계층을 발전시켰다. 그 결과물은 완벽한 효율성을 자랑하는 컬러 코드 소사이어티였으며 그것의 지배층은 인류의 우월한 종족인 골드들이었다.

하이컬러

골드 맹렬히 총명한 인류의 지배자들.

실버 혁신자들, 금융업자들, 그리고 사업가들.

화이트 소사이어티의 의례들을 총괄하는 남녀 성직자들.

코퍼 행정인들, 변호사들, 그리고 공무원들.

미드컬러

블루 스타쉽에 승무원으로서 투입될 목적으로 키워지는 조종사들과 천문 항해사들.

옐로우 인간과 자연 과학의 전문가들. 의사들, 심리학자들, 그리고 과학자들.

그린 과학 기술 담당으로 프로그래머들과 개발자들.

바이올렛 예술가들, 음악가들, 그리고 연기자들로 구성된 창의적 계층.

오렌지 스타쉽들과 모든 기계 관련 업종에 지원 체제를 제공.

그레이 경찰과 일반 군사들.

로우컬러

브라운 자택, 업장 및 사회 기관의 하인들.

옵시디언 오직 전쟁만을 위해 키워지는 괴물 같은 종족.

핑크 더 없이 아름다운 미모의 그들은 키워진 후 육체적 쾌락의 기술을 훈련받는다.

레드 힘든 환경에 적응된 특별한 기술이 없는 육체 노동자들.

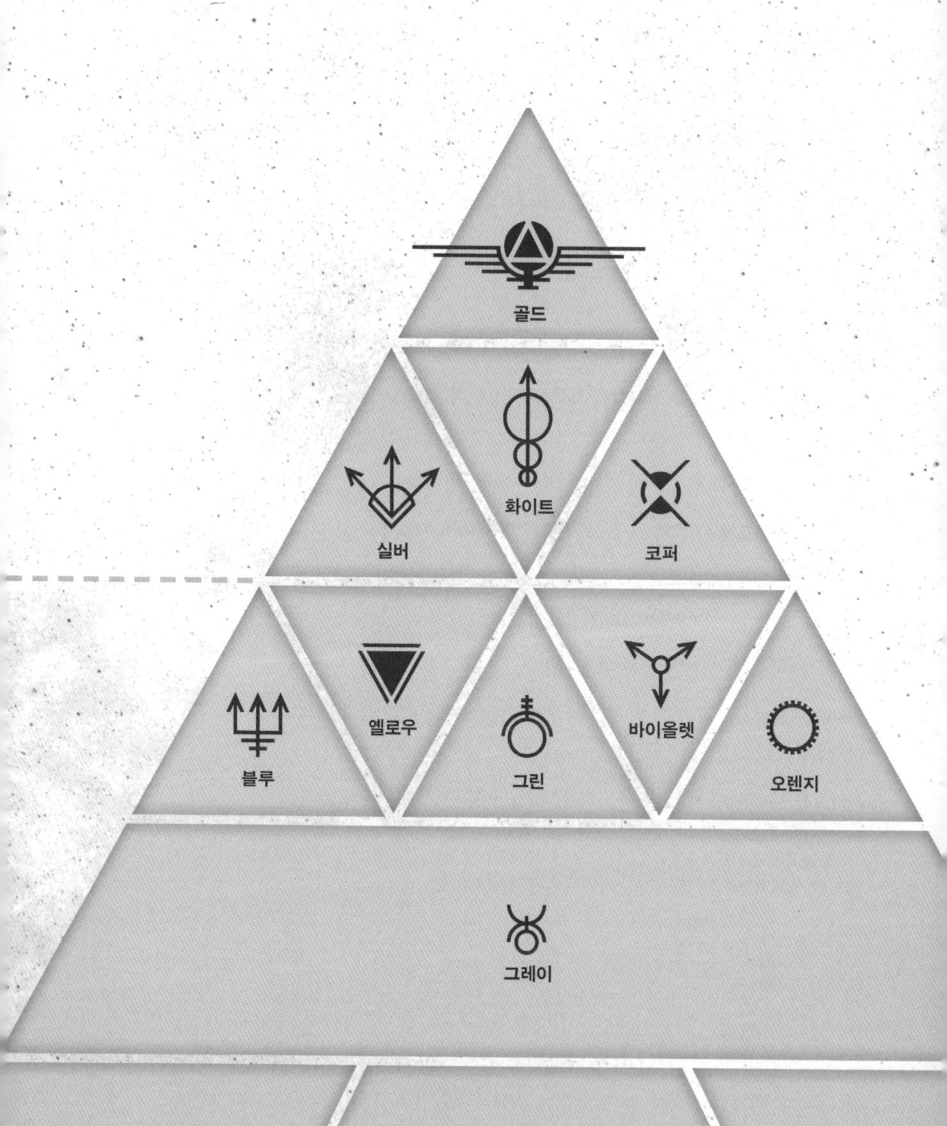
골드
실버
화이트
코퍼
블루
옐로우
그린
바이올렛
오렌지
그레이

브라운

옵시디언(흑요석)

핑크

레드

등장인물

아우구스투스 가문과 그의 협력자들

네로 오 아우구스투스 : 화성의 대총독, 아우구스투스 가문의 수장, 버지니아와 아드리우스의 아버지

버지니아 오 아우구스투스(머스탱) : 네로의 딸, 아드리우스의 쌍둥이 여동생

아드리우스 오 아우구스투스(자칼) : 대총독의 아들, 아우구스투스 가문의 후계자, 버지니아의 쌍둥이 오빠

플라이니 오 벨로시토르 : 아우구스투스 가문의 정치 고문 수장

대로우 오 안드로메두스(리퍼) : 화성 기관에서의 대프라이머스, 아우구스투스 가문의 창기병

택터스 오 래스 : 아우구스투스 가문의 창기병

로크 오 파비 : 아우구스투스 가문의 창기병

빅트라 오 줄리 : 아우구스투스 가문의 창기병, 안토니아의 이부 언니, 아그리피나의 딸

카박스 오 텔레마누스 : 텔레마누스 가문의 수장, 아우구스투스 가문의 협력자, 닥소와 팍스의 아버지

닥소 오 텔레마누스 : 카박스의 아들이자 후계자, 팍스의 형

벨로나 가문

티베리우스 오 벨로나 : 벨로나 가문의 수장

카시우스 오 벨로나 : 벨로나 가문의 후계자, 티베리우스의 아들, 벨로나 가문의 창기병

카르누스 오 벨로나 : 티베리우스의 아들, 카시우스의 형, 벨로나 가문의 창기병

켈란 오 벨로나 : 집정관, 카시우스의 사촌, 티베리우스의 조카

주목할 만한 골드들

옥타비아 오 룬 : 소사이어티의 현직 군주

라이샌더 오 룬 : 옥타비아의 손자, 룬 가문의 후계자

아자 오 그리무스 : 군주의 경호수장

모이라 오 그리무스 : 군주의 정치 고문 수장

론 오 아르코스 : 전 레이지 나이트, 아르코스 하우스의 수장

피치너 오 바르카 : 전 마르스 프록터, 세브로의 아버지

세브로 오 바르카(고블린) : 하울러 수장, 피치너의 아들

아그리피나 오 줄리 : 줄리 가문의 수장, 빅트라와 안토니아의 어머니

안토니아 오 세베루스-줄리 : 과거 마르스 하우스 일원, 빅트라의 이부 여동생, 아그리피나의 딸

아레스의 아들들

아레스 : 테러리스트 수장, 컬러 알려지지 않음

댄서 : 아레스의 부관, 레드 컬러

하모니 : 댄서의 부관, 레드 컬러

미키 : 조각가, 바이올렛 컬러

이비 : 과거에 미키의 노예였음, 핑크 컬러

옛날 옛날에, 한 남자가 하늘에서 내려와 내 아내를 죽였다. 지금 나는 그의 옆에서 우리의 세계 위로 떠 있는 산속을 걷고 있다. 눈이 내린다. 은은히 반짝이는 유리와 흰 돌로 지어진 총안흉벽(성의 수비군들이 안전한 위치에 몸을 숨긴 채로 포를 발사하도록 조성된 벽 — 옮긴이)들이 바위 밖으로 하품하고 있다. 우리 주위로는 탐욕의 카오스가 휘몰아치고 있다. 화성의 모든 위대한 골드들이 우리 해의 가장 총명하고 실력 있는 졸업생들을 소유하러 기관으로 날아온다. 그들의 함선들은 아침 하늘을 떼 지어 가리며 연기 나는 성들과 눈 덮인 세계 위를 가르고 지나 내가 불과 몇 시간 전에 급습한 올림푸스를 향한다.

"마지막으로 한번 보거라."

우리가 아우구스투스의 셔틀에 가까워지자 그가 나에게 말한다.

"네가 이전에 겪었던 모든 것은 단지 우리 세계를 흉내 낸 속삭임에 불과하다. 네가 이 산을 떠나는 순간, 모든 유대들은 끊길 것이며 모든 맹세들은 먼지쪼가리가 될 것이다. 너는 아직 준비가 되지 않았다. 준비된 사람은 절대 없다."

군중 너머로 나는 자신의 아버지와 형제들과 함께 있는 카시우스를 발견한다. 그들은 자신들의 셔틀을 찾아가고 있다. 그들의 불타는 시선이 하얀 눈밭을 질러와 우리를 향하자, 그의 동생의 심장이 마지막으로 뛰던 소리가 기억난다. 손가락이 앙상한 거친 손이 내 어깨를 독점하듯 움켜쥐며 나에 대한 소유권을 주장한다.

아우구스투스는 자신의 적들을 응시한다.

"벨로나 사람들은 용서하지도 잊지도 않는다. 그들은 여럿이다. 하지만 그들이 너를 해하지는 못한다."

그의 냉혹한 눈이 나를 찬찬히 내려다본다. 자신의 새 포상을…….

"왜냐하면 너는 나에게 귀속되기 때문이다, 대로우. 그리고 나는 내 것을 지킨다."

나 또한 그렇다.

700년 동안 내 사람들은 목소리도 희망도 없이 노예로 지내 왔다.

이제 내가 그들의 검이다. 그리고 나는 용서하지 않는다.

나는 잊지 않는다. 그러니 그가 나를 자신의 셔틀로 데려가게 해라.

그가 나를 소유한다고 생각하게 해라.

그가 나를 자신의 집 안으로 환영하게 해라.

그리하여 내가 그것을 불태워 무너뜨릴 수 있게…….

그러나 그 순간 그의 딸이 내 손을 잡는다.

그리고 모든 거짓말들이 내 어깨를 무겁게 짓누른다.

흔히들 내분이 일어난 왕국은 존립할 수 없다고 말한다.

그러나 내분이 난 마음에 대해서는 아무 얘기도 없었다.

1부

허리 숙여 인사하라

힉 순트 레오네스. "여기 사자 납시오.*"

— 네로 오 아우구스투스

* 고대 로마와 중세 시대 지도 제작자들이 미지의 땅을 표시할 때 사용하던 표현이다 —옮긴이

제1장

군 지도자들

나의 침묵은 천둥친다. 나는 내 스타십 함선의 교량 위에 서 있다. 부러진 팔은 젤 캐스트로 고정했고 목에 난 이온 화상들은 여전히 쓰라리다. 우라지게 피곤하다. 내 레이저는(한순간 실 같다가 유기적 자극에 의해 다이아몬드처럼 단단해지는 폴리엔 소드 —옮긴이) 차디찬 금속 뱀처럼 다치지 않은 우측 팔을 휘감고 있다. 내 앞으로 우주가 펼쳐져 있다. 광활하고도 끔찍하게. 작은 빛 조각들이 바늘처럼 어둠을 찌른다. 그러나 원시적인 그림자들이 움직여 시야 경계선상의 그 별들마저도 가려 버린다. 소행성들이다. 그것들은 내가 어둠 속에서 목표물을 찾는 동안 내 군함, '쿠와이에투스' 주변을 천천히 맴돈다.

"승리하라."

내 주인이 나에게 일렀다.

"내 자녀들이 못 다한 승리를 한다면 네가 아우구스투스 가문의 이름을 명예롭게 할 것이다. 아카데미에서 승리하라. 그러면 너는 함대를 얻게 될 것이다."

그는 말을 드라마틱하게 반복하기를 좋아한다. 대부분의 정치가들이 그러하듯이.

아우구스투스는 내가 그를 위해 승리하기를 바란다. 하지만 나는 자기 자신보다도 절대적으로 큰 꿈을 꾸던 레드 소녀를 위해 승리할 것이다. 그가 죽고 나서 그녀의 메시지가 수 세기 동안 불길처럼 번져나갈 수 있도록 나는 승리할 것이다. 저것은 별 것 아닌 명령이다.

나는 스무 살이다. 키가 크고 어깨가 넓다. 전체가 흑담비 모피로 된 내 제복은 구겨져 있다. 머리는 길고 충혈된 눈의 눈동자는 금색이다. 언젠가 머스탱이 나더러 성난 대리석으로 조각된 듯한 관골과 콧날 덕에 날카로운 인상을 지녔다고 한 적이 있다. 나는 스스로 거울을 피한다. 내가 쓰고 있는 이 가면, 수성부터 명왕성까지의 세상을 지배하는 골드들의 흉터가 각 맞춰 새겨진 이 가면은 잊어버리는 편이 낫다. 나도 '흉터를 입은 비할 데 없는 자들'에 속한다. 전 인류 중 가장 잔인하고도 총명한 자들의 집단이다. 그러나 나는 그들 중에서도 가장 상냥한 자가 그립다. 거의 1년 전쯤 나에게 곁에 머물러 달라고 부탁했던 그녀. 당시 그녀의 발코니에서 나는 그녀와 화성에 이별을 고했다. 머스탱. 나는 그녀에게 이

별 선물로 말 문장이 새겨진 반지를 줬으며 그녀는 나에게 레이저를 선물했다. 적절했다.

그녀의 눈물 맛은 추억으로 묵혀졌다. 내가 화성을 떠난 이래로 그녀와의 연락은 끊겼다. 더욱 착잡한 것은 화성 기관에서 승리한 지 2년 이상 지났는데 '아레스의 아들들'로부터도 깜깜 무소식이라는 사실이다. 댄서는 내가 졸업하면 나에게 연락할 것이라고 했었다. 하지만 나는 골드 얼굴들이 이루는 바다 위에 던져져 표류하고 있다.

이것은 소년 시절에 상상해 보곤 했던 나의 미래와 너무나 동떨어진 상황이다. 아레스의 아들들이 나를 '조각'하도록 허락하면서 나의 동족들에게 가져다주고 싶었던 미래와도 너무나 상이하다. 나는 내가 세상을 바꿀 줄 알았다. 어느 젊은 바보인들 안 그렇게 생각하겠는가? 하지만 대신 드넓은 제국이라는 기계가 거침없이 윙윙거리며 굴러갔으며 나는 그 속에 삼켜졌다.

그들은 기관에서 우리에게 생존과 정복을 훈련시켰다. 여기, 이 아카데미에서는 우리에게 전쟁을 가르친다. 이제 그들은 우리의 능숙함을 시험한다. 나는 군함들로 이루어진 함대를 이끌고 다른 골드들을 대적한다. 우리는 모형 군수품으로 싸우고 골드의 소행성간 전투 방식에 따라 군함에서 군함으로 기습 부대를 보낸다. 20개 도시들의 총 연간생산량 만큼이나 비싼 군함을 부서뜨릴 이유는 없다. 옵시디언, 골드와 그레이들을 가득 실은 리치크래프트를 보내 함선의 중요기관을 장악하여 그것을 전리품으로 삼을 수 있기 때문이다.

소행성간 전투 수업에서 선생들이 강력하게 강조한 그들 민족의 격언들이 있다. 강한 자만이 살아남는다. 뛰어난 자만이 지배한다. 그 후 그들은 스스로를 건사하도록 우리를 방치했다. 소행성에서 소행성으로 뛰어다니고, 물품 및 기지를 구하러 다니며, 동급생들을 사냥하다 보니 이제 우리는 단 두 함대만이 남았다.

나는 여전히 게임을 하고 있다. 이것은 그냥 이제껏 한 게임 중 가장 치명적일 뿐이다.

"이건 덫이야."

내 옆에서 로크가 말한다. 그의 머리는 나와 같이 길며 얼굴은 여성처럼 부드럽고 철학자처럼 차분하다. 우주에서 죽이는 일은 지상에서 죽이는 일과 다르다. 그 방면에서는 로크가 영재다. 그의 말에 따르면 그것에는 시적인 면이 있단다. 천체들의 움직임과 그 사이로 항해하는 군함들이 시란다. 그의 표정은 이런 함선에서 선원 생활을 하는 '블루'들과 다르지 않다. 블루들은 공기 같은 남자와 여자들로 다루기 힘든 혼령들처럼 금속 복도 사이를 날아다닌다. 그들에게는 논리와 엄격한 질서가 전부다.

"하지만 카르누스가 생각하는 것만큼 우아한 덫은 아니야. 그는 우리가 이 게임을 끝내고 싶어 한다는 걸 알고 있어. 그러니 저쪽 편에서 기다리고 있을 거야. 우리를 요충지에 몰아넣은 후 미사일들을 쏘려는 거지. 태초부터 시도되어 와서 식상하지만 검증된 전략이야."

로크는 말을 이으며 거대한 두 개의 소행성들 사이를 조심스럽게 가리킨다. 우리가 타격을 입힌 카르누스의 군함을 계속 따라가고자 한다면 통과해야 할 좁은 행로다.

"모든 게 다 망할 놈의 덫이래."

무심한 성격에 사지가 긴 택터스 오 래스가 하품한다. 그는 군함의 선창에 위태로워 보이는 자신의 몸뚱이를 기댄다. 그 후 손가락에 낀 반지에서 나오는 각성 흥분제를 콧속에 쏘아 넣는다. 그리고 다 쓴 통은 바닥에 툭 던진다.

"카르누스는 자신이 패했다는 걸 알아. 그는 그냥 우리를 괴롭히려는 거야. 우리가 잠도 못 자게 즐거운 추격전을 좀 벌이는 거라고. 이기적인 멍청이."

"이 하찮은 픽시 놈아. 언제나 쟁쟁 찡찡 대지."

빅트라 오 줄리가 서 있던 자리에서 선창에 대고 비웃는다. 그녀의 들쭉날쭉한 머리는 옥으로 된 귀걸이를 한 귀 바로 밑까지 온다. 충동적이고 잔인한 성격이지만 그 어느 면 하나 지나치지는 않다. 그녀는 자신의 27년 인생 동안 얻은 흉터들이 돋보이도록 화장을 생략한다. 흉터가 많다.

무거운 눈꺼풀에 덮인 그녀의 눈은 깊숙이 박혀 있다. 관능적인 입은 크고 입술은 가르릉거리며 부드럽게 욕하기 적합하다. 그녀의 외모는 이부 여동생 안토니아보다 명성이 자자한 어머니와 더 닮았다. 그러나 극악무도한 일을 저지르는 능력은 둘을 모두 능가한다.

빅트라가 선언한다.

“덫은 아무 의미도 없어. 그의 함대는 무너졌어. 군함은 하나밖에 없고. 우리에게는 일곱 대나 있잖아. 그냥 그놈의 아가리를 부숴 버리는 건 어때?”

“‘대로우’에게 일곱 대가 있는 거지.”

로크가 그녀에게 상기시킨다.

“뭐라는 거야?”

그녀는 지적당한 것에 기분나빠하며 묻는다.

“대로우의 군함이 일곱 대 남아 있다고. 너는 그것들을 우리 것이라고 했잖아. 그것들은 우리 게 아니야. 그가 프라이머스라고.”

“현학적 시인이 또 한 번 티를 내요. 이러나 저러나 요는 같잖아, 굿맨.”

“그래서 신중하기보다는 경솔하자는 거야?”

로크가 묻는다.

“7 대 1이라고. 이 상황을 더 질질 끄는 것도 수치스럽지. 그러니 우리의 거대한 부츠로 그 벨로나 폭력배 놈을 바퀴벌레처럼 뭉개 버리자. 그리고 다시 기지로 날아가 아우구스투스 노친네로부터 마땅한 보상이나 뜯어 내고 놀러 가자.”

그녀는 뒤꿈치를 비틀며 자신의 말을 강조하자 택터스가 동의한다.

“찬성이오, 찬성. 악마 가루 1그램을 위해 내 왕국을 바치겠나이다.”

"택터스, 오늘 마약을 5번이나 콧속에 쏘아 올렸지?"

로크가 묻는다.

"맞아요! 알아봐 주셔서 감사하네요, 엄마! 하지만 이놈의 군대에 염증이 나는 걸 어떡해요. 저는 펄 클럽과 방대한 양의 상급 마약이 그립답니다."

"너 그러다 방전한다."

택터스가 자신의 허벅지를 친다.

"빨리 살고 일찍 가 버려야지. 네가 오래된 건포도처럼 따분하게 사는 동안 나는 훨씬 멋지고 퇴폐적인 나날들을 모아모아 아름다운 추억들을 남길 테다."

로크가 머리를 절레절레 흔든다.

"이 말 안 듣는 친구야, 언젠가는 너도 한때 바보 같았던 자신의 옛 모습을 뒤돌아보며 웃게 만들 사랑하는 사람을 만날 거야. 자식도 낳을 거고, 사유지도 갖게 될 거야. 그리고 마약과 핑크들보다 더 중요한 것들이 있다는 사실을 어떻게든 배우겠지."

"어이쿠!"

택터스는 가히 끔찍하다는 표정으로 그를 뚫어지게 쳐다본다.

"그건 상당히 불행하게 들리는데."

나는 그들끼리 주고받는 농담들을 무시하며 전략 디스플레이를 유심히 살핀다.

우리가 쫓고 있는 사냥감은 카르누스 오 벨로나, 즉, 나와 한때 친구였던 카시우스 오 벨로나와 통로에서 내가 죽였던 소년, 줄리언 오 벨로나의 형이다. 그 곱슬머리 가족들 중 카시우스는 가장 사랑받는 아들이다. 줄리언은 가장 착한 아이였고. 그렇다면 카르누스는? 내 부러진 팔이 증언한다…… 그는 그 가족이 지하실에 가뒀다가 무엇을 죽일 때 풀어 주는 괴물이다.

기관에서 나온 이래로 나의 유명세는 상승했다. 그래서 대총독이 드디어 내 학업을 진행시키기 위해 나를 아카데미로 보낸다는 소문이 바이올렛 가십 회로까지 퍼졌다. 그러자 카르누스 오 벨로나를 포함하여 카시우스의 어머니가 직접 선별한 그의 사촌들도 "학업"을 목적으로 아카데미에 입학했다. 그 가족은 내 심장을 접시에 담고 싶어 한다. 그야말로 문자 그대로다. 아우구스투스의 배지만이 그들을 가로막는 유일한 것이다. 나를 공격하는 것은 아우구스투스를 공격하는 것이기 때문이다.

결국 그 집안의 복수심 또는 내 주인이 그 가문과 철천지원수라는 점에 대해서 나는 우라질 콧방귀나 낀다. 나는 아레스의 아들들을 위해 사용할 목적으로 함대를 갖고 싶은 것이다. 그러기만 한다면 얼마나 난장판을 만들 수 있겠는가. 보급로, 센서 스테이션, 전투 그룹, 데이터허브들. 소사이어티가 휘청거리게 만들 수 있는 모든 압박점들에 대한 조사를 끝마친 상태다.

로크가 더 가까이 다가온다.

"대로우……. *네 자만심을 조심해. 팍스를 기억해.* 자존심이 사람을 죽일 수도 있어."

나는 로크에게 대꾸한다.

"나는 이게 덫이기를 바라고 있어. 카르누스에게 뒤돌아 우리를 마주보라고 그래."

그는 자신의 머리를 갸우뚱한다.

"그를 잡기 위해 네 나름의 덫을 또 쳐놨구나."

"무슨 근거로 그런 말을 하는 건데?"

"우리에게 알려 줄 수도 있었잖아. 내가 직접……."

"형제여, 카르누스는 오늘 무너질 거야. 그건 이 상황에서 그저 단순명료한 사실이야."

"물론이지. 나는 단지 돕고 싶었을 뿐이라고. 너도 알잖아."

"알지."

나는 하품을 참으며 내 뒤와 밑에 위치한 교량 밑 함몰선실로 눈을 돌린다. 그 선실에서는 다양한 계급의 블루들이 내 군함을 운영하는 시스템을 돌리며 노역하고 있다. 그들은 옵시디언을 제외한 다른 어떤 컬러보다도 느리게 말하며 디지털 커뮤니케이션을 선호한다. 또 나보다 나이가 많으며 미드나이트 학교를 졸업했다. 모두가 그렇다. 그들을 지나, 교량 뒤쪽 근처에서는 그레이들과 몇 명의 옵시디언들이 보초를 서고 있다. 나는 로크의 어깨를 탁 친다.

"시간이 됐어."

나는 함몰선실 안에 있는 블루들에게 외친다.

"선원들이여, 정신줄 똑바로 붙들어라. 이번 건을 마지막 못으로 삼아 벨로나의 관을 짤 것이다. 우리가 이놈을 창공으로 날려 버리면 너희들에게는 내 직권으로 줄 수 있는 최고의 선물을 약속하겠다…… 일주일 동안 통잠 자기. 알겠나?"

교량 뒤쪽 근처에 선 몇 명의 그레이들이 웃는다. 블루들은 자신들의 기구를 더 꽉 쥘 뿐이다. 저 창백한 얼간이들 중 한 명이라도 웃는 것을 볼 수만 있다면 곧 두둑해질 내 통장 잔고, 즉, 대총독이 줄 포상금의 반이라도 걸겠다.

나는 선언한다.

"시간은 충분히 끌었다. 사수 위치로. 로크, 구축함들을 모아. 빅트라, 표적 선정 착수해. 택터스, 방어 전개해. 우리는 이제 이걸 끝내 버리는 거다."

나는 내 뒤에 맥없이 있는 키잡이 블루를 확인한다. 그는 다른 50명과 함께 나의 지휘대 밑의 실몰선실 정중앙에 서 있다. 블루들의 거미 같은 손과 민머리에 뱀처럼 새겨진 디지탯(디지털 타투—옮긴이)들이 군함의 컴퓨터와 싱크로를 이루며 짙은 청색과 은색으로 은은히 발광한다. 그들의 시신경이 디지털세계로 전환되면서 눈은 초점을 잃는다. 그들은 오로지 형식적으로 우리와 대화한다.

"키잡이, 엔진 60프로 가동."

"예, '도미너스(신, 주님을 뜻하는 말로 골드들을 신격화하여 모시는 존칭—옮긴이)'."

키잡이는 그의 머리 위에 떠 있는 구 모양의 홀로그램 전략 디스플레이를 힐끔 확인한다. 그의 목소리는 기계 같다.

"유념하십시오. 소행성들의 금속 농도로 인해 분광화학적 분석 결과에 어려움이 있습니다. 우리는 적으나마 시야가 가려진 상태입니다. 소행성들의 반대편에 함대가 숨어 있을 수 있습니다."

"상대는 함대가 없어. 빈틈이 있으면 해결하라."

내가 말한다. 함대의 엔진이 우르릉거린다. 나는 로크에게 고개를 끄덕이고는 말한다.

"힉 순트 레오네스."

아우구스투스 가문에서 네로라는 이름을 물려받은 13번째 자손이자 화성의 대총독이며 우리의 주인인 네로 오 아우구스투스의 말이다. 나의 장군들도 그 구절을 따라 외친다.

여기 사자 납시오.

제2장

빈틈

전략 디스플레이의 판독에 따르면 민첩한 구축함 여섯 대가 잔존하는 나의 군함 주위를 돌고 있다. 블루 대원들 사이로 으스스한 침묵이 돈다. 전쟁의 기운이 그들을 덮친 것이다. 이제 그들의 정신은 비행체 시스템 속을 떠다니고 있다. 여기서는 말이 빙하보다도 천천히 움직인다. 나의 중위들은 내 함대를 모니터링한다. 다른 순간이었다면 그들은 자신들의 개인 구축함을 타고 있거나 리치크래프트에서 부하들을 이끌고 있었을 것이다. 그래도 승리의 순간에는 내 사람들이 가까이에 있기를 바란다. 그러나 내 중위들이 이곳, 내 옆에 서 있음에도 불구하고 그들과 나 사이에는 거리감이, 그들의 세계와 나의 세계 사이에 놓인 깊은 만이 느껴진다.

"미사일 등장."

컴퓨터 담당인 컴블루가 말한다. 교량에 갑작스러운 움직임은 없다. 어떠한 경고등도 대원들을 당황시키지 않는다. 정적을 깨뜨리는 외침 하나 없다. 블루들은 냉혈의 존재들이다. 그들은 태어날 때부터 공동사회 '섹트'에서 양육되며 이성을 추구하고 차디찬 효율성을 바탕으로 자신들의 역할을 다하도록 가르침 받는다. 흔히들 그들은 사람이라기보다 컴퓨터에 가깝다고 말한다.

내 선창 너머의 어두운 공간에서 미세 폭발들과 함께 짙은 안개가 새로이 피어난다. 우리의 방탄 쿠션들이 터지자 무미건조한 흰색 구름 떼가 거대한 스크린을 이룬다. 들어오는 미사일들이 폭발한다. 터진 방탄 쿠션들은 미사일의 하중을 조기에 터뜨리고 있다. 미사일 하나가 방탄 쿠션을 뚫고 들어온다. 미사일이 유발한 핵폭발로 인해 왼측 날개에 있던 구축함 한 대가 흔들린다. 그 구축함으로부터 사람들이 흘러나왔을 것이다. 가스도 새어 나왔을 것이다. 폭발 사고로 인해 금속 선체에 구멍이 나고 산소가 탔을지도 모른다. 이어지는 손상은 고래에서 뿜어져 나오는 피와 같았을 것이다. 그러고는 눈 깜빡할 사이에 어둠에 먹혀 버리고 말았을 것이다. 하지만 이것은 전쟁 게임이다. 그래서 윗분들은 우리에게 진짜 핵을 주지 않는다. 이곳에서 가장 치명적인 무기는 바로 학생들이다.

또 하나의 군함이 희생되어 무너진다. 레일건 기습 공격이 방탄 쿠션을 찢으며 통과한 것이다.

"대로우……."

빅트라가 걱정한다.

나는 한때 이오의 반지가 끼워져 있던 자리를 엄지로 만지작거리며 멀뚱히 서 있다.

빅트라가 나를 돌아본다.

"대로우…… 그가 우리를 잘기잘기 씹어 버리고 있잖아. 아직도 모르겠어?"

"아가씨가 옳은 소리 하네, 리퍼('추수하는 사람'을 의미하는 동시에 큰 낫을 들고 다니는 '사신'을 의미하기도 한다. 여기서는 두 가지를 모두 의미하는 것 같다. 1권 『레드 라이징』에서 대로우가 기관을 다니며 얻은 별명이다—옮긴이)."

택터스가 같은 소견임을 밝힌다. 그의 얼굴은 전략 디스플레이에서 나오는 조명을 받아 퍼렇다.

"준비한 전략이 뭐든 간에 어서 털어놔 봐."

"컴블루들, 르퍼와 탤론 비행 중대들에게 적과 교전을 시작하라 전하라."

나는 전략 디스플레이를 지켜본다. 30분 전에 내가 배치해 놨던 비행 중대들이 소행성 양측에서 날아와 카르누스의 측면을 덮치는 중이다. 이 거리에서 그것들을 맨눈으로 확인하기란 불가능하다. 하지만 디스플레이 위로는 금색 불이 깜빡인다.

"축하한다, 나의 친구여."

로크는 일이 끝나기도 전에 속삭인다. 그의 말투에 낯선 경외심이 배어 있다. 방금까지 답답해하던 느낌이 조금이라도 있었다면 지금은 사라졌다.

"이로써 모든 것이 바뀔 거야. 모든 것이."

그가 내 어깨를 툭 친다.

나는 내 덫이 죄어들어 가는 모습을 지켜본다. 임박한 승리가 내 어깨로부터 긴장감을 쭉 뽑아내는 것 같다. 내 교량에 있는 그레이들이 앞으로 한 발 나온다. 카르누스의 군함이 나의 비행 중대들의 자취를 인식할 때에는 옵시디언들조차도 디스플레이를 보기 위해 앞으로 기대온다. 카르누스는 다가오는 공격을 피하기 위해 엔진을 풀가동하며 도주를 시도한다. 하지만 그의 함선 배치 각도가 그를 도와주지 않는다. 카르누스가 공격을 버틸 수 있도록 방탄스크린을 풀어 세우거나 자신의 미사일들을 가동시키기 전에 나의 비행 중대들은 미사일을 쏜다. 서른 대의 모조 핵폭발이 그의 마지막 군함을 고문한다. 게임이 이 단계에 들어선 이상 그의 군함을 포획하는 일에는 의미가 없다. 그렇기에 블루 파이터 파일럿들도 약간은 필요 이상으로 공격을 즐기고 있다.

그리하여 나는 승리했다.

나의 교량에서 오렌지 기술자들과 그레이들의 함성이 터져 나온다. 블루들은 격렬하게 자신들의 주먹을 친다. 이 하이테크 세계와 어울리지 못하는 옵시디언들은 아무런 소리도 내지 않는다. 나의 개인 수발하인, 시오도라는 교량의 수발요원 스테이션에 서 있는 자신보다 젊은 후배들에게 미소를 날린다. 과거에는 로즈(핑크 계급 중 선별된 이를 칭하는 말 —옮긴이) 창녀였으며 제일 예쁠 나이를 한참 지난 그녀는 나름대로 비밀들을 많이 알고 있으며 나의 사회적 고문으로 활동 중이다.

엔진에서 부엌까지, 군함 전역으로 나의 승리가 홀로 스크린을 통해 전달된다. 이것은 단순히 나만의 승리가 아니다. 각개의 남자와 여자들도 나름의 방식으로 승리를 공유한다. 그것이 소사이어티의 제도다. 내가 번성하기 위해서는 나의 상관이 번성해야 한다. 내가 아우구스투스의 후원을 받듯이 낮은 컬러들은 나로부터 후원을 받아야 한다. 이렇게 해서 골드들을 향해 필요에 의한 충성심, 즉 단순 지시만을 통해서는 컬러 시스템 자체가 이끌어낼 수 없는 충성심을 갖게 만드는 것이다.

이제 나의 별은 뜰 것이다. 그리고 이 군함에 탄 모두가 함께 뜰 것이다.

이 문화권에서는 권력과 기약이 곧 명성이다. 내 아카데미 학업을 후원하겠다고 대총독이 발표했을 때, 홀로컴 채널들에서는 온갖 추측이 난무했다. 그렇게나 어린 사람이, 그렇게나 보잘 것 없는 가문 출신이 승리할 수 있을까? 내가 기관에서 한 것을 보라. 나는 그 게임을 망가뜨렸다. 나는 프록터들을 지배했다. 그들 중 한 명을 죽였고 다른 이들은 어린애들처럼 묶어 놨다. 그런데 그것이 우연히 한 번 켜진 야밤의 등불에 불과했다고? 이제 그 조잘대는 놈들은 그에 대한 답을 얻었을 것이다.

"키잡이, 아카데미로 비행하도록. 월계수를 차지하러 가자."

나는 환호 속에서 발표한다. 월계수. 그 단어가 내 과거와 공명하자 입이 쓰다. 미소를 짓고 있음에도 불구하고 이번 승리로부터 별 쾌감이 안 느껴진다. 그냥 침울한 만족만 있을 뿐이다.

이오, 한 단계 더, 딱 한 단계 더 나아갔어.

"'집정관' 대로우 오 안드로메두스."

택터스가 그 작위를 음미해 본다.

"벨로나들이 배 아파 죽으려 하겠는데. 이걸 빌미로 내가 사령부로 들어갈 수 있을까? 아니면 그냥 네 함대나 지원하는 게 나을까? 알 수가 없단 말이지. 지독한 관료 정치는 너무 진부해. 코퍼들은 기름칠 하러 가고, 골드들은 로비하러 가고. 우리 형들은 당연히 우리를 위해 축하 파티를 열어 주려 할 텐데."

그가 나를 팔꿈치로 살짝 민다.

"형들이 벌일 래스 가문표 파티에서는 너도 드디어 총각 딱지를 뗄 수 있겠지."

"설마 재가 네 친구들을 건들기라도 하겠어?"

빅트라가 내 손을 꽉 쥔다. 그녀는 마치 갑옷 대신 드레스를 입고 있는 것처럼 손가락을 내 손에서 떼지 않는다.

"이런 말하기 정말 싫지만, 안토니아가 너에 대해 했던 말은 사실이었어."

빅트라의 그 말에 로크가 움찔하는 것이 느껴진다. 기관에서 안토니아가 숨어 있던 나를 나오게 유도하려고 레아의 목을 베던 소리가 기억난다. 나의 작은 친구가 이끼 낀 땅바닥에 축축하게 쓰러지는 소리를 들으며 나는 그림자 속에 그대로 머물러 있었다.

로크는 자신만의 빠른 방식대로 레아를 사랑했다.

"전에도 네 여동생의 이름을 우리 앞에서 언급하지 말라고 했을 텐데."

내가 빅트라에게 말한다. 그녀의 얼굴은 나의 퉁명스러운 일축에 떨떠름해진다.

나는 다시 로크를 향한다.

"집정관에게는 자신의 함대에 채워 넣을 인력을 직접 선별할 권한이 주어진다고 알고 있어. 예전 친구들을 다시 불러 모을까 하는데. 명왕성에 있는 세브로, 망할 어디로 보내졌는지도 모를 하울러들, 그리고 또…… 가니메데에 있는 퀸은 어떨까?"

로크는 퀸의 이름을 듣자 양 볼을 붉힌다.

개인적으로 나는 세브로를 가장 부르고 싶다. 우리 둘 다 홀로넷을 통해 서로 연락을 취하는 일에 그다지 부지런하지 않았다. 특히나 내가 연락을 못했다. 아카데미가 시작한 이래로는 홀로넷 근처에 갈 기회조차 없었기 때문이다. 어차피 세브로도 유별나게 비정상적으로 변형된 유니콘 홀로그램이나 자신이 유머 글을 낭독하는 비디오 클립 같은 것만 보내고는 했다. 명왕성은 오히려 그를 이방인으로 만들어 버렸다. 그리고 어쩌면 그를 더 외롭게 만들었는지도 모르겠다.

"도미너스."

키잡이 블루의 목소리가 나를 전략 디스플레이로 다가가게 만든다.

"무슨 문제야?"

내가 묻는다.

그의 눈에는 물기가 막을 이룬다. 먼 곳을 향하고 있는 눈. 군함의 센서와 연결된 채 내가 바라보고 있는 디스플레이의 생생한 데이터를 확인하고 있다.

"분명하지가 않습니다, 도미너스. 센서가 왜곡됐습니다. 고스팅입니다."

거대한 중앙 디스플레이 상에 소행성들은 푸른색으로 표시된다. 우리는 금색이다. 적은 빨간색이다. 남은 적은 없어야 한다. 하지만 지금 거기에 빨간색 점 하나가 빠르게 깜빡거리고 있다. 로크와 빅트라가 그것을 향해 다가간다. 로크가 손을 휘젓자 그 데이터가 그의 데이터패드로 전송된다. 그의 앞에 더 작은 구 형태의 홀로그램이 뜬다. 그는 그 이미지를 확대하고 분석 여과 데이터를 쭉 살핀다.

"방사선? 잔해?"

빅트라의 추측에 로크가 말한다.

"소행성의 광석이 우리의 신호를 받아 반사 굴절을 일으킬 수 있기는 한데. 소프트웨어 문제일 리는 없고…… 사라졌다."

빨간 점이 깜빡이다 사라졌다. 하지만 교량 전체로 긴장감이 퍼졌다. 모두가 디스플레이를 쳐다본다. 아무것도 없다. 이곳에 나와 있는 것은 내 군함과 카르누스의 패배한 기함뿐이다. 아니면…….

로크가 나를 향한다. 그의 얼굴이 핼쑥하다. 겁에 질려 있다.

"도망쳐."

그가 힘겹게 입을 연다. 마침 빨간 신호도 다시 살아나서 타오른다.

"엔진 풀가동. 우리 정중선 기준으로 30도 추가."

내가 고함친다.

"소행성 표면을 향해 남은 미사일들을 모두 쏴라."

택터스가 명령한다.

너무 늦었다.

빅트라가 헉 하고 숨을 멈춘다. 그리고 나는 맨눈으로 우리 기구들이 감지하기를 어려워하던 존재를 직접 확인한다. 가려져 있던 구축함 하나가 소행성에 있는 분화구로부터 출몰한다. 우리가 3일전에 정벌했다고 착각했던 군함이다. 그것은 대기하는 동안 엔진을 끄고 있었다. 그 전반부는 공격을 받아 찢어지고 까맣게 탄 상태다. 이제는 그것의 엔진이 풀가동되고 있다. 그리고 그 궤도는 내 군함을 향해 돌진하고 있다.

그것은 우리를 들이받을 것이다.

"대피용 슈트와 포드!"

내가 외친다. 누군가는 우리에게 충격에 대비하라고 소리친다. 나는 교량의 측면으로 재빨리 이동한다. 그곳에 내 대피용 포드가 벽에 붙박이로 설치돼 있다. 포드는 내 명령에 열린다. 택터스와 로크, 빅트라는 그 굴레 안으로 빨리 들어간다. 나는 멈춰 서서 블루들에게 신속히 군함과의 싱크로를 끊으라고 외친다. 블루들은 논리적인 존재들임에도 불구하고 함선과 함께 죽으려고 할 것이다.

나는 교량 위를 왔다 갔다 하며 블루들에게 대피용 비상구를 가동시키라고 고함친다. 키잡이 블루가 내 말을 따른다. 그가 버튼을 누르니 실몰선실 바닥에 구멍이 열린다. 한 명씩 차례대로 블루들은 군함과의 싱크로를 끊고 중력 튜브 안으로 빨려 들어가 그들의 대피용 포드를 탄다.

"시오도라!"

내가 고함을 친다. 그녀는 어린 블루 한 명을 보살피고 있다. 그 블루는 겁에 질린 채 아직도 가동 디스플레이를 꽉 쥐고 있다. 그의 손마디가 창백하다.

"이런 지독하게, 포드나 타라고!"

시오도라는 내 말을 따르지 않는다. 그 블루도 손을 풀지 않는다. 나는 그들을 향해 달려간다. 바로 그때 근접각 센서가 마지막 경고음을 우렁차게 울린다.

모든 것이 느려진다.

교량의 불빛들이 시뻘겋게 깜빡인다.

나는 시오도라를 위해 뛰어올라 그녀를 안는다.

그리고 구축함은 내 군함의 정중선을 친다.

시오도라를 가슴팍에 밀착시킨 채 나는 교량 위에서 30미터를 날아 금속 벽에 쾅 부딪힌다. 새하얀 고통이 회복하고 있던 왼팔 골절부의 경계를 따라 찢어지듯 퍼진다. 어둠이 따귀를 때린다. 불빛들이 춤춘다. 처음에는 그 모양이 별 같다. 그러다가 바람에 휘

날리는 모래들이 엮여 실로 변하는 것 같다.

붉은 빛이 눈꺼풀 밑으로 새들어 온다. 부드러운 손길이 옷을 살살 잡아당긴다.

눈을 뜬다. 내 몸은 움푹 파인 전기 원기둥을 감싸고 있다. 군함은 몸서리치며 아주 나이가 많이 들어 죽어 가는 짐승이 심해로 가라앉는 듯한 신음소리를 내고 있다. 복부에 닿은 원기둥이 격렬히 진동한다. 구축함이 우리 군함의 가운데 부분을 마저 베어 버린 것이다. 그것의 느긋한 잔인함에 우리는 내장까지 쏟아내고 있다.

누군가가 내 이름을 외친다. 소리가 서서히 다시 들려온다.

불빛이 교량을 휘감는다. 살의가 느껴지는 적색의 빛이 그늘을 드리우며 번갈아 비춰지고 있다. 경고 사이렌들이다. 백조의 노래, 즉, 군함의 마지막 노래다. 시오도라의 섬세하고도 늙어 버린 양손이 나를 잡아당긴다. 마치 새가 쓰러진 조각상을 끌어올리려는 것 같다. 내 이마에서 피가 난다. 코는 부러졌다. 나는 눈을 따갑게 만드는 피를 닦아낸 후 돌아누워 등을 바닥에 댄다. 옆에는 망가진 디스플레이가 스파크를 튀기고 있다. 거기에도 내 피가 묻어 있다. 그게 내 위로 넘어졌던 것일까? 그 옆으로 쇠막대 하나가 놓여 있다. 그리고 어느새 내 눈이 시오도라를 보고 있다. 그녀가 막대를 지레삼아 내 위에 있던 디스플레이를 들어 올렸나 보다. 그녀의 체구가 저렇게 작은데도 그게 가능했단 말인가? 그녀의 양손이 내 얼굴을 감싼다.

"일어나세요, 도미너스, 살고 싶으시다면 일어나셔야 해요. 제

발, 일어나세요."

이 나이든 여성은 두려움에 손을 떤다.

신음하며 나는 힘겹게 일어난다. 내 명령에 반응한 대피용 포드는 사라졌다. 충돌 속에서 그것이 발사됐나 보다. 그랬거나 사람들이 나를 버리고 떠났거나. 블루 전용 대피용 포드도 투하돼 가 버렸다. 아까 겁에 질려 있던 블루는 이제 격벽에 묻은 얼룩이 돼 버렸다. 시오도라는 그 상황으로부터 눈을 돌리지 못하고 있다.

"내 전용 구역에 포드가 한 대 더 있어."

내가 중얼거린다. 그 후 나는 왜 시오도라가 움찔하는지 알게 된다. 두려움 때문이 아니라 통증 때문이었다. 그녀의 다리가 산산조각 나서 기이한 각도로 벌어져 있는 것이다. 마치 젖은 상태로 깨진 분필이 길게 늘어져 있는 것 같다. 핑크들은 이런 상황을 버텨낼 수 있는 몸으로 만들어지지 않았다.

"저는 가망이 없어요, 도미너스. 떠나세요, 지금."

나는 무릎을 꿇고 성한 팔 쪽으로 시오도라를 둘러멘다. 그녀의 몸통 밑에서 다리의 자세가 바뀌자 그녀는 심하게 훌쩍인다. 그녀의 이가 부딪히는 것이 느껴진다. 그리고 나는 뛴다. 무너진 교량을 지나 내 군함을 죽이고 있는 상처를 향해서 교량과 같은 층에 있는 복도를 통과해 혼돈의 현장 속으로 질주해 간다. 사람들이 주 복도에 바글바글하게 모여 있다. 그들은 앞쪽 격납고에 있는 대피용 포드와 군대 수송기를 향해 질주하며 자신들의 직책과 임무를 버린다. 나를 위해 싸웠던 사람들…… 전기공들, 관리인들,

군인들, 요리사들, 수발요원들. 이들은 절대 대피하지 못할 것이다. 많은 이들이 나를 보자 가던 방향을 바꾼다. 사람들은 앞으로 자빠지며 나에게 기대온다. 안전을 찾으려는 광기에 휩쓸려 전전긍긍해하는 이들은 이미 제정신이 아닌 것이다. 사람들은 나를 잡아당기며 비명을 지르고 애원한다. 나는 그들을 떨쳐 버린다. 그리고 매 사람이 뒤쳐질 때마다 내 마음의 작은 일부도 함께 잃는다. 나는 그들을 구할 수 없다. 할 수 없다. 오렌지 한 명이 시오도라의 성한 다리를 붙잡는다. 그레이 병장 하나가 그의 이마를 때린다. 그는 돌멩이처럼 바닥에 나가떨어진다.

"길을 비켜라."

몸이 두툼한 그 그레이가 고함친다. 그녀는 전투용 권총집에서 스코처 총을 신속히 꺼내 든 후 허공에 대고 쏜다. 또 다른 그레이가 자신의 역할이 기억났는지, 아니면 단순히 내가 이 죽음의 덫으로부터 자신을 끄집어 낼 티켓이라고 생각했는지, 그녀를 도와 혼란 속에서 길을 튼다. 곧 두 명의 그레이가 더 나서서 스코처를 겨누며 길을 만든다.

그들의 도움으로 나는 내 전용실까지 도달한다. 내 DNA 터치로 문이 스르륵 열리자 우리는 그 문을 통과한다. 그레이들은 뒷걸음으로 우리를 따라 들어오며 입구를 에워싼 30명의 필사적인 영혼들을 향해 스코처를 쏜다. 문이 닫히려는 듯이 스르륵 소리를 낸다. 하지만 옵시디언 한 명이 사람들을 밀쳐내고 나타나 자신의 몸을 문틀에 끼워 놓는 바람에 문이 안 닫힌다. 오렌지 한 명이 그녀를 돕는다. 그 후 낮은 계급의 블루도 가담한다. 그레이 병장은 망설임 없이 그 옵시디언의 머리를 쏜다. 병장의 동료들은 나머지 블루와 오렌지도 쏜 후 그들을 문틀로부터 밀어내서 문이 닫히게 만든다. 나는 바닥에 고인 피로부터 힘겹게 눈을 돌린 후 내 의자들 중 하나에 시오도라를 눕힌다.

"도미너스, 대피용 포드에 공간이 얼마나 있습니까?"

내가 포드의 출입 잠금장치를 향해 가는 동안 그레이 병장이 묻는다. 그녀는 군대식 패션에 걸맞게 스포츠머리를 하고 있다. 어두운 목에 새겨진 문신은 제복 칼라 밑에서 고개를 살짝 내밀고 있다. 내 손은 제어 프리즘 위를 날아다니며 일련의 손동작으로 암호를 입력한다.

"네 자리. 너희에게는 두 자리가 배당된다. 누가 탈지는 너희끼리 알아서 결정해라."

우리는 총 6명이다.

"두 자리요?"

그 여성 병장이 차갑게 되묻는다.

"하지만 그 핑크는 노예잖습니까!"

그레이 중 한 명이 낮은 목소리로 따진다.

"똥만큼의 값어치도 없잖습니까."

또 다른 그레이가 말한다.

"그녀는 내 노예다. 내가 하라는 대로 해."

내가 으르렁거린다.

"다 집어치워요."

그 후 침묵이 들려오며 동시에 느껴진다. 그들 중 하나가 나를 향해 총을 겨누고 있다는 것을 알 수 있다. 나는 몸을 돌린다. 천천히. 몸이 두둑한 그 그레이 놈은 바보가 아니다. 그는 내가 손을 뻗을 수 있는 반경 밖으로 후퇴한 상태다. 나는 갑옷이 없다. 레이저만 있을 뿐이다. 그를 죽일 수 있을지 모르겠다. 다른 그레이들은 그에게 대체 어쩌려는 것이냐고 그에게 묻는다.

그 그레이가 떨리는 목소리로 말한다.

"저는 자유인입니다, 도미너스. 저에게 포드를 탈 기회가 있어야 마땅합니다. 저에게는 가족이 있습니다. 포드를 타는 것은 제 권리입니다."

그는 자신의 동료들을 돌아본다. 모두 끔찍한 적색 경고등 불빛에 흠뻑 젖어 있다.

"그녀는 그냥 매춘부잖아. 좀 출세해서 우쭐한 매춘부라고."

"마르셀, 그 총 내려놔라. 네 서약을 기억해. 제비뽑기를 하자."

어두운 피부색의 상등병이 말한다. 친구를 바라보는 그의 눈빛은 무겁다.

"공평하지 않다고! 그녀는 자식도 가질 수 없는 몸이잖아!"

"그럼 네 자녀들은 지금의 너를 어떻게 생각하겠는가?"

내가 묻는다.

마르셀의 눈에 눈물이 그렁그렁해진다. 스코처가 그의 두터운 손 안에서 떨린다. 그 후 총소리가 난다. 그의 몸이 굳더니 갑판에 맥없이 쓰러진다. 병장의 스코처에서 나온 총알이 그의 머리를 관통한 후 금속 칸막이벽에 꽂힌 것이다.

"계급에 따라 합시다."

병장이 그녀의 무기를 권총집에 다시 넣으며 말한다.

내가 아직도 이오가 알던 그 남자였다면 공포로 얼어붙었을 것이다. 하지만 그 남자는 사라졌다. 나는 그의 죽음을 매일 애도한다. 내가 누구였는지, 어떤 꿈을 꿨었는지, 어떤 것들을 사랑했는지는 점점 더 잊히고 있다. 그 슬픔에는 이제 무뎌졌다. 그리고 그의 죽음이 내 위로 그림자를 드리움에도 불구하고 나는 하던 일을 계속 한다.

자석 자물쇠가 툭 하고 뒤로 젖혀지면서 대피용 포드가 열린다. 문이 스르륵 소리를 내며 올라간다. 나는 의자에서 시오도라를 안아 올린 후 포드 좌석들 중 하나에 그녀를 앉혀 안전띠로 고정시킨다. 안전띠가 전반적으로 너무 크다. 골드들을 위해 만들어진 것이다. 그런 와중에 내 군함의 뱃속에서 뭔가 낮고 끔찍한 울음소리가 울려 퍼진다. 반 킬로미터 떨어진 곳에서 우리가 보관하고 있던 어뢰들이 폭발한 것이다.

인공 중력은 사라졌다. 안정된 벽면들도 사라졌다. 기분 나쁜 느낌이 서서히 엄습한다. 모든 것이 빙글빙글 돈다. 나는 대피용 포드의 바닥에 쾅 부딪힌다. 천장이었나? 나도 모르겠다. 압력이 군함 밖으로 빠져나간다. 누군가가 구토한다. 구토하는 소리는 못 들었지만 냄새를 맡을 수 있다. 나는 그레이들에게 포드에 타라고 고함친다. 이제 오직 한 명만이 뒤에 남았다. 그의 얼굴은 헐쑥하고 표정은 고요하다. 그 와중에 병장과 상등병은 대피용 포드 안으로 힘겹게 몸을 밀어 넣는다. 그들은 내 건너편 자리에 앉아 안전띠를 맨다. 나는 발사 시스템을 가동시키고 뒤에 남는 그레이에게 경례를 표한다. 그도 경례를 한다. 생의 마지막 순간과 마주하는 그는 고요한 내면에도 불구하고 겉으로 자랑스럽고 충실한 모습을 보인다. 그의 시선은 먼 곳을 응시한다. 어떤 젊은 날의 사랑, 가 보지 못했던 인생의 길에 대해 회고하며 어쩌면 자신이 왜 골드로 태어나지 못했을까 생각하고 있을지도 모르겠다.

그리고 문이 닫히면서 그는 내 세계로부터 사라진다.

대피용 포드가 죽어 가는 군함에서 벗어날 때의 여파로 나는 자리에 털썩 주저앉는다. 포드는 잔해를 뚫고 나온다. 그런 후 관성완충장치가 작동을 시작하자 우리는 다시 무게가 없어지고 고층으로부터 멀리 두둥실 떠나간다. 우리의 선창 너머로 내 기함이 파랗고 빨간 불길 연기를 트림해 내는 모습이 보인다. 가공한 헬륨-3은 양 군함 모두의 연료로 사용됐다. 내 군함 엔진 근처에서 연료에 불이 붙었고 그 연쇄반응으로 폭발이 일어나 군함을 갈기갈기 찢은 것이다. 갑자기 나는 군함을 벗어날 때 대피용 포드 바깥 면에서 느껴졌던 것이 잔해가 아니라는 사실을 깨닫는다. 그것은 사람들이었다. 나의 선원들이었다. 수백 명의 로우컬러들이 우주 속으로 쏟아진 것이었다.

그레이들은 내 반대편에 앉아 있다.

"그에게는 딸이 세 명 있었습니다. 2년만 더 있었으면 그는 연금을 타고 퇴직할 수 있었다고요. 그런데 당신의 그의 머리를 쏴 버린 겁니다."

아드레날린이 서서히 사라지자 어두운 피부의 상등병이 몸서리치며 말한다.

"내 보고가 끝나면 그 겁쟁이는 사후연금 한 푼도 못 만져 보게 될 거다."

병장이 냉소적으로 말한다.

상등병이 그녀를 보고 눈을 깜빡인다.

"이 냉혈한 개년아."

그들의 대화가 사그라진다. 내 귀 속에서 피가 콸콸 흘러나와 소리가 안 들리게 된 것이다. 이것은 내 잘못이다. 기관에서 나는 규율을 깼다. 나는 패러다임을 바꿨으며 그들이 이에 적응하지 못할 것이라고 생각했다. 그들이 나를 위해서 자신들의 전략을 바꾸지 않을 것이라 여겼다.

그리고 이제 나는 너무나 많은 목숨들을 잃어버렸다. 총 몇 명이었는지는 평생 알 수 없을지도 모른다.

눈 깜박할 사이에 기관에서의 1년을 통틀었을 때보다 더 많은 사람들이 그냥 죽어 나갔다. 그들의 죽음은 내 속에 시커먼 구멍을 열어 버린다.

로크와 빅트라는 컴을 통해 나에게 신호를 보낸다. 그들은 내 데이터패드를 추적해서 내가 안전하다는 것을 알았을 것이다. 나는 그들의 목소리를 듣는 둥 마는 둥 한다. 묵직하고도 사악한 분노가 안에서 소용돌이를 쳐 손이 떨리고 심장이 쿵쾅거린다.

어떻게 했는지는 모르겠지만 카르누스의 군함은 내 지휘함을 이등분한 후, 파손됐지만 망가지지는 않은 채 우주를 계속 비행하고 있다. 나는 내 포드 안에서 좌석 안전띠를 풀고 일어선다. 대피용 포드의 맨 끝에는 스핏튜브와 함께 사전에 설치된 스타셸이 있다. 스타셸은 기계화된 슈트로 사람을 인간 어뢰로 만든다. 그것은 골드들을 소행성 및 행성들로 발사하기 위해 설계됐다. 포드는 대기권 재진입을 버텨내지 못하기 때문이다. 하지만 나는 복수를 위해 그것을 사용할 것이다. 나는 저 벨로나 개자식의 우라질 교량을 향해 나 자신을 발사할 것이다.

시오도라는 아직 깨어나지 못했다. 다행이다.

나는 상등병에게 슈트 입는 것을 도와 달라고 말한다. 2분 뒤, 나는 금속 껍질 안에 있다. 내 궤도를 카르누스의 궤도와 교차시켜 내가 그의 교량 선창을 깨고 들어갈 수 있게끔 하는 계산을 가지고 컴퓨터와 실랑이를 벌인다. 그렇게 2분이 더 지나간다. 이런 일을 시도한 사람에 대해서는 들어 본 적이 없다. 시도되는 것조차도 본 적이 없다. 이것은 미친 짓이다. 하지만 카르누스는 대가를 치를 것이다.

나는 스스로 카운트다운을 시작한다.

셋……. 적의 군함이 100킬로미터 떨어진 곳에서 오만하게 지나간다. 그것은 파란 꼬리와 눈이 있을 자리에 교량이 있는 어두운 뱀 같다. 우리 사이에 100대의 대피용 포드들이 반짝이고 있다. 너무나 많은 루비들이 태양을 향해 던져진 것 같다. 둘……. 내가 이 일에서 살아남지 못한다면 금지된 노래(『레드 라이징』에서 대로우의 아내 이오가 부른 노래. 이오는 금지된 노래를 부른 대가로 사형당했다—옮긴이)에 등장하는 '계곡'(레드 계급들은 사람이 죽으면 '계곡'으로 향하고, 그곳을 지키는 노인이 먼저 떠난 사랑하는 이들과 함께 마중을 나온다고 믿는다—옮긴이)에 떨어지기를 기도한다. 하나. 내 제어장치들이 꺼지고 헬멧 위로 붉은 빛이 번뜩이며 지나간다. 프록터들이 내 컴퓨터를 무효화시키고 제어장치를 정지시킨 것이다.

"안 돼!"

나는 고함을 지른다. 그렇게 카르누스의 군함이 어둠 속으로 유유히 사라지는 것을 지켜본다.

제3장

피와 오줌

833명의 남자와 여자 대원들. 게임 한 번에 833명이 죽었다. 차라리 내가 총계를 몰랐으면 싶다. 나를 아카데미로 다시 데려다줄 구조선의 승객실에 앉은 채 나는 그 숫자를 반복적으로 되뇐다. 나의 중위들은 나와 눈 마주치기를 두려워하며 앉아 있다. 로크조차도 나를 건드리지 않는다.

교관들은 내가 발사되기 전에 내 비행체를 꺼 버렸다. 그들은 내가 바보 같은 실수를 저지르기 전에 나를 막은 것이라고 말한다. 그 수는 무모하고 멍청했으며 골드 집정관에게 어울리지 않는단다. 그들이 홀로 너머로 나에게 보고하는 동안 나는 그들을 멍하니 쳐다봤다.

우리는 내 군함의 타임 사이클 상으로 서서히 줄어드는 낮 시간이 다하기 전에 아카데미에 도착한다. 이곳은 소행성의 들판 가장자리에 위치한 거대한 돔형 금속 우주선 기지다. 여기에는 구축함과 군함들이 도킹할 수 있는 자리들로 빙 둘러져 있다. 대개의 자리는 차 있다. 아카데미와 중간계 담당 사령부의 고향으로서 이곳은 화성과 목성, 해왕성 중간계들의 소사이어티 군부대 집합소들 중 하나다. 하지만 다른 행성들의 군부대도 궤도상 이곳과 가까워지면 이용하기는 한다. 내 동급생들은 이곳의 기숙사에서 상황을 지켜보고 있었을 것이다. 파티하고 관람하러 게임의 마지막 몇 주간을 이곳에 머물러 있는 여러 선단 관료들과 '비할 데 없는 자들' 역시 보고 있었을 것이다.

아무도 카르누스의 승리를 위해 치러야 했던 생명들에 대해 언급하지 않을 것이다. 하지만 이 패배는 내 임무를 지연시킬 것이다. 아레스의 아들들에게는 스파이들이 있다. 그들에게는 비밀을 훔칠 해커들과 창녀들이 있다. 그들에게 없는 것은 선단이다. 그리고 그것은 이제 와서 새로 생기지도 않을 것이다.

아무도 도킹 장소로 나와 내 중위들을 마중하러 나오지 않는다.

레드와 브라운들은 두 명의 바이올릿과 한 명의 코퍼가 내리는 명령에 따라 바삐 움직인다. 그들은 큰 대기실에서 카르누스의 승리를 기념할 축제인 '빅토리'를 준비한다. 동굴 같은 금속 복도는 벨로나 가문의 색인 파란색과 은색으로 장식될 것이다. 그의 가족 문장인 독수리가 벽면을 뒤덮고 있다. 그를 위한 흰 장미 꽃잎들이 준비됐다. 빨간 장미 꽃잎들은 대승리, 즉, 골드의 피를 흘려 얻은 진정한 승리가 있을 때에만 등장한다. 로우컬러 833명이 흘린 피는 알아주지도 않는다. 그런 것은 성직자나 신경 쓸 일이다.

나의 중위들은 '캔'까지 돌아오는 길에 잠을 잤다. 나는 안 잤다. 택터스와 빅트라가 지금 비틀거리며 내 앞을 가고 있다. 그들은 아직 잠이 덜 깬 듯 조용히 걷고 있다. 어깨가 무겁게 느껴짐에도 나는 잠을 청하고 싶지 않다. 내 충혈된 눈에는 회한이 남아 있다. 알고 있다. 잠이 들면 군함의 복도에서 죽게 내버려둔 그 얼굴들이 꿈에 나타날 것이다. 이오도 볼 것이다. 오늘만큼은 그녀와 마주할 자신이 없다.

아카데미에서는 소독제와 꽃 냄새가 난다. 장미 꽃잎들은 통 안에 채워져 가장자리에 놓여있다. 위에 있는 환기구들은 우리의 숨을 재활용하고 공기를 정화시키며 일정하게 윙윙거린다. 형광등들은 천장에서 창백한 빛을 오줌처럼 쏘아 내린다. 마치 이곳이 어린아이들이나 판타지를 위한 곳은 아니라는 것을 우리에게 상기시켜 주는 것 같다. 그 빛은 이곳에 있는 남자와 여자들처럼 냉혹하고 차다.

로크는 우리가 걷는 내내 내 옆에 있다. 그의 옆모습은 죽어 가는 사람 같다. 나는 그에게 잠 좀 자라고 얘기한다. 그는 그럴 만한 자격이 있다.

로크가 묻는다.

"그럼 너는 무엇을 누릴 자격이 있는데? 하루 종일 골 나 있기는 아닐 테고. 또 하루 종일 자책하기도 아닐 텐데. 모든 창기병들을 통틀어 네가 2등이야. 2등이라고! 형제여, 왜 그것만으로도 자랑스러워하지 않는 거야?"

"나중에 얘기하자, 로크."

그가 말을 계속한다.

"자자, 사람은 승리로 다듬어지지 않아. 패배로 다듬어지지. 우리의 조상들은 한 번도 안 졌을 것 같아? 이건 자신이 그리스 신화 속의 상투적 주인공인 척하며 그렇게 씩씩댈 일이 아니라고. 오만함을 버려. 이건 그냥 게임일 뿐이야."

"내가 이 망할 놈의 게임에 대해 조금이라도 신경 쓸 것 같아?"

나는 뒤돌아 그와 마주한다.

"사람들이 죽었다고."

"그들은 함대에서 병역을 치루는 삶을 선택했어. 그들도 위험을 인지하고 있었고 의미 있는 것을 위해 죽은 거야."

"무슨 의미 있는 것?"

"우리 소사이어티를 강하게 유지하는 거지."

나는 그를 뚫어지게 쳐다본다. 내 친구가, 나의 상냥한 친구가 이렇게까지 눈이 멀어 있단 말인가? 이 사람들에게 무슨 선택권이 있었다는 것인가? 그들은 징병된 것이다. 나는 고개를 젓는다.

"너는 전혀 이해를 못하고 있구나, 그렇지?"

"당연히 이해 못하지. 너는 아무에게도 마음을 열지 않잖아. 나에게도, 세브로에게도 안 열어. 또 머스탱은 어떻게 대했는지 생각해 봐. 너는 친구들을 마치 적인 것처럼 밀어낸다고."

그가 진실을 알았다면…….

정원에는 아무도 없다. 그곳은 캔의 꼭대기에 위치하며 유리와 흙, 초록색 식물들로 이루어진 연결통로다. 형광등에 피로를 느끼는 군인들의 휴식처로서 설계된 곳이다. 졸든 나무들이 인공 바람에 흔들린다. 나는 신발과 양말을 벗고 발가락 사이로 잔디를 느끼며 한숨을 쉰다.

나무들 위에 있는 등들은 가짜 태양 역할을 한다. 그 나무들 밑에 누워 있다가 신음을 내뱉으며 공터 중앙에 있는 작은 온천을 향해 몸을 끌고 간다. 전반적으로 흐려진 피멍들로 몸은 얼룩덜룩하다. 마치 파랑과 보라색 미니 호수들에 누런 모래 테두리가 둘러진 것 같다. 물이 통증을 완화시킨다. 내 몸은 필요 이상 말랐지만 피아노 와이어만큼 짱짱하다. 팔만 안 부러졌다면 기관에 있었을 때보다 지금이 더 건강하다고 자부할 수 있다. 아카데미에서 주는 베이컨과 계란을 먹고 싸우는 것이 기관에서 반 날 상태였던 염소 고기를 먹고 싸우는 것보다 훨씬 낫다.

온천 가장자리에서 헤만서스 한 떨기를 발견한다. 그것은 물이 닿지 않는 곳에서 피어났다. 그 식물은 나처럼 화성에 토착하므로 나는 그것을 따지 않는다. 나는 이오를 이런 곳에 묻었다. 그곳은 라이코스 광산 위에 있는 가짜 숲이었다. 내가 마지막으로 그녀와 사랑을 나눈 곳이기도 했다. 당시에 우리는 빼빼 마르고 순진한 존재들이었다. 그리고 수많은 강한 영혼들조차도 위를 쳐다보는 것이 두려워 힘들게 일하며 고개를 숙이고 있었다. 그런 와중에 어떻게 그렇게 가녀린 소녀가 그런 기백을, 자유라는 꿈을 품을 수 있었을까?

패배에 대해서는 신경 쓰지 않는다고 로크에게 소리쳤다. 하지만 사실 신경이 쓰인다. 그리고 너무나 많은 생명들에게 내 모든 슬픔을 바쳐야 할 때조차 그런다는 것이 죄스럽다. 어제까지만 해도 승리는 내 마음을 채워 줬다. 왜냐하면 승리를 할 때마다 이오의 꿈을 실현시키는 일에 한 걸음 더 다가갈 수 있기 때문이다. 이제 패배가 나로부터 그런 충족감을 빼앗아갔다. 나는 오늘 이오를 실망시켰다.

마치 내 생각을 알고 있다는 듯, 데이터패드가 팔을 간질인다. 아우구스투스가 호출한다. 나는 머리카락만큼 얇은 디스플레이를 벗은 후 눈을 감는다.

아우구스투스의 말이 기억 속에서 맴돈다.

"네가 패배하더라도, 네가 직접 승리할 수 없더라도, 절대 벨로나에게 승리를 허락하지 말거라. 그들이 지배하는 함대가 하나만 더 생겨도 권력의 균형이 치우칠 것이다."

그 말을 들어 뭐하랴. 나는 물 위에 뜬 상태로 손가락이 주글주글해지고 권태감이 느껴질 때까지 자다 깨기를 반복한다. 나는 이런 조용한 순간들을 위해 존재하지 않는다. 옷을 입으러 물 밖으로 나온다. 아우구스투스를 오래 기다리게 만들 수는 없다. 늙은 사자와 마주할 때가 왔다. 그 다음에는 잠이나 청할지도 모르겠다.

카르누스를 위한 망할 놈의 '빅토리'를 똑바로 서서 지켜봐야겠지만 그 다음에는 이 흉측한 곳으로부터 멀리 떨어져 화성으로, 그리고 어쩌면 머스탱에게로 돌아갈 수도 있겠다.

하지만 온천을 나오려고 몸을 돌리자 옷이 없어져 있다. 내 레이저도 없어졌다.

그 후 나는 그들의 존재를 감지한다.

내 뒤에서 들려온다. 그들의 군화 소리가. 흥분해서 커진 그들의 숨소리가. 네 명이다. 나는 예상한다. 그리고 바닥에서 돌을 줍는다. 아니다. 돌아서자 일곱 명이 정원의 유일한 출입구를 막고 있는 모습이 보인다. 모두 벨로나 가문의 골드들이다. 모두 내 천적들이다.

군함에서 막 내린 카르누스도 다른 벨로나들과 함께 와 있다. 그의 얼굴은 나만큼이나 초췌하며 어깨는 어쩌면 나의 1.5배만큼 넓다. 그는 저 위에서 나를 내려다본다. 태생과 정신만 제외한다면 그는 옵시디언과 다를 바 없다. 웃고 있는 그의 입은 보기 드문 지적 능력을 암시하며 휘어 있다. 손은 보조개가 팬 턱을 쓰다듬는다. 근육질의 팔뚝은 매끈하게 다듬어진 강변 재목으로 조각한 것 같다. 목소리 울림이 내 뼛속까지 전달될 정도로 그는 크다. 이렇게 큰 사람 옆에 있는 것 자체로도 어쩐지 공포감이 든다.

"아우구스투스의 사자가 무리 밖을 떠돌아다니다 우리에게 잡힌 모양이네. 어이, 리퍼."

"골리아스."

나는 카르누스의 호출명을 중얼거린다.

파괴자 골리아스. 아들 살인자 골리아스. 야만인 골리아스. 머스탱의 이야기에 따르면 한번은 골리아스가 루나에서 태어난 골드의 척추를 자신의 무릎에 대고 꺾어 버렸단다. 펄 클럽에서 그 버릇없는 놈이 골리아스의 얼굴에 음료수를 부었기 때문이었다. 그 후 골리아스의 어머니는 사법부에 뇌물을 바쳐 벌금형으로 그 사건을 마무리시켰다.

골리아스가 살인 후 받은 벌금형들을 목록으로 만들면 그 목록은 내 팔보다도 길 것이다. 그레이들, 핑크들, 심지어 바이올렛들도 피해자들이었다. 하지만 그의 진짜 평판은 대총독이 가장 사랑하던 아들이자 후계자, 클라우디우스 오 아우구스투스를 죽인 일로부터 비롯됐다. 머스탱의 오빠.

카르누스의 사촌들이 그를 중심으로 빙 둘러 자리잡는다. 모두 벨로나 가문 사람들이다. 모두 파란색과 은색의 정복 중인 독수리 문장 집안 자손들이다. 카시우스에게는 형들, 누나들, 아우들, 사촌들이다. 그들의 머리는 곱실거리고 숱이 풍성하며 얼굴은 모두 아름다움 그 자체다. 그들의 영향력은 소사이어티 전역에 미친다. 그들의 손으로 저지른 만행들에 대한 평판 또한 마찬가지다.

한 명은 나보다 훨씬 나이가 많으며 키는 작지만 힘이 더 좋은 몸을 갖고 있다. 마치 머리에 금발 이끼가 난 나무 그루터기 같다. 그는 30대다. 켈란. 이제야 그의 이름이 생각난다. 제대로 임명된 특사며 소사이어티의 기사이다. 그런데 그는 나를 잡으러 그의 형제 및 사촌들과 함께 여기까지 찾아왔다. 그로부터 오만함이 뚝뚝 흘러내린다. 이런 학교 운동장에서나 할 법한 놀이에 동참하며 그는 하품하는 척을 한다.

두려움이 천둥처럼 내 가슴을 친다.

숨 쉬기가 어렵다. 그럼에도 불구하고 나는 미소를 짓는다. 손가락은 등 뒤에 있는 데이터패드의 컴 기능을 만지작거리고 있다.

"벨로나 일곱 명이라. 카르누스, 뭐 때문에 일곱 명이나 행차하였데?"

나는 싱긋 웃는다.

"너도 군함 일곱 대로 내 군함 한 대를 상대했잖아. 나는 우리의 게임을 계속 진행하러 왔단다."

카르누스가 말하며 고개를 비스듬히 꺾는다.

"네 군함이 죽으면서 게임이 끝났다고 생각한 거야?"

"게임은 끝났어. 네가 이겼어."

"내가 진짜로 이겼나, 리퍼?"

카르누스가 묻는다.

"833명의 목숨을 대가로 이겼지."

"네가 졌다고 질질 짜는 거야?"

캐그니가 묻는다. 그녀는 카르누스의 사촌들 중 체구가 가장 작으며 카르누스네 아버지의 스물 몇 번째 창기병이다. 그녀가 내 레이저를 예쁘게 쓰다듬고 있다. 머스탱이 준 바로 그 레이저다. 캐그니는 그것으로 허공을 한 번 가른다.

"이건 내가 가질게. 네가 이걸 썼다는 소식을 한 번도 들어보지 못했는걸. 그렇다고 내가 너에게 손가락질 하는 건 아니야. 레이저들은 다루기 까다로워. 안타깝게도 그건 네가 자라면서 교육을 못 받은 탓이겠지."

"주먹으로 네 사촌 뒷구멍에 똥침이나 해라. 너희 곱슬머리 새끼들이 다 똑같이 생긴 이유가 분명 있을 텐데."

내가 비아냥거린다.

"카르누스, 저 새끼가 짖는 걸 듣고 있어야 하나?"

캐그니가 징징거리는데 특사인 켈란이 갑자기 말한다.

"나는 줄리언에게 낚시하는 법을 가르쳤다, 리퍼. 어렸을 때 그 애는 낚시하는 걸 별로 안 좋아했어. 그게 물고기를 너무 아프게 한다고 생각했기 때문이지. 걘 그게 잔인하다고 생각했어. 네 주인은 네가 그런 애를 죽이게 한 거야. 줄리언은 고작 그 정도밖에 잔인하지 못한 아이였어. 너 참 기분 좋겠다. 그러고도 네가 얼마나 용감하다고 생각해?"

"나는 그를 죽이고 싶지 않았어."

"아, 하지만 우리는 너를 죽이고 싶단다."

카르누스가 으르렁거린다. 그는 자신의 사촌들을 향해 고개를 끄덕인다. 벨로나들 중 두 명이 나뭇가지를 부러뜨리더니 가족들에게 나눠준다. 그들에게도 레이저가 있으나 보아하니 일을 천천히 진행시키고 싶나 보다.

"나를 죽이면 치러야 할 대가가 있을 텐데. 이건 허가 받은 결투가 아니고 나는 '비할 데 없는 자'야. 나는 사회적 협약에 의해 보호를 받고 있어. 이건 살인으로 치부될 거야. 올림픽 나이트들이 너희를 잡으러 나설 거고. 너희를 재판하고 처형시킬 거야."

내 말에 카르누스가 묻는다.

"누가 살인한댔나?"

캐그니의 여우 같은 얼굴에 미소가 피어난다.

"너는 카시우스 거야."

카르누스가 말한다.

"오늘, 너는 아우구스투스의 보호를 받고 있어. 너는 아우구스투스가 선택한 아이야. 너를 죽인다는 것은 전쟁을 선포하는 거지. 하지만 좀 팼다고 전쟁을 시작하는 사람은 아무도 없단다."

캐그니는 왼다리 위주로 쓴다. 무릎 손상이 있는 것이다. 그녀의 사촌 한 명은 뒤꿈치에 무게를 싣는다. 내가 무서운 것이다. 큰 놈, 카르누스는 어깨를 편다. 내가 얼마만큼의 폭행을 견딜 수 있는지 전혀 개의치 않는다는 뜻이다. 켈란은 미소를 짓고 편하게 서 있다. 저런 놈들이 싫다. 읽히지 않는다. 내가 여기서 벗어날 가능성을 계산해 본다. 그러다 내 부러진 팔과 다친 늑골, 부딪혔던 눈이 생각난다. 아까의 가능성을 반으로 줄인다.

두렵다. 그들은 나를 죽일 수 없고 나는 그들을 죽일 수 없다. 여기서는 아니다. 지금은 못한다. 모두들 이 춤이 어떻게 끝날지는 알고 있다. 그래도 우리는 춤을 춘다.

카르누스가 손가락으로 딱 소리를 내자 그들은 한꺼번에 나에게 돌진한다. 나는 캐그니의 얼굴에 돌을 던진다. 그녀는 쓰러진다. 나는 미친 늑대처럼 울부짖으며 카르누스에게 달려든다. 날아오던 그의 첫 주먹을 피하고 있는 힘을 다해 그의 신경중추를 연속으로 몰아친다. 내 팔꿈치로 그의 우측 상완을 쳐 조직을 찢어놓는다. 카르누스는 뒤로 주춤하고 나는 그의 몸에 밀착한다. 그의 두터운 몸 뒤에서 나는 다른 사람들의 몸뚱이와 막대기를 피한다. 나는 벨로나 사촌들 중 한명의 관자놀이를 팔꿈치로 친다. 그녀는 넘어지고 나는 그녀의 막대기를 빼앗는다. 그 후 나는 돌아서며 그 막대기로 카르누스의 얼굴을 겨눈다. 하지만 그의 얼굴 앞은 뭔가로 막혀 있다. 다른 뭔가가 내 뒤통수를 갈긴다. 나무가 결을 따라 깨진다. 그 조각들이 머리통에 박힌다. 나는 넘어지지 않는다. 하지만 그것도 카르누스가 팔꿈치로 내 얼굴을 심하게 강타해 이 하나가 툭 빠지기 전까지만이다.

그들은 한 명씩 차례대로 공격하지 않는다. 내 주위를 빙 두르고 그들의 치명적인 무술, 크라바트로 효율성 있게 나를 벌한다. 그들은 신경과 장기를 겨냥한다. 나는 간신히 서서 내 가해자들 중 몇 명을 친다. 하지만 그리 오래 서 있지는 못한다. 누군가가 막대로 내 피부를 세게 눌러 내 늑골하 신경을 건든다. 나는 녹아내리는 왁스처럼 바닥으로 스르륵 쓰러지고 카르누스가 내 머리를 발로 찬다.

나는 혀를 문다. 혀 두께의 반이 잘려나간다.

입 안에 따뜻함이 고인다.

내가 느끼는 가장 부드러운 것은 땅바닥이다.

소금에 사레들린다.

피와 공기가 내 입 밖으로 분사된다. 카르누스가 발로 내 배를, 그 후에는 목덜미를 밟은 것이다. 그는 웃는다.

"론 오 아르코스 님이 하셨던 말씀이었지. 꼭 부상까지만 입힐 상황이라면 상대의 자존심은 꼭 밟아놔야 한다고."

나는 숨을 쉬기 위해 꾸르륵 소리를 낸다.

카르누스 대신 캐그니가 와서 내 가슴 위에 앉은 채 무릎으로 내 팔을 누른다. 나는 공기를 힘겹게 빨아들인다. 그녀는 내 얼굴에 대고 미소를 짓더니 내 앞머리 선을 본다. 다른 사람을 지배함으로서 오는 흥분감에 그녀의 입술은 벌어져 있다. 그녀는 내 머리카락을 비틀어 쥔다. 그녀의 뜨거운 입김에서는 스피어민트 향이 난다.

"여기에는 뭐가 있나 좀 볼까?"

그녀가 물으며 내 팔에 차고 있던 데이터패드를 잡아당긴다.

"젠장. 그가 아우구스투스 사람들을 불렀어. 갑옷 없이 그 줄리년과 싸우고 싶지는 않은데."

"그럼 그만 꾸물거려. 하라고."

카르누스가 으르렁거린다.

"쉬."

내가 말을 하려하자 캐그니가 속삭이며 칼로 내 입술 선을 따라 그린다. 그 후 그녀는 파삭한 금속 부분이 내 이와 부딪혀 딸각 소리가 날 때까지 칼날을 내 입안으로 밀어 넣는다.

“그것 참 착한 암캐답네.”

그녀는 내 머리카락을 거칠게 잘라낸다.

“순순히 조용히 있으렴. 착한 리퍼야. 착해.”

피 때문에 눈이 따끔거린다. 카르누스가 내 가슴 위에 있던 캐그니를 밀어내더니 왼손으로 나를 붙잡아 일으켜 세운다. 그는 자신의 우측 팔을 풀며 다친 이두근에 대한 욕설을 뱉는다. 그의 우측 팔을 뒤로 당겼다 펀치를 날리기란 불가능하다. 대신 그는 나를 향해 이가 다 보이게 싱긋 웃은 후 자신의 머리로 내 가슴을 쳐 흉골을 명중한다. 세상이 흔들린다. 투둑 소리가 난다. 불에 타는 잔가지들이 내는 소리 같다. 나는 쌕쌕거리며 거품 섞인 비인간적 소리를 낸다. 카르누스는 나를 다시 한 번 머리로 친 후 내 고통스러운 몸을 바닥에 내팽개친다.

내 위로 따뜻하고 축축한 물이 쏟아져 내리면서 소변 악취가 콧구멍 안으로 날카롭게 기어들어온다. 다른 이들이 웃는 사이에 카르누스가 내 귀에 대고 속삭인다.

“어머니께서 너에게 전하라고 신신당부하시더라. 거지는 절대 왕자가 될 수 없다고. 거울을 볼 때마다 우리가 너에게 한 짓을 기억하렴. 네가 숨을 쉬고 있는 이유는 우리가 그것을 허락했기 때문이라는 것을 기억하렴. 그리고 언젠가 네 심장이 우리 식탁 위에 놓이리라는 것을 기억하렴. 너무 높이 오르면 진흙탕에 쓰러지기 마련이란다.”

제4장

낙오

나는 내 주인 앞에 서 있지만 그는 나를 신경 쓰지 않는다.

사무실 벽은 나무 패널로 되어 있으며 바닥에는 아주 오래된 깔개가 놓여 있다. 인도 제국이 멸망한 후 그의 아이언 조상이 지구에 있던 궁궐에서 가져온 것이다. 인도 제국은 마지막까지 골드에 대항하던 큰 국가들 중 하나였다. 그 자연 태생의 인간들은 하늘에서 '지배자'들이 떨어지는 광경을 보면서 얼마나 두려워했을까. 완벽하게 만들어진 인간이지만 희망 대신에 사슬을 가져오는 지배자란.

나는 아우구스투스의 책상 앞에 서 있다. 책상은 나무와 무쇠로만 만들어진 절제된 물건이다. 나는 700년 전, 늠름한 골드 살인자가 마지막 인도 황제의 머리를 몸과 분리시키며 튀긴 핏자국 바로 앞에 서 있다.

네로 오 아우구스투스는 하릴없이 그의 책상 옆에 누워 있는 사자를 쓰다듬는다. 그 둘은 쌍둥이 조각상 같아 보인다. 그들 뒤로는 우주가 있다. 넓은 창문 하나가 껌껌한 어둠 속을 볼 수 있게 해 준다. 그 너머로는 아르마다 홀의 군함들이 끔찍한 잠에 빠져 있는 거대한 골렘들처럼 누워 있다. 우리는 화성에서 시작한 3주간의 여정 중 그 마지막 구간에서 저들을 지나친다.

아우구스투스는 자신의 책상을 유심히 살핀다. 나무 위로 데이터가 줄줄이 뜨고 있다.

그가 우리의 사유지, 즉 하이레드들이 농작물을 힘겹게 재배하는 라트펀디아스부터 옵시디언들이 중세 시대적인 고립 형태로 살아가고 있는 거대 극지방까지를 보여 주기 위해 나를 데리고 화성을 한 바퀴 돌았던 때가 정말 오래 전 같다. 당시에는 아우구스투스가 나를 아꼈다. 나를 가까이 두려고 했고 그의 아버지가 자신에게 가르쳤던 것들을 나에게 전수했다. 나는 그가 가장 아끼는 창기병이었으며 레토와 있을 때만 두 번째로 밀려났다. 이제 그는 이방인이며 나는 그의 수치다.

카르누스가 아카데미에서 나를 폭행했던 시기로부터 두 달이 지났다. 내 머리는 다시 길어졌고 부러졌던 뼈들은 다시 붙었지만 내 명성은 회복되지 못했다. 그리고 그런 이유로 내가 아우구스투스 대총독의 피고용인으로서 직함을 유지할지의 여부는 최대한 낙관적으로 예측해도 불안한 상태다. 내 적들은 하루가 다르게 늘어난다. 하지만 이 새로운 놈들은 칼 쓰기보다 쏙닥거리기를 더 좋아한다.

아레스의 아들들이 나를 잘못 선택했다는 확신이 점점 더 강하게 든다. 나는 차가운 전쟁이나 정치를 위해 만들어진 존재가 아니다. 치밀함도 내 성격이 아니다. 제기랄, 나는 아무 때고 말의 창자 속에 소년 하나는 숨겨 줄 수 있다. 하지만 내 생명이 걸렸을지언정 뇌물로 누군가를 제대로 매수하는 법은 모르겠다.

반쪽 진실만을 전하기 위해 타고난 상냥하고 나긋나긋한 목소리가 대총독의 사무실에 울려 퍼진다.

"정제 공장 세 군데. 나이트 클럽 두 군데. 그리고 그레이 경찰 전초기지 두 군데. 우리가 화성을 떠난 이래로 모두 폭파됐습니다. 일곱 번의 공격이 있었습니다, 각하. 59명의 골드 사상자들이 있었고요."

플라이니다. 샐러맨더만큼 늘씬한 체구에 핑크만큼 부드러운 피부. 이 정치꾼은 '흉터를 입은 비할 데 없는 자들'의 일원이 아니다. 기관도 다닌 적 없는 놈이다. 공작새의 깃털도 부끄럽게 만들 그의 속눈썹 뒤로는 반짝이는 눈이 있다. 색을 죽인 립스틱이 얇은 입술을 덮고 있다. 말아놓은 머리에서는 향수 냄새가 난다. 체구는 말랐지만 근육질이다. 지나치게 들러붙는 실크 자수 튜닉 밑으로 그의 몸매가 드러난다. 그 모습은 눈을 즐겁게 하지만 심히 천박해 보인다. 어린아이조차도 이 아름다운 고양이 같은 남자를 옴팡지게 팰 수 있을 것이다. 그럼에도 불구하고 그는 소문 한 번,

농담 한 번으로 가문들을 끝장냈던 사람이다. 그의 힘은 나와 분야가 다르다. 내가 운동 에너지라면 그는 위치 에너지다.

들은 바에 의하면 내 명성을 떨어뜨린 주모자 또한 플라이니란다. 게다가 택터스가 나에게 귀띔해 주기를 어쩌면 그는 카르누스의 정원 폭력 행사를 유도했을지도 모른단다. 아니면 아무리 못해도 나의 자랑스러웠던 그 순간을 녹화하기 위해 홀로캠을 설치했을 거란다.

플라이니 옆에는 이 방의 네 번째 인물, 레토가 서 있다. 머리를 땋고 반달 같은 미소를 짓는 그는 똑똑한 창기병이며 나보다 10년 선배다. 그는 또한 레이저 사용에 있어서 시인이며 몇몇 사이에서는 론 오 아르코스의 젊은 판으로 통하기도 한다. 대총독의 혈연 상속자들인 머스탱과 자칼을 제치고 그가 아우구스투스의 사유지를 물려받을 가능성이 높다. 사실대로 말하자면 나는 그 사람이 꽤나 마음에 든다.

"아레스의 아들들이 너무 대담해지고 있다."

아우구스투스가 중얼거리자 플라이니가 눈을 가늘게 뜬다.

"그렇습니다, 각하. 정말로 그 만행들을 저지르는 자들이 그들이라면 그렇겠지요."

"우리를 무는 다른 개미들도 있나?"

"우리가 알고 있는 다른 개미들은 전혀 없습니다. 하지만 거미, 진드기, 쥐들도 세상이 있기 마련이지요. 폭파 사건들은 아레스 치고 너무 조잡하며 무분별하고 평소답지 않게 폭력적이었습니다.

기술적 파괴 행위 및 선전이라는 그의 프로필 패턴과 일치하지도 않습니다. 아레스는 변덕스럽지 않지요. 그래서 저는 이 만행들을 그가 주모했다고 믿기가 어렵습니다."

아우구스투스가 인상을 쓴다.

"그러면 자네는 어떻게 했으면 좋겠는가?"

"다른 테러리스트 그룹이 있을지도 모릅니다, 각하. 인구 조사로는 180억 명의 사람들이 살고 있다고 합니다. 그러니 한 사람이 테러리즘을 독점하고 있지는 않을 것입니다. 어쩌면 범죄 연합체일지도 모르고요. 이에 대해서는 제가 데이터베이스를 만들고 있었습니다. 제가 보여드릴……."

플라이니의 말이 맞다. 화성과 다른 행성들 사이에서 역병처럼 돈 테러 공격들은 앞뒤가 안 맞았다. 댄서는 복수가 아닌 정의를 주장했다. 막사, 패션아울렛, 상점가, 하이컬러 커피숍, 그리고 레스토랑 등의 폭파라. 이 공격들은 옹졸하고 섬뜩했다. 아레스는 절대 이런 일을 용납하지 않았을 것이다. 이것은 너무 적은 결과를 위해 너무 많은 시선을 끌어들여 골드들이 대응하도록, 아레스의 아들들을 짓밟도록 부추기는 행위다.

나는 홀로박스를 통해 댄서에게 메시지를 보낸 적이 있다. 아무것도 없었다. 오직 침묵만이 있었다. 댄서가 죽은 것일까? 아니면 아레스가 이 새로운 폭파 전략을 위해 나를 버린 것일까?

플라이니가 하품을 한다.

"어쩌면 아레스가 자신의 전략을 바꿨을지도 모르죠. 그는 지독한 놈이에요."

"아레스가 남자라면 그렇죠."

레토가 말한다.

아우구스투스가 갑자기 회전의자에서 몸을 돌린다.

"흥미롭군. 뭐 때문에 아레스가 남자가 아닐 수도 있다고 생각하게 됐지?"

"왜 아레스가 남자일 것이라고 추정하십니까? 여자일 수도 있잖습니까. 아니면 개개인들이 모인 단체일지도 모를 일이죠. 이 가정은 전과 일치하지 않는 최근의 새로운 공격 성향을 설명하는 데에 꽤나 많은 도움이 됩니다."

레토가 나까지 대화에 끼어 주려는 눈빛을 보이며 내 쪽을 돌아본다.

"대로우, 너는 어떻게 생각해?"

"복잡한 질문으로 대로우를 혼란스럽게 만들지 맙시다!"

플라이니가 나를 위하는 척하며 울부짖는다.

"대로우가 이해할 수 있도록 네 또는 아니오로 대답할 수 있는 질문을 해 줘야죠."

플라이니가 나에게 가장 동정어린 미소를 비추며 위로하듯 내 어깨를 꼭 쥔다.

"겉으로는 비늘무늬 같은 미소를 짓는 친구지만 속은 솔직하고 단순한 짐승이잖아요. 당신도 알면서 그래요."

나는 그 자리에서 그 모욕을 견딘다.

플라이니가 나로부터 돌아선다.

“어떤 상황일지라도 우리가 레드의 문화를 굉장히 가부장적으로 디자인했다는 점을 잊고 있군요, 레토. 그들의 종족 정체성은 초기 화성의 테라포밍을 선전하기 위해 자원을 모으는 과업 중심으로 형성되어 있지요. 몹시 고되어 몸을 녹초로 만드는 남자들만의 작업. 계층사회 프로토콜에 따라 여자들은 실제로 투입 가능하더라도 못하게 하는 그 일 말입니다. 그러니 당신도 알다시피 아레스는 여자일 수 없어요. 그 어떤 녹슨 레드 망나니도 클로우드릴을 타 보지 않은 남자나 여자를 따르지 않을 테니까요.”

레토가 영리한 미소를 짓는다.

“아레스가 레드라면 말이죠.”

플라이니와 아우구스투스 모두 웃는다.

“어쩌면 아레스는 새로운 무대에서 연기하기 시작한 정신 나간 바이올렛일지도 모르죠.”

플라이니가 농담한다.

“아니면 지방 소득 신고서를 정리하다 사면초가에 몰린 코퍼 환율전문가일지도 모르고.”

레토가 덧붙이자 플라이니가 자신의 무릎을 친다.

“아니지! 감히 내가 말하건대, 과학 기술에 대한 두려움을 드디어 극복하고 홀로카메라를 사용하는 방법을 터득한 옵시디언일지도요? 그런 상황을 구경할 수만 있다면 내 로즈들 중 하나를 내 줄텐데…….”

"굿맨. 이제 그만."

아우구스투스가 손가락으로 책상을 두드리며 플라이니의 말을 끊는다. 플라이니와 레토는 서로를 향해 싱긋 웃은 뒤 아우구스투스를 향한다.

"플라이니, 자네가 제안하는 바는?"

플라이니가 목청을 가다듬는다.

"그들의 선전 및 사이버 공격과는 다르게 이번 참사는 대응하기에 꽤나 단순합니다. 아레스인지 아닌지는 더 알아봐야겠습니다. 우리의 살해 담당 팀들은 화성의 지하에 있는 몇몇 테러리스트 훈련장들을 전략적으로 공격할 준비가 되어 있습니다. 지금 쳐야 합니다. 시간을 지체한다면 군주님의 집정관들이 직접 나설지도 모릅니다. 루나 태생인들은 화성을 이해하지 못해요. 그들은 이곳을 엉망진창으로 만들 것입니다."

"바보는 잎을 딴다. 장사는 기둥을 자른다. 현자는 뿌리를 뽑는다."

아우구스투스가 말을 멈춘다.

"론 오 아르코스가 한때 우리 아버지에게 했던 말이었지. 뉴 시브스에 있는 칼날의 전당에 새겨진 내용이기도 하다. 훈련장 공격은 홀로넷을 예쁘장한 폭발 장면으로 채우는 일밖에 안 될 것이야. 나는 정치싸움이 지겹다. 우리의 전략은 변해야 해. 매 폭발이 일어날 때마다 군주님은 내 행정 능력에 의문을 품는다."

레토가 말한다.

"각하께서는 화성을 관리하지 않습니까. 금성도 지구도 아닙니다. 여기는 차분한 행성이 아니잖습니까. 군주님은 무엇을 기대하셨단 말입니까?"

"결실."

"각하, 어떻게 하는 것이 좋을까요?"

플라이니가 묻는다.

"나는 아레스의 아들들을 뿌리부터 독살할 것이다. 나는 그레이들 말고 자폭할 사람들을 원한다. 화성에서 제일 흉측하고 비열한 레드들을 찾아 그들의 가족을 인질로 삼아라. 그리고 아버지인 그들이 우리의 명령에 따르지 않으면 그들의 자녀를 죽일 것이라 협박하라. 젊은 층이 많이 밀집돼 있고 양 갈래 길로 나뉘는 광산들은 표면 근접 지역에 포진됐다. 그곳에 자폭 대원들을 집중 배치하라. 자폭 대원에 여성은 뽑지 마라. 나는 사회적 대립을 원한다. 여성 대 폭력."

어떻게 여기서는 생명의 가치가 이렇게나 초라할까. 그냥 허공에 뱉는 말만큼이나 낮다.

아우구스투스가 말을 이어나간다.

"도심지도 마찬가지다. 비단 브라운과 레드 광부 및 농사꾼들만이 아니다. 나는 학교나 아케이드에서도 블루와 그린 아이들이 아레스의 아들들을 상징하는 상형문자 옆에서 죽기를 원한다. 그런 후에도 다른 컬러들이 그 소녀의 지독한 노래를 여전히 부르는지 지켜보자꾸나."

내 심장이 한 번 쿵한다. 이오의 노래는 그녀가 꿈꿨던 것보다 훨씬 멀리 퍼졌다. 무정부주의 해킹 그룹 덕분에 그 노래는 홀로넷에 방송되고 태양계 전역으로 흘러들어 수없이 많이 공유가 됐다. 종종 나는 나를 알아보는 사람이 있을까 봐 두렵다. 어쩌면 어떤 골드가 기록을 살피다가 이오의 남편 이름도 대로우였다는 사실을 발견할지도 모른다. 그러나 나조차도 그 뼈만 앙상하고 창백한 소년을 간신히 알아본다. 그리고 이름에 대해서는? 로우레드들의 이름에 대한 공식 기록은 없다. 나는 어떤 거들먹거리던 코퍼 행정인으로부터 숫자로 된 호칭을 받았다. L17L6363. 그리고 L17L6363은 교수형으로 죽을 때까지 매달려 있었으며 그의 시체는 익명의 범죄자에게 도난당했고 깊은 광산 속에 묻혔을 것으로 추정되고 있다.

"레드를 다른 컬러들로부터 소외시킨 후 그들 사이에서 아레스의 아들들을 또 한 번 소외시킬 계획이시군요. 각하, 가끔 각하께서는 왜 저까지 필요하다고 하시는지 궁금할 때가 있습니다."

플라이니가 미소를 짓는다.

"나에게 아첨하지 말거라, 플라이니. 우리 둘 모두에게 어울리지 않는 행동이다."

플라이니가 허리 숙여 인사한다.

"물론입니다. 사죄드립니다, 각하."

아우구스투스가 다시 레토에게 시선을 돌린다.

"너는 강아지처럼 꿈틀대는구나."

레토는 스스로에게 눈살을 찌푸린다.

"저는 이 일이 상황을 더욱 악화시킬까 봐 걱정이 됩니다. 현재 아레스의 아들들은 귀찮은 존재입니다. 맞습니다. 하지만 우리의 주요 골칫거리는 절대 아닙니다. 만약 우리가 이 일을 실행하면 불에 기름을 붓는 격이 될 것입니다. 게다가 더 큰 문제는 우리도 아레스들의 아들들만큼이나 죄가 무거워질 것이라는 점입니다. 테러리스트가 되는 거죠."

"죄책감은 없는 겁니다. 자신이 심판관일 때는 말이죠."

플라이니가 하릴없이 자신의 데이터패드에 줄줄이 뜨는 데이터를 확인한다.

레토는 납득하지 못한다.

"각하, 우리가 지배층이라는 정당성은 우리가 인류를 가장 좋은 방향으로 인도하기에 적합하다는 점에 있습니다. 우리는 플라톤의 철학 왕들입니다. 우리의 목적은 질서입니다. 우리는 안정을 제공합니다. 아레스의 아들들은 무정부주의자들입니다. 그들의 목적은 카오스입니다. 우리는 바로 그 점을 무기로 삼아야 할 것입니다. 밤중에 활보하는 그레이들이나 아이들 사이에 심어진 자폭단 말고요."

"더 높은 가치를 추구해야 한다는 건가요?"

플라이니가 묻는다.

"그래요! 아레스의 아들들에 대항하는 미디어 캠페인을 벌인다던지요. 대로우, 그렇게 생각하지 않아?"

이번에도, 나는 대답하지 않는다. 대총독이 나의 존재를 인정해 주기 전까지는 안 된다. 자신에게 득이 되는 상황이 아니라면 그는 뻔뻔하거나 부적절한 행동을 높이 사지 않는다.

"이상주의로군. 올바른 지도를 받지 못한 어린애들 사이에서나 감복할 만한 것이지."

플라이니가 한숨을 쉰다.

"아랫사람에게 얘기하듯 나에게 얘기하는 태도는 조심하시지, 이 정치꾼 같으니."

레토가 플라이니의 조롱 섞인 얼굴에 비할 데 없는 자들의 흉터가 없다는 점을 눈여겨보며 으르렁거린다.

"대총독님, 덜 악랄한 전략을 세우시는 것이 좋겠습니다. 그것이 제 말의 핵심입니다."

"악랄함."

그 단어가 허공을 울리도록 아우구스투스는 말을 잠시 멈춘다.

"그것은 악하지도 선하지도 않다. 단순히 어떤 물건이나, 이 상황에서는 어떤 행위를 묘사하는 형용사일 뿐이다. 분석해야 하는 것은 행위의 의도다. 죄 없는 자들을 폭파하는 테러리스트들을 막는 일은 악한가, 선한가?"

"선하다고 봐야겠지요."

"그러면 그들이 계속 존재하도록 내버려 뒀을 때 그들이 해할 죄 없는 사람들의 수보다 우리가 다치게 할 사람의 수가 적다면 우리가 어떤 방법을 쓰든지 상관없지 않은가?"

아우구스투스는 손가락이 긴 양손을 포갰다.

"그러나 핵심을 논하자면 이것은 철학적 사안이 아니다. 정치적 사안이지. 아레스의 아들들은 우리를 위협하는 대상이 아니다. 전혀 아니다. 그들은 내가 화성을 관리하지 못한다고 주장하기 위한 근거로 우리의 정적, 직접 이름을 거론하자면 벨로나 가문이 쓸 수 있는 무기일 뿐이다.

그 곱슬머리들은 벌써부터 나를 총독 자리에서 내려오게 만들려고 음모를 꾸미고 있다. 모두 알다시피 군주님은 상의원의 투표 하나 없이도 이 자리에서 나를 제거할 수 있는 유일한 힘을 갖고 있다. 만약 그녀가 원한다면 군주님은 다른 가문, 즉 벨로나나 우리의 동맹인 줄리, 또는 화성 출신이 아닌 다른 가문에게 화성을 넘길 수도 있다. 이 가문들 중 어느 하나도 화성을 나처럼 효율적으로 굴리지 못할 것이다. 그리고 화성이 효율적으로 굴러가 로우 계급과 하이 계급 모두에게 이득이 난다면 나는 폭군이 아닌 게 된다. 하지만 만약 아이들이 집에 불을 지피려고 한다면 아버지는 그들의 귀를 마땅히 때려야 한다. 공익을 위해서, 헬륨-3이 돌게 만들기 위해서, 그리고 이 행성의 시민들이 계속해서 전쟁으로 찢어지지 않은 세상에서 살아갈 수 있게 해주기 위해서 몇천 명을 죽여야 한다면 나는 죽일 것이다.

그러면 대로우 오 안드로메두스의 이야기도 빠질 수 없지."

이제 아우구스투스의 차가운 눈이 나를 향한다. 방금 수천 명의 죄 없는 자들에게 사형 선고를 한 그의 눈빛을 보니 속에서 어두운 증오가 치밀어 올라 움찔할 수밖에 없다. 나는 공손하게 고개를 숙여 경의를 표하는 척한다.

"각하, 저를 부르셨습니까?"

"그랬다. 그리고 네가 여기로 소환된 목적을 짧게 설명하겠다. 내가 너를 기관에서 데리고 와서 고용했을 때 너는 나의 한 수였다. 너도 이것을 알고 있느냐?"

"네."

"나는 네 장점이 충분하다고 생각했고 카시우스 오 벨로나와 라이벌 구도를 그린 점은 학교 운동장에서 있을 법한 일로 흥미롭게 여겼다. 하지만 너희들 사이에서 선포된 혈투는 이제……."

아우구스투스는 플라이니를 한 번 힐끗 본다.

"경제적으로 보나 정치적으로 보나 내 이익에 반하는 사안이 됐다. 벨로나 지지자들이 모여 있는 곳인 '코어'의 관세가 인상돼서 상당한 수익을 잃었다. 가문들은 무역 테이블에서 수년 전에 체결한 계약을 지키기를 꺼려하고 있다. 그래서 이런 불만을 품은 집단들과 화해하자는 의미로 나는 너와의 계약을 다른 가문에 팔기로 결정했다."

나는 속으로 몸서리친다.

"각하……."

나는 끼어들기를 시도한다. 이 일은 발생하면 안 된다. 만약 아우구스투스가 이 자리에서 나를 해임한다면 지난 3년간 내가 해왔던 일들이 수포로 돌아갈 것이다.

"제가 발언을 해도……."

"안 된다."

아우구스투스는 서랍 하나를 열어 한가로이 고기 한 조각을 사자에게 던져 준다. 사자는 먹기 전에 아우구스투스가 손가락으로 딱 소리를 낼 때까지 기다린다.

"그 결정은 한 달 전에 했다. 나와 말을 해 봤자 소용없다. 나는 미래의 리튬 가격을 흥정하는 변덕쟁이가 아니다. 플라이니……."

"세목은 간단해, 대로우. 그러니 이해하기 쉬울 거야. 대총독님은 필요 이상으로 친절하게 자네 계약서에 명시된 대로 계약 종결 상황을 미리 알려 주셨어."

플라이니는 나에게서 눈을 떼지 않는다.

"내 계약서에는 최소 6개월 전에 종결을 예고해 줘야 한다고 돼 있는데요."

"8부 C항 4절을 보면, 자네는 최소 6개월 전에 종결을 예고받는다. 단 존경받는 아우구스투스 가문의 창기병에 준하는 행동 양식을 보이지 못한 경우는 제외한다."

"지금 농담하시는 거죠?"

내가 레토와 아우구스투스를 바라보자 플라이니가 깐깐하게 묻는다.

"우리가 지금 웃고 있나? 아니지? 조금이라도 히죽거리거나 낄낄거리지도 않지?"

"창기병들을 통틀어 나는 아카데미에서 2등으로 졸업했어요!

당신은 기관에 들어가지도 못했지 않나요?"

"아, 그것 때문은 아니지! 자네는 잘했어…… 충분히."

"그럼 뭐 때문인데요?"

"자네가 계속 홀로컴 토크쇼에 등장한다는 게 문제야."

"나는 한 번도 홀로컴에 출연한 적이 없어요! 심지어 그걸 보지도 않는다고요!"

"아, 쯤. 자네는 자신의 유명세를 즐기잖아. 대중이 자네를 조롱함에도 불구하고 자네는 각광을 받으며 이 가문을 수치로 뒤덮었지. 우리는 자네의 데이터패드 검색 기록을 확인할 수 있어. 그것을 자네의 개인 거울로 삼아 홀로컴에 나온 자신을 보며 우쭐해하는 모습을 봤지. 자네와 대총독님의 따님 사이에 대한 이야기들을 방영하던데……."

"머스탱은 루나의 법원에 있잖아요!"

"그것도 자네가 격려한 일일 테지. 그녀에게 군주님의 법정 일원이 되라고 제의했나? 부녀를 갈라 놓는 것도 자네 계획의 일부인 건가?"

"플라이니, 그건 당신이 지어낸 헛소리잖아요."

"그리고 자네는 아우구스투스 가문의 평판을 저속하게 만들고 있어. 자네는 휴식과 사색을 위해 만들어진 욕탕에서 벨로나와 쌈박질을 했지. 이것은 우리가 덮어 줄 수 있는 일이 아니야."

나는 말문이 막힌다. 플라이니는 이야기를 지어내고 있다. 이 건을 뒷받침할 만한 근거들이 실제로 충분히 존재하기는 한다. 하지만 그는 단순히 내 눈에 침을 뱉기 위해 거짓말을 하고 있다. 단지 내가 그의 힘 앞에 굴복해야 한다는 것을 보여 주기 위해서다.

플라이니는 말을 이어나간다.

"계약의 종결은 3일 후에 발휘될 것이다."

"3일."

내가 그의 말을 따라한다.

"그때까지 자네는 우리와 함께 루나 지상까지 동행을 하고 아우구스투스 가문의 정상회담 참여를 위해 마련된 저택에서 생활할 것이다. 하지만 바로 이 순간부터 자네는 더 이상 이 가문의 창기병이 아니야. 자네는 대총독님을 대표하지 않으며 이분의 이름으로 시설 이용 자격을 얻거나 젊은 남녀들에게 장담, 약속 및 협박을 하며 비위를 맞추지 못할 것이다. 자네의 가문 데이터패드는 압수될 것이다. 자네의 창기병 ID 코드는 이미 등급이 하향됐으며 과거에 자네에게 맡겨졌던 모든 프로젝트들의 활동은 중지되고 자네는 참여를 그만두어야 한다."

"나에게는 오로지 건설 프로젝트들만 떨어졌는데요."

플라이니의 입술이 길어지면서 파충류 같은 미소를 띤다.

"그럼 이번 변동사항에 적응하기 수월하겠네."

"저는 누구에게 팔릴 건가요?"

나는 간신히 입을 연다. 아우구스투스는 나를 버리면서 내 눈을 쳐다보지 않는다. 그는 자신의 사자를 쓰다듬는다. 나는 이 방에 존재하지도 않는 듯한 모양새다. 레토는 바닥만 쳐다본다. 부끄러워하고 있다. 그는 이 가식적인 상황보다 더 고결하다. 하지만 아우구스투스는 그도 이 자리에서 상황을 지켜보고 썩은 사지를 잘라내는 방법을 배우기를 바랐다.

"자네는 팔려가는 것이 아니야, 대로우. 자네 태생에도 불구하고 나는 자네가 스스로의 위치를 이해하고 있을 것이라고 생각했는데. 우리는 노예처럼 팔릴 핑크나 옵시디언이 아니야. 자네의 서비스는 경매에서 거래가 될 것이다."

플라이니의 말에 나는 사납게 쏘아붙인다.

"지독하게시리, 그게 그거잖아요. 대총독님은 저를 버리시는 것이잖아요. 제 서비스를 사는 사람이 누구든 저를 벨로나 가문으로부터 보호해 줄 수 있지는 않잖습니까. 그 곱슬머리 망나니들은 저를 사냥하고 죽일 것입니다. 두 달 전에 그들이 그러지 않았던 유일한 이유는……."

플라이니가 묻는다.

"자네가 아우구스투스 님을 대표하는 사람이기 때문이라서? 그러나 대총독님은 자네에게 아무것도 빚지지 않았어, 대로우. 그 점을 자네가 오해해서 이렇게 힘들어하고 있나? 사실, 자네가 대총독님에게 빚진 거야! 자네를 보호하는 일에는 돈이 들어. 우리는 기회와 계약, 무역을 기회비용으로 날려야 하지. 그리고 그 비용은 너무 비싸다는 결론이 났어. 우리는 벨로나 가문과 평화를 장려하려는 것처럼 보여야 해. 군주님은 평화를 원하시지. 자네는? 자네는 마찰의 근원이자 우리의 소문난 안장 위의 껄끄러운 부분이자 전쟁의 노리개라네. 그러니까 우리는 이제 칼을 녹여 쟁기로 만들고 있을 뿐이지."

"그것도 그 칼로 내 머리를 우선 치고 난 다음의 이야기라는 거죠."

플라이니가 한숨을 쉰다.

"대로우, 사정하는 건 관둬. 이 청년아, 결의를 좀 보이라고. 여기서의 자네 시간은 만료됐어. 맞아. 하지만 자네에게는 오기가 있잖아. 젊은이의 활력이 있어. 이제 그 등뼈를 쭉 펴고 자신의 최선을 다했다는 것을 아는 골드답게 품위를 지키며 떠나라고."

그의 눈빛은 나를 조롱하고 있다.

"그 말은 이 사무실을 떠나라는 뜻이야. 지금, 굿맨. 레토가 자네를 밖으로 던져 버려 그 터무니없게 다져진 엉덩짝이 바닥에 떨어지기 전에 말이야."

나는 대총독을 뚫어지게 쳐다본다.

"저를 그 정도로밖에 보시지 않았습니까? 제가 무슨 칭얼거리는 애인가요? 구석으로 몰아넣게?"

"대로우, 최선은 네가……."

레토가 말을 시작하지만 플라이니가 내 어깨에 손을 올려놓으며 대답한다.

"우리를 구석으로 몰아넣은 사람은 바로 자네야. 퇴직금을 못 받을까 봐 그러는 것이라면 걱정 마. 받을 거야. 충분한 돈이……."

"마지막으로 대총독님의 쫄개들 중 한 명이 나를 건드렸을 때

나는 놈의 소뇌에 칼을 꽂아 넣었죠. 여섯 번이나."

내가 그의 손을 쏘아보자 그는 재빨리 그것을 치운다. 나는 어깨를 편다.

"흉터가 없는 픽시 개새끼의 말은 듣지 않겠습니다. 나는 흉터를 입은 비할 데 없는 자들의 일원입니다. 기관의 마르스 하우스 542번째 클래스의 대프라이머스이기도 하고요. 나는 대총독님의 명령에만 따릅니다."

나는 아우구스투스를 향해 한 발 다가간다. 이에 반응하여 레토는 대총독을 보호하기 좋은 각도로 선다. 욱하는 내 성정을 다들 잘 기억하고 있는 것이다.

"각하, 통로에서 저를 줄리언 오 벨로나와 붙여 놓으셨었죠."

그를 내려다보는 내 눈빛은 활활 타고 있다.

"저는 당신을 위해서 그를 그 자리에서 죽였습니다. 당신을 위해서 카르누스와 전쟁을 치렀습니다. 기관에서 아드님이 승리하게 만들도록 로비하셨던 일에 대해서도 스스로 입막음을 했으며 제 사람들의 입막음 역시 철저히 했습니다."

레토는 그 말에 움찔한다.

"저는 녹화 자료를 조작했습니다. 각하의 친자들보다 제가 더 낫다는 것을 증명했습니다. 그런데 이제 와서 각하께서는 제가 골칫거리라고 말하고 계시군요."

대총독이 책상 위의 데이터를 분석하며 동의한다.

"너는 흉터를 입은 비할 데 없는 자들의 일원이다. 하지만 네 실체는 별것 아니다. 네 가족은 죽었다. 그들은 너에게 아무런 땅도, 자원이나 산업에 대한 보유주도, 정부 내의 직책도 남겨 주지 않았다. 그들의 빚이 만기가 되면서 그들은 모든 것을 몰수당했다. 그들의 명예까지도 말이지. 너보다 나은 자들이 너에게 남겨 준 떨거지들은 뭐든 소중히 여겨라. 네가 얻게 된 환심이 뭐든 기억하라."

"저는 각하께서 직위가 아닌 행동을 더 중시하신다고 생각했습니다. 각하, 머스탱은 당신의 곁을 떠났습니다. 저까지 내치시는 실수를 저지르지 마십시오."

드디어 아우구스투스가 고개를 들어 나를 바라본다. 그의 눈은 인간을 넘어선 어떤 생물의 것이다. 제삼자처럼 냉담하게 계산하는 눈빛. 그 눈빛은 무시무시하고 비인간적인 긍지를 연료로 삼고 있다. 그것은 수십 대의 아버지들, 할아버지들, 누나들, 형제들의 긍지다. 그 모든 긍지는 아무런 실수도 결함도 없는, 하나의 총명하고 완벽한 그릇에 담겨 있다.

"내 적들이 너를 부끄럽게 만들었다. 그러니 그들은 나도 부끄럽게 만든 것이다, 대로우. 너는 나에게 네가 승리할 것이라고 장담했다. 그 후에 너는 패배했다. 그러니 그것으로 모든 판도는 바뀐다."

제5장

버림받다

나는 곧 죽을 것이다.

우리의 셔틀이 아우구스투스의 기함에서 비행을 시작해 아르마다 홀을 휙 스쳐지나가는 동안 그 생각이 머릿속을 맴돈다. 나는 창기병들과 함께 앉아 있지만 그들 무리의 일원은 아니다. 그들은 알고 있다. 적절하게도 그들은 나에게 말을 걸지 않는다. 그들이 나와 어떠한 친분을 쌓더라도 의미가 없는 것이다. 나는 그들에게 정치적 이익을 줄 수 없다. 나는 사람들이 택터스에게 내기를 제안하는 것을 엿듣는다. 내가 아우구스투스의 보호 밖에서 얼마나 오래 버틸지 가늠하는 내기다. 창기병 하나는 3일이라고 말한다. 택터스는 그 수치에 격정적으로 반론한다. 이는 내가 기관에서 그로부터 이끌어낸 충성심이 진실로 얼마나 대단한지 확인할 수 있는 계기나 다름없다.

"열흘."

택터스가 선포한다.

"최소 열흘이야."

나를 남겨두고 대피용 포드를 발사시킨 장본인도 바로 택터스였다. 그의 우정이 조건부라는 것을 언제나 알고 있었다. 그럼에도 불구하고 상처는 여전히 깊게 나서 내 안에 말로 표현할 수 없는 외로움을 조각한다. 그 외로움은 이런 골드들 사이에서 지내며 항상 느껴 왔지만 잊고 살도록 스스로를 속여 온 것이다. 나는 그들의 일원이 아니다. 그러므로 우리가 무리지은 함대들을 지나는 동안 나는 그 자리에 말없이 앉아 선창 밖을 멍하니 쳐다보며 루나가 나타나기만을 기다린다.

정상회담에서는 모든 지배층 가문들이 루나에 모여 여러 긴급하거나 사소한 사안들을 다룬다. 그 행사의 마지막 날 저녁에 내 계약은 종료된다. 내 주가를 향상시키는 데 사용할 수 있는 시간은 3일이다. 그동안 내가 대총독에게 저평가되고 있으며 신규채용을 하기에 적절하다고 다른 사람들이 느낄 수 있도록 만들어야 한다. 하지만 내 가치가 어떻든 간에 나는 실패작이다. 누군가가 나를 고용했다가 버린 것이다. 누가 그렇게 사용됐던 것을 갖고 싶어 하겠는가?

이것이 나의 운명이다. 내 골드 같은 얼굴과 재능에도 불구하고 나는 상품이다. 내 우라질 가문 문장을 찢어 내버리고 싶은 심정이다. 내가 노예여야 한다면 최소한 노예처럼 보여야 마땅하지 않겠는가.

설상가상으로 내 머리에는 가격이 매겨져 있다. 물론 공식적으로는 아니다. 내가 국가의 적은 아니므로 그렇게 하는 것은 불법이다. 하지만 내 적은 훨씬 나쁘다. 그 어떤 정부보다도 훨씬 잔인하다. 그 적은 카르누스와 캐그니를 아카데미로 보낸 여성이다.

소문에 의하면 내가 통로에서 줄리언의 생명을 앗아간 이후로 매일 밤 그의 어머니, 줄리아 오 벨로나가 '올림푸스 몬스' 산의 기슭에 놓인 가문의 하이홀 긴 식탁 앞에 앉아 핑크 하인들이 가져온 은으로 된 정리함의 반원 모양 뚜껑을 연다고 한다. 매일 밤, 정리함은 빈 채로 남아 있다. 그리고 매일 밤 그녀는 식탁에 앉아 있는 대가족 구성원들을 쏘아보며 비탄을 하고 앙심 품은 말을 똑같이 되풀이한단다.

"내가 사랑받지 못하고 있다는 것이 명백하네. 내가 사랑받았다면 복수하고자 하는 나의 욕망을 충족시켜 줄 심장이 여기에 있을 테지. 내가 사랑받았다면 내 아들의 살인자는 더 이상 숨을 쉬지 못할 테지. 내가 사랑받았다면 우리 가족은 자신들의 형제를 기릴 테지. 하지만 나는 사랑받지 못하고 있어. 그는 죽지 않았어. 아무도 형제를 기리지 않고 있어. 내가 무엇을 잘못했기에 이렇게 지긋지긋한 가족들과 하나가 된 건가?"

그후 그 수많은 벨로나 가족 구성원들은 자신들의 여성 가장이 자리에서 스르륵 일어나는 모습을 지켜본다. 굶주림으로 말라가는 그녀의 몸은 음식 대신 증오와 복수심에 의지하고 있다. 그 후 여성이라기보다는 유령에 가까운 그녀가 방을 나설 때까지 나머지 가족원들은 침묵을 지킨다.

그녀의 접시로부터 내 심장을 지켜 준 것은 대총독의 무기, 자본, 그리고 명성이다. 정치, 즉 내가 그렇게 증오하는 바로 그것이 내 생명줄을 연장시킨 것이다. 하지만 3일 후, 그 방패는 기억 저편의 그림자로 변할 것이다. 나를 보호할 유일한 수단은 스승들이 나에게 남겨 준 가르침뿐일 것이다.

"결투를 하게 될 거야."

창기병 하나가 말한다. 그러더니 더 크게 짖는다.

"그것도 거절하고 자기 명예를 오래 지켜낼 수는 없지. 카시우스 자신이 직접 결투를 신청한다면 말이야."

"우리 리퍼에게도 몇 가지 비장의 무기들이 있어. 너는 그 자리에 없었겠지만 리퍼가 미소만으로 아폴로를 죽인 것은 아니었어."

택터스가 말한다.

"레이저를 썼지, 대로우? 최근에는 너를 펜싱장에서 못 본 것 같은데."

다른 창기병이 묻는다. 그의 말투는 비아냥거리고 있다.

"거기서 볼 일이 없었겠지. 저 픽시는 자신이 잘 못하는 건 피하잖아. 그치?"

또 다른 창기병이 말한다.

로크는 내 옆에서 분노로 동요한다. 나는 그의 팔뚝에 손을 올려놓은 후 천천히 돌아 나를 모욕하는 창기병과 마주한다. 빅트라는 그의 뒤에 앉아 손 놓고 상황을 지켜본다.

"나는 펜싱을 하지 않아."

내 말에 누군가가 웃으며 묻는다.

"안 하는 거야? 아니면 못하는 거야?"

"그를 좀 내버려 둬. 레이저 전문가들은 비싸다고."

택터스가 음흉한 미소를 지으며 얘기한다.

"택터스, 그렇게 나오기야?"

내 질문에 택터스가 얼굴을 찌푸린다.

"아, 뭘 그렇게 받아들여. 그냥 장난 좀 치는 거잖아. 그렇게 지독하게 진지하냐. 한때는 너도 좀 더 재미있는 사람이었는데."

로크가 뭐라고 말하자 택터스가 인상을 쓰고 고개를 돌리지만 나는 그들의 대화가 들리지 않는다. 나는 추억 속에 빠져든다. 한때 이 골드들의 게임이 너무나 쉬워 보였던 그 시절의 추억 속으로. 뭐가 바뀐 것일까? 머스탱이다.

"너는 이것보다 나은 사람이잖아."

내가 머스탱을 버리고 아카데미를 지원했을 당시, 그녀가 속삭였다. 그녀의 눈에는 눈물이 고여 있었으나 목소리는 흔들리지 않았다.

"살인자가 되지 않아도 돼. 전쟁의 편에 서지 않아도 된다고."

"나에게 어떤 다른 선택이 있는데?"

내가 물었다.

"나. 내가 그 다른 선택이야. 나를 위해 있어 줘. 미래의 가능성을 위해 있어 줘. 기관에서 너는 충성심이라고는 들어보지도 못한 소년과 소녀들을 너의 추종자들로 만들었어. 아카데미로 간다는 것은 네가 그렇게 쌓아올렸던 것을 외면하고 우리 아버지의 군지도자가 되겠다는 거야. 너는 그런 사람이 아니잖아. 그런 남자를 내가……."

그녀는 돌아보지 않았다. 하지만 그녀의 말끝이 흐려지면서 표정은 변하고 입술은 굳은 일자를 그렸다.

사랑? 기관에서 나온 후 1년간 우리가 쌓아올린 것이 그것이었던가?

만약 그렇다 하더라도 그 단어는 그녀의 입 밖으로 나오지 못했다. 왜냐하면 그녀도 나도 알다시피, 나는 그녀에게 나의 모든 것을 내주지 않았기 때문이다. 그녀에게 내가 어떤 존재인지를 모두 털어놓지 않았다. 욕심껏 비밀을 지켰다. 그런데 어떻게 그녀와 같은 사람이, 자존감이 그렇게나 강한 여자가 자신에게 너무나 조금 되돌려주는 남자에게 자신의 속을 다 공개하고 마음을 줄 수 있겠는가? 그리하여 그녀는 금빛 눈을 감고 내 손에 레이저를 마구잡이로 쥐어 준 후 나에게 떠나라고 말한 것이다.

머스탱을 탓하지는 않는다. 그녀가 선택한 것은 정치, 관리……그리고 평화다. 즉 그녀의 판단으로 자신의 종족에게 필요하다고 생각되는 것들이다. 나는 칼을 선택했다. 왜냐하면 그것이 내 종족에게 필요한 것이기 때문이다. 내 자체로는 이오를 절대 충족시키지 못했다. 그런데 머스탱은 충족시킬 수 있었다는 생각이 드니 내 속이 이상하게 공허해진다. 로크의 말이 맞았다. 나는 그녀를 밀쳐냈다.

세브로는 밀쳐내지 않았다. 그에게 함께 가자고 제안했었다. 그런데 갑자기 여러 하울러들과 함께 세브로는 명왕성으로 재발령을 받았다. 해적들의 소소한 급습들로부터 외딴 건설 현장들을 보호도록 좌천당한 것이다. 지금에 와서야 나는 그것이 플라이니의 짓이 아니었나 의심이 든다.

나의 길이 이렇게 외롭게 느껴진 것은 처음이다.

"너는 버림받지 않을 거야. 다른 가문들은 자신들을 위해 네가 일해 주기를 바랄 거야. 택터스의 말에 너무 신경 쓰지 마. 벨로나 가문은 너를 공격하지 않을 거야."

로크가 나에게 가까이 기대오며 말한다.

"당연히 안 하겠지."

내가 거짓말을 한다.

로크는 여전히 내 두려움을 감지할 수 있다.

"대로우, 시타델에서는 폭력이 용납되지 않아. 특히나 유혈 사태로 번질 싸움들은 더더욱 금지됐어. 심지어 결투도 군주님께서 직접 허가를 내주시지 않는 이상 불법이야. 네가 새로운 가문에 소속될 때까지 그냥 시타델 구역 안에 있으면 모든 게 잘 풀릴 거야. 때를 기다리며 꼭 해야 할 일을 하고 있어. 그러면 1년 안으로 너는 다른 사람의 지도 아래에서 비상할 것이고 그것을 본 대총독님은 바보처럼 후회하실 거야. 정상으로 가는 길은 여러 개야. 항상 그것을 명심해, 형제여."

로크는 내 어깨를 쥔다.

"우리 어머니와 아버지께 네 입찰에 응해 달라고 부탁하고 싶어. 내 마음 너도 알지……? 하지만 그분들은 아우구스투스 님에게 대항하지 않을 거야."

"나도 알아."

로크의 부모님은 계약 입찰에 수백만을 붓고도 푼돈 썼다고 생각하실 분들이다. 하지만 로크의 어머니가 상원 의원 자리를 22년간 지켜 온 것은 자선을 베풀었기 때문이 아니다. 의회에서 그녀의 표는 아우구스투스 대표단과 함께 움직인다. 아우구스투스가 원하는 것이라면 그녀는 후원한다.

"나는 괜찮을 거야. 네 말이 맞아."

나는 말한다. 창밖으로 루나가 모습을 드러내 측근들을 조용히 시키며 내 안을 공포로 채운다. 지구의 도시 위성이다. 인공위성과 장치들이 그 주위를 맴돈다. 마치 금속 천사의 광륜이 태양에 비춘 호박석 구슬을 둘러싼 모양이다.

"나는 괜찮을 거야."

제6장

이카루스

우리는 시타델 근처에 착륙한다. 끈적끈적한 공해 바람에 의해 착륙장 인근의 드높은 나무들이 휜다. 땀이 내 하이칼라 윗선을 따라 방울방울 빠르게 맺힌다. 벌써부터 이 흉측한 곳이 싫다. 우리가 착륙한 이곳은 시타델 구역 안이다. 가장 가까운 도시조차 멀리 떨어져 있으며 숲과 호수로 둘러싸여 있다. 그럼에도 불구하고 루나의 공기는 폐에 들러붙어 사람을 물리게 만든다.

시타델 서쪽 캠퍼스의 뾰족한 첨탑들 너머로 지평선이 보인다. 부풀어 오른 지구가 지평선 위에서 파랗게 맴돌고 있다. 그 모습은 내가 고향으로부터 정말 멀리 떠나 있음을 상기시켜 준다. 이곳의 중력은 화성에서보다 약하고 지구 중력의 6분의 1밖에 안 된다. 그래서 내 몸은 불안하고 서툴게 느껴진다. 걸을 때마다 떠 있는 느낌이다. 신체 조정력이 금방 회복됐는데도 불구하고 내 몸은 그 나름의 가벼운 느낌과 이상야릇한 폐소공포증을 겪으며 고생하고 있다.

다른 함선이 북쪽에 착륙한다.

"벨로나의 은색 함선 같은데."

로크가 석양에 부신 눈을 찌푸리며 조용히 말한다.

나는 큭큭 웃는다.

로크는 나를 돌아본다.

"왜?"

"그냥 지금쯤 펄스로켓을 갖고 있었다면 어땠을까 상상하고 있었어."

"그래, 그것 참…… 좋은 상상이네."

로크는 계속 걷는다. 나는 그를 뒤따른다. 내 눈은 함선에 머무르고 있다.

"나는 루나의 석양이 정말 좋아, 대로우. 호메로스의 세계에 온 것 같다 할까? 하늘이 갓 주조된 따끈한 구릿빛이야."

위로는 낯선 하늘이 오래도록 지는 태양과 함께 밤중으로 녹아든다. 2주간 위성의 이쪽 지역에서는 낮의 빛을 못 볼 것이다. 밤만이 존재하는 2주. 고급 요트들이 낮이 끝나는 이 기이한 곳을 유유히 통과한다. 그러는 동안 날쌘 블루 파일럿이 조종하는 립윙들은 산산조각 난 흑단에 박쥐들이 한데 붙은 모양으로 비행 순찰하다 우리를 지나친다.

지구의 6분의 1밖에 안 되는 중력은 이들 루나 태생들이 마음껏 건설을 할 수 있는 환경이 돼 준다. 그러니 그들은 건설을 한다. 시타델 구역 너머의 지평선에는 탑과 도시형 고층건물로 울타리가 쳐져 있다. '렁패스' 도로들은 모든 곳에 구불구불하게 설치되어 시민들이 허공으로 쉽게 뜰 수 있도록 만들어졌다. 렁패스 네트워크는 담쟁이덩굴처럼 높은 타워 사이사이로 늘어져 내려와 천국과 로우디스트릭트 지구들의 지옥을 연결시킨다. 그것을 따라 수천 명의 남자와 여자들이 덩굴 위의 개미들처럼 기어가는 동안 그레이 순찰 배들이 윙 하고 주요 도로 주변을 바삐 돈다.

아우구스투스 가문에게 시타델 구역 내에 저택이 배정됐다. 그것은 약 120평방미터의 소나무숲 속에 둥지를 틀고 있다. 이 장중한 곳에 있는 다른 예쁘장한 것들과 마찬가지로 예쁘장하다. 거기에는 정원들과 산책로들, 날개 달린 작은 소년 조각이 있는 분수들이 있다. 다 그런 종류의 잡스러운 것들이다.

"크라바트 한 판 뜰까? 머릿속을 좀 비워야겠어."

나는 저택 옆에 있는 훈련장을 향해 고갯짓을 하며 로크에게 제안한다.

"난 안 돼. '통치시대의 자본주의'에 대한 회의에 참석해야 해."

로크는 동료 창기병들과 그들의 수행원들이 저택 안으로 몰려드는 길목을 피해 주며 움찔한다.

"그렇게 자고 싶으면 저택 안에 침대들도 많을 텐데."

"장난해? 레귤러스 아그 선이 주안점을 발표할 거라고."

나는 휘파람을 분다.

"퀵실버(금융 담당인 실버들 중 최고위인사를 말함—옮긴이)가 직접 나선다라. 그럼 자갈로 다이아몬드 만드는 법을 배울 수 있겠네? 그가 올림픽 나이트 두 명의 계약서를 소유한다는 소문은 들었어?"

"일단 우리 어머니의 말에 따르면 그건 소문이 아니야. 아우구스투스 님께서 군주님의 대관식에서 하셨던 말씀이 떠오르더라고. '사나이란 살인하기에 너무 어린 나이라든지, 지나치게 현명하든지, 과도하게 힘이 셀 수는 없다. 하지만 응당 너무 부자일 수는 있다.'"

"아르코스 님이 했던 말씀이잖아."

"아니야, 아우구스투스 님의 말씀이 확실해."

나는 고개를 젓는다.

"다시 확인해 봐, 형제여. 그 말씀을 하신 건 론 오 아르코스 님이야. 그러자 군주님이 되돌아보며 대답했지. '당신은 잊었군, 레이지 나이트여. 나는 여성이라네.'"

우리 세대 사이에서 아르코스는 인간이자 신화 그 자체다. 현재는 은둔하고 있지만 그는 60년 넘도록 '화성의 검'이자 '레이지 나이트'였다. 소사이어티 전역에 있던 여러 비할 데 없는 자들은 일주일간 그의 고유 크라바트 형식인 버드나무 검법을 그로부터 배울 수만 있다면 위성 행성들의 소유권 문서를 그에게 넘기겠다고 했었다. 아폴로를 죽일 때 썼던 칼반지를 나에게 선물한 후 자신의 가문에 자리를 마련해 주겠다고 제안했던 사람도 바로 그였다.

당시에 나는 그 늙은이 대신 아우구스투스를 선택하며 그의 제안을 거절했다.

"당신은 잊었군. 나는 여성이라네."

로크가 내 말을 되풀이한다. 내가 낫을 든 사신과 레드식 사후 세계인 계곡에 대한 이야기들을 소중히 여기듯 그는 골드들의 제국에 대한 이야기들을 소중히 여긴다.

"내가 돌아오면 나중에 다시 얘기하자. 평상시와 같은 농담 따먹기 말고."

"그럼 어린 시절 짝사랑에 대해 하염없이 하소연 하지도 않고, 와인도 과하게 마시지 않고, 자기 전에 퀸의 미소 모양과 에트루리아 묘지의 아름다움에 대한 느끼한 시도 읊지 않을 거야?"

내 농담에 로크는 양 볼이 붉어지지만 손을 가슴 위에 얹는다.

"내 명예를 걸고."

"그럼 터무니없이 비싼 와인 한 병 가져와, 그러면 대화해 주지."

"세 병 가져갈게."

나는 로크가 떠나는 모습을 지켜본다. 그의 눈은 내 미소보다 차갑다.

몇몇 다른 창기병들도 로크와 함께 회의에 참석한다. 나머지들은 아우구스투스의 그레이 보안팀이 지대를 샅샅이 살피는 동안 편히 쉰다. 옵시디언 경호원들은 골드들을 그림자처럼 따라다닌다. 시타델의 정원에 있던 핑크들은 우아하게 흔들리는 걸음으로 저택에 끊임없이 흘러 들어온다. 여행에 따분함을 느끼고 다소 즐거움을 추구하고자 하는 대총독 가문 소속 직원들이 명령을 내린 것이다.

핑크 시타델 남성 집사가 나를 방까지 안내한다. 도착하자 나는 웃음이 터진다.

“착오가 있었던 것 같군. 나는 빗자루가 아니다.”

나는 화장실과 옷장이 붙어 있는 작은 방을 둘러보며 말한다.

“제가 이해를 잘…….”

“이분은 빗자루가 아니니 이 옷장 안에 안 들어갈 거라고요. 이분 신분보다 아래인 자들에게 걸맞은 대우잖아요.”

시오도라가 우리 뒤의 출입구에 서서 말한다. 그녀는 주위를 살피며 보잘 것 없다는 듯 앙증맞은 코로 킁킁댄다.

“여기는 나조차도 화성에서의 옷을 보관할 옷장으로 쓸 수 없을 정도인데요.”

“여기는 시타델이에요. 화성이 아닙니다. 쓸모없는 것들에게는 더 적은 공간이 주어지죠.”

집사의 분홍 눈이 시오도라의 나이 든 얼굴에 패인 주름들을 확인한다.

시오도라가 예쁘게 미소 짓고는 집사 남자의 가슴팍에 핀으로 고정된 장미석영 나무를 가리킨다.

“세상에! 그것은 드리오페 정원의 검은 포플러 나무인가요?”

“이런 건 처음 보나 보네요.”

집사가 몸을 돌려 나를 향하기 전에 오만하게 말한다.

"도미너스, 화성에서는 그쪽 핑크들을 어떻게 키우는지는 모르겠습니다만 루나의 개인 전용 하인들은 최선을 다해 주위로부터 영향을 안 받은 척 해야 마땅합니다."

그 말에 시오도라가 사과한다.

"물론이죠. 제가 무례했네요. 저는 그냥 그쪽이 핑크 수장인 매이트론 카레나를 아시나 싶었어요."

집사가 멈칫한다.

"매이트론 카레나……."

"정원에서 우리는 함께 어린 시절을 보냈지요. 그녀에게 시오도라가 인사한다고 말하고 시간이 된다면 그녀에게 연락할 것이라고 전해 주세요."

"당신 로즈군요."

집사의 얼굴이 종잇장처럼 하얘진다.

"한때였어요. 모든 꽃잎들이 졌답니다. 아, 그래도 당신의 이름을 꼭 알려 주세요. 그녀에게 당신의 환대 태도를 꼭 좀 추천하고 싶네요."

집사는 뭐라고 거의 들리지 않는 말들을 중얼거리더니 나보다 시오도라에게 더 깊숙이 고개 숙여 인사하고 떠난다.

"재밌었나?"

내가 묻는다.

"언제나 어깨에 약간의 힘을 주는 것은 좋답니다. 다른 모든 것들이 처지기 시작하더라도 말이에요."

"어째 네 커리어가 시작하는 시점에서 나의 커리어가 끝나는 것 같다."

나는 침울하게 쿡쿡 웃고는 침대 근처에 있는 홀로 디스플레이 쪽으로 걸어간다.

"저라면 그러지 않겠어요."

시오도라가 말한다.

나는 아랫입술을 깨문다. 밀탐 장치가 있을 때 우리끼리 보내는 신호다.

"음, 당연하지만 그거 말인데요. 어쨌든 홀로넷은……. 지금 그 넷상에 접속하고 싶지는 않으실 거예요."

"나에 대해 다들 뭐라 하는데?"

"다들 당신이 어디에 묻힐지 궁금해 하고 있어요."

내가 대답할 새도 없이 어떤 손가락 마디뼈가 방 출입구 문틀을 두드린다.

"도미너스, 줄리 아가씨께서 뵙자고 하십니다."

나는 빅트라의 핑크를 따라 그녀의 방에 딸린 개인용 테라스로 간다. 빅트라의 화장실만 단독으로 봐도 내 침대보다 크다.

"공평하지 않아."

라벤더 나무의 상아빛 기둥 뒤에서 어떤 목소리가 말한다. 뒤를 돌자 덤불 가시들을 가지고 놀고 있는 빅트라가 보인다.

"네가 그레이 용병처럼 잘리는 게."

"빅트라, 네가 언제부터 공평한 걸 신경을 썼다고 그래."

"나와 항상 그렇게 싸우려 해야겠어? 이리 와 앉아."

그녀의 동생과는 다르게 흉터가 많이 있음에도 불구하고 그녀의 길쭉한 자태와 환한 얼굴에 진정한 결점은 하나도 없다. 그녀는 앉아서 무슨 디자이너 담배를 피운다. 그것에서 벌채된 숲 위로 석양이 지는 듯한 향내가 난다. 그녀는 안토니아에 비해 뼈대가 무겁고, 키가 크며, 체형은 마치 선봉이 냉각됐다가 모난 형태를 갖추듯 한 번 녹았다 모양을 잡은 것 같다. 그녀의 눈빛에서 짜증이 복받친다.

"나는 결단코 네 적이 아니야, 대로우."

"그럼 뭔데? 친구?"

"네 상황에 놓인 사람이라면 친구가 반갑지 않겠어?"

"차라리 열댓 명의 '문신이 새겨진 자' 옵시디언 경호원들이 더 반갑겠다."

"누가 그 돈을 다 댈 수 있겠어?"

그녀가 웃는다. 나는 눈썹을 올린다.

"너 있잖아."

"글쎄, 문신이 새겨진 자들은 너를 네 자신으로부터 보호하지 못할 거야."

"나는 그것보다 벨로나들의 레이저가 좀 더 걱정되는데."

빅트라는 입술 새로 명랑하게 한숨을 내쉰다.

“걱정? 우리가 착륙할 때 내가 봤던 네 표정이 그거였다고? 궁금하네. 음, 두려움이나 공포. 진실로 마음이 편치 않게 만드는 모든 감정들. 나는 네가 지은 표정이 그런 감정인 줄 알았는데. 왜냐하면 너는 이 위성이 네 무덤이 될 것을 알고 있으니까.”

“우리가 더 이상 대치하고 있지 않은 줄 알았는데.”

“네 말이 맞아. 나는 그냥 네가 매우 이상하다고 생각해. 아니, 최소한 친구를 선택하는 네 취향은 이상한 것 같아.”

그녀는 내 앞에 놓인 분수의 가장자리에 앉아 있다. 그녀의 뒤꿈치는 오래된 돌과 부딪힌다.

“너는 언제나 나를 적당히 멀리하면서 택터스나 로크와는 가까이 지냈어. 로크는 왜 그런지 이해가 돼. 걔는 버터만큼이나 물러 터진 놈이니까. 그런데 택터스는? 마치 독사로 치실질을 하면서 물리지 않을 것이라 생각하는 것 같잖아. 걔가 기관에서 네 사람이었기 때문에 네 친구라고 여기는 거야?”

“친구라고?”

나는 그 개념에 어이없이 웃는다.

“택터스가 어렸을 때 친형들이 걔가 제일 좋아하던 바이올린을 망가뜨렸다고 했어. 그 후 나는 시오도라에게 퀵실버의 경매장에서 스트라디바리우스 바이올린을 사오라고 시키며 내 통장 예치금의 반을 내줬지. 택터스는 고마워하지 않았어. 마치 내가 걔한테 돌덩이를 건네 준 것 같았지. 뭐 때문에 이걸 사 왔냐고 묻더라고. 나는 ‘네가 연주하라고.’라고 대답했어. 걔는 왜냐고 물었지. ‘우리는 친구니까.' 택터스는 다시 바이올린을 내려다보더니 가 버렸어. 2주 후, 나는 걔가 그걸 갖다가 팔아서 그 돈으로 핑크들과 마약을 샀다는 것을 알게 됐지. 택터스는 내 친구가 아니야."

"걔 형들이 걔를 그렇게 만든 거야."

빅트라는 자신의 정보를 나와 공유하기를 꺼려하는 듯 주저하다 언급한다.

"택터스가 언제 아무런 대가도 없이 누군가로부터 무언가를 받아봤겠어? 네가 걔를 불편하게 만들었던 거야."

나는 빅트라를 향해 몸을 가까이 기울인다.

"왜 내가 너를 경계한다고 생각해? 그건 너도 항상 무언가를 바라기 때문이야, 빅트라. 네 여동생과 똑같이."

"아, 안토니아 때문일지도 모른다고 생각하긴 했어. 언제나 걔가 일을 망치고 있군. 그 늑대년이 어머니의 자궁을 물어뜯고 나와 인간의 옷을 훔쳤을 때부터 그랬지. 내가 첫째로 태어난 게 다행이야. 아니었다면 내가 요람에 있었을 때 걔가 내 목을 졸랐을 거야. 그리고 어째든 그 애는 내 이부동생일 뿐이야. 아버지가 다르다고. 어머니께서는 일부일처제의 의의에 별로 공감하지 못하셨어. 안토니아는 단순히 어머니의 기분이 상했으면 하는 이유로 줄리 대신 세베루스 성을 쓰고 다닌다니까. 고얀 년. 그래서 나는 걔의 도덕적 결함이라는 짐에 치여 살고. 말도 안 되게."

빅트라는 자신의 손가락에 끼운 수많은 비취 반지들을 가지고 논다. 반지들은 이상해 보인다. 스파르타인 만큼이나 흉 진 그녀의 얼굴과 반지들은 대조적이다. 그러고 보니 빅트라는 언제나 대조되는 점들이 많은 여자였다.

"왜 나랑 이런 이야기를 나누려는 거야, 빅트라? 나는 너에게 아무것도 해 줄 수 없어. 나는 직위가 없어. 지휘권도 없고. 돈도 없어. 게다가 명성도 없지. 모두 네가 소중히 여기는 가치들이잖아."

"아…… 이봐, 나는 다른 것들도 소중히 여긴다고. 그리고 너에게도 명성 하나는 확실히 있잖아. 그것에 대해서는 플라이니가 손을 제대로 썼지."

"그럼 그가 정말로 소문을 만드는 데에 일조했군. 나는 단순히 택터스가 입을 놀리고 있다고 생각했지."

빅트라가 웃는다.

"일조라고? 대로우, 그는 네가 아우구스투스 님에게 무릎을 꿇던 그 순간부터 너와 전쟁 중이었어. 그 전에도 그랬고. 그는 너를 그 자리에서 바로 죽이라고, 아니면 최소한 아폴로 살인 건에 대한 재판을 열라고 아우구스투스 님에게 조언을 드렸었어. 몰랐단 말이야?"

그녀는 내 멍한 눈빛을 보며 고개를 젓는다.

"네가 이제 와서 겨우 그것을 깨닫는 것만 봐도 네가 그의 게임에 참여하기에 얼마나 준비가 안 됐는지 보인다. 그리고 그런 이유로, 너는 살해당할 거야. 그래서 내가 너와 얘기를 나누려는 거지. 나는 네가 그 불쾌한 방에서 부루퉁해 있기보다는 대안을 찾았으면 하거든. 안 그러면 카시우스 오 벨로나가 올 거야. 카시우스는 칼을 가지고 와서 바로 여기를 깊이 찌르겠지…….”

빅트라는 손톱을 길게 기른 손가락으로 내 가슴을 매만지며 내 심장의 외곽선을 따라 그린다.

“그리고 자기 어머니께 수년 간 못 드셨던 첫 끼를 제대로 대접하겠지.”

“그럼 네 제안은 뭔데?”

“조막만 한 개새끼처럼 굴지 말라고.”

빅트라는 나를 올려다보며 미소를 짓고는 데이터슬립을 내보인다. 마지못해 나는 그 얇은 금속 슬립의 끄트머리를 잡는다. 하지만 그녀는 그것을 놓지 않고 나를 분수의 가장자리, 그녀의 다리 사이로 끌고 온다. 그녀가 입술을 벌리며 윗입술을 따라 혀를 움직이는 동안 그녀의 눈은 나를 훑는다. 내 얼굴을, 더 올라와 내 눈을. 그리고 거기에 머무르며 불꽃을 튀겨 보려 한다. 하지만 불꽃은 전혀 안 생긴다. 그녀는 고양이 같이 한숨을 내쉰 뒤 데이터슬립을 놓는다. 내가 그것을 내 개인 데이터패드로 돌리자 화면에 여관 광고 하나가 뜬다.

“여기는 시타델 구역 안에 있지 않잖아.”

내가 말한다.

“그래서?”

“그래서라니, 내가 여기를 뜨면 내 머리를 목표물로 하는 사냥 축제의 개막식이 열린다고.”

“그럼 네가 뜨는 것을 홍보하지 마.”

나는 한 발 뒤로 물러선다.

"그들이 얼마에 너를 매수한 거야?"

"이게 함정이라고 생각하는 거야?"

"그럼 아니야?"

"아니야."

"네가 진실을 말하는지 어떻게 알아?"

"대부분의 사람들은 진실을 다룰 형편이 못 돼. 나는 되지만."

"아, 맞다. 내가 잊었군. 너는 절대로 거짓말을 하지 않지."

"나는 줄리 가문 사람이라고."

그녀가 천천히 일어선다. 말려 있던 레이저 날이 풀리듯 그녀의 분노가 상승하고 있다.

"우리 가족은 무역 사업으로 대륙을 살 수 있을 정도로 벌었어. 누가 내 명예를 살 형편이 되겠어? 그에 대한 답은 만약…… 어느 날 내가 네 적이 된다면 그때 알려 줄게. 그리고 왜 그런지도 설명하지."

"모두들 거짓말 한 것을 걸리기 전까지는 정직하지."

빅트라의 허스키한 웃음소리에 내 자신이 어린아이처럼 작게 느껴진다. 그녀가 나보다 7살이 많다는 것이 생각난다.

"그럼 여기 있어, 리퍼. 가능성을 믿어. 그놈의 친구들을 믿어. 누군가가 네 계약서를 사기 전까지 여기 숨어 있어. 그리고 그 사람이 단순히 너를 젖먹이 돼지 새끼처럼 벨로나에게 갖다 바치기 위해 산 것이 아니기를 기도해."

나는 양쪽의 승산을 저울질을 하다 그녀가 일어서는 것을 도와주기 위해 손을 내민다.

"글쎄, 그렇게 놓고 본다면야……."

"발렌틴 대령?"

빅트라는 셔틀의 경사진 통로에서 우리를 기다리고 있는 두 명의 그레이들 중 키가 더 작은 놈에게 묻는다. 셔틀은 제대로 쓰레기다. 내가 본 가장 흉측한 비행 기종들 중 하나다. 마치 귀상어의 상반신 같다. 나는 그레이들 중 키가 더 큰 놈을 조심스럽게 눈여겨본다.

"네, 도미너스님들."

발렌틴은 콘크리트 벽돌 같은 머리를 끄덕이며 말한다. 그는 군대식 지위를 순차적으로 오른 사람답게 엄격한 정확성을 보인다.

"뒤를 밟히지 않으신 것이 확실합니까?"

"죽음만큼 확실해."

빅트라가 말한다.

"그럼 우리는 쏜살같이 떠나야겠네요."

나는 빅트라를 따라 셔틀 안으로 들어가면서도 우리가 온 길을 스캔한다. 우리는 아우구스투스의 저택을 나오자마자 몸을 숨겨주는 고스트클록 망토를 입었다. 그리고 열댓 개의 비밀 통로를 지나 여섯 번의 낡은 그래브리프트를 탄 후 시타델의 발사대들 중 거의 사용되지 않아 먼지가 쌓인 구역에 도착했다. 시오도라는 우리를 그곳까지 데려다주고 갔다. 그녀도 따라오고 싶어 했으나 나는 우리가 갈 곳으로 그녀를 데려가지 않을 것이다.

빅트라와 내가 함선에 오르는 동안 그레이 한 놈이 우리에게 도청 장치는 없는지 검사한다.

함선의 슬라이드식 경사로 출입구가 우리 뒤로 닫힌다. 12명의 우락부락한 그레이들이 셔틀의 좁은 객실을 메운다. 늠름한 타입들은 아니다. 그냥 암거래의 장인들일 뿐이다.

컬러들에는 평균치가 있기는 하지만 인류 유전학과 소사이어티 내의 다양한 생태 환경 덕분에 다양한 구성원들을 갖게 됐다. 흔히 금성의 그레이들은 화성에 있는 놈들에 비해 피부가 어둡고 체구가 탄탄하다. 하지만 가족들은 이동하고 섞이며 자손을 번식한다. 각 컬러마다 갖고 있는 재능 수준은 외모보다도 더 가변적이다. 대부분의 그레이들은 쇼핑센터나 도시 도로를 순찰하는 일이나 할 운명이다. 몇몇은 군 입대를 한다. 또 몇몇은 광산으로 간다. 하지만 또 특수하게도 더 사악하고 교활하게 태어나 평생 골드 주인의 골드 적을 사냥하기 위해 훈련 받은 종류의 그레이들이 있다. 우리와 함께 셔틀에 탄 이들처럼. 이런 놈들을 '러쳐'라고 부른다. 지구에서 교배시키던 잡종견들을 뜻하는 별칭이다. 당시 잡종견들은 오로지 한 가지 목적만을 위해 비상할 정도로 은밀히, 교활하게, 그리고 빠르게 움직이도록 교배됐었다. 그것은 자신보다 큰 존재들을 죽이기 위해서였다.

"우리는 '로스트 시티'로 갈 거다. 그런데 너희들은 12명밖에 안

왔나?"

내가 묻는다.

나도 그 정도 인원수면 충분하리라는 것을 알고 있다. 그냥 그레이들이 싫다. 그래서 일부러 그들을 건드리는 것이다.

하나의 가족이 도로에서 이방인을 만났다는 태도로 그레이들은 침묵을 지키며 나의 반응을 살핀다. 발렌틴은 이 가족의 아버지다. 그는 녹슨 칼로 조각한 지저분한 사각 얼음 덩어리와 같은 체구를 지녔으며 햇볕에 그을린 얼굴은 거무스레하고 눈은 빠릿빠릿하게 움직인다. 그의 중위, 선화가 우리에게 가까이 기대온다. 그녀는 올리브나무처럼 굳세고 울퉁불퉁하게 생겼다.

이들의 대륙 소수민족적인 생김새로 미루어 보아 둘 다 지구에서 태어났다. 이 그레이들은 자신들의 민간인 사복에 소사이어티의 부대를 상징하는 삼각 배지를 달고 있지 않다. 그것은 이들이 20년 의무 복무를 모두 채웠다는 의미다.

"우리는 당신을 보호하라는 임무를 받았습니다, 도미너스."

발렌틴이 말한다. 그 사이에 선화는 그녀의 왼쪽 손목 안쪽에 찬 이국적인 원형 무기에 실탄을 채운다. 혈장 베이스의 무기 같아 보인다.

"저희 조직이 안전한 길을 준비해 놨습니다. 추정 이동시간, 24분입니다."

"내가 어디로 가는지 플라이니가 알게 되거나 내가 시타델 밖으로 나갔다는 것을 벨로나가 알게 된다면……."

"러쳐들도 상황을 알고 있어."

빅트라가 말한다.

"골드 배지가 하나도 안 보이는데. 용병들인가?"

내 질문에 발렌틴이 무미건조하게 답한다.

"이렇게 오래 살아남을 정도로 우리의 실력이 출중하다는 것을 뜻합니다, 도미너스. 저희는 모든 경우의 수를 대비해 놨습니다. 만일의 사태를 위한 계획과 지원은 준비되어 있습니다."

"얼마큼의 지원?"

"충분히요. 저희는 단순히 수송자들입니다, 도미너스."

발렌틴의 입이 씰룩거리며 미소를 짓는다. 나는 그의 말을 믿기로 한다.

"벨로나보다 더 큰 문제는 자신들 앞으로 기회가 그냥 굴러들어 왔다고 생각할 제3집단들입니다. 우리가 향하는 곳에는 제3집단들이 지겹도록 많을 것입니다, 도미너스. 개똥 같은 것들이 우리의 ROI(투자 수익 창출 — 옮긴이)를 방해하죠. 선화?"

"이것을 입으십쇼."

선화가 나에게 평범한 옷이 들어 있는 가방 하나를 던져 준다. 그녀의 중얼거리는 말투는 단조로우며 느릿느릿하다.

"당신은 키가 크네요. 젠장, 그건 어떻게 할 방도가 없습니다. 그래도 이것과 이것, 그리고 이것으로 신속히 염색 작업을 진행하겠습니다."

그녀는 빅트라에게 다른 가방 하나를 던져 준다.

"당신 겁니다. 보스는 당신이 너무 화려하게 입을 거라고 생각했습니다."

그 말에 빅트라가 웃는다.

"야들아, 개 입마개 끌러 버리자."

발렌틴이 짖는다. 셔틀 함선은 진동하며 공중으로 뜬다.

"본격적인 시작이다."

숙련된 손에서 전성기를 맞는 섬퍼와 버너 기구들. 금속에 금속이 부딪히는 스타카토 소리. 마치 자석 원형 단추들이 해당 금속 구멍에 맞물려 들어가면서 금속 테두리끼리 부딪혀 찰칵거리는 소리 같다. 러쳐들은 딱 달라붙는 풍뎅이스킨 갑옷 바깥에 숨겨 놓은 무기집 속으로 무기들을 감춘다. 세 명이 불법 손목 무기들을 착용하고 있다. 나는 그 밀수품을 눈여겨보며 내 풍뎅이스킨 갑옷을 입는다. 그 갑옷은 빛을 흡수해 버린다. 동공 같기도 한 기이한 까만색이다. 색감의 부재라고 하는 것 외에는 딱히 달리 표현할 말이 없다. 우리가 기관에서 썼던 내구성 아머 갑옷보다 낫다. 이것은 그 흔한 스코처와 같이 가끔씩 마주하게 되는 발사형 무기들이나 몇몇 칼날들을 막아 줄 것이다.

함선은 수직 추진 엔진이 하던 일을 메인 엔진에게 넘겨 주면서 떤다.

"탈론과 미노타우로스는 들어라. 이카루스가 움직인다."

발렌틴이 자신의 컴에 대고 거칠게 속삭인다.

"다시 말한다. 이카루스가 움직인다."

제7장

후산

루나에는 어둠이 없다. 최소한 진짜 어둠은 없다. 삐죽삐죽하며 금이 간 금속이 위성의 피부를 이룬다. 수많은 색감의 빛들이 한데 섞이며 도시 경관에 은은히 반사된다. 뱀처럼 구불구불한 공중 트램과 대기 주요도로들, 번쩍거리는 통신 센터들, 번잡한 식당들, 그리고 꾸밈없는 경찰서들이 모세혈관, 신경종말, 땀샘, 그리고 모낭들처럼 도시의 금속 피부에 엮여 있다.

우리는 골드 디스트릭트 지구로부터 멀리 떨어진다. 장엄한 셔틀과 중력 조절용 그래브부츠가 골드들을 수 킬로미터 치솟은 타워 위의 오페라 하우스로 이송해 주고 있다. 우리는 그 정도로 높이 설립된 도시의 손아귀에서 벗어난 것이다. 그리고 부유한 실버와 코퍼 지구로 급속히 하강해 지나 렁패스와 고공 기차들의 사이로 이동하고, 옐로우, 그린, 블루, 그리고 바이올렛들이 살고 있는 미드 디스트릭트 지구를 통과한 다음, 다시 그레이와 오렌지들이 가정을 꾸린 로우 디스트릭트 지구를 지나친다.

도시의 홈통을 향해 아래로 아래로 우리는 간다. 땅 밑을 파고드는 이 거대한 금속 정글의 뿌리가 있는 곳이다. 무수히 많은 로우컬러들은 대중교통을 타고 공장에서 자신들의 창문 없는 아파트로 이동한다. 몇몇 아파트는 가로세로 길이가 각각 1미터×3미터밖에 안 된다. 딱 침대 하나 놓을 공간이다. 자동차들은 신호등 불 아래의 막힌 대로에서 달가닥거리며 배기가스를 배출한다. 더 깊이 내려갈수록 불빛의 수가 더 적어지며, 건물들은 더 더러워지고, 동물들은 더 괴상해진다. 하지만 그래피티만은 더 훌륭해진다. 나는 기물을 파손한 죄로 체포된 브라운들 위로 포진한 그레이 경찰관들을 힐끗 본다. 그 브라운들은 아파트 단지를 교수형 당하는 소녀의 이미지로 도배했다. 내 아내다. 디지털 페인트로 그려진 그녀는 10층 높이만큼 키가 크고 머리카락은 불처럼 타오른다. 그 이미지를 지나치는 동안 내 가슴은 조여 온다. 아내에 대한 기억 주위로 세워 놨던 벽에 금이 간다. 그녀의 순교 행위는 도시를 하나씩 강타하며 여러 세계로 퍼져나갔다. 그랬기에 이제까지 그녀가 목 매달린 모습을 천 번은 봤다. 하지만 그 장면을 볼 때마다 물리적으로 맞은 것처럼 아프다. 가슴 속 신경말단이 떨리고 심박은 빨라지며 목은 턱 바로 밑까지 옥죄어온다. 어찌 인생이 이리 잔혹할까. 내 죽은 아내의 모습이 희망을 상징하다니.

우리의 평판과 상관없이 이곳에서는 우리를 찾는 적이 없을 것이다. 엿들을 귀가 없을 것이다. 지켜볼 눈도 없을 것이다. 이곳은 범죄 조직끼리의 살인, 강도, 영역 다툼, 마약 거래가 성한 곳이다. 나의 새로운 친구가 이런 인간적 프라이버시를, 시타델과 하이 시티에서도 잼필드(설치된 구역 내의 소리가 밖으로 새어나가지 못하게 막는 장치—옮긴이)를 통해 실질적으로 확보해 주지 못할 수준의 프라이버시를 추구한다는 점은 많은 것을 의미한다. 이 부분에 생각이 미치자 걱정이 든다. 이는 규칙이 무효하다는 뜻이다. 하지만 빅트라는 옳았고 로크는 틀렸다. 인내로는 아무것도 얻지 못할 것이다. 위험을 감수해야 한다.

러처 한 팀이 버려진 차고 하나를 확보해 놨다. 그들이 셔틀의 보안을 유지하는 동안 발렌틴의 팀은 차고에서부터 부산한 바깥의 더러운 거리까지 나를 호위한다. 쓰레기와 물이 골목길을 습지로 만든다. 습한 공기에는 쓰레기가 타면서 발생하는 숯내와 부패하는 냄새가 달달한 머스크 향처럼 짙게 배어 있다. 행상인들이 금 간 보도 위에서 소리치며 물건을 판다. 보도에는 모든 종의 레드, 브라운, 그레이, 그리고 오렌지들이 바글바글하게 다닌다. 부랑아들, 병약자들, 노동자들, 깡패들, 약쟁이들, 어머니들, 아버지들, 거지들, 장애인들, 어린아이들. 버림받은 사람들이다.

이오는 말했을 것이다. 그들의 천국이 기반을 둔 곳이 바로 이 지옥이라고. 그리고 그녀의 말은 맞았을 것이다. 나는 위를 올려다본다. 반 킬로미터 이상의 다세대 주택 건물들이 오염된 안개를 배경으로 삼아 인간 정글의 천장을 형성하고 있다. 옷걸이 줄과 전선들이 머리 위에서 덩굴처럼 교차된다. 이 광경에는 희망이 없다. 여기서 바꿔야 할 것이 이 전부가 아니라면 무엇이겠는가?

우리는 '로스트 위 덴'에서 만나기로 했다. 그곳은 넓고 천장이 높은 여관이다. 간결한 그래피티가 뒤덮인 그 건물에는 깜빡이는 빨간 간판이 걸려 있다. 건물은 15층이며 모든 층은 개방형 구조로 탁자와 부스에 200여 명의 손님들이 앉아 중앙 음주 홀을 내려다보게 돼 있다. 자주 이용되다 보니 기울어져 있는 금속 부스에서는 오줌 냄새가 난다. 손님들은 병들을 달그락거리고 유리들을 쨍그랑거리며 술을 들이켠다. 15층에는 남색과 분홍색 빛이 깜빡이며 손님을 위한 무용수들과 개인실들이 마련되어 있다. 나는 발렌틴과 함께 생물학적으로 변이된 손을 가진 두 명의 경비원을 지나친다. 한 명은 탈색한 대리석처럼 피부가 창백하고 나보다도 팔이 굵은 옵시디언이다. 그리고 다른 한 명은 어두운 피부의 그레이로 팔에 스코처 총부리가 삽입되어 있다.

우리 팀의 나머지 그레이들은 내 뒤를 띄엄띄엄 따라오고 있다. 몇몇은 콘택트렌즈를 껴서 다른 컬러인 척하고 있다. 한 명은 핑크만큼 예뻐 보이기 위해 피부 같은 '플레시마스크' 가면까지 쓰고 있다. 그 가면 가까이로 자석을 갖다 대지 않는 이상 그것이 디지털이라는 것을 알아볼 수 없다. 그들은 원래 여기 사람들이었던 것처럼 보인다. 우리 팀이 나에게 한 옵시디언 염색 작업에도 불구하고 나는 아마 그렇게까지 녹아들지는 못했을 것이다.

내 손에 있는 상징은 인공 옵시디언 손으로 덮여 있다. 내 머리는 희고 눈은 까맣다. 피부는 화장해서 더 창백하게 만들었다. 빅트라와 나는 다른 컬러인 척 하기에 체격이 너무 크다. 다행히 여기서 옵시디언은 다른 로우컬러들에 비해 드물기는 하지만 튀는 존재는 아니다. 나는 발렌틴을 따라 뒤쪽 통로 가까이에 있는 벽감 안쪽의 테이블로 향한다. 거기에 젊은 남자 한 명이 여러 용병들과 한 명의 옵시디언을 데리고 느긋이 앉아 있다. 옵시디언은 일어선 후 테이블을 떠나 인접한 곳에 착석한다. 그 모습을 지켜보는 사이 내 안은 깊은 침묵으로 메워진다. 우리 팀의 다른 사람들도 그를 지켜본다. 그러다 자신들의 역할을 기억하고 음료수를 내려다본다. 마치 악어가 미끄러지듯 지나갈 때의 물새들 같다. 그 옵시디언은 나보다 30센티미터는 더 크다. 그리고 그의 얼굴 전체에 해골 문신이 새겨져 있다. '문신이 새겨진 자'다.

눈에 띄지 않으려던 노력은 다 물 건너갔다.

"천국에서 꼬리가 되느니 지옥에서 머리가 되는 게 훨씬 나은가 보지?"

나는 비스듬히 기대 있는 남자에게 묻는다. 그는 불가사의한 미소를 지으며 자신과 마주보는 의자를 향해 손짓한다.

"리퍼! 시인 밀턴조차도 루시퍼가 옹졸한 개새끼라는 것을 알고 있었다고. 위에서 내려다보는 건 좀 그만했으면 좋겠는데."

그는 변장도 안 하고 있다. 나는 그의 너머로 빅트라를 본다.

"나는 새로운 친구일 줄 알았는데."

"글쎄, 너희 둘 사이가 한 번도 '친구'였던 적은 없었잖아. 그게 새로운 거지. 이제 둘이 재미 좀 봐."

"같이 안 있을 거야?"

내가 묻는다.

"나는 너에게 문을 보여 줬어. 이제 네가 그것을 통과해야지."

빅트라는 내 엉덩이를 장난스럽게 쥔 후 살랑거리며 멀어진다. 자칼은 그녀를 더 좋은 각도에서 감상하기 위해 살짝 앞으로 기대며 그녀의 뒷모습을 지켜본다.

"너는 여자에 관심이 없는 줄 알았는데."

"내가 죽어 있었어도 재한테는 끌렸을 거야. 하지만 너한테 그런 말까지 할 필요는 없겠지. 몇 달을 내내 우주에서 독수공방을 했고, 함선도 네 독차지였으니. 네가 딱히 다른 할 일이 뭐 있었겠어?"

나는 자칼과 마주보고 앉는다. 그는 나에게 초록빛이 도는 술 한 병을 권한다.

나는 고개를 젓는다.

"나는 너 같은 사람들을 잊어버리기 위해 술을 마셔."

"하! 아르코스 스타일의 모욕인데. 맞지? 론 님이 제일 잘 쓰시던 멘트 중 하나잖아. 물론 그분 욕 시리즈는 골라잡을 수 있을 정도로 충분히 많지만."

그는 뒤로 기댄다. 무미건조한 태도는 수수께끼 같다. 얼굴은 평범하다. 눈동자는 매끈하고 낡은 동전 같다. 머리는 사막의 모래색이다. 하나밖에 없는 손은 은색 스타일러스 펜을 돌리고 있다. 그 움직임은 폭발에 충격 받은 땅 위에서 벌레가 틈새를 넘나들며 잽싸게 기어가듯 빠르다.

"아우구스투스의 자칼과 화성의 리퍼. 드디어 오랜 시간을 뒤로하고 다시 만나다. 우리 서로 연락이 너무 뜸했지."

"네가 장소를 정했잖아."

나는 말한다. 그 와중에 자칼은 스타일러스 펜을 자신의 귀 뒤에 꽂은 후 테이블 위의 접시에서 닭다리 하나를 집어 들고 있다. 그는 이로 그 껍질을 벗겨낸다.

"그게 불안해?"

"왜 그렇겠어. 우리 둘 다 네가 얼마나 어둠을 좋아하는지 잘 알고 있는데."

자칼이 갑자기 웃는다. 칼에 찔린 개의 울음처럼 고음으로 낑낑거리는 소리다.

"긍지가 너무 높으셔, 대로우 오 안드로메두스. 가족들은 다 죽었지. 수치스럽고 동전 한 푼 없는 족속들이었고. 네 부모는 너무 평범해서 너를 소사이어티에 소개하려는 시도도 안 했잖아. 남아 있는 친구도 없었지. 네가 기관에 슬쩍 입학하기 전까지는 너를 아는 자 하나 없었고. 너무나 겸손하게 말이야. 하지만 기회가 주어지니 이렇게나 높이 날아올랐다니."

"뭐, 어쨌든 너는 여전히 말하기를 좋아하는 것 같네."

내가 중얼거린다.

"그리고 너는 여전히 적 만들기를 좋아하고."

"모두에게 취미 하나씩은 있잖아."

나는 자칼의 오른손이 있어야 할 자리에 남아 있는 밑동을 유심히 본다.

"관심 받기를 간절히 원하나 보지? 살아 있으면서 새 손을 얻으려고 시도도 안 하는 골드는 네가 유일하다."

"여전히 나를 도발하는 이유를 모르겠네. 네 명성은 산산조각 나고 은행 계좌는 텅 비었는데."

나는 앉은 자리에서 자세를 바꾼다.

"아, 그래. 몰랐어? 플라이니는 사람의 햄스트링을 끊을 때 확실히 처리해. 그가 네 통장을 다 비웠단다. 그러니 실제로 네가 가진 건 매우 적지. 그런데도 너는 여기, 위성의 맨 밑바닥에 앉아 있네. 홀로. 나와 함께. 내 사람들과 함께. 나를 모욕하며."

"이들이 네 사람들이야? 너는 이들을 혐오할 줄 알았는데."

나는 우리 주위에 있는 로우컬러들을 살피며 묻는다.

자칼이 상냥하게 되묻는다.

"자기 아이들을 좋아해야 한다고 누가 그러던? 그들은 우리 금빛 허리살의 부산물들이잖아."

그는 닭다리를 물어뜯으며 닭 뼈를 이로 부러뜨린 후 그것을 뱉어 버린다.

"그간 내가 시간을 어디에 쏟았는지 알아, 대로우?"

"수풀에서 자위나 하고 있었나?"

"이런, 아니지. 네 손에 패배했던 일로 나는 뒤처졌어. 나는 그걸 인정하기를 두려워하지 않아. 너는 나와 내 계획을 망가뜨렸어. 내 여동생도 나에게 상처를 줬지. 나에게 재갈을 물려? 나를 발가벗긴 채로 묶어서 네 발 밑에 던져? 그건 정말로 따끔했다. 특히나 우리 훌륭한 '비할 데 없는 계급'의 모든 상류 남녀들이 내 희생을 보며 낄낄거렸을 때는 말이야."

"네가 아픔을 못 느낀다는 건 우리 둘 다 알고 있는 사실이야, 아드리우스."

"에이, 나를 자칼이라고 불러 줘. 네 입에서 '아드리우스'라는 이름을 들으니 고양이가 멍멍 짖는 것 같잖아."

그는 몸을 떨다가도 브라운 여성이 김이 모락모락 나는 그릇 세 개를 가지고 부엌에서 슬쩍 나오자 기분 좋게 앞으로 기댄다. 마마자국이 있는 창백한 피부에 거미줄 같은 문신을 새긴 두꺼운 팔의 그 여성은 그릇들을 우리 앞에 놓는다.

"고마워!"

자칼이 말하며 그릇 두 개를 자기 앞으로 가져간다.

내가 그릇을 수상히 여기며 살피자 자칼이 말한다.

"나는 독살하는 사람이 아냐. 원한다면 나는 언제라도 우리 아버지를 독살할 수 있어. 하지만 안 하지. 왜 그런지 알아?"

"네가 네 아버지로부터 원하는 것을 얻지 못했기 때문이지."

"그렇다면 그게 뭘까?"

"아버지로부터의 인정."

자칼은 자신의 그릇에서 올라오는 김 사이로 나를 살핀다.

"정확해. 견습생이 돼 달라는 제안은 내게도 상당히 많이 들어왔어. 다들 내가 아닌 우리 아버지의 이름을 보고 제안을 한 거였지. 정작 내가 학생들을 잡아먹었다며 나를 경멸하면서 말이야. 하지만 그 태도야말로 진짜 위선이야. 그럼 내가 어떻게 해야 했는데? 그들은 우리에게 승리하라 했어. 그리고 나는 내 최선을 다 했고. 그런 후 그들은 나를 비난했어. 고상한 척을 했다고. 마치 지들은 살인을 저지른 적이 없었던 것처럼 말이야. 미친 거지."

자칼은 한숨을 짧게 내쉬며 자신의 고개를 젓는다.

"그래. 나도 너처럼 아카데미로 가서 전쟁을 공부할 수도 있었어. 루나에 있는 정치인 학교에 가서 정치를 공부할 수도 있었지. 내가 금성을 견뎌낼 수만 있었다면 괜찮은 법조인이 됐을지도 몰라. 하지만 나는 그들의 위선 없이, 그들의 학교에 의지하지 않고 위로 올라가기로 했어."

"나도 소문을 들었어. 그중에 사실인 것도 있어?"

자칼은 그릇에서 국수를 더 꺼낸 후 그 위로 레드 페퍼소스를 뿌린다.

"대개가 사실이지. 나는 이제 사업가야, 대로우. 나는 무언가를 사들이고 소유하고 창조해. 당연히 그 가식적인 비할 데 없는 멍청이들의 눈에는 내가 돈만 밝히는 실버처럼 보이겠지. 하지만 나는 20세기 유럽에서 사그라지던 귀족들 중 하나가 아니야. 나는 현실적인 태도에, 물건을, 사람을, 아이디어를, 기반 시설을 소유하는 일에도 힘이 있다는 것을 이해하고 있어. 그것들은 돈보다 훨씬 더 중요하지. 우주선이나 레이저 따위보다 (그는 웃기는 손짓을 한다.) 훨씬 더 음험하고. 네가 말해 봐. 함선의 대원들을 먹일 식량을 이송시키고 공급할 수 없다면 그 함선이 무슨 소용이겠어? 나야말로 다른 사람들보다도 식량의 중요성을 잘 알고 있지."

"이곳은 네 소유지?"

내가 묻는다.

자칼은 이를 지나치게 드러내며 미소 짓는다.

"그렇다고 볼 수도 있지. 너에게는 직설적으로 말해야 할 것 같네. 우리가 기관을 떠났을 때는 거의 18살이었어. 이제 우리는 20살이야. 내가 추방당한 지 2년이 지났고 이제 나는 집으로 돌아가기를 원해."

나는 웃는다.

"비할 데 없는 멍청이들과 함께 어울리려고? 네가 세간의 소식에 조금이라도 귀를 기울이고 있었다면 내 말이 네 아버지께 더 이상 먹히지 않는다는 것쯤은 알 텐데."

"세간의 소식에 귀를 기울인다라……."

그는 빅트라와 눈길을 주고받은 후 앞으로 기대온다.

"리퍼. 내가 바로 '세간의 소식' 그 자체야. 내가 통신 산업을 얼마나 확보했는지 알아?"

"아니."

"좋아. 그렇다면 내가 제대로 일을 처리하고 있다는 거네. 나는 20퍼센트 이상을 확보했어. 내 조용한 동업자의 것까지 친다면 거의 30퍼센트를 갖고 있는 셈이지. 너는 내가 왜 이런 일을 하는지 의문이겠지? 물론 빅트라네와 같은 가문들은 사업에 손을 대는 것으로 자신들이 더럽혀졌다고 생각하지 않아. 어쨌든 줄리 가문은 수 세기 동안 무역에 몸을 담았으니까. 하지만 우리에게 미디어는 다른 문제야. 끈적끈적하다고. 그런 것은 퀵실버와 그의 부류에게 넘기지. 그러니 왜 나 같은 혈통을 가진 사람이 미디어로 손을 더럽히겠냐 이 말이야. 그래. 일단 미디어를 사막 도시에 연결되는 파이프라인이라고 상상해 봐."

그는 주위로 손을 흔든다.

"은유적인 사막이랄까. 나는 그 파이프라인으로 통과하는 내용의 30프로만 제공할 수 있어. 하지만 그래도 내용의 100프로에 영향을 줄 수 있지. 내 물이 나머지를 오염시키니까. 그게 미디어의 천성이야. 이 도시에 환각을 보여 줄까? 도시의 거주민들이 고통으로 뒤틀게 만들까? 그들이 폭동을 일으키게 만들까? 그 모든 것은 내가 무엇을 원하느냐로 시작해."

그는 자신의 젓가락을 내려놓는다.

"그럼 너는 무엇을 원하는데?"

내가 묻는다.

"네 머리."

그가 말한다.

쇠막대 두 대가 충돌하듯 우리의 눈이 마주치며 온몸에 짜릿한 울림이 퍼져 나간다. 자칼과 가까이 있기만 해도 불편함이 만져질 수 있을 정도인데 하물며 그 죽어 있는 금빛 눈동자와 마주치기란. 그는 너무 미성숙하다. 나와 동갑이지만 그에게는 어린아이 같은 부분이 있다. 태곳적 사람의 것 같은 눈빛에도 불구하고 그에게는 호기심이 있다. 그래서 그로부터 변태성이 느껴진다. 그에게서 잔인함이나 사악함이 뿜어져 나온다고 생각되지는 않는다. 머스탱이 말한 적이 있다. 그는 어렸을 때, 사자 새끼의 내부가 어떻게 돌아가는지 눈으로 확인하고 싶다는 이유로 그 어린 동물을 죽였단다. 그 이야기를 들었을 때 내 위로 슬금슬금 엄습했던 기분과 같은 것이 그로부터 느껴진다.

"유머 감각 참 이상하네."

"나도 알아. 그래도 내 농담을 알아듣다니 기쁜데. 요새는 까칠한 비할 데 없는 자들이 너무 많아. 결투! 명예! 피! 다 그들이 심심해서 그래. 더 이상 싸울 사람이 남아 있지 않거든. 참 지독하게 지루하단 말이지."

"요를 벗어나는 것 같은데."

"아, 그래."

자칼은 뒤로 싹 넘긴 자신의 머리를 손으로 빗는다. 그의 아버지도 저렇게 하는 것을 본 적이 있다.

"플라이니가 내 적이기 때문에 너를 이곳으로 데려온 거야. 그는 내 인생을 정말 힘들게 만들었어. 내 첩들까지 건드렸다니까. 내가 그의 스파이들을 얼마나 많이 죽여야 했는지 알아? 너무나 많은 하인들을 해치워야 했다고. 나를 동정해 달라고 하는 얘기는 아니야."

그가 재빨리 덧붙인다.

"거의 그럴 뻔 했네."

"그래도 네가 내 역경을 이해해야 나를 최선을 다해 도와줄 테지. 지금으로서는 플라이니가 우리 아버지의 총애를 조종하고 있어. 마치 아버지의 귀에 대고 쉿 소리를 내는 뱀처럼. 레토는 플라이니의 작품이야. 그거 알았어?"

나는 몰랐다.

"플라이니가 그 어여쁜 소년을 발견했지. 그 아이가 우리 아버지의 차가운 마음을 사로잡으리라는 것을 알았어. 아버지께서 개를 보면 죽은 우리 클라우디우스 형을 떠올리실 거거든. 그래서 플라이니는 그를 다듬고 훈련시킨 후 아버지를 설득해 그를 피보호자로 입양시켰어. 레토를 후계자로 만들려는 것이 목표였지. 그러던 중 네가 우리의 삶에 사뿐히 등장해 플라이니의 계획을 방해한 거야. 너를 떨어뜨리는 데에 2년이 걸렸어. 하지만 침착하게 그는 해냈지. 그가 나를 처리했듯이. 이제 레토는 아버지의 후계자가 될 거고 플라이니는 레토의 주인이 될 거야."

그 정보는 나를 강하게 강타한다. 플라이니가 위험하다는 것은 알고 있었다. 하지만 정말 어느 정도로 위험한지는 잘 몰랐는지도 모르겠다.

"그럼 네 계획이 뭐야? 서민들과 쇠스랑이나 들고 아버지의 총애를 되찾으려는 거야?"

나는 방을 둘러본다.

"제대로 된 교육을 받은 골드라면 알다시피 로스트 시티에는 이를 굴리는 특정한 범죄 연합 조직이 있어. 광대한 범죄 기업으로 우리 아기자기한 소사이어티의 군주님 사무실이 그것을 관리하고 있지. 그 조직의 맨 꼭대기까지 따라가다 보면 알 수 있는 내용이야. 옥타비아 오 룬은 골드 미덕의 귀감처럼 보이겠지만 지저분한 일에 대한 페티시를 갖고 있는 여자야. 암살하기, 자신의 대총독 관할 구역 안에서 노동자 파업 조장하기, 임명 조작하기 등. 그녀가 로스트 시티를 다루는 방법도 별반 다르지 않아.

그녀와 그녀의 '퓨리'(그리스 로마 신화에 등장하는 세 복수의 여신. 여기서는 그 이름을 딴 군주의 측근들을 의미함 ―옮긴이)들이 범죄 연합체의 수장들을 직접 골랐어. 그 세 수장들은 군주의 창조물이나 다름없어. 그런데 이제부터가 제대로 재미있는 내용이야. 나는 바로 그 범죄 집단 내의 특정 구성원들이…… 들썩이고 있는 것을 발견했어."

나는 인상을 쓴다.

"그들이 옥타비아 오 룬을 싫어하나?"

"그녀는 상대하기 엄청 부담스러운 암캐지. 우리 아버지의 눈에 침을 뱉고 벨로나에게 빌붙은 여자이기도 하고. 하지만 아니야. 내 믿을 만한 정보통들에 따르면 그놈들은 군주에겐 관심도 없어. 그들은 로우컬러들이라고, 대로우. 그들은 고작 이 똥더미의 꼭대기에 서 보려고 들썩이는 것뿐이야."

"왜 로스트 시티인데? 이곳에 무슨 의미가 있기에?"

내가 묻는다.

"이건 그냥 퍼즐의 한 조각일 뿐이야. 나는 이 야망 있는 로우컬러들이 위로 올라가는 걸 도와줄 생각이야. 대가를 받고. 그들이 힘을 얻으면 그들에게 시켜야지. 소사이어티를 좀먹는 위협을 죽이라고. 아레스와 그의 아들들을 말이야."

제8장

홀과 칼

나는 속이 차가워진다.

"아레스의 아들들이라고? 나는 그들이 그렇게 심각한 위협인지도 몰랐는데."

자칼이 말한다.

"아직은 아니지. 하지만 곧 그렇게 될 거야. 군주도 알고 있어. 우리 아버지께서도 그렇고. 물론 그 말을 입 밖으로 하시는 것은 당신의 스타일을 구기는 일이겠지만. 소사이어티는 전에도 테러리스트 세포들과 마주한 적이 있어. 그동안은 대부분이 러처 부대를 충분히 많이 풀어놓기만 하면 그럭저럭 쉽게 소실됐거든. 하지만 아레스의 아들들은 달라.

그들은 우리의 뒤꿈치를 무는 쥐새끼들이 아니야. 오히려 우리의 뿌리를 최대한 소리 없이 천천히 갉아먹다 충분히 일을 낸 후 우리 주위로 집이 무너져 내리게 만들 흰개미들이지. 우리 아버지는 플라이니에게 그 '아들들'을 제거하라는 과업을 내렸어. 하지만 플라이니는 실패를 해 왔어. 그는 앞으로도 계속 실패할 거야. 왜냐하면 아레스의 아들들은 영리하고 내 미디어는 그들에게 관심 주기를 너무나 좋아하기 때문이지. 그러나 그것들이 소사이어티에, 군주에게, 우리 아버지에게 정말 치명적인 존재가 돼서 통치라는 기계 자체가 끽끽거리다 멈춰 버리게 되면 나는 앞으로 나서며 말할 거야. '내가 이 질병을 3주 안에 치료하겠소.' 그 후 나는 그렇게 할 테야. 내 미디어를 이용해서. 범죄 연합체가 조직적으로 아들들을 죽이게 할 거야. 그리고 네가 멋지게 아레스라는 그 주체의 머리를 베어 버리는 거지."

"얼굴마담을 원하는 거구나."

"나는 화려하지 않아. 영감을 주지도 않아. 너는 옛 정복자들 중 하나 같아. 카리스마 있고 고결하지. 사람들은 너를 보면 우리의 부적격한 시대의 부드러운 쇠퇴를 전혀 보지 못할 거야. 룬 가문이 권력을 잡은 이래로 루나를 흠뻑 적신 정치적 독약도 전혀 보지 못할 거야. 사람들은 너를 바라보며 정화하는 칼을, 두 번째 황금기의 새로운 개벽을 볼 거야."

부전자전이다. 둘 다 아레스의 아들들을 비슷한 방식으로 겨냥하고 있다. 목을 긋는 범죄 연합체 출신자들과 아레스의 아들들 사이에 격렬히 벌어질 전쟁을 생각하면 소름이 돋는다. 그 전쟁은 아레스의 아들들을 파괴할 것이다.

“아레스의 아들들은 오직 시작에 불과해. 영향력을 발휘하게 되는 시점일 뿐. 너는 군림을 하고 싶은 거잖아.”

“그것 말고는 무슨 다른 야망이 있겠어?”

“그런데 화성뿐만 아니라…….”

“내가 작다고 해서 내 꿈도 작아야 한다는 법은 없잖아. 나는 모든 것을 원해. 그리고 그것을 얻기 위해 나는 뭐든지 할 거야. 공유도 하겠어.”

“어째 너는 두 달 전에 무슨 일이 있었는지 모르는 것 같네. 아무데서나 골드 하나를 붙잡고 물어 봐. 벨로나 가문이 화성의 리퍼에게 어떻게 했나 알려 줄 거야. 나는 평판이 안 좋아. 내가 이끌어 낼 수 있는 것은 오로지 조롱뿐이야.”

내 말에 자칼이 짜증을 내며 말한다.

“카시우스도 창피를 당했어. 그는 오줌을 맞았다고. 기관에서 구타를 당했어. 수치를 맛봤지. 지금 그는 루나에서 가장 치명적인 결투자가 됐어. 자신의 가치를 시험하는 자라면 누구든 다 싸웠어. 그 덕에 이제 그는 군주의 새 애완동물로 총애를 받고 있지. 늙은 까마귀가 그에게 올림픽 나이트 작위를 준다는 건 알았어? 론 오 아르코스와 베네시아 오 레인이 둘 다 이번 해에 퇴임했어. 그 말인즉슨 레이지 나이트와 모닝 나이트 작위가 열려 있다는 거야.”

“그 말은 군주가 카시우스를 열두 명의 올림픽 나이트 중 한 명으로 등용하려 한다는 거야?”

자칼이 앞으로 기댄다.

"그는 군주의 체스판 위의 말이야. 하지만 나는 우리 어르신들의 노리개 역을 하는 게 지겨워."

"나도 마찬가지야. 핑크가 된 기분이 든다니까."

"그럼 우리 함께 위로 올라가자고. 나는 홀이, 너는 칼이 되어."

"너는 공유하지 않을 거야. 그건 네 천성이 아니지."

"나는 내가 해야 할 만큼만 해. 더도 아니고 덜도 아니지. 그리고 나는 군지도자가 필요해. 내가 오디세우스를 할게. 너는 아킬레스를 해."

"아킬레스는 마지막에 죽잖아."

"그럼 그의 실수를 통해 배우든지."

"그거 좋은 생각이네."

나는 자칼의 얼굴에 미소가 번지는 걸 보며 잠시 말을 멈춘다.

"단, 한 가지 문제가 있지. 너는 반사회적 인격 장애자야, 아드리우스. 너는 네가 해야 할 만큼만 하는 게 아니라 필요에 따라 어떤 표정이든 짓고 원하는 어떤 감정이든 장갑 끼듯이 껴 보이지. 내가 너를 어떻게 믿겠어? 너는 팍스를 죽였어."

나는 그 말이 허공에 맴돌도록 잠시 시간을 끈다.

"너는 내 친구를, 네 여동생의 보호자를 죽였다고."

"팍스와 나는 그 전에 한 번도 만난 적이 없었어. 내가 본 것이라고는 내 앞길을 막는 장애물이었다고. 물론 텔레마누스 가문에 대해 알고는 있었지. 하지만 클라우디우스 형의 뇌가 유혈낭자하게 여기저기 튀게 된 이후로 아버지께서는 나와 머스탱을 보호하기 위해 우리를 갈라놓으셨어. 머스탱보다는 나를 더 고립된 환경에 보내셨지. 내가 아버지의 후계자였는데도 말이야. 나는 친구가 없었어. 스승들만 있었어. 아버지는 내 어린 시절을 망쳐놨어. 그러고는 나를 버렸지. 너를 버렸듯이. 왜냐하면 우리는 패배했거든. 너와 나는 서로 닮았어."

우리 위층에서 싸움이 벌어진다. 스코처 하나가 탁탁 소리를 낸다. 출입구 경호원들이 자신들의 무기를 꽉 감싸 쥐며 신속히 위로 올라간다. 대부분의 고객들은 신경도 안 쓰며 앉아 있다.

"네 여동생은 어떤데?"

나는 머뭇거리며 묻는다. 내심 나에게 이것 외에 남아 있는 다른 선택이 없다는 것을 알고 있다.

자칼이 무미건조하게 묻는다.

"걔가 어떻게 지내는지를 알고 싶은 거야? 그 애가 누구와 침대를 함께 쓰는지? 나는 네가 원하는 어떤 것에도 답을 줄 수 있어. 내 눈은 사방에 깔렸거든."

"그런 걸 원하는 게 아니야."

나는 그녀에 대한 암울한 생각을 떨쳐 버리기 위해 고개를 흔든다. 누군가가 머스탱의 침대를 공유한다는 생각을. 그녀가 다른 사람으로부터 이성의 즐거움을 얻으리라는 생각을. 물론 그녀에게 그럴 자격이 충분하지만…… 게다가 자칼이 이러한 것들을 안다고 생각하니 더 이상하다.

"그녀도 이 일에 연루되어 있어?"

자칼이 무거운 웃음을 터뜨리며 말한다.

"아니. 이제 그 애는 군주와 함께한다는 것을 너도 알잖아. 진짜 웃기는 일이지. 우리 둘 중에서 걔가 방탕한 쌍둥이 쪽이 될 거라고 누가 짐작이나 했겠어? 음, 상대적으로 더 방탕한 쌍둥이라고 해 두자."

"그녀를 다치게 하면 안 돼. 만일 그녀가 다친다면 내가 네 머리를 베어 버릴 거야."

"그것 참 공격적이네. 하지만 그렇게 하지. 그럼 너는 나와 함께하는 거야."

"나는 이 셔틀에 탄 순간부터 너와 함께였어. 나에게 다른 선택이 없다는 것쯤은 너도 알잖아. 그리고 내가 아는 사람들 중 이런 곳으로 나를 부를 사람은 너뿐이지. 모든 변수들은 이러한 결론을 이끌기 마련이었어."

그리고 이렇게 결론이 나지 않을 이유도 없지 않나?

나는 자칼의 손을 잡았고 그는 내 친구를 잡아 죽였다. 그가 한 일이라고는 자신의 생존을 위해 물고 할퀸 것뿐이었다. 이 순간 그를 보고 있자니 신들의 세계에서 너무나 작고 평범한 그가 오히려 영웅 같아 보인다. 자신을 거부한 아버지를 상대로 고결하게 대항하는 영웅. 그의 키와 나약함을 비웃고, 승리를 위해서는 뭐든 하라고 가르쳐 놓고서는 나중에 그를 식인종이라 멸시한 소사이어티에 반항하는 영웅. 특이한 방식으로 그는 정말 나와 닮아 있다.

그는 한쪽 손을 새로 얻을 수도 있었지만 그러지 않기를 선택했다. 그리고 그것을 수치가 아닌 명예의 상징으로 드러내고 다닌다.

그러니 나는 이 일에 동조할 것이다. 그 후, 마지막에 가서 그를 죽일 수도 있겠다. 팍스를 위해.

그의 얼굴에 큰 미소가 번진다.

"나 정말 기뻐, 대로우. 진짜 기쁘다고. 그리고 사실대로 말하자면 조금 안도하기도 했어."

"그런데 이 다음 계획은 뭐야? 이제 내가 뭔가를 해 주기를 바랄 텐데."

"펜코르 오 드루실라라는 이름의 골드가…… 나와 범죄 연합체 사이의 거래에 대해 알게 됐어. 그는 나를 공갈 협박하고 있지. 네가 그를 죽여 줬으면 좋겠어."

물론 그렇겠지.

"언제?"

"대략 일주일은 뜸을 들여. 그를 죽이는 진짜 이유는 펜코르에게 무시당한 군주의 사촌으로부터 호의를 얻기 위해서야. 펜코르를 죽이면 너는 그 사촌의…… 찐한 총애를 받게 될 거야."

나는 쿡 하고 웃음을 참는다.

"나한테 픽시 역을 맡기겠다는 거야? 용맹하게 조정을 훨훨 날아다니며 숙녀들과 잠자리를 가지라고?"

머스탱은 내가 그녀를 괴롭히기 위해 그런다고 생각할 것이다.

자칼의 눈에 장난기가 번뜩인다.

"누가 숙녀라고 했어?"

"아."

나는 그 말의 의미를 깨달으며 말한다.

"아, 그건…… 복잡해지는데. 이 일에는 택터스가 더 적합할지도……."

내 당황하는 반응에 자칼이 낄낄 웃는다.

"아, 너는 잘할 거야. 하지만 이것은 다른 날로 미룰 걱정이지. 지금은 일단 안심해. 나는 대리를 시켜 네 계약서가 경매에 붙자마자 그것을 사들일게."

"벨로나 가문도 사려고 할 거야."

"나에게는 후원자가 있어. 우리가 벨로나 사람들보다 금액을 많이 쓸 거야."

"빅트라 말하는 거야?"

"아니. 이 일에서 그녀는 브로커에 더 가깝지. 빅트라에 대해 알아 둬야 할 것은 그녀가…… 뭐라 말을 해야 할지…… 편파적이지 않다는 거야. 그녀는 그냥 헤집고 다니기를 좋아해. 후원자는 너도 조만간 만나게 될 거야."

"그렇게는 안 돼. 후원자를 지금 만나야겠어. 나는 네 인형이 아니야. 나는 내가 아는 모든 것을 너와 공유할 것이고 너도 네가 아는 모든 것을 나와 공유해야 해."

"하지만 내가 너보다 훨씬 많이 알잖아. 에잇, 알았다."

자칼이 앞으로 기댄다.

"그럼 그를 오늘 밤에 만나. 내가 너를 믿지 못해서가 아니야. 그냥 그가 자신을 직접 소개하는 것이 더 적합할 것 같아서야."

"그래, 그 정도면 됐어. 나는 하울러들을 다시 불러오고 싶어. 세브로도."

"그러지. 네 블레이드마스터도 한 명 선정해야 해. 너에게 레이저를 가르쳐 줄 스승 말이야. 미래에는 네가 공적으로 몇 명을 죽일 필요가 있거든."

"나도 레이저를 사용할 줄 알아."

"내가 들은 바로는 아니던데. 자자, 부끄러워할 일은 아니잖아. 후보 몇 명 알아놨어. 아르코스가 더 이상 가르치지 않는다는 것이 안타깝네. 요새는 스톤사이드(론 오 아르코스의 별명—옮긴이)와 그의 '버드나무 검법'을 매수할 자금이 진짜로 충분할지도 모르는데……."

자칼의 말끝이 흐려지며 나를 향하던 그의 시선은 호리호리한 여성의 자태에 홀린다. 그녀는 안개 속을 날아다니는 불씨처럼 여관의 연기와 칙칙함을 가르고 다가온다. 그녀가 금성의 여름 해안 공기처럼 우아하고도 자극적인 움직임으로 우리 테이블 가까이 오자 그녀의 피부에서부터 아몬드향이, 그리고 입술에서부터 시트러스 과일향이 느껴진다. 뼈대는 가냘파서 새의 것 같다. 그녀는 헐렁한 검은색 원피스 차림으로 맨 어깨를 제외한 모든 피부를 가리고 있다.

그러다 그녀의 눈을 본 순간 나는 의자에서 굴러 떨어질 뻔 한다. 심장에 한방 맞았다. 내 심박이 파닥거린다. 그녀다. 날개를 가졌지만 절대 날 수 없었던 소녀. 그런데 지금……. 그녀는 날아올라 미키로부터 벗어난 듯하다. 날개는 사라졌으며 여성으로 성숙했다. 하지만 왜 이비가 여기에 있을까? 아레스의 아들들이 그녀를 보냈나? 나는 내 자세조차도 간신히 유지한다. 그녀는 나를 알아보지 못했다.

"로즈가 이렇게 깊은 땅 속 잡초들 사이에서도 자라는 줄은 몰랐는데."

자칼이 그녀에게 말한다.

그녀의 웃음소리는 나비의 날개가 펄럭이듯 허공을 맴돈다. 그녀는 낡은 테이블의 밑바닥 가장자리를 손가락으로 따라가며 미세하게 어깨를 으쓱한다.

"평범한 남자들은 비범한 것들을 살 수 없지요. 그러나 제 주인님께서 비범한 남자들이 로스트 시티에 있다는 소식을 듣고 저를…… 대사로서 보냈어요."

"아……."

자칼이 뒤로 기댄 채 그녀를 평가한다.

"너는 연합체에서 온 여자구나. 베보나 소유인가?"

그녀의 고개가 끄덕인다. 다음 순간 자칼은 내 표정에 드러난 놀라움을 욕망으로 오인한다.

"그녀를 위층으로 데려가, 대로우. 내가 살게. 환영 선물이야. 그녀를 사고 싶으면 나에게 알려 줘. 사업 얘기는 내일 해도 돼."

"대로우"라는 이름에 이비는 눈 깜짝할 정도로 아주 잠시 동안 다리 힘이 풀린다. 그녀가 한 걸음 뒤로 물러선다. 그리고 그녀의 숨소리가 달라지는 것이 들린다. 그녀와 눈이 마주치자 나는 그녀가 내 옵시디언 변장을 간파하고 있다는 것을 알 수 있다. 그녀는 이 모든 거짓말 밑에 힐끗 보이는 레드까지 꿰뚫어보고 있다. 그러나 그녀가 놀라움을 보인다는 것은 그녀가 나를 보러 이곳에 온 것이 아니라는 의미다. 그녀는 자칼을 보러 왔다. 하지만 왜일까? 그녀는 아레스의 아들들과 함께하나? 아니면 미키가 드디어 그의 상품을 베보나 깡패들에게 팔아 버렸나?

이비가 내 옵시디언 문장을 가리키며 자칼에게 말한다.

"저는 노예들에게 서비스를 제공하지 않아요."

"이놈은 보이는 것이 전부가 아니라는 걸 알게 될 거야."

"도미너스, 저는……."

자칼은 그녀의 손을 잡더니 새끼손가락을 끔찍하게 뒤튼다.

"입 닥치고 하라는 대로나 하렴, 애야. 아니면 네가 주지 않을 것까지 빼앗아 버릴 테니까."

그는 미소를 크게 지어 보인 후 그녀를 풀어 준다. 그녀는 몸을 떨며 자신의 손을 매만진다. 핑크를 다치게 하기란 너무나 쉬운 일이다.

나는 일어선다.

"친구여, 여기서부터는 내가 알아서 하지."

"잘하리라 믿는다!"

나는 나와 동행하려는 경호원을 향해 손을 흔들어 그가 물러가게 한다.

이비를 따라 나는 4층으로 이어지는 레일을 잡고 올라간다. 몇 명의 고객들이 나를 향해 응원의 휘파람을 분다. 술 가판대 위에 있는 홀로캠 하나가 눈에 띈다. 폭탄을 터뜨리는 장면이 파문을 일며 삼차원으로 뜬다. 폭파 장소는 카페 같아 보인다. 골드 카페다. 대대적인 파괴 정도를 확인하며 내 눈은 커진다. 아레스의 아들들의 짓인가?

또 다른 폭파 장면이 다른 화면에 번쩍 나타난다. 그리고 또 하나. 그리고 또 다른 하나. 결국 열댓 개의 폭파 장면이 여관 안의 화면들을 가득 메운다. 그것을 지켜보기 위해 모든 고개들이 돌아갔다. 드넓은 여관 전역으로 침묵이 하품하고 있다. 이비는 내 손을 꽉 쥔다. 그래서 나는 아레스의 아들들이 그 폭파를 한 장본인들이라는 것을 안다. 그들이 그녀를 보냈다. 하지만 왜 루나였을까? 왜 자칼일까? 왜 그들은 나에게 연락하지 않았을까?

"빨리."

이비는 우리가 15층에 다다르자 말한다. 나는 그녀의 손에 이끌려 분홍등 사이를 통과하고 무용수들과 침 흘리는 고객들을 지나 좁은 통로 끝의 마지막 문을 향한다. 그녀를 따라 어두운 방 안으로 들어가자 바로 스코처 기름의 톡 쏘는 매캐한 냄새가 코를 찌른다. 내 뒤로 공기의 흐름이 움직이면서 고스트클록을 입은 남자가 살며시 다가온다. 나는 그를 죽이려는 충동을 참기 위해 꽤 많이 노력해야 한다.

"그는 우리 사람이에요."

이비가 날카롭게 말한다. 그녀가 불을 켠다. 무거운 군 기술 장비를 입은 여섯 명의 레드들이 고스트클록을 벗는다. 그들은 고급 특수 안경이 달린 데몬 헬멧을 쓰고 있다.

"스키머를 안으로 불러들여요."

"얘는 아드리우스 오 아우구스투스가 아니잖아."

그들 중 한 명이 으르렁거린다.

"우라질 옵시디언이라고."

"괴상하게 생긴 놈이긴 하네."

특수 안경을 쓴 레드들 중 한 명이 말하다 말고 스코처를 시동하며 퍼뜩 뒤로 물러선다.

"빼 밀도가 골드야!"

"멈춰요!"

이비가 외친다.

"그는 친구예요. 하모니가 그를 찾고 있어요."

아레스나 댄서가 아니라?

나는 그들의 무기를 눈여겨보며 말한다.

"당신, 나를 보러 여기 온 게 아니었군요. 사냥 중이었어."

이비가 나를 향해 돌아선다.

"나중에 설명해 줄게요, 대로우. 그런데 우리 가야 해요."

"무슨 짓을 한 거죠?"

내가 묻는 동안 레드들 중 한 명이 플라스마토치를 꺼내더니 그것으로 벽에 구멍을 뚫어 도시의 악취로 방을 개방시킨다. 습한 공기가 빠르게 밀려 들어오고 작은 드롭십 함선이 하강하며 방 안으로 빛을 메운다. 드롭십은 측면 승강구를 즉석으로 만든 출입구와 나란하게 연다.

"대로우, 시간이 없어요."

나는 이비를 잡는다.

"이비, 왜 여기 있는 거예요?"

그녀의 눈빛에 의기양양함이 비친다.

"아드리우스 오 아우구스투스는 우리 형제와 자매 15명을 살인했어요. 나는 그를 포획하거나 죽이라는 명을 받고 왔어요. 그리고 후자를 실행하기로 택했죠. 20초 후에 그는 재가 돼 버릴 거예요."

나는 레드들 중 한 명의 데이터패드를 그의 팔에서 떼어 낸 후 숨겨진 내 그래브부츠를 작동시킨다. 이비는 나에게 소리친다. 부츠는 나를 하늘로 띄우며 슬피 운다. 나는 우리가 온 길을 따라 쌩하고 되돌아간다. 우리가 통과했던 문을 여는 대신 무너뜨려 통과하고 지옥에서 나온 박쥐처럼 통로를 따라 날아간다. 나는 무용수 한 명을 밀치고 지나가며 두 명의 오렌지 고객들을 뛰어 넘고 달린다. 그리고 레이저 날처럼 예리하게 우측으로 틀어 레일을 따라 내려가 자칼의 테이블을 향한다. 그는 자신의 술을 마저 마시고 있다. 그의 문신이 새겨진 자들과 함께 그레이들이 나를 막으려고 한다. 너무 느리다.

화면들에는 폭파 장면 위로 타닥거리는 잡음이 나오더니 피처럼 붉은 투구가 타오른다.

"뿌리는 대로 거두리라."

아레스의 목소리가 열댓 스피커에서 으르렁거린다.

자칼의 손 아래에서 테이블이 녹아내린다. 이비가 심어 놓은 폭탄에 먹힌 것이다. 문신이 새겨진 자는 자칼을 인형처럼 테이블로부터 멀리 내던지고는 자신의 티탄 같은 몸으로 버섯처럼 피어나는 폭파 에너지 주위를 감싼다. 그의 입은 죽음의 속삭임으로 움직인다.

"스킬니르 알 팔 느지르."

제9장

어둠

눈앞에서 폭파 에너지는 문신이 새겨진 자의 체액으로부터 바깥으로 꽃을 피우며 그의 몸을 기화시킨다. 그러고는 수은이 쏟아진 모습처럼 바닥에 퍼졌다가 색이 어두워진다. 그렇게 그것은 원시 형태로 되돌아가 블랙홀처럼 그 안으로 사람 및 의자, 유리병들을 빨아들이더니 악몽 같은 굵은 울음소리를 내며 폭파한다. 나는 자칼의 재킷을 낚아 올려 그를 데리고 난다. 그리고 벽에 어깨를 먼저 부딪치며 통과한다. 우리 뒤에서 유리, 나무, 금속, 고막, 그리고 사람들이 파열한다.

내 부츠가 망가진다. 우리는 도로 건너편으로 날아 반대쪽에 있던 건물과 충돌하고 콘크리트에 금을 내며 땅에 떨어진다. 그 여파로 로스트 위 덴 건물은 건포도로 변해 가는 포도처럼 안으로 쪼그라들면서 먼지로 변한다. 여관은 화염과 재를 죽을 것처럼 달그락거리며 뿜어낸 후 쓰러져 폐허가 된다.

자칼은 내 밑에서 의식을 잃었다. 그는 다리에 심한 화상을 입었다. 나는 일어서려고 시도하다 구토한다. 뼈대가 매서운 겨울바람을 맞은 어린 나무 기둥처럼 삐걱거려서 나는 비틀거리며 일어서다 결국 다시 바닥에 넘어진다. 그리고 두 번째로 속을 게워낸다. 두개골이 아프다. 코에서 피가 뚝뚝 떨어진다. 그 코피가 귀까지 흐른다. 눈알은 폭파로 욱신거린다. 어깨가 탈구됐다. 나는 다리에 힘을 주고 어깨를 벽에 대고 어깨관절을 다시 집어넣는다. 관절이 제자리로 다시 돌아가면서 날숨이 떨린다. 신경을 긁는 듯한 감각이 손가락을 간질인다. 나는 손에 묻은 토를 닦아내고 마침내 비틀거리며 양발로 선다. 그리고 자칼을 들어 올린 후 눈을 찌푸리고 연기 속을 살핀다.

달팽이관 안의 부동섬모가 진동하며 울부짖는 소리 외에 아무것도 들리지 않는다. 마치 내이에서 참새들이 비명을 지르는 것처럼 귀가 욱신거린다. 나는 고개를 흔들어 시야 너머로 춤추는 빛들로부터 벗어난다. 연기가 나를 집어삼킨다. 사람들이 흘러 지나간다. 바위 주위로 물이 흐르는 모양새다. 그들은 갇혀 있는 자들을 구조하러 갈 길을 재촉하고 있다. 그들이 발견할 것은 오로지 죽음, 오로지 잿더미일 뿐이다. 항공기의 소닉붐들이 밤의 가운데에 구멍을 낸다. 자칼의 지원팀이 우르르 도시 위에서 내려온다. 그들이 이 지옥으로부터 자칼을 데리고 나가기 위해 착지하자 귀

속 참새 소리가 사라지며 불이 타닥거리는 소리와 부상자들의 신음소리가 대신 들린다.

나는 버려진 공장 앞에 서 있다. 이곳은 시타델로부터 400킬로미터 떨어져 있으며 구 산업 구역 깊숙이 자리 잡고 있다. 더 신식의 공장들이 이 위에 세워지면서 이것은 산업이라는 새로운 피부 속에 깊이 박힌 블랙헤드처럼 묻혀 있다. 이곳에는 더께가 덮여 있다. 육식성 이끼. 녹이 가득 든 물. 이 채석장을 그렇게 잘 알지 못했다면 이곳을 막다른 길이라 생각했을 것이다.

내가 아까의 레드로부터 가져온 데이터패드는 폭발에도 살아남았다. 나는 자칼을 그의 지원팀에게 맡겨놓고 슬금슬금 길을 따라 전진해 그레이 경찰의 항공기를 훔쳐 놨던 장소로 향했다. 그 후 그 데이터패드의 추적 장치를 백지화시키고 좌표 기록을 해킹했다.

나는 잠겨 있는 공장 메인 층 진입 문을 세게 두드린다. 아무 반응도 없다. 자기들끼리 어째야 할지 몰라 지랄발광을 하고 있을 게 뻔하다. 그래서 나는 바닥에 무릎을 꿇고 손은 머리 뒤에 올린 채 기다린다. 몇 분이 지나자 문이 끽 소리를 내며 열린다. 안에는 어둠만 보인다. 그러더니 몇 사람의 형체가 앞으로 슬쩍 나온다. 그들은 내 손을 묶고 머리를 가방으로 덮은 후 공장 안으로 밀어 넣는다.

그들은 나를 낡은 유압식 엘리베이터에 태우고 내려간 후 음악 소리가 나는 쪽으로 천천히 안내한다. 브람스의 피아노 콘체르토

2번. 컴퓨터의 웅웅 소리. 용접 토치들은 가방 천 사이로 비칠 수 있을 정도로 충분히 밝게 타오른다.

"여기로. 그에게서 떨어지라고, 이 짐승들."

낮익은 목소리가 날카롭게 말한다.

"조심하시지, 이 광대자식."

어떤 레드가 우르릉거린다.

"마음대로 지껄여 봐, 이 개코원숭이 러스터(붉게 녹슬었다는 뜻으로 레드 계급을 낮추어 부르는 표현—옮긴이)야. 이 남자는 근친 교배된 너희 만 명보다도 더 가치 있어."

"달로, 비켜요. 당장."

이비가 조용히 말하자 부츠들이 쿵쿵거리며 떨어진다.

"이제 나 옵시디언인 척 그만해도 돼요?"

내가 묻는다.

"그렇고말고."

미키가 말한다.

나는 그들이 내 등 뒤로 손목을 묶을 때 쓴 쇠고랑을 끊고 머리를 덮은 가방을 싹 벗어 버린다. 콘크리트와 금속 실험실은 깨끗하며 진정시켜 주는 음악이 아니었다면 조용했을 것이다. 구석에 있는 미키의 배수관으로부터 흐릿한 아지랑이가 공기 중으로 떠오른다. 나는 한참 위에서 미키와 이비를 내려다본다. 이비는 더 이상 반가움을 참지 못한다.

더 이상 여관에서 유혹하는 로즈가 아닌 이비는 오랫동안 잃어

버렸던 삼촌을 반기는 어린 소녀처럼 나에게 와락 안긴다. 그녀의 손은 내 허리춤에 머무르다가 결국에는 떨어지더니 분홍색 눈으로 내 금색 눈을 뚫어져라 올려다본다. 키득대는 웃음소리에도 불구하고 버드나무 같은 팔과 느긋하고도 친근한 미소를 가진 그녀는 관능과 아름다움 그 자체다. 그녀의 미소에는 거의 200명 가까이 되는 이들을 살인한 후라면 응당 느껴야 할 가책이 전혀 담겨 있지 않다. 날개가 달렸던 소녀는 부육을 먹는 새가 됐는데 정작 본인은 알아채지도 못한 모양이다. 그녀가 그 많은 사람들을 칼로 죽여야 했어도 이렇게 활짝 미소를 지을 수 있었을까 생각해 본다. 대량 학살은 이렇게나 쉽다.

이비가 말한다.

"당신을 어디서든 알아볼 수 있겠어요. 테이블에서 당신을 봤을 때…… 심장이 잠깐 멎었다니까요. 특히나 당신이 그 우스꽝스러운 옵시디언 화장을 하고 있었으니. 대로우, 무슨 문제 있어요?"

나는 그녀의 멱살을 잡고 들어 올린 후 벽에 밀친다. 그녀는 짧은 비명을 내지른다.

"당신이 방금 200명의 사람들을 죽였어요."

나는 벌어진 일에 대한 중압감으로 마음이 아프고 무거워 고개를 흔든다.

"어떻게 그럴 수가 있어요, 이비?"

나는 그녀를 흔든다. 내 함선의 대원들이 우주로 빨려나가는 광경이 다시 보인다. 내가 이 길을 걸으면서 발생한 모든 죽음들이 보인다. 줄리언의 맥박이 사그라지다 없어지는 것이 느껴진다.

"대로우, 얘……."

미키가 나를 진정시키려고 시도한다.

"입 닥쳐요, 미키."

"그래, 알았어."

"레드. 핑크. 로우컬러. 당신의 종족들. 마치 그 사람들이 아무것도 아닌 것처럼 그러다니."

내 손이 떨린다.

"나는 명령을 따르고 있었어요, 대로우. 아드리우스가 우리를 조사하고 있었다고요. 그를 죽여야 했어요."

이비가 말한다.

자칼이 그렇게 모사를 꾸며댔어도 결국 발각됐던 것이다. 이비의 눈에 눈물이 맺힌다. 그것을 보고도 나는 움찔하지 않는다. 그녀가 그런 일을 저질렀는데 무슨 감정을 느끼든 내 알 바 아니다. 하지만 나는 그녀를 풀어 준다. 그녀가 비참하게 벽을 따라 미끄러져 쓰러지게 내버려둔다. 그녀의 눈물이 자신을 위해서, 내가 무서워서가 아니라 자신의 종족들을 위해서 흐르는 것이라 나를 설득할 만큼 그녀가 조금이라도 회한을 보였으면 한다.

"나도 당신이랑 다시 만났을 때 이런 모습이길 바랐던 건 아니라고요."

이비는 눈물을 닦으며 말한다.

나는 그녀를 멍하니 내려다본다. 혼란스럽다.

"당신에게 무슨 일이 있었던 거예요?"

미키가 대신 대답한다.

"그녀는 너와 다른 선생님으로부터 가르침을 받았어. 내가 그녀의 날개를 제거했고 하모니가 그녀에게 발톱을 줬지."

나는 미키를 향해 돌아선다.

"제기랄, 대체 무슨 일이 벌어지고 있는 거죠?"

미키는 팔짱을 낀 후 나를 살핀다.

"설명하려면 1년은 걸릴 거야. 하지만 일단 우리가 너를 그리워했다고 말해 두자, 우리 깜찍한 왕자님. 둘째, 제발 내 도덕성을 저 잃어버린 영혼과 연결지어 생각하지 말아 줘. 나도 동의한다고. 이비는 작은 괴물이야. 이제 네가 어떤 존재인지를 좀 깨달았어?"

그는 내 뒤에서 일어서고 있는 이비를 노려본다. 그의 비웃음은 사라진다. 그의 눈이 재빠르게 나를 머리부터 발끝까지 스캔한다.

"세 번째, 너 정말 훌륭해 보인다, 얘야. 아주 훌륭해."

미키의 시선이 내 얼굴 위에서 춤을 춘다. 그는 할 말이 너무 많은 나머지 말을 잇지 못하는 것처럼 입을 열었다 닫는다. 얼굴형은 날카롭고 머리는 기름진 채로 미키가 마치 얼음 위의 칼날처럼 앞으로 쓱 미끄러져 온다. 모두 각이 졌다. 피부는 가는 뼈를 둘러싸고 있다. 우리가 마지막으로 봤을 때도 그가 이렇게 말랐던가? 아니면 단순히 그가 화장을 안 한 것인가? 아니다. 그의 깜빡임이 느리다. 힘없이 느릿느릿하다. 그는 피곤한 것이다. 나이도 더 들었다. 그리고 두들겨 맞은 것 같아 보인다. 어깨는 구부정한 상태이고 재빠르게 눈치를 살피며 마치 아무 때곤 맞을 수 있다는 것을 예상하는 듯한 그의 태도는 기묘하게도 연약해 보이는 분위기를 자아낸다.

"내가 당신에게 질문을 했잖아요, 미키."

내가 말한다.

"나는 숲을 볼 수가 없어! 아직도 나무를 살피고 있다고! 네 몸이 이렇게까지 자리를 잡았다는 것이 놀랍다. 아주 놀라워, 자기야. 너 진짜 키도 컸구나. 네 통증수용기들은 어때? 내가 걱정했던 것처럼 모낭이 가려웠던 적도 있었어? 근수축은 어땠어? 네 동료들에 비해 평균 이상이었나? 동공 확장 속도도 충분히 빨랐고? 몇 달 내내 홀로컴에서 네 얘기만 들렸다고. 물론 그들이 기관 영상을 보여 줄 수는 없었지. 하지만 홀로넷에 누설된 동영상들이 있기는 했어. 그런 동영상들 있잖아. 네가 흉터를 입은 비할 데 없는 자 한 명을 죽이던 모습. 하늘에 있는 괴상한 요새를 갈취하던 모습. 마치 고대의 승자처럼 말이야!"

이들조차도 지배자들, 즉 고대의 고결한 승자들에 대한 신화를 믿고 있다. 미키는 내 어깨를 필사적으로 잡는다. 그의 손은 내가 기억하는 것보다 힘이 약해졌다.

"네 인생에 대해 얘기해 줘. 아카데미는 어땠는지. 다 얘기해 줘. 아직도 그 매력적인 버지니아 오 아우구스투스와 연인 사이인 거야?"

그가 갑자기 인상을 쓴다.

"아, 당연히 아니겠네. 그녀가 사귀는 사람은……."

나는 그를 잡는다.

"미키, 진정해요."

그가 너무 심하게 웃다 기침을 하며 눈물을 닦기 위해 나에게 등을 보인다.

"그냥 아는 친근한 얼굴을 보니 기분이 좋아서 그래. 이 사람들은 요새 내가 상냥한 사람들과 만나는 걸 허락하지 않거든. 전혀 못 만나고 있어. 어처구니없다고, 진짜."

"입 닥쳐요, 미키."

이비가 날카롭게 쏜다.

미키의 눈이 이비 쪽을 슬쩍 향한다. 그녀는 이제 내가 건드릴 수 없을 정도로 멀리 떨어진 채 자신의 엉덩이 근처에 매달려 있는 버너를 손가락으로 만지작거리고 있다. 마치 그것이 나에게서 자신을 보호해 줄 것처럼.

"왜 당신이 루나에 있는 거죠? 무슨 일이 벌어지는 거예요? 당신도 아레스의 아들들에 가담한 거예요?"

내가 묻자 미키가 중얼거린다.

"많은 일들이 있었어. 내가 여기에 와 있는 것은 내 의지가 아니……."

이비가 차갑게 끼어들며 우리의 대화를 방해한다.

"미키는 이제 우리를 위해 일해요, 대로우. 자기가 싫든 좋든 간에. 우리는 미키가 가죽을 채취하던 작은 소굴을 짓밟았어요. 미키가 인육을 팔면서 모은 자금으로 이곳에 올 이동 수단과 군대를 준비했죠. 우리는 반격을 하는 거라고요, 대로우. 드디어."

"핑크 테러리스트 한 명과 레드 한 무더기가 총 가지고 놀고 있단 말이군요. 저게 당신들 군대인가요?"

나는 이비를 외면하며 말한다.

"우리는 오늘 골드들이 피를 흘리게 만들었어요, 대로우. 나를 인정하지 못하겠다면 그거라도 인정하라고요. 나는 화성 대총독의 아들을 죽였어요. 당신은 뭐를 했기에 여기까지 와서 우리가 한 일에 침 뱉을 자격이 있다고 생각하는 건데요?"

"당신은 그를 안 죽였어요."

내 말에 이비는 나를 멍하니 본다.

"헛소리 하지 마요."

나는 분노하며 그녀를 되쏘아본다.

"하지만 어떻게…… 폭탄이……. 거짓말을 하는 거죠."

"내가 때맞춰 그를 구했어요."

"왜요?"

"내 임무는 복잡하기 때문이에요. 나는 그가 필요해요. 댄서는 어디 있어요? 여기서는 누가 우두머리죠? 미키……."

"내가 우두머리야."

과거에 들어 본 다른 목소리가 말한다. 그 말투에는 내 아내와 같은 억양이 있지만 목소리는 분노에 차서 독을 품고 억울해한다. 나는 뒤를 돌아 문 앞에 하모니가 있는 것을 발견한다. 그녀의 반쪽 얼굴은 여전히 끔찍한 흉터로 날아간 상태다. 다른 반쪽은 차갑고 잔혹하며 내가 기억하는 것보다 나이를 더 먹었다.

"하모니."

나는 가볍게 말한다. 지난 수년은 우리 둘 사이를 개선시키는 일에 전혀 도움이 되지 않았다.

"반가워요. 나는 보고를 좀 해야겠어요. 할 말이 정말 많아요."

나는 어디서부터 이야기를 시작해야 할지도 모르겠다. 그런 와중에 하모니가 이비를 향해 보내는 시선이 눈에 띈다.

"하모니, 댄서는 어디에 있어요?"

"대로우, 댄서는 죽었어."

이후 하모니는 나와 함께 미키의 책상 앞에 앉는다. 책상이 위치한 사무실 안에는 각진 싸구려 가구와 방부제 가스에 잡종 장기들을 담고 있는 유리병들이 가득하다. 미키는 책상 뒤에 앉아 낡아빠진 전자 퍼즐 큐브를 가지고 꼼지락거리고 있다. 그는 내가 그것을 보고 있는 것을 알아채고는 윙크를 날린다. 큐브 맞추는 실력이 꽤 좋아졌다. 이비는 화학 약품들이 담긴 대형 통에 기대 있다. 나는 인생의 방향을 완전히 잃은 채 앉아 있다. 댄서에게는 나를 이용할 계획이 있었다. 그는 이 모든 것을 위한 계획을 갖고 있었다. 그는 죽으면 안 됐다. 그가 죽었을 리가 없다.

"댄서의 마지막 소원은 미키가 우리에게 새 군대를 조각해 주는 것이었어. 속도와 힘에 있어서 골드들과 경쟁해 볼 만한 군대를.

우리는 우리들 중 최고의 남자와 여자들을 데려다 조각을 시켰어. 그들은 네가 견뎌냈던 것과 같은 골드 성형 과정을 받고 살아남지 못했지. 하지만 몇은 이 새로운 프로그램에 용감히 참여했어."

그녀는 손을 흔들어 유리를 가리킨다. 그 안에는 관 같은 형태의 튜브 100개가 바닥에 벌려져 있다. 각각의 튜브 안에는 새로운 종의 레드가 있다.

"곧 우리에게는 전에 없이 골드들을 깊이 벨 수 있을 병사 100명이 생길 거야."

100명으로 골드 전투 기계들과 싸우기라. 참으로 가능도 하겠다. 이 테러리스트들이 어떤 부대를 데리고 나와도 나와 내 하울러들이 그것들을 찢어발길 수 있을 것이다. 우리는 가장 치명적인 골드들이 아닌데도 말이다.

그녀는 새 팔로 튜브들을 가리킨다. 살과 뼈로 이루어졌던 과거의 팔은 무기를 훔치러 무기고를 털다 옵시디언에게 잃었다. 이제 그녀의 팔은 금속으로 되어 있다. 유동적이고 강하며 무기를 담을 수 있는 불법 암시장 소켓들이 장착되어 있다. 잘 만들어졌다. 하지만 미키의 조각 기술에 비하면 아무것도 아니다. 당연히 그녀는 미키가 자신의 몸에 작업하도록 허락하지 않을 것이다.

"그럼 미키는 포로인가요?"

내가 묻자 미키가 살짝 미소를 지으며 툴툴거린다.

"노예에 더 가깝지. 그들은 나에게 와인도 안 줘."

"입 닥쳐요, 미키."

이비가 쏘아붙인다.

"이비."

하모니는 그 어린 여성을 향해 관대하게 눈빛을 보낸 후 미키에게 말한다.

"우리끼리 얘기했던 것 기억하지, 응? 입 조심해."

미키는 움찔한다. 그의 시선은 하모니의 왼쪽 손을 향해 빠르게 내려간다. 그녀의 벨트에 빈 무기집이 있다. 미키는 그곳에 꽂혀 있던 무언가를 무서워하는 것이다. 하모니는 내 앞이라고 점잖게 굴고 있다.

"당신이 그를 어떻게 팼는지 그가 폭로할까 봐 무서운 겁니까?"

하모니는 어깨를 으쓱하며 내 비난을 흘려듣는다.

"미키는 소년소녀들을 팔았어. 노예 상인을 노예로 만들 수는 없지. 내가 보건대, 그는 뇌에 총을 맞지 않은 것만 해도 우라지게 운이 좋은 거야. 조각가를 고용해서 괴물인 그의 모습 그대로 만들어 달라고 의뢰하며 뿔과 날개와 꼬리를 달아 줄 수도 있었지. 하지만 안 그랬잖아. 그렇지, 미키?"

"그렇습니다."

"그렇습니다?"

"그렇습니다, 도미나(도미너스의 여성형 — 옮긴이)."

그 단어에 속이 역겨움으로 뒤틀린다.

"댄서는 언제나 미키를 존중해 줬어요. 나도 그를 존중하고 있고요. 그의 모든…… 별난 행동들에도 불구하고요."

"미키는 사람들을 샀어요. 그들을 팔았고요."

이비가 말한다.

"우리 모두 죄를 지었어요. 이제는 당신야말로 특히 그렇지."

내 말에 하모니가 이비를 향해 히죽 웃으며 그들만의 농담을 한다.

"내가 말했잖아, 얘가 '당신보다 내가 더 우라지게 성스럽습니다.' 식의 태도를 보일 거라고. 마치 자신의 도덕성은 허구한 날 타협하지 않는 것처럼. 여기, 우리 미키와 같은 사악한 망나니들을 위해 변명이나 해 주고 말이야.

대로우, 저 위에서는 그런 태도도 통하겠지. 하지만 여기서는 우리가 더 이상 타협하지 않으리라는 걸 너도 알게 될 거야. 그런 것은 옛날 방식이야."

"그럼 댄서가 정말로 죽은 거네요."

"댄서는 좋은 사람이었어."

경의를 표한다고 하기에는 너무 짧은 시간 동안 하모니가 침묵한다.

"그러나 좋은 사람들은 먼저 죽기 마련이지. 반 년 전, 그는 우리가 데이터를 훔칠 수 있도록 그레이 용병팀을 고용해서 정보 통신 중추를 공격했어. 나는 그 일이 끝남과 동시에 그들을 죽여야 한다고 주장했지. 댄서는 말하기를…… 뭐라고 했더라……? '우리는 악마가 아니야.' 하지만 그레이 수장은 돈을 챙기자 지역 소사이어티 경찰 본부로 쌩하니 달려가 그들에게 댄서의 위치를 까발렸어. 우라질 놈의 러쳐 대원들은 2분 만에 댄서와 200명의 '아들들'을 살해했지. 다시는 없을 일이야. 그들이 우리들 중 하나를 죽이면 우리는 그들 100명을 죽일 거야. 그리고 우리는 그레이들을 믿지 않아. 바이올렛들에게 돈을 지불하지 않고. 그들은 수 세기 동안 우리의 노역으로 먹고 살았어. 우리는 오직 레드들만 믿어."

이비는 불편해하며 자세를 튼다.

잠시 후 내가 말한다.

"기관에 레드가 한 명 더 있었어요. 타이투스. 걔도 당신 작품 중 하나였어요?"

나는 미키를 향해 시선을 보내자 미키가 말한다.

"나를 보지는 말라고."

하모니가 급히 묻는다.

"어떻게 타이투스가 레드라는 것을 알아차렸어? 걔가 너에게 말했어?"

"그는…… 실수로 알게 됐어요. 사소한 버릇 때문에요. 다른 사람들은 아무도 못 알아챘어요."

"그럼 너희는 서로를 발견했던 거네? 걘 좋은 놈이었어. 너희들은 친구가 됐겠지?"

하모니는 미소를 짓지는 않지만 오래도록 짊어졌던 무게를 내려놓듯 시원하게 한숨을 쉬며 묻는다.

"그는 나를 발견하지 못했어요. 당신이 타이투스를 조각한 건가요, 미키?"

하모니의 허락 하에 미키가 대답한다.

"아니야, 자기야. 네가 내 첫 번째였어. 내 유일한 작품."

그가 윙크를 한다.

"나는 그의 조각 과정을 컨설트했어. 하지만 너와 내가 선구적으로 성공한 경험을 바탕으로 내 동료가 그의 시술을 맡았지."

하모니가 말한다.

"댄서가 너를 발견했어. 나는 타이투스를 발견했고. 시보스 광산에서 데리고 나올 때만 해도 이름이 알려스였지만. 타이투스는 자신의 이름을 유지하고 싶어 하지 않았어."

하모니가 타이투스를 발견했다니 제법 어울린다. 유유상종이다.

"타이투스에게 무슨 일이 있었던 거야? 걔가 죽었다는 건 우리도 알아."

그녀가 묻는다.

그에게 무슨 일이 있었냐고? 나는 골드가 그를 우라질 땅 속에 묻어 버리도록 허락했다.

나는 돌처럼 굳은 표정으로 이 세 사람을 쳐다본다. 그들이 내 생각을 읽지 못한다는 사실에 감사한다. 그들은 아무것도 모른다. 그들이 나에 대해 어떻게 생각하는지 어렴풋이 알 수 있다. 그들은 내가 무슨 일을 저질렀는지, 내가 어떤 존재가 되었는지에 대해 너무나 좁은 식견을 갖고 있다. 나는 계획이 있는 줄 알았다. 내가 그 모든 노고를 감수해야 할 크고 거대한 이유가 있을 줄 알았다. 하지만 아무것도 없었다. 나는 이제 그것을 안다. 댄서조차도 그냥 일이 어떻게 진행이 될지 지켜보고 있었던 것이다. 희망을 품으며.

나는 두 팔 벌려 환대를 받을 줄 알았다. 군대가 대기하고 있을 줄 알았다. 웅장한 계획을 기대했다. 아레스가 그의 악명 높은 헬멧을 벗고, 재기로 나를 황홀하게 만들며, 나의 모든 신념이 보상받을 거라고 증명해 줄 줄 알았다. 젠장, 나는 그냥 그들을 다시 찾아 내가 외롭지 않기만을 바라 왔다. 하지만 이 콘크리트 방에서 곧 부서질 듯한 플라스틱 의자에 자리 잡은 이 세 명의 창백한 사람들과 함께 앉아 있으니 여느 때보다도 더 외롭다.

"카시우스 오 벨로나라는 이름의 골드가 그를 죽였어요."

내가 말한다.

"좋게 죽었어?"

"이제는 하모니 당신도 그런 죽음은 존재하지 않는다는 걸 알 텐데요."

"카시우스. 당신과 혈수 관계인 그 사람이죠. 그래서였어요? 그래서 벨로나 가문이 당신을 죽이고 싶어 하는 건가요?"

이비가 열렬히 묻는다.

나는 한손으로 머리를 빗어 넘긴다.

"아니요. 내가 카시우스의 남동생을 죽였어요. 그게 그들이 나를 증오하는 이유들 중 하나죠."

"피에는 피."

이비는 마치 그녀가 지껄이는 말이 무슨 의미인지 알고나 있다는 듯이 중얼거린다.

"오늘 우리는 그들을 강하게 쳤어, 대로우. 루나와 화성 전역으로 폭파 12회. 댄서와 타이투스의 원수는 갚은 거야. 그리고 우리는 앞으로 그들을 점점 더 세게 공격할 거야. 우리는 그냥 여러 세포들 중 하나일 뿐이야."

하모니가 말하며 책상을 향해 손짓을 하자 홀로디스플레이가 살아나면서 현장 중계 영상들이 방영된다. 바이올렛 뉴스 앵커들이 저음으로 대학살에 대해 보도한다.

내가 묻는다.

"나 지금 감명 받아야 되는 겁니까? 당신도 그들만큼 나쁘기는 마찬가지예요. 당신도 그건 알고 있죠? 그 전략방도를 무시해도, 당신이 잠자는 용을 건드리고 있다는 것도 넘기더라도, 이비는 단 몇 시간 전에 100명이 넘는 로우컬러들을 학살했어요."

"그들 중 레드는 없었어."

하모니가 말한다. 그러더니 놀라울 정도로 성의 없이 덧붙인다.

"핑크도 없었고."

"아니예요, 있었다고요!"

"그럼 그들의 희생은 기억될 거야."

하모니가 엄숙히 말한다.

"복스 클라만티스 인 데세르토."

내가 감탄하자 미키가 조용히 앉아 있던 중에 작은 미소를 지어 보인다.

"화려한 골드식 말투로 우리를 감동시키기라도 하려는 거야?"

하모니가 비아냥거린다.

"자신이 사막에서 외치는 목소리 같다잖아. 부질없이 소리친다는 뜻이지. 쉬운 라틴어야."

미키가 설명한다.

"그럼 너는 뭐가 어때야 하는지 안다는 거네. 골드가 되더니 갑자기 모든 해답을 다 가졌나 보지?"

하모니가 말한다.

"그게 골드가 된 이유 아니었나요? 그들이 어떻게 생각하는지를 우리도 알 수 있게 하자는 것 아니었어요?"

"아니었어. 그들의 경정맥을 칠 수 있는 위치에 너를 배치시키기 위한 것이었어."

하모니는 주먹을 말더니 금속 손바닥을 치며 자신의 말을 강조한다.

"네가 나보다 나은 존재로 태어난 것처럼 굴지 마. 유념해. 나는 네 속이 어떤지 알고 있어. 자신의 아내가 교수형에 처하는 것을 구하지 못할 정도로 나약했기에 자살하려던 겁 많은 소년일 뿐이잖아."

나는 할 말을 잃은 채 앉아 있다.

이비가 부드럽게 말한다.

"하모니, 대로우는 그냥 도우려고 하는 것일 뿐이에요. 대로우, 당신 상황이 어려울 것이라고 생각해요. 당신은 그들과 수년을 함께 지냈잖아요. 하지만 우리는 그들을 아프게 만들어야 해요. 그게 그들이 이해할 수 있는 유일한 거예요. 고통. 그들이 우리를 통제하는 방식도 고통이지요."

그녀는 천천히 말을 잇는다.

"내가 처음으로 골드에게 서비스를 제공한 날, 나는 평생토록 느껴 본 것 중 가장 큰 희열을 경험했어요. 당신에게 설명할 수가 없네요. 마치 신과 만나는 것 같은 기분이었어요. 이제 나는 내가 느꼈던 그것이 희열이 아니라는 것을 알아요. 그것은 고통의 부재였던 거예요.

그게 그들이 핑크들에게 노예의 삶을 살도록 훈련시키는 방식이에요, 대로우. 그들은 삶을 고통으로 채울 임플란트를 우리의 체내에 삽입시킨 후 우리를 '정원'에서 키워요. 그들은 그 장치를 '큐피트의 입맞춤'이라고 부르죠. 척추를 따라 느껴지는 화끈거림과 두통. 그 고통은 절대 멈추지 않아요. 눈을 감아도, 울어도 그래요. 오로지 명령에 따를 때에만 멈춰요. 나중에 결국 그들은 '입맞춤'을 제거해 줘요. 우리가 12살이 됐을 때. 하지만…… 대로우, 당신은 모를 거예요. 그것이 다시 돌아올지도 모른다는 공포를."

이비는 자신의 손톱을 가지고 장난한다.

"골드는 고통을 느껴야 해요. 그들은 그것을 두려워해야 해요. 그리고 그들은 대가 없이 우리를 아프게 할 수 없다는 것을 배워야 해요. 하모니는 그런 의미로 말을 한 거예요."

이러고도 나는 골드들만 망가진 존재들이라고 생각했다. 우리 모두 그냥 상처받은 영혼들이다. 어둠속을 해매이며 우리 자신을 온전히 다시 이어 붙여 보려고 필사적으로 노력하고 있다. 그들이 우리 속에 찢어 벌린 구멍을 메우기만 바라고 있다. 이오는 이런 결말로부터 나를 지켜줬다. 그녀가 없었다면 나도 그들과 같았을 것이다. 길을 잃었을 것이다.

나는 말한다.

"그들에게 고통을 주는 것이 목적이 아니에요, 이비. 그들을 이기는 것이 목적이에요. 이오가 그것을 가르쳐 줬어요. 댄서도 마찬가지였고. 우리는 뿌리를 캐내야 할 때 장대로 사과나 치고 있는 겁니다. 그들을 폭파시켜 어쩌려고요? 살인으로 무엇을 달성하려고요? 우리는 그들의 소사이어티 전체를 기반부터 약화시키고 그들의 삶의 방식을 부식시켜야 해요. 이것은 아니예요."

"너는 네 임무를 제대로 보지 못하고 있어, 대로우."

하모니의 말에 내가 묻는다.

"그게 당신이 나한테 할 말입니까? 내가 본 것을 당신이 어떻게 이해할 수 있겠어요?"

"바로 그거야. 네가 본 것. 주인들과 겸상하고 노예들은 잊어버린 거지. 너는 이상을 따르는 삶을 살 수 있어. 그럼 내가 본 것은 어떻고? 우리는 밑바닥 똥 더미에 있어. 우리는 죽어가고 있다고. 그런데 너는 뭐하고 있어? 철학을 논하고 있지. 호화로운 삶을 살고 있어. 핑크들과 잠자리를 하고 있고. 나는 댄서가 죽어 가는 것을 듣고 있어야 했어. 나는 러쳐들이 우리를 죽이러 오면서 컴 너머로 우라질 비명소리가 쩌렁쩌렁하게 울리는 것을 들어야 했다고. 그리고 나는 그들을 구하기 위해서 할 수 있는 일이 아무것도 없었어. 너도 그 경험을 견디고 살아야 했다면 불은 불로만 싸울 수 있다는 것을 알았을 거야."

나는 이런 식의 이야기가 어떤 결과로 이어질지 알고 있다. 그들은 내 장기에 구멍을 냈다. 진흙탕에 누워 울게 만들었고 카시우스가 내 위에 서서 날 내려다보게 만들었다. 이 이야기는 그렇게 끝날 것이다.

"하모니, 당신은 자신이 사랑했던 모든 이들을 잃었을지도 몰라요. 그것에 대해서는 애도를 표할게요. 하지만 내 가족은 여전히 광산에 있어요. 그들이 당신 분노 때문에 고통을 겪게 하지는 않을 겁니다. 내 아내의 꿈은 더 나은 세계에 대한 것이었어요. 더 유혈 낭자한 세계가 아니라."

나는 일어선다.

"이제 나는 아레스와 이야기를 나누고 싶어요."

침묵이 방 전체를 무겁게 짓누른다.

"우리에게 잠시 시간을 줘."

하모니는 미키와 이비를 쳐다본다. 그녀는 미키가 마지못해 일어서는 것을 본다. 그는 나에게 무언가를 말하려는 듯 잠시 멈춘다. 하지만 하모니의 시선이 느껴지자 생각을 바꾼다.

"우리 자기, 행운을 빌어."

미키는 내 어깨를 토닥이며 단조롭게 말한다.

“나도 남게 해 줘요. 나도 그의 일에 도움이 될 수 있어요.”

이비가 하모니 가까이 다가가며 말한다.

하모니가 허리춤에 손을 올린다.

“아레스가 허락하지 않을 거야.”

“오늘 내가 그런 일을 했는데도…… 당신은 나를 믿지 않는 건가요? 나는 다른 사람들과 다르다고요.”

“나는 너를 다른 어느 레드만큼이나 믿고 있어. 하지만 이것은 내가 너와 공유할 수 없는 거야.”

하모니는 이비의 입술에 부드럽게 키스한다.

“가.”

이비는 문 앞에서 잠시 멈추며 나를 되돌아본다.

“대로우, 우리는 당신 적이 아니에요. 그것은 꼭 알아 줬으면 좋겠어요.”

이비의 뒤로 문이 딸각하고 닫히면서 미키의 사무실에는 나와 하모니만 남는다.

“이비는 알고 있어요?”

내가 묻는다.

“무엇을?”

“당신이 그녀에게 자살 임무를 줬었다는 걸.”

“아니. 재는 우리와 달라. 재는 사람을 믿어.”

“그런데도 당신은 그녀를 희생할 셈이에요?”

“흉터를 입은 비할 데 없는 자를 죽이기 위해서라면 우리 중 어느 누구라도 희생시킬 거야. 쓸데없이 픽시와 브론즈(골드 중에서도 열등한 외모, 혈통, 능력을 타고나서 멸시당하는 이들을 부르는말 — 옮긴이)들만 잡히더라고. 나는 진짜 독재자들을 원해."

"당신은 미키가 했던 것보다도 그녀를 더 심하게 이용하고 있어요."

"그녀에게는 선택권이 있잖아."

하모니가 중얼거린다.

"진짜 있다고 생각해요?"

"이런 이야기는 그만하자. 댄서는 죽었지만 아레스에게는 너를 위한 계획이 있어."

하모니가 앉으며 손짓으로 나에게 같은 자세를 권유한다.

"아니, 싫어요. 다른 사람들을 통해 그의 계획을 전해 듣는 일은 이제 그만할 겁니다. 나는 그를 위해 내 인생의 3년을 희생했어요. 그의 얼굴을 보고 싶어요."

"불가능해."

"그럼 나도 손 뗄 거예요."

"어떻게 손 뗄 건데, 응? 너는 갇혔어. 우라지게도 라이코스 고향으로 돌아갈 수도 없지? 나가는 방법은 하나밖에 없어. 안전띠 꽉 매고 길을 끝까지 달리는 거야."

하모니의 말이 나를 강하게 강타한다. 나는 돌아갈 수 없다. 그 자각이 주는 외로움은 말로 형용할 수 없다. 나의 고향은 어디인가? 골드가 무너져 잿더미가 되면서 이 모든 일이 끝난다 하더라도 나는 갈 곳이 없지 않은가?

"너는 아레스와 만나지 못해. 나조차도 그의 얼굴을 본 적이 없단다, 헬다이버."

"당신도 못 봤다고요? 당신은 거의 댄서만큼이나 오랫동안 그를 위해 일했잖아요. 수년을. 다른 사람들은 몰라도 당신은 어떻게 그를 믿는 건데요?"

"왜냐하면 아레스가 내 손에 처음으로 총을 쥐어 줬거든. 그는 투구를 쓰고 있었어. 그리고 이온 클립이 가득 채워진 마크IV 스코처를 내 손에 밀어 넣었지."

"아레스는 남잔가요?"

"그게 무슨 상관이야?"

하모니는 홀로디스플레이 하나를 끌어올린다. 전자들이 허공에서 소용돌이를 치더니 연결된 지도로 합쳐진다. 나는 그 지형을 알아본다. 화성. 금성. 루나인 것 같다. 도시들, 함선 도킹장들, 그리고 열댓 가지 다른 주요 장기들에 대한 블루프린트 전체에 수십 개의 빨간 점들이 깜빡이고 있다. 나는 깨닫는다. 폭탄들이다. 하모니는 지친 기색으로 지도를 본다.

"이게 아레스의 계획이야. 폭탄 테러 400회. 무기고들, 정부 시설들, 전기 회사들, 통신망들을 대상으로 할 공격 600회. 이게 아레스의 아들들의 총체적 계획이야. 수년 간 세웠어. 수년 간 자료를 모았고."

나는 우리가 그런 활동을 할 줄은 꿈에도 몰랐다. 나는 경외심에 그 지도를 멍하니 쳐다본다.

"오늘의 폭발은 반응을 유도하기 위한 것이었어. 그들이 열 받고 짜증이 나 들썩이게 만들려고. 우리는 그들이 움직이기를 원해. 그들이 움직이기 시작하면 한 곳에 모일 거거든. 살무사들은 한데 꽁꽁 모여 있을 때 태워 버리기가 제일 쉽잖아."

"이건 언제 이뤄질 건데요?"

"지금으로부터 3일 밤 후에."

나는 그 말을 되풀이한다.

"3일 밤 후. 정상회담의 폐막식. 설마 아레스는 내가 그것을 그런 식……."

"그러기를 원해. 지금으로부터 3일 밤 뒤에. 정상회담은 갈라파티를 벌이면서 예쁘게 마무리되지. 와인, 핑크, 비단, 네 빌어먹을 골드놈들이 즐기는 일이 뭐든 간에. 소사이어티 전역에서 온 모든 우라질 총독들과 의원들, 집정관들, 최고 사령관들, 법관들이 그 자리에 있을 거야. 괴물들로 이루어진 태양계가 군주의 힘을 중심으로 한데 모이는 거지. 우리가 이런 상황을 다시 맞이하기까지는 10년이 걸릴 거야. 아레스의 아들들이 그 안으로 들어갈 방법은 전혀 없어. 하지만 너는 우리가 못 가는 곳에도 갈 수 있잖아. 우리가 할 수 없는 공격을 너는 할 수 있어."

그 말은 터널을 통과하며 내려오는 기차같이 나에게 다가온다.

"그들이 모두 한데 빼곡히 잘 모여 있을 때. 군주가 연설을 하려고 일어서는 순간, 너는 우리가 너에게 숨겨 놓은 라듐 폭탄으로 그 금발 눈썹 망나니들을 다 죽여 버리는 거야. 미키와 장비 담당 팀이 그 기구를 만들었어. 데이터리코더를 통해 너에게 심어 놓은 폭탄이 켜진 것을 확인하는 순간 우리는 태양계 전역이 지옥을 맛보게 만들 거야. 그들을 모조리 불태워서 씨를 말려 버리는 거지."

이것이 내가 한 모든 일의 결말이란 말인가?

"다른 방법도 분명 있을 거예요."

"언제나 계획은 두 가지였어, 헬다이버. 이것과 너. 아레스와 댄서는 네가 우리의 희망이자 다른 길로 걸어갈 기회라고 말했지. 그들은 네가 골드를 안에서부터 파괴시킬 수 있을 것이라고 어린애들처럼 자랑했어. 하지만 내가 그럴 것이라고 말했듯이 너는 실패했어. 이비의 손에 피가 묻었다고 주장할 거야? 글쎄, 그 피는 네 손에도 묻었단다."

"하모니, 당신은 내 손에 어떤 피가 묻었는지조차 모르고 있어요. 내가 무슨 우라질 성인군자는 아니죠. 하지만 이비의 공격은 범죄였다고요."

"유일한 범죄는 우리가 지는 거야."

나는 무너진다.

"여기에는 당신이 알고 있는 것보다 더 많은 힘들이 작용하고 있어요. 우리는 골드와 맞서지 못해요. 우리가 아무리 공격을 날리더라도 그들은 우리를 이렇게 근절해 버릴 거라고요."

나는 내 손가락으로 딱 소리를 낸다.

"그럼 너는 안 하겠다는 거네."

"그래요. 나는 안 할 거예요, 하모니."

"그럼 네 도움 없이 전쟁은 시작될 거야. 우리에게는 갈라파티에 입장해 보려고 할 아레스의 아들들이 두 명 있어. 그들은 골드가 아니야. 그러니 그들은 임무를 완수하기 전에 붙잡혀 집정관 고문실에서 갈기갈기 찢길 가능성이 더 크지. 그것은 골드의 지도자들이 계속 살아갈 것이고 우리가 이 개똥 같은 전쟁을 이길 미미한 가능성마저도 줄어들 것이라는 의미야. 네가 아레스를 믿지 못하기 때문에."

"헛소리 집어치워요. 아레스가 내 도움을 원했다면 나에게 이 말을 직접 했어야죠!"

"어떻게? 아레스는 화성에서 혁명을 준비하고 있어. 연락을 취할 방법은 전혀 없고. 그들은 모든 것을 감시해. 그가 너의 존재를 폭로하지 않으면서도 너와 연락을 할 방법이 있기는 해?"

하모니는 아랫니를 야생동물처럼 드러내며 앞으로 기대온다.

"대로우, 얘기해 봐. 그들이 너에게서 얼마나 빼앗아 갔는지 제대로 알고는 있어?"

하모니의 말투에 뭔가 있다.

"무슨 말이죠?"

"내가 말하고자 하는 것은 이거야."

그녀가 홀로큐브에 연달아 명령을 쳐 넣으니 라이코스 광산 이미지가 뜬다. 내 피가 차가워진다.

"이오의 죽음에 대한 동영상이야. 우리가 불법으로 유출해서 방송한…….”

내 심박이 목구멍까지 차오른다.

“그 내용이 전부가 아니었어.”

하모니가 재생 버튼을 누르자 우리가 있는 방은 광산으로 변한다. 우리는 삼차원 홀로그램의 일부가 됐다. 손을 안 본 동영상이다. 뉴스에 뜨는 내용이 아니다. 내가 100번씩 본 그것이 아니다. 이것은 교수형이 진행되는 장면을 사운드트랙 없이 보여 준다.

그레이들이 한때 나였던 소년을 때리자 고통으로 신음하는 소리가 들린다. 군중은 흐느끼고 있다. 편집이 안 된 영상의 어색한 침묵. 우리 어머니는 고개를 숙이고 있고 나롤 삼촌은 먼지 바닥에 침을 뱉는다. 키어런 형은 내 조카들의 눈을 가린다. 발들이 서성인다. 이오의 언니, 디오는 금속 교수대 위로 비틀거리며 오른다. 그녀의 신발이 녹 위로 질질 끌린다. 그녀는 흐느끼고 있다. 그러더니 처형은 내 아내 쪽으로 몸을 기댄다. 이오는 서 있다. 작고 너무나 창백하고 말랐으며 내 기억 속에서 타오르는 소녀에 비해 그 잔상의 연기보다 살짝 더한 존재다. 그녀의 입술이 움직인다. 또다시 나는 그 말을 못 듣는다. 그날도 이렇게 못 들었다. 갑자기 처형이 주체할 수 없을 정도로 울며 이오에게 매달린다. 뭐라고 한 것일까?

“장비를 이용해 봐. 그러라고 있는 거잖아?”

나는 그 말이 무엇이었을까 수천 번을 고민했다. 하지만 나에게는 이 영상을 볼 권한이 한 번도 주어지지 않았다. 나는 의심을 사지 않으면서도 이 영상을 찾을 방법을 강구하지 못했다. 그리고 알아볼 생각을 하니 두려웠다. 지금 내가 두렵듯…… 나약한 내가 들으면 안 되는 내용이란 무엇이었을까? 처형은 견딜 수 있지만 나는 견딜 수 없는 것이 무엇이었을까?

해적판의 뉴스 동영상에서는 처형이 나오지도 않는다. 하지만 손을 안 댄 이 영상은 되감기를 할 수 있다. 그래서 그렇게 한다. 소리도 확대할 수 있다. 그러니 그렇게 한다. 나는 그 장면이 벌어지는 것을 다시 지켜본다. 우리 어머니는 고개를 숙인다. 나를 삼촌은 침을 뱉는다. 키어런 형은 아이들의 눈을 가린다. 발들이 서성인다. 처형이 교수대 위로 올라간다. 모든 소리를 확대한다. 제어장치로 백색잡음을 정리한다. 그러자 내 아내가 처형에게 한 말이 들린다.

"우리 침실에 내가 만든 아기 침대가 있어. 대로우가 돌아가기 전에 그것을 숨겨 줘."

"아기 침대라고……."

처형이 중얼거린다.

"대로우가 절대 알아서는 안 돼. 알면 무너질 거야."

"말하지 마, 이오. 하지 마."

"나 아이를 가졌어."

제10장

망가지다

나는 망가진다.

공허 속에 앉아 있다. 내 손만 바라보고 있다. 내 아내를, 내 아이를 살릴 수 없었던 손. 나는 그녀의 두 번째 희생에 대한 사실을 견딜 정도로 강하지 못했다. 이오는 살 수 있었다. 이오는 우리가 언제나 바라던 그 아이를 낳아 줄 수 있었다. 하지만 그녀는 그 미래가 자신의 침묵만 못하다고 생각했다. 내가 그럴 만한 가치가 없다고 생각했다…….

가슴 깊은 곳에서 무언가가 느껴진다. 공허하고 차가운 아픔이다. 마치 몸이 슬픔에 옭매이고 둘러싸이는 동안 영혼 저 밑바닥에서 암흑이 열리는 것 같다. 몸이 수만 킬로만큼 무겁다. 어깨는 축 처진다. 가슴은 위축된다. 손가락들끼리 움켜쥔다. 이 손들이 그 모든 시간 동안 나와 언제나 함께였다고 생각하니 웃긴다. 이것들이 그녀의 입술을 만졌다. 이것들이 그녀의 발목을 밑으로 잡아당기기를 도왔다. 이것들이 그녀를 땅 속에 묻었다. 하지만 이것들이 그녀만 묻은 것은 아니지 않았나?

아니었다. 이것들은 다른 생명도 묻었다. 아직 태어나지 못한 아이를, 살아 보기도 전에 죽은 우리의 아이를 묻은 것이다. 그리고 나는 그것도 몰랐다. 나는 가장 큰 불의도 모른 채 슬퍼했다. 나는 그 둘 모두를 실망시켰다. 확대된 영상이 다시 재생된다.

"나 아이를 가졌어."

그녀가 교수대에서 처형에게 전한다.

"나 아이를 가졌어."

나는 그것을 열댓 번 반복 재생시킨다. 내 자신이 비탄의 통로 속으로 오그라드는 기분이다.

골드들은 그녀만 죽인 것이 아니었다. 그들은 내가 언제나 되고 싶었던 존재를 죽였다…… 남편이자 아버지라는 존재를. 내가 그녀를 막았더라면…… 우리가 월계관을 잃었을 때 내가 어린애처럼 뿌루퉁해하지만 않았다면 그녀는 나를 정원으로 데리고 갈 생각을 하지 않았을 텐데. 월계관을 잃은 일에 신경 쓰지 않는 척할 만큼 내가 강했더라면…….

내가 가질 뻔했던 모든 가족들. 아내. 아들들. 딸들. 손자들. 그들은 존재하기도 전에 참살됐다. 이오가 우리의 딸을 안는 일은 절대 없을 것이다. 그녀가 우리의 아들에게 잘 자라고 키스한 후 아이의 작은 손이 내 손가락을 쥘 동안 그 너머로 나에게 미소를 보내는 일은 절대 없을 것이다. 존재할 뻔했던 그 가족 구성원들 중 나만이 홀로 남았다. 남편이자 아버지인 그 남자의 어두운 그림자 하나.

분노가 상승한다. 우리에게 기회는 있었으나 그 기회는 사라졌다. 내가 원하던 모든 것이 사라졌다. 나 때문에. 그리고 '그들' 때문에. 그들의 법. 그들의 불의. 그들의 잔인함. 그들은 한 여성이 노예로서의 삶 대신 자신과 자신의 태어나지 않은 아이가 죽는 것을 선택하도록 만들었다. 그 모든 것은 힘을 위해서였다. 그 모든 것은 그들의 완벽하고 아기자기한 세상을 계속 유지하기 위해서였다.

"너는 그때 충분히 강하지 못했지. 지금은 충분히 강한가, 헬다이버?"

하모니의 말에 나는 그녀를 쳐다본다. 눈물이 앞을 흐린다. 그녀의 매서운 눈초리가 나를 보며 부드러워진다.

"나도 한때 아이들이 있었어. 그 아이들의 내장이 방사선에 상했는데 그 애들에게 진통제도 안 줬어. 방사선이 새는 곳을 고치지도 않았어. 자원이 충분하지 못하다며. 우리 남편은 그냥 그렇게 앉아 아이들이 죽어 가는 모습을 지켜봤어. 마지막에는 같은 원인으로 그이도 세상을 떠났지. 그이는 좋은 사람이었어. 하지만 좋은 사람들은 죽어. 그들을 자유롭게 해 주기 위해, 보호하기 위해, 우리는 야만인이 돼야 해. 그러니 나는 외치지. 나에게 악을 달라. 나에게 어둠을 달라. 우리가 미미한 빛 한 줄기라도 가져올 수만 있다면 나를 우라질 악마로 만들어 달라."

나는 일어서서 양팔을 하모니에게 두른다. 우리 족속들이 마주하는 진정한 공포가 무엇인지가 기억난다. 내가 정말로 잊어버렸던가? 나는 지옥의 아이인데 그들의 천국에서 너무 오랜 시간을 보냈었나 보다.

"아레스가 원하는 건 뭐든 할게요."

"플라이니가 그 개념을 보냈어."

자칼이 씩씩거린다.

옐로우 의사들이 그의 팔에서 화상 입은 피부 조직을 천천히 제거하며 새로운 재생 배양 조직을 심어 주고 있다.

"아레스의 아들들이 아니었어. 그들이었다면 그렇게나 많은 로우컬러들을 죽이지 않았을 거야. 그들의 범죄 수사 프로필과 맞지 않아. 아마 플라이니였을 거야. 아니면 다른 세력인 척하는 군주의 집정관들이거나."

지나가는 함선들의 불빛이 유리 너머로 번쩍인다. 자칼은 욕을 하며 하인들에게 창문을 가리라고 외친다. 그레이들은 나를 시타델이 아닌 자칼 개인 소유의 고층 건물로 데리고 왔다. 내가 요청한 바다. 이곳은 용병들이 떼거지로 있다. 보다시피 그 '문신이 새겨진 자'를 제외하면, 그는 옵시디언들보다 그레이들을 선호한다. 내가 그 외의 유일한 골드다. 이는 자칼이 나를 어느 정도까지 신뢰하는지 잘 보여 준다. 그의 가문 이름만 보고도 그에게 빌붙으려는 사람들을 다 모으면 도시 하나쯤은 충분히 채울 것이다. 하지만 그는 홀로 있기가 더 편하다 생각한다. 나처럼.

내가 묻는다.

"빅트라였을까? 그녀는 계속 자리를 지키지는 않……."

"빅트라는 이미 자기 충성심을 증명했어. 그리고 그녀는 폭탄을 쓰지 않았을 거야. 너를 사랑하고 있기도 하고. 그녀는 아니야."

"나를 사랑한다고?"

내가 당황하며 묻는다.

"너 블루만큼이나 잘 못 보는구나."

자칼은 콧방귀를 뀌면서도 그 이상 그 주제를 언급하진 않는다.

"우리의 동맹은 이 지랄 같은 위성을 벗어날 때까지 비밀로 남겨야 해. 그 의미는 네가 저 여관에 없었던 척해야 한다는 거야. 플라이니가 우리 계획의 스케일을 알았더라면 그는 더 철저히 움직였을 거야. 내 생각에 그는 나만 겨냥하고 있었던 것 같아. 그러니 너는 시타델로 돌아가. 아무 일 없었던 것처럼 행동해. 나는 범죄 연합체 지도자들과 함께 내 계획을 진행한 후 정상회담이 끝날 무렵에 네 계약서를 사들일게."

그 무렵이면 그들의 세상이 변할 것이다.

나는 자칼을 두고 가려고 몸을 돌렸다 그의 목소리에 문 앞에서 멈춘다.

"너는 내 생명을 구했어. 그런 일을 한 사람은 너를 빼면 단 한 사람뿐이었어. 고마워, 대로우."

"네 새 피부에게 더 빨리 재생되라고 일러라. 너도 마무리 갈라 파티를 놓치고 싶지는 않잖아."

다음 3일은 몽롱한 상태로 지나간다. 이오와 우리가 잃은 것밖에 생각이 안 난다. 나는 그 슬픔으로부터 헤어나오지 못한다. 사유지의 체육관에서 죽을 때까지 운동을 해도 그 생각이 나를 잠식한다. 나는 잡담을 받아 주지 않는다. 친구들로부터 거리를 둔다. 이것들은 다 의미가 없다. 나에게는 그렇다. 고통의 존재 앞에서는 삶이 흐려진다. 시오도라가 내 뚱한 태도를 알아채고 최선을 다해 풀어 주려 노력한다. 시타델 정원에 있는 로즈들과 함께 기분 전환을 해 보라고 제안까지 한다.

"그들도 가스상 거대 혹성에서 온 어떤 거친 남자를 섬기느니 당신을 섬기는 게 나아요, 도미너스."

시오도라가 말한다.

폭발 사건에 대한 소식이 시타델 전역을 휩쓸고 뉴스를 온통 지배한다. 소사이어티는 그에 잘 대응하고 있다. 자신들이 원조할 구호물자를 방영하고, 가능성 있는 위기 상황에 어떻게 대처해야 하는지에 대한 안내방송을 내보낸다. 옐로우 심리학자들은 화면상으로 아레스를 분석한다. 그들은 아레스의 어린 시절에 잠재된 섹스 트라우마 때문에 그가 이 세상을 다시 지배해 보려는 공격 성향을 보인다고 결론을 낸다. 바이올렛 연기자들과 탤런트들은 사랑하는 이를 잃은 가족들을 위한 모금 운동을 벌인다. 퀵실버는 개인 자산의 3프로를 직접 구호 활동에 기부하겠다고 자원한다. 옵시디언과 그레이 특공대들은 아레스의 아들들이 '훈련을 하는' 행성 기지들을 공격한다. 그레이 대테러 부대의 대원들은 기자회견을 열어 범인들을 체포했다고 발표한다. 아마 광산이나 루나의 빈민가에서 데려온 레드 아무개들일 것이다.

이것은 작은 연극이며 골드들은 이를 너무나 잘 연기하고 있다. 그들은 카메라 뒤에 숨어 이것이 모든 컬러들 대 레드 테러리스트들의 싸움인 것처럼 보이게 만들고 있다. 이것은 골드들의 싸움이 아니다. 이것은 소사이어티 전체의 싸움이다. 더 나아가, 마땅한 자들이 번성할 수 있도록 우리가 희생하고 복종하기 때문에 소사이어티가 이기고 있다. 우라질 말똥 같은 소리다.

그럼에도 누군가는 책임을 지어야 하는 상황이다. 그러므로 대총독은 끌려나와 이 상황을 어떻게 수습하고 있는지에 대한 질문 공세를 받는다. 어떻게 아레스의 아들들이 화성에서 루나까지 퍼졌단 말인가? 그들은 물을 것이다. 내가 그럴 것이라고 장담했듯 이미 골드 말벌이 사는 벌집을 건드렸다. 하지만 갈라파티는 여전히 진행된다. 나는 골드들이 그들만의 모의와 외교 게임을 하며, 가벼운 마음으로 갈라파티나 회의 및 정상회담에 참여하고, 테러리스트들과의 지저분한 게임에 영향을 받지 않는 모습을 지켜본다. 그들은 보호를 받고 있다. 공포로부터 지켜지고 있다.

그 모습에 신경이 쓰였을 수도 있다. 하지만 지금 그들은 나에게 그림자다. 마치 그들 모두가 이미 어떤 기억 저편으로 사라진 것 같다.

나는 애석해하며 내 가슴에 있는 폭탄을 만진다. 미키의 작품이다. 내가 기관에 착용하고 갔던 페가수스를 본떴다. 이오의 머리칼을 담고 있었던 진짜 페가수스는 지금은 내 다른 개인 물품들과 함께 비밀리에 숨겨 두었다. 내가 해야 할 일이라고는 이것의 머리를 비트는 것뿐이다. 그러면 이것은 폭탄이 된다. 그들이 나에게 준 반지가 폭탄을 가동시킬 것이다.

나는 내 친구들로부터, 그리고 빅트라로부터 거리를 둔다. 그녀는 나에게 무슨 문제가 있냐고 로크에게 물을 것이다. 로크는 대답하겠지. 내가 바람 같으며 기분 변화와 변덕이 들끓는 녀석이라고. 아니면 이와 비슷한 무언가를 말할 것이다. 그는 나에게 다가오려고 한다. 내가 잠든 후에는 내 방에 들르고 체육관에서는 나에게 스파링을 함께하자고 제안한다. 그러나 나는 그와 함께 미소를 지을 수 없으며, 그의 부드러운 목소리가 시를 읽거나 철학을 논하거나 심지어 농담을 나누는 것조차 듣고 있을 수 없다. 나는 그를 향한 감정을 가져서는 안 된다. 왜냐하면 그가 곧 죽을 것이기 때문이다. 나는 그를 실제로 죽이기 전에 내 마음속에서 그를 죽이려고 노력한다.

내가 이미 무덤으로 보낸 자들을 나열한 목록에 로크를 추가할 수 있을까?

드디어 갈라파티의 밤, 시오도라가 다림질 된 내 옷을 세탁소에서 가져오던 순간 그 질문에 대한 답을 얻는다. 그녀는 로크가 생각나게끔 하는 말을 한 마디도 하지 않는다. 현명한 조언을 간결하게 제시하지도 않는다. 대신 그녀는 내 앞에서 한 번도 보이지 않던 모습을 보인다. 그녀는 실수를 한 것이다. 그녀가 내 유니폼을 의자에 내려놓던 중 근처 탁자에 있던 와인 한 잔을 엎었다. 그 와인이 내 흰색 유니폼 소매에 튄다. 그녀의 눈빛에 스쳐지나가는 감정에 나는 얼어붙는다. 극심한 두려움이다. 날아다니는 자동차가 다가오는 것을 사슴이 지켜볼 때 보일 법한 것이다. 그녀는 주저리주저리 사과의 말을 늘어놓는다. 마치 그러지 않으면 내가 그녀를 때릴 것처럼. 그녀가 평정을 되찾을 때까지, 불현듯 나타난 공황 상태가 사라질 때까지 시간이 좀 걸린다. 그렇게 정신을 차린 그녀는 바닥에 앉아 말없이 헝겊으로 유니폼을 토닥이며 닦는다.

어찌할 바를 모르겠다. 잠시 그 자리에 어색하게 서 있던 나는 다 괜찮다는 의미로 시오도라의 어깨에 손을 올린다. 그 순간 그녀는 격렬히 훌쩍이며 작은 어깨가 들썩일 정도로 흐느끼며 울기 시작한다. 내 손길에 움찔한 그녀는 곧 평정을 되찾고는 내가 흰색 대신 검은색을 입어야겠다고 말한다. 그녀는 무슨 일이 벌어지기 직전인지 모를 것이다. 하지만 그녀도 나로부터, 이 분위기로부터 그것을 감지하고 있다.

다른 창기병들이 서로서로 어울리거나 미세 각질 제거 목욕을 하거나 갈라파티를 위해 자신들을 꾸미려고 스타일리스트들과 상담하는 동안 나는 두꺼운 군화 끈을 떨리는 손으로 맨다. 나는 언제나 친구들을 구하는 일에 젬병이었다. 언제나 친구들이 다칠 법한 길로 그들을 인도했던 것 같다. 내 생각에 세브로는 오직 우리 사이를 갈라 놓는 이 거리 덕분에 아직 살아 있는 것이다. 피치너는 언제나 내가 그의 아들을 죽일까 봐 걱정했다. 내 생명줄이 너무 강해서 내 주변 사람들의 것을 모두 해지게 만든다고 했다. 이제 시오도라가 저러는 모습을 보니…… 우리가 실제로는 얼마나 연약하고 복잡한 존재인지를 다시금 깨닫게 된다. 나는 그녀가 왜 울었는지 모른다. 어떤 과거의 트라우마 때문이었을까? 앞으로 닥칠 것에 대한 어떤 느낌 때문이었을까? 알 수 없는 만큼 내 주변 사람들의 속이 심오하다는 것을 다시 생각하게 된다. 나는 말이 없고 차갑지만 로크는 따뜻하다…… 만약 로크라면 이런 순간에 무슨 말을 해야 할지 알았을 것이다.

아우구스투스의 수행단이 갈라파티에 참여하기 위해 저택을 떠나기 전, 나는 로크의 문을 몇 분간 두드린다. 묵묵부답이다. 문을 여니 내 친구는 침대 위에 앉아 고서 한 권의 책등 쪽을 잡은 채로 살며시 들고 있다. 그의 부드러운 이목구비 위로 나를 보자 미소가 번진다.

"택터스가 갈라파티 전에 각성제나 같이 흡입하자고 조르러 온 줄 알았지. 갠 내가 독서를 하고 있기 때문에 아무것도 안 한다고 늘 생각하거든. 내성적인 사람에게는 외향적인 사람만큼 무서운 역병은 없어. 그 짐승 같은 놈은 특히나 그래. 개는 저렇게 달리다 조만간 자기 풀에 지쳐 쓰러질 거라고."

나는 억지로 큭큭 웃는다.

"최소한 택터스는 자신의 악덕 행위에 대해선 진지하잖아."

"너 아직 택터스네 형들을 못 만나 봤어?"

로크가 묻는다. 나는 고개를 젓는다.

"그들에 비하면 택터스는 순한 양이야."

"지랄 맞게 지독하고만."

나는 욕을 하고 문틀에 몸을 기댄다.

"그렇게 심해?"

"래스 가문 형제들 말이야? 그들은 끔찍해. 끔찍하게 부자고 끔찍하게 능력도 좋아. 그리고 그들의 주요 미덕은 죄악을 범할 수 있는 재능에 있지. 그쪽 방면으로는 영재들이야."

로크는 은밀히 미소를 짓는다.

"떠도는 소문들을 믿는다면…… (참고로 나는 소문을 아주 좋아해.) 택터스의 형들인 바이론과 와일드의 이야기를 빼놓을 수 없지. 그들은 14살 때 윤락업소를 열었대. 나름 세련된 사건으로 여겨졌었지. 그들이 더…… 개별맞춤형 경험들을 주선해 주기 시작하기 전까지는."

"그 다음에는 어떻게 됐는데?"

"망가진 딸들, 아들들. 욕지거리들. 결투들. 죽은 후계자들. 빚. 독약."

로크는 냉소적으로 어깨를 으쓱한다.

"그게 래스 가문이야. 그런 불한당들로부터 뭐를 기대하겠어.

그래서 택터스가 너 같은 아이언 골드를 따르자 모두가 그렇게 놀라워했던 거야."

그는 명확히 설명한다.

"택터스네 형들은 걔가 네 그림자 밑에 있다며 걜 무시하잖아. 그래서 걔가 항상 그렇게 빈정거리는 거야. 너처럼 되고 싶은데 안 되는 거지. 그러니 평상시대로 자신의 방어기전을 발동하는 거라고."

로크는 인상을 찌푸린다.

"어떤 때는 네가 우리 자신들보다도 우리 모두를 잘 이해하는 것 같아. 그러다가도 다른 때는 우리에게 전혀 관심조차 없는 것 같고."

내가 아무 말이 없자 로크가 고개를 갸우뚱한다.

"무슨 일이야?"

"아무것도 아니야."

"네가 아무것도 아닌 일로 이럴 놈은 절대 아니지."

로크는 책을 자신의 가슴 위에 올려놓고 침대의 가장자리를 탁탁 두드리며 방 안으로 들어오라고 유도한다.

"앉아 봐, 제발."

"사과하고 싶어서 왔어."

나는 침대 가장자리에 앉으며 매우 느릿느릿 입을 뗀다.

"지난 몇 달간 내가 거리를 뒀잖아. 특히 요 근래에는 더더욱. 너를 그런 식으로 대하면 안 됐어. 특히나 넌 내 가장 충실한 친구인데. 그게, 너와 세브로가 나의 가장 충실한 친구들이지. 하지만 세브로는 인터넷으로 이상한 사진들만 계속 보내고 있고."

"또 유니콘 사진들이야?"

나는 웃음을 터뜨린다.

"걔는 좀 문제가 있는 것 같아."

로크가 내 머리를 토닥인다.

"고마워. 그런데 너는 꼬리를 흔들었다고 사과하는 사냥개 같아. 네가 거리를 두지 않은 적이 언제 있었어, 대로우? 네가 그런 성격인 것에 대해 사과할 필요는 없어. 최소한 나에게는."

"평상시보다 더 거리를 뒀지, 아마?"

로크도 동의하며 사과를 받아들인다.

"그랬을지도. 우리 모두 마음속에 각자 나름의 밀물과 썰물이 있어. 들어왔다 빠졌다 하지."

그가 어깨를 으쓱한다.

"딱히 우리가 조절할 수 있는 건 아니잖아. 오히려 우리가 인정하고 싶은 것 이상으로 우리 주위를 도는 사물들과 사람들이 그것을 조절하지."

나를 잠시 지켜보던 로크는 생각에 잠기며 자신의 미간을 찌푸린다.

"이거 머스탱에 대한 거야? 당시에 네가 했던 말과는 달리 네가 그녀의 곁을 떠나기 힘들었다는 건 알고 있어. 우리가 여기에 있는 동안 그녀와 한번 만나 보는 게 좋겠어. 너는 그녀를 그리워하고 있다고. 인정해."

"안 그리워."

"뻥쟁이, 뻥쟁이, 볼 빨간 뻥쟁이."

"너에게 수백 번 얘기했잖아. 머스탱에 대한 얘기는 할 생각이 없다고."

"알았어. 알았다고. 그럼 걱정하고 있는 거겠네, 그렇지? 경매에 대해?"

로크는 잠시 말을 멈추면서 미소를 짓고 나를 지켜본다.

"그럴 필요 없어. 그 일은 내가 해결했어. 내가 입찰할 거야."

"로크, 너는 그만한 돈이 없잖아."

"나 정도의 족보와 인맥을 가진 비할 데 없는 자에게 신세를 지우려 혈안이 된 픽시들이 있지. 그들이 얼마큼의 돈을 내놓으며 나와 거래할 것 같아? 수백만이야. 필요하다면 나는 퀵실버도 찾아갈 수 있어. 그는 항상 골드들에게 돈을 빌려 주잖아. 요는 우리 부모님이 나를 도와주시지 않더라도 나에게 그만한 돈은 있다는 거야. 그러니 형제여, 걱정 붙들어 매."

그는 나를 발로 쿡 찌른다.

"마르스 하우스라는 이름이 최소한 뭐라도 되지 않겠어?"

"고마워."

나는 말을 더듬거린다. 로크가 과연 무슨 짓을 벌인 것인지 감이 잘 안 온다. 그리고 왜 그랬단 말인가? 그것은 자신의 위험을 자초하는 짓이다. 그를 위험하게 만들고 그의 부모님을 거스르는 행동이다.

“다른 사람들은 그 어느 누구도 내 앞에서 경매에 대한 말을 꺼내지 않았어.”

“그들은 네 불운이 전염될까 봐 두려운 거야. 사람들의 심리가 어떤지 너도 잘 알잖아.”

로크는 잠시 말을 멈춘다. 그는 나를 너무나 잘 알기 때문에 기다려 주는 것이다.

“다른 뭐가 또 있구나. 그렇지?”

나는 고개를 젓는다.

“너는…….”

말로 어떻게 표현해야 할지 모르겠다.

“너는 길을 잃은 것 같은 기분이 든 적 없어?”

그 질문은 우리 사이를 맴돈다. 친밀한 분위기. 내 쪽에서만 어색해 하고 있다. 상대가 택터스나 피치너였다면 비웃었을 것이다. 세브로였다면 자신의 음낭을 긁었을 것이며 카시우스였다면 껄껄 웃었을 것이고 빅트라였으면 아양을 떨었을 것이다. 로크는 그들처럼 그러지 않는다. 머스탱이 이런 상황에 어떻게 반응했을지는 나도 확실치 않다. 로크는 자신의 우월한 컬러 및 자신을 남들과 차별화시키는 모든 덕목들을 갖춘 사람이다. 그럼에도 불구하고 그는 책에 책갈피를 천천히 끼운 후 그것을 네 기둥 침대 옆 침실 탁자 위에 놓는다. 그리고 시간을 들여 내 질문에 대한 답이 우리 사이로 서서히 떠오를 수 있게 기다린다. 고인이 되기 전의 댄서가 그랬듯, 그의 움직임은 사려 깊고 유기적이다. 그의 안에는 고요함이 있다. 그것은 광활하고 장엄하다. 내 기억 속의 아버지가 갖고 계셨던 고요함과 같은 종류다.

"한번은 퀸이 나에게 옛날이야기를 해 줬어."

로크는 내가 옛날이야기라는 말에 불만을 토로하기를 기다렸다 내가 그러지 않자 목소리를 낮게 깐 채 더 심각한 말투를 취한다.

"한때 고대 지구 시절에 서로를 깊이 사랑하는 두 마리의 비둘기가 있었대. 그 시절에는 장거리 메시지를 전달할 목적으로 그런 동물들을 키웠어. 이 두 비둘기들은 같은 우리 안에서 태어나 같은 사람의 손에 키워지고 같은 날 각각 다른 사람들에게 팔렸는데 그때가 대전쟁의 전날이었대.

그 비둘기들은 서로로부터 떨어져 자신이 사랑하는 대상이 없자 각각 불완전한 상태로 아파했어. 멀리, 드넓은 곳으로 그들의 주인들은 그들을 데리고 갔지. 그리고 비둘기들은 서로를 다시는 찾지 못할까 봐 두려워했어. 왜냐하면 그들은 세상이 얼마나 광활한 곳인지, 그리고 그 안에 얼마나 끔찍한 것들이 있는지를 막 깨닫기 시작했거든. 수 개월 동안 그들은 주인들을 위해 메시지를 전달했어. 전선 너머로 날아가기도 하고 땅을 차지하려고 서로를 죽이는 사람들 위의 하늘을 지나다녔지. 전쟁이 끝나자 주인들이 비둘기들을 모두 자유롭게 풀어줬어. 하지만 두 마리 다 어디로 가야 할지, 무엇을 해야 할지 몰랐던 거야. 그래서 각각 고향으로 날아갔대. 그리고 그곳에서 그들은 서로를 다시 찾았대. 마치 그들은 언제나 고향으로 돌아가 과거가 아닌 미래를 발견할 운명이었던 것처럼."

로크는 양손을 온화하게 겹친다. 자신의 요점에 다다른 선생님의 모습이다.

"그래서 길을 잃은 듯한 기분을 느끼냐고? 나는 언제나 그래. 기관에서 레아가 죽었을 때……."

그의 입술이 완만히 밑으로 쳐진다.

"……나는 어두운 숲속에 있었어. 베르길리우스 앞에 선 단테만큼 앞을 못 봤고 길을 잃은 상태였지. 하지만 퀸이 나를 도와 줬어. 그녀의 목소리가 나를 고통 밖으로 불러냈어. 그녀가 내 고향이 된 거야. '고향은 출신지가 아니라 모든 것이 어두울 때 자신이 빛을 찾는 곳이야.' 그렇게 퀸은 말했어."

그는 내 손 위를 감싼다.

"네 고향을 찾아, 대로우. 그곳이 과거에는 없을지도 몰라. 하지만 찾아. 그럼 다시는 길을 잃지 않을 거야."

나는 언제나 생각해 왔다. 라이코스가 내 고향이라고. 이오가 내 고향이라고. 어쩌면 내가 지금 향하는 곳이 그곳일지도 모르겠다. 이오를 보러. 죽은 후 사후세계에서 내 아내와 다시 고향을 찾으러. 하지만 그것이 사실이라면 왜 내 마음이 충만하지 않을까? 왜 이오 가까이 다가갈수록 내 속의 공허함이 점점 더 커질까?

"이제 갈 시간이야."

나는 침대에서 일어서며 말한다.

로크도 자리에서 일어선다.

"내가 네 친구라는 것이 확실하듯 너는 이 일에서 회복할 거야. 우리는 우리 삶의 작위가 아니야. 우리는 우리 자신이야…… 우리가 한 일, 우리가 하고자 하는 일, 그리고 우리 가까이 두는 사람들의 총집합이지. 너는 내 가장 소중한 친구야, 대로우. 항상 기억하고 있어. 내가 도움이 필요했더라면 네가 무조건 나를 보호했을 것처럼 무슨 일이 벌어지든 간에 나도 너를 보호할 거야."

내가 로크의 손을 부여잡고 잠시 가만히 있는 바람에 그를 놀라게 만든다.

"너는 좋은 사람이야, 로크. 네 컬러에 비해 지나칠 정도로."

"고마워."

내가 그의 손을 놓아 주는 동안 그는 나를 향해 눈웃음을 보인 후 자신의 제복 주름들을 편다.

"그런데 그 말은 대체 무슨 의미야?"

"우리가 의형제를 맺을 수도 있었을 것 같아. 다시 태어난다면 말이지만."

"왜 우리에게 다음 생이 필요한 건데?"

그 후 로크는 내 왼손에 있는 자동 주사기를 확인한다. 그의 손은 나를 막기에 너무 느리다. 하지만 그의 눈은 충분히 빠른 속도로 함께 커지면서 신뢰하는 동시에 두려워하는 눈빛을 보인다. 마치 주인의 무릎에서 천천히 안락사 당하는 충성스러운 개처럼. 그는 이해하지 못하고 있다. 하지만 이유가 있을 것이라 믿고 있다.

그럼에도 여전히 두려움이, 그리고 배신감이 그에게 엄습한다. 그의 그런 감정들이 내 마음을 갈기갈기 찢는다.

주사기로 로크의 목을 찌른다. 그는 눈을 서서히 감으며 침대 위로 천천히 쓰러진다. 그가 정신이 들 때면 지난 2년간 그가 함께 일했던 모든 사람들이 죽어 있을 것이다. 그는 내가 자신의 가장 가까운 친구라고 전한 후 내가 그에게 한 일을 기억할 것이다. 그는 내가 갈라파티에서 어떤 일이 벌어질지 알고 있었다는 것을 깨달을 것이다. 그리고 내가 오늘 밤에 죽지 않더라도, 다른 요소들로 인해 내가 폭파범이었다는 것이 발각되지 않더라도, 로크의 생명을 구한다는 것은 내가 붙잡힐 것을 의미한다. 이제는 돌이킬 수 없다.

제11장

레드

오늘 밤, 나는 인류 최고의 2000명을 학살할 것이다. 그럼에도 불구하고 나는 지금 그들과 함께 걷고 있다. 전에 없이 그들의 퇴폐성과 거들먹거리는 태도들에도 영향을 받지 않고 있다. 플라이니의 오만함에 전혀 분노가 치밀지 않는다. 빅트라의 야한 드레스에 전혀 마음이 동하지 않는다. 심지어 택터스가 그녀에게 자신의 팔을 내밀었지만 그녀는 나와 팔짱을 꼈는데도 그렇다. 그녀는 내 귀에 대고 속옷 입기를 바보같이 잊어 버렸다며 귓속말을 한다. 나는 그것이 재미있는 농담인 양 웃어 보이며 나를 지배하고 있는 차가움을 숨기려고 노력한다.

이것은 잡음이다.

택터스가 한숨을 쉬며 말한다.

"대로우에게는 떠나기 전, 위안이 좀 필요하겠지. 혹시 로크 봤어, 굿맨?"

"걔는 몸이 좀 안 좋대."

"매우 로크답네. 아마 책이나 껴안고 있겠지. 내가 직접 잡아와야겠다."

"걔가 오고 싶었으면 왔겠지."

내가 말한다.

"나는 걔가 왔으면 싶은데."

택터스가 대꾸한다. 그는 우리 주인 곁에 자리잡기 위해 앞다투고 있는 다른 창기병들을 향해 어깨를 으쓱한다.

"걔가 그렇게 죽도록 필요하면 가서 잡아오든지."

일부러 그렇게 말하자 그는 움찔한다.

"내 곁에 누가 '필요한' 건 아니지. 그렇지만 내가 잘 몰랐다면 네가 여전히 그 탈출 포드 사건으로 삐져 있다고 생각했겠는데."

빅트라가 묻는다.

"네가 대로우를 빼놓고 출발했던 것? 대로우가 그런 일을 신경이나 쓰겠어?"

지금도 그때의 배신에 마음이 쓰라리다.

"나는 대로우가 죽었다고 생각했다고! 단순한 계산착오였어."

택터스는 자신의 주먹으로 내 어깨를 툭 치며 빅트라를 향해 고개를 끄덕인다.

"너는 이해하지? 여기 있는 이 아가씨를 돌봐야 했잖아."

"이 아가씨가 실로 연약하고 작은 한 떨기의 꽃이기는 해."

나는 빅트라를 택터스로부터 잡아끌며 말한다.

"아, 외로운 바다의 신은 슬프다네. 그의 친구들은, 내 친구들처럼 그를 버렸다네!"

택터스가 예쁘장한 가락을 흥얼거린다.

빅트라는 자신의 어깨에 찬 금 견갑을 조정한다. 일련의 금 커프스 소매들이 그녀의 팔을 따라 줄지어 있는 모양이다.

"저 어여쁜 소년은 자만심도 지나치지. 뇌우도 자신과 연관지어 생각하겠어."

그녀는 나의 무관심을 알아챈다.

"경매는 갈라파티가 끝난 후에야 시작될 거야."

그녀는 하늘을 나는 자동차가 착륙하는 쪽을 고개로 가리킨다.

"음, 재가 언제쯤 얼굴을 보일까 궁금하던 참이었는데."

자칼이 차에서 내린다. 피부는 얼룩 부위만 살짝 분홍빛을 띤다. 옐로우들이 시술을 잘 해 준 모양이다. 그는 도우미들의 쑥덕거림을 무시하며 자신의 아버지를 향해 살짝 허리 숙여 인사한다.

자칼이 말한다.

"아버지, 아우구스투스 가문이 갈라파티에 자식 한 명은 데리고 참석해야 적절하지 않을까 생각했지요. 어쨌든 대외적으로는 가족이 하나가 된 입장을 표명해야 하잖아요."

"아드리우스."

아우구스투스는 트집을 잡을 무언가를 찾기 위해 자신의 아들을 살핀다.

"요새 네가 연회 자리들을 즐기는 줄은 몰랐구나. 이 행사가 네 취향이 아닐지도 모르겠어."

자칼이 과장되게 웃음을 터뜨린다.

"아마 그래서 저에게는 초대장이 안 도착했었나 보네요! 아니면 테러리스트들의 공격 소동 때문에 그랬던 것이었을까요? 어쨌거나 상관없지요. 저는 지금 여기에 있고 아버지의 옆자리에서 아버지를 보조하고자 하는 의욕으로 넘쳐나니까요."

자칼이 무리에 합류하며 모두에게 활짝 미소를 짓는다. 그의 아버지가 절대 대중 앞에서 가족 분쟁을 펼치지 않으리라는 것을 잘 알고 있는 것이다. 그는 나를 향해 유달리 악의적인 조소를 보낸다. 다른 사람들이 보면 겁먹어 뒷걸음칠 그런 표정이다. 모두 연기다.

"그럼 갈까요?"

나는 내 행동을 조심하고 말을 아끼며 빅트라와 함께 긴 줄의 끄트머리에서 사람들을 뒤따른다. 그 줄은 우리 저택의 미로 같은 석조 통로들을 통과해 시타델 정원까지 2킬로미터 정도 되는 거리를 뱀처럼 스멀스멀 기어간다. 군주의 탑은 시타델의 정원 땅에서 불쑥 솟아나와 있다. 2킬로미터 높이의 거대한 탑은 무성한 장미와 나무 및 수많은 계곡들을 잘 가꾸어 놓은 정원에 칼자루처럼 박혀 있다.

물은 휘감기는 수천 개의 물길을 따라 정원 사이로 흘러들고 있다. 색색의 물고기들이 사는 개울은 졸졸 흐르며 조용한 석호로 이어진다. 그리고 그 석호 주변으로 꽃을 피운 나무들에는 원숭이 같은 고양이들이 기어 다니고 그 밑으로는 조각된 핑크 인어들이 수영을 한다. 사지가 길쭉한 스라소니들은 큰 나뭇가지 밑에서 쉬고 있다. 바이올렛들은 이 밝은 빛깔의 숲 사이를 하릴없이 드나들며 여름 나방처럼 이쪽저쪽으로 휙휙 날아다닌다. 그들의 바이올린 소리가 음산한 공연장을 메운다. 이곳은 바커스의 심야 정원에서 그리스인들이 그렇게나 우스꽝스럽다 여겼던 외설적 성 표현만을 제외한 한 폭의 그림이다. 그런 외설물에 픽시들이야 낄낄거리겠지만 비할 데 없는 자들은 흥미로워하지 않는다. 최소한 겉으로는 그럴 것이다.

우리는 나무 사이로 다른 행렬들을 확인한다. 그들의 군기가 보인다. 펄럭이는 천과 금속으로 만들어진 거대한 기들이 번쩍이고 있다. 우리의 빨간색과 골드색 사자 문장도 으르렁거리며 그들을 조용히 도발한다. 은으로 된 들판 위의 까마귀 문장은 팔스 가문이 조약돌로 된 다리 위를 건너고 있는 것을 알린다. 우리는 그들의 영주와 창기병들을 조심스럽게 살핀다. 아주 당연한 말이겠지만 모두들 레이저를 갖고 다닌다. 하지만 다른 기기 장치들은 반입이 금지됐다. 데이터패드도 안 되고 그래브부츠도 안 되며 갑옷도 안 된다. 이것은 고전주의적인 행사다.

우리 위로 탑 하나가 하품을 하고 있다. 보라색과 빨간색, 초록색 이끼들이 수천 빛깔의 덩굴줄기를 이루며 그 거대한 건물의 기저부를 기어오른다. 그것들은 부유한 과부의 손목을 쥔 욕심쟁이 총각의 손가락처럼 유리와 돌을 감싸고 있다. 여섯 개의 거대한 리프트들이 탑의 꼭대기로 가문들을 들어올린다.

아름다운 핑크 시녀들과 브라운 하인들이 모두 흰 제복 차림으로 리프트의 서비스를 담당한다. 소사이어티를 상징하는 금빛 삼각형이 그 하인들의 제복을 장식하고 있다.

납작한 리프트는 대리석으로 만들어졌으며 중력 반동 추진 엔진이 설치되어 있다. 그것은 초록빛 잔디가 바람에 나부끼는 공터의 한 중앙에 놓여 있다. 몇몇 코퍼들이 우리 대총독을 대변하는 정치꾼인 플라이니와 대화하기 위해 앞으로 황급히 나온다. 무슨 문제가 있나 보다. 팔스 가문이 열을 지으며 우리 앞에 있는 리프트에 오른다.

"이건 사회적 덫이로구나."

아우구스투스는 뒤를 향해 그가 가장 아끼는 피보호자에게 중얼거린다. 레토는 그에게 더 가까이 다가간다.

"멍청이들 같으니. 사고인 척하는 모양새 좀 보거라. 곧 그들은 우리에게 팔스 가문과 리프트를 함께 타라고 말하겠지. 원래는 우리에게 그 가문보다 먼저 타라고 애걸해야 마땅할 것을."

"정말 사고일 수도 있지 않을까요?"

레토가 의문을 제기하자 아우구스투스는 팔짱을 낀다.

"루나에서는 그럴 리 없어. 모든 것은 정치놀음이야."

"바람의 방향이 바뀌는군요."

"최근 한동안은 계속 바뀌고 있었단다."

아우구스투스가 중얼거린다. 그의 날카로운 얼굴이 마치 우리가 보유한 레이저의 수를 세고 있는 것처럼 자신의 보좌관들을 살핀다. 몇은 레이저를 자신의 옆구리에 감아서 착용하고 있다. 다른 이들은 내가 빌린 칼을 차고 있는 방식처럼 그것을 팔뚝에 감고 있다. 택터스와 빅트라는 각자 그것들을 어깨띠로 사용하고 있다.

"항시 세 명의 창기병들이 대총독님을 보좌하도록 해라."

레토가 조용히 지시한다. 우리는 고개를 끄덕이며 함께 뭉친다.

"술은 금지."

그 말에 택터스가 항의의 표시로 투덜거린다.

자칼은 무표정으로 레토가 명령하는 모습을 지켜본다.

플라이니가 시타델 직원과 대화를 마치고 돌아온다. 과연, 우리가 팔스 가문과 리프트를 같이 타라는 지시다. 하지만 뭔가 더 위협적인 분위기가 주변을 에워싼다. 우리의 옵시디언들과 그레이들은 두고 오란다.

플라이니가 말한다.

"모든 가문들은 수행원 없이 갈라파티에 입장해야 한답니다. 경호원들은 출입 금지랍니다."

우리 쪽 고위층들이 웅성거린다.

"그럼 우리는 참석 안 해야죠."

자칼이 말한다.

"바보같이 굴지 마라."

아우구스투스가 반응하자 레토가 말한다.

"아드님 말이 맞습니다. 네로 아우구스투스, 위험이……."

"받아들이는 것보다 거절하는 것이 더 위험한 초대도 있는 법이다. 알프룬, 조포."

아우구스투스는 자신의 문신이 새겨진 자들을 향해 단칼 같은 손짓을 보인다. 그 두 명은 말없이 고개를 끄덕인 후 다른 사람들과 함께 옆으로 비켜선다. 우리가 팔스 가문과 함께 리프트를 타고 올라가는 동안 그들의 으스스한 눈에서 진심이 느껴지는 감정이, 걱정이 일렁인다. 팔스 가문의 수장이 미소를 짓는다. 그의 사회적 지위는 올라간 것이다.

군주의 탑 옥상에서 열린 갈라파티는 동화 속 겨울 왕국 테마로 꾸며졌다. 보이지 않는 구름에서 눈이 내린다. 그것은 창 같은 인공 숲의 소나무 위로 흩뿌려지고 계피와 오렌지 맛이 나는 눈송이들로 내 짧은 머리를 얼려 버린다. 내 앞으로는 입김이 보인다.

트럼펫 소리가 대총독의 등장을 알린다. 택터스와 몇 명의 더 어린 창기병들이 그들의 앞길을 막고 있는 팔스 가문 사람들을 옆으로 밀쳐서 아우구스투스가 갈라파티에 가장 먼저 입장할 수 있게 한다. 창백한 금색과 피 같은 적색으로 이루어진 하나의 무리를 이루며 우리는 광대한 상록수 지대로 진출한다. 골드 문화의 자존심이 우리를 기다리고 있다. 태초의 사람들은 절대 꿈도 못 꿔 봤을 것들을 봐 온 얼굴들이 무시무시한 바다를 이룬다. 우리가 함께 공유하고 있는 기관에서의 추억도 얼핏 보인다. 아폴로 하우스의 매력쟁이들. 마르스 하우스의 살인자들. 비너스 하우스의 미인들.

첨탑 아래로는 시타델이 펼쳐진다. 그리고 그 지대 너머에는 수많은 불빛들로 이루어진 도시들이 번쩍인다. 저 반짝이는 보석 바다 밑으로 쓰레기와 빈곤의 두 번째 도시가 도사리고 있다는 것은 절대 짐작하지 못할 것이다. 세계 안의 또 다른 세계다.

"흥분하지 않게 조심해."

빅트라는 갈퀴가 달린 손으로 내 머리를 쓸어 넘겨 주며 나에게 속삭인 후 지구에서 온 그녀의 친구들과 수다를 떨러 간다.

나는 우리의 테이블을 향해 걷는다. 머리 위로는 거대한 샹들리에가 작은 중력 반동 추진 엔진에 매달려 있다. 빛이 반짝인다. 완벽한 인간의 형체들 위로 옷들이 액체처럼 움직인다. 핑크들은 별미와 술을 접시 및 얼음이나 유리로 된 잔에 담아 서빙한다.

수백 개의 긴 테이블들은 이 겨울 왕국의 중앙에 얼어 있는 호수를 중심으로 동심원을 그리도록 배치되어 있다. 핑크들은 이곳에서 서빙하기 위해 스케이트를 신었다. 얼음 밑으로 형체들이 움직인다. 픽시나 로우컬러들이 즐길 법한 성애화 된 변태물들이 아니다. 오히려 긴 꼬리와 별처럼 반짝이는 비늘들을 가진 신비로운 생물체들이다. 이 잔치를 위한 생물체를 조각해 달라는 의뢰를 받는 일은 다시 태어날 수만 있다면 미키의 꿈이었을 것이다. 나는 혼자 미소를 짓는다. 어떻게 보면 그가 그 꿈을 이미 이뤘다고 볼 수도 있겠다.

테이블들은 이름도 없고 숫자도 안 매겨졌다. 대신 우리는 테이블 위, 정중앙에 커다란 사자가 거의 미동 없이 앉아 있는 것을 보고 그것이 우리 자리인지를 알아본다. 각 가문마다 테이블들이 그렇게 그들의 문장에 따라 지정되어 있다. 그리핀들, 독수리들, 얼음 주먹들, 그리고 거대한 철검들이 있다. 택터스가 핑크 한 명으로부터 전채 요리를 담은 쟁반 하나를 뺏은 후 그것을 사자의 육중한 발 사이에 놓자 그 짐승이 만족한다는 듯 그르렁거린다.

"먹어, 짐승아! 먹으라고!"

택터스가 외친다.

플라이니가 나를 발견한다. 그는 머리를 촘촘하게 땋아서 뒤로 묶었다. 이번만큼은 그의 의상도 그의 뾰족한 코만큼이나 지나치다. 마치 자신의 매 같은 이목구비와 헐벗은 의상으로 비할 데 없는 자들을 탄복시키려는 의도 같다.

"이따 저녁 때 자네에게 관심을 보이는 무리 몇몇에게 너를 소개시켜 줄게. 내가 신호를 보내면 곁으로 오도록. 그때까지는 문제 일으키지 말고 예의바르게 행동해."

그는 산만하게 주위를 둘러보며 자신의 사적인 목표를 이루기 위해 필요한 중요인물들을 찾는다.

"문제는 안 일으켜야죠. 내 가문의 명예를 걸고."

나는 내 페가수스 펜던트를 꺼낸다.

플라이니는 보지도 않고 대답한다.

"그래. 그 가문 참 고결하기도 하지."

나는 갈라파티를 둘러본다. 벌써 수백 명이 서성이고 있으며 매분마다 더 많은 사람들이 도착하고 있다. 얼마나 기다리는 것이 좋을까? 이 결정에 이르게 만든 분노를 계속 붙잡고 있기가 어렵다. 그들은 내 아내를 죽였다. 그들은 내 아이를 죽였다. 하지만 아무리 그 사실을 되뇌며 화를 내보려고 해도 내 자신이 우리의 반란을 낭떠러지로 몰아가고 있다는 두려움을 떨쳐버릴 수가 없다.

이것은 이오의 꿈을 위한 일이 아니다. 이것은 살아 있는 자들을 만족시키기 위한 것이다. 이미 모든 것을 희생한 자들을 기리기보다는 복수에 대한 산 자들의 갈망을 채우기 위한 일이다. 그리고 이것은 돌이킬 수 없을 것이다. 하지만 지금 일이 돌아가는 흐름도 이미 마찬가지다.

의문이 너무 많이 든다. 이것은 내가 겁쟁이처럼 굴고 있어서일까? 행동하지 않는 것을 합리화시키고 있는 것일까?

나는 생각을 지나치게 많이 하고 있다. 그럼 좋은 병사가 못 된다. 그리고 내 역할은 그것이다. 아레스의 병사. 그가 나에게 이 몸뚱이를 줬다. 나는 이제 그의 판단을 믿어야 한다. 그러니 나는 페가수스를 꺼내 들어 아우구스투스의 테이블 밑바닥 가장자리 바로 근처에 그것을 부착한다.

"건배할까?"

누군가가 말한다. 뒤로 돌자 안토니아의 얼굴이 거기 있다. 기관에서 자칼에 의해 십자가에 못 박혀 있던 그녀를 세브로가 내려줬을 때 이후로 나는 한 번도 그녀와 마주친 적이 없었다. 나는 움찔하며 뒷걸음을 친다. 내 기억은 그녀가 단지 나를 어둠 속에서 나오게 만들기 위해 레아의 목을 가른 날 밤으로 돌아간다.

"너는 금성에서 정치를 공부하고 있는 줄 알았는데."

내 말에 안토니아가 대답한다.

"우린 졸업했단다. 네가 '세례 받던' 사건을 참 즐겁게 보긴 했어. 내 친구들과 몇 번씩 돌려봤다고. 혐오스러운 냄새, 소변. 거기서 벗어나기는 힘들지."

그녀가 내 냄새를 맡는다.

자연은 잔인하게도 그녀를 끔찍하도록 아름답게 창조했다. 도톰한 입술, 거의 나만큼이나 긴 다리, 강변의 돌만큼이나 부드러운 피부, 그리고 신데렐라 동화 속에서 튀어나온 것같이 금실로 엮인 머리. 모두 그 밑에 숨어 있는 불쾌한 존재를 위한 가면이다.

"내가 떠나 있는 동안 내가 참으로 보고 싶었나 보네. 그러니 우리의 기쁜 재회를 위해 건배하자고."

그녀는 나에게 와인 한 잔을 건넨다.

내 아내는 죽고 레아와 팍스 같은 골드들은 빻아져 재가 돼 버렸거나 태양을 바라보며 총살당했다. 그런데 안토니아는 이 자리에 서서 자신의 사악한 거미줄을 치고 있다. 이런 세상에서 산다는 것이 나는 좀처럼 이해되지 않는다.

"피치너가 나에게 했던 말이 있어, 안토니아. 그것이 지금 상황에 적절할 것 같군."

나는 예의를 갖춰 건배하기 위해 잔을 든다.

"아, 피치너."

안토니아가 한숨을 내쉰다. 지나치게 딱 달라붙은 그녀의 금색 드레스 가슴 부위가 격렬히 부푼다.

"그 브론즈 쥐새끼가 여기서 이름 좀 날리고 있던데. 그가 뭔 소리를 지껄였는데?"

"'사내놈이 클라미디아 성병을 그리워할 일은 없다'고."

나는 와인을 안토니아 앞에 버린 후 그녀를 밀치며 지나친다. 그녀는 내 팔을 잡더니 나를 자신의 곁으로 다시 끌어당긴다. 입김의 따뜻함이 느껴질 정도로 그녀와 나의 거리가 가깝다.

"그들이 오고 있어. 벨로나 사람들이 너를 잡으러 오고 있다고. 지금 도망치는 게 좋을 거야."

그녀가 내 레이저를 쳐다본다.

"그것으로 결투에서 카시우스를 이길 자신이 있다면 말고."

그녀가 나를 놓아 준다.

"행운을 빌어, 대로우. 연회장에 있던 유인원 하나가 없어져도 그립긴 그립겠지. 최소한 머스탱보다는 네놈을 그리워하게 될 것만 같아."

그녀의 말은 신경도 안 쓰인다. 나는 그 자리를 느긋하게 떠나며 이 일을 곧 끝내 버릴 수 있도록 더 많은 가문들이 갈라파티에 참여하기만을 고대한다. 집정관들, 검찰관들, 법관들, 총독들, 의원들, 가문 수장들, 하우스 우두머리들, 거래자들, 두 명의 올림픽 나이트들, 그리고 수천 명의 다른 사람들로 이루어진 무리들이 내 주인에게 저녁 인사를 하러 다가온다. 상대적으로 나이가 있는 이 남자들은 천왕성과 아리엘(천왕성의 제 1 위성 — 옮긴이)이 겪은 아웃라이더 공격 이야기, 새로운 레이지 나이트가 벌써 갑옷을 얻는다는 바보 같은 소문, 신비로운 아레스의 아들들이 트리톤에 기지를 두고 있다는 말, 그리고 지구의 암흑 대륙들 중 한 곳에서 어떤 종류의 역병이 다시 유행하고 있다는 한담을 한다. 인사치레치고는 가볍다.

또 다른 무리는 내 주인을 옆으로 모시고 간다. 그리고 마치 수백 쌍의 눈들이 그들의 움직임 하나하나를 쳐다보고 있는 일이 전혀 없는 사실이라도 되는 양 시럽 같은 목소리로 달라지는 바람의 방향 및 위험한 조류에 대한 어둠 속의 속삭임들을 그에게 알린다. 비유적 표현들은 뒤섞인다. 요는 같다. 내가 아우구스투스의 총애를 잃은 것처럼 그도 군주의 총애를 잃었다는 말이다.

위에서 밤하늘을 휙 스쳐가는 함선들은 내가 이들의 대화로부터 둔 거리만큼이나 멀리 떨어져 있다. 내 관심은 군주, 그녀 자체에게 집중된다. 바로 저기, 연회장 너머로 올린 지휘대에서 가문 수장들 및 수많은 삶을 지배하는 남자들과 이야기를 나누는 저 여자. 그녀의 모습이 어찌 이리 낯설까. 너무나 가까이에 있으며 너무나 인간적이고 유약한 모습이다.

옥타비아 오 룬은 자신의 여성 보좌 집단인 세 명의 퓨리들과 함께 서 있다. 그들은 그녀가 다른 어느 누구보다도 신뢰하는 자들이다. 군주에 대해서 말하자면, 그녀는 아름답다기보다 잘생겼다. 그녀의 얼굴은 산만큼이나 무표정하다. 침묵이 그녀의 힘이다. 가끔은 연설을 하는 모습도 보이지만 대부분은 다른 이의 말을 듣고 있다. 산이 자신의 험준한 바위 사이로, 그리고 정상 주변으로 바람이 속삭이고 비명을 지르는 것을 듣듯이 항시 그녀는 소문에 귀를 기울인다.

나무 근처에 홀로 서 있는 한 남자의 모습이 눈에 들어온다. 그의 몸통은 거의 나무 기둥만큼 두껍다. 손 하나만으로도 그의 작은 술잔은 더욱 작아 보인다. 그는 날개가 달린 검 표식을 달고 있다. 함대를 보유한 집정관이라는 뜻이다. 나는 그에게 다가간다. 그는 내가 다가가는 모습을 보고 미소를 짓는다.

"대로우 오 안드로메두스."

카르누스가 으르렁거린다.

나는 지나가는 핑크를 향해 손가락으로 딱 소리를 낸다. 그리고 그 핑크의 얼음 쟁반으로부터 와인 두 잔을 가져온 후 그중 하나를 카르누스에게 전달한다.

"네가 나를 죽이러 오기 전에 이왕 이렇게 된 것, 함께 술잔이나 기울여 보자는 생각이었어."

"참 괜찮은 친구군."

카르누스는 자신의 술잔을 다 비운 후 내가 건넨 잔을 받는다. 그는 유리잔 너머로 나를 살핀다.

"너는 독살하는 타입이 아니지?"

"나는 그렇게 교묘한 타입은 못 돼."

"우리는 입장이 동등한 친구로군, 그렇다고 하면. 주변에 이 모든 뱀들이……."

그는 악어처럼 빙그레 웃는다. 그의 어두운 금빛 눈이 남자와 여자들을 따라다닌다. 와인은 순식간에 사라진다.

"오늘 밤은 이상하게 퇴폐적이야."

"듣기로는 퀵실버가 행사를 준비했다던데."

내 말에 카르누스가 끙 거린다.

"루나에서나 실버가 골드인 척하는 것을 그냥 두고 보지. 나는 이 위성이 정말 싫어."

그는 지나가는 쟁반에서 별미 하나를 집어간다.

"음식은 너무 기름지고 다른 모든 것은 너무 가벼워. 그래도 여섯 번째 코스는 먹고 죽어도 여한이 없을 거라던데."

나는 그의 이상한 말에 주의를 기울이며 팔짱을 끼고 우리 무리를 지켜본다. 이 증오스러운 남자 곁을 맴돌고 있자니 이상하게도 안정감이 든다. 우리 둘 중 어느 누구도 상대를 좋아하는 척하지 않아도 된다. 여기서는 가면이 없다. 최소한 평상시만큼은 없다.

그는 깊은 소리로 껄껄 웃는다.

"줄리언은 이런 화려한 행사를 좋아했을 텐데. 걔는 시시덕거리기나 하는 불쾌한 아이였어."

나는 이 살인자를 분석하기 위해 뒤로 돈다.

"카시우스는 줄리언에 대해 좋은 말만 했는데."

"카시우스."

카르누스는 웃음 비슷한 무언가를 콧김으로 낸다.

"카시우스가 한번은 새총으로 새를 다치게 한 적이 있었어. 울면서 나에게 왔지. 왜냐하면 걔도 그 새의 고통을 끝내 주려면 그걸 죽여야 한다는 걸 알았거든. 하지만 걔는 할 수 없었어. 나는 카시우스를 위해 새 위로 돌을 떨어뜨렸어. 네가 했던 것처럼. 그 유전적 여물을 쓸어 없애 버려 준 것에 내가 너에게 감사해야지."

그가 비웃음을 짓는다.

"줄리언은 네 동생이었잖아."

"걔는 어릴 때부터 침대에 오줌을 쌌어. 침대에 오줌을 쌌다고. 언제나 그 이불을 세탁부에게 직접 맡겨 그것을 숨겨 보려고 했지. 마치 그 세탁부는 우리 소유가 아니기라도 하다는 듯이. 그놈은 어머니의 호의나 아버지의 가문 이름을 받을 자격이 없는 애였어."

그는 지나가는 핑크로부터 와인이 담긴 유리잔을 하나 더 가져간다.

"사람들은 그것을 비극으로 만들어 보려고 하는데, 비극은 아니었어. 자연 법칙이었지."

"줄리언은 너보다 더 남자다운 사람이었어, 카르누스."

카르누스는 유쾌하게 웃는다.

"아, 그 말에는 꼭 설명이 좀 필요하겠는데."

"살인자들이 득실대는 세상에서는 악하기보다 착하기가 더 힘들어. 그러니 너나 나 같은 인간들은 그냥 죽음이 우리를 데려가러 내려오기 전까지 그냥 시간이나 때우는 거지."

"네 경우에는 그 순간이 금방 찾아오겠지만."

카르누스가 내 레이저를 향해 고갯짓을 한다.

"네가 우리 집에서 크지 않은 게 안타깝다. 우리는 독서하는 법을 터득하기도 전에 칼 쓰는 법부터 배우는데. 우리 아버지는 우리가 직접 칼을 만들어 그것에 이름을 붙이고 옆에 두고 자도록 가르쳤지. 그랬다면 너도 가망이 좀 있었을 텐데."

"네가 다른 가르침을 받았다면 어떤 사람이 됐을지 궁금하군."

카르누스가 술 한 잔을 더 가져오며 말한다.

"나는 그냥 있는 그대로야. 그리고 그들은 너를 사냥하는 일에 나를 투입시켰고. 그 많은 아들들과 딸들 중에서도 나를. 왜냐하면 있는 그대로의 내가 이런 일을 가장 잘하니까."

나는 카르누스를 잠시 쳐다본다.

"왜지?"

"뭐가 왜야?"

"너는 모든 것을 가졌잖아, 카르누스. 부, 권력. 일곱 명의 남매들. 그리고 사촌들은 몇 명이고? 조카들은? 너를 사랑하는 아버지와 어머니도 있고. 그럼에도 불구하고…… 너는 여기에 있어. 홀로 술을 마시며 내 친구들을 죽이고 있지. 나를 끝내 버리는 일을 네 삶의 목표로 삼으며. 왜 그러는 거야?"

"왜냐하면 네가 우리 가문에 모욕을 줬기 때문이지. 벨로나 가문에 모욕을 주고 살아남는 사람은 아무도 없어."

"그럼 긍지 때문인 거네."

"언제나 궁지 때문이야."

"궁지는 그냥 바람에 대고 지르는 소리잖아."

카르누스는 고개를 절레절레 흔들며 목소리를 내리깐다.

"나는 죽을 거야. 너도 죽을 거야. 우리는 모두 죽을 것이고 세상은 그런 일에 신경도 안 쓰며 굴러갈 거야. 우리가 가진 것은 바람에 대고 소리치는 그것밖에 없다고. 우리가 어떻게 사는지. 어떻게 죽는지. 그리고 쓰러지기 직전에 어떻게 서 있었는지."

그는 앞으로 기댄다.

"그러니 보라고. 유일하게도 궁지만이 의미가 있어."

그의 시선이 나를 떠나 연회장 반대쪽으로 향한다.

"궁지, 그리고 여자."

나는 그의 시선을 따라 쳐다본다. 그러고는 그녀를 본다.

그녀는 금색, 흰색, 그리고 적색 바다 사이에서 까만색 의상을 입고 있다. 어두운 망령처럼 그녀는 가짜 숲의 가장자리 근처에 있는 리프트에 탔다 내리기를 미끄러지듯 반복한다. 사람들은 그녀를 향해 고개를 돌린 채 그녀의 장례식 복장에서 시선을 떼지 못한다. 그녀는 그들을 향해 어이없다는 듯 반짝이는 눈을 굴리며 실실 웃는 입을 씰룩거린다. 그녀의 복장은 검은색이다. 주변의 모든 즐거운 골드들을 대놓고 무시하는 색이다. 그 검은색은 내가 지금 입는 군복과 같은 색이다. 그녀의 피부에서 느껴지던 온기, 말투에 배어 있던 장난기, 목 뒤쪽에서 맡을 수 있던 체취, 그리고 다정했던 마음씨 등이 다시 생각난다. 그녀를 너무나 뚫어지게 바라보다 그녀가 동반한 남자를 못 볼 뻔 한다.

그를 못 봤으면 더욱 좋았을 것이다.

그 남자는 카시우스다.

우라지게 넘쳐나는 금발 곱슬머리들 중에서도 하필이면 카시우스다. 그는 한겨울에 내가 다시 건강을 회복하도록 나를 보살펴줬던 그녀, 내가 이오의 꿈을 다시 기억하게끔 도와줬던 그녀와 함께 있다. 그의 손이 그녀의 허리춤에 가 있다. 그의 입술이 그녀의 귀에 대고 속삭인다. 카시우스 오 벨로나는 내 배에 검을 꽂았던 것만큼이나 확실하게 현재 내 심장에 칼을 꽂았다.

카시우스의 머리는 숱이 풍부하고 윤기가 흐른다. 그의 턱 끝은 살짝 갈라져 있으며 손은 단호한 모양새다. 어깨는 힘이 있다. 전쟁을 위해 만들어진 어깨다. 얼굴은 상류층 사람들의 마음을 훔치기에 걸맞게 타고났다. 그리고 그는 '모닝 나이트'의 상징, 즉 뜨고 있는 태양 표식을 차고 있다. 소문이 사실이었다. 이는 파티의 손님들 사이로 쏜살같이 퍼진다. 군주는 그를 12명의 나이트 중 하나로 임명했다. 기관에서 승리한 것은 나였다. 그럼에도 불구하고 그는 루나에서 뭐에 홀린 초기 인류 조상님처럼 결투 회로를 뛰어다니더니 나보다 더 높이 진출했다. 나는 홀로컴을 통해 그를 본 적이 있다. 그는 그 '피 흘리는 결투장'에서 상대 골드가 거의 죽어가며 누워 있는 동안 활보하고 있었다.

하지만 지금, 여기에서 그는 매력을 뽐내며 사람들을 홀린다. 얼굴에는 하얀 미소가 활짝 펴 있다. 그의 골드 신체는 내가 가진 모든 것과 그 이상을 타고났다. 그는 나보다 발이 빠르다. 키는 나만하다. 더 잘생겼다. 재력도 더 좋다. 그는 나보다 더 호감가게 웃으며 사람들은 그가 나보다 더 친절하다고 생각한다. 그럼에도 그는 나와 같은 짐을 전혀 지지 않는다. 그런 그가 왜 이 소녀까지 차지해야 하는가? 나란히 세웠을 때 이오를 제외한 모두를 희미하게 만들어 버리는 이 소녀를? 그녀는 그가 얼마나 옹졸한지 모르는 것일까? 그의 마음이 얼마나 잔인할 수 있는지 모르는 것일까?

나는 그녀에게 다가갈 수 없다. 그녀의 웃음소리를 들을 수 있을 정도로 그녀와 가까워졌을 때도 마찬가지다. 그녀가 나를 본다면 무너질 것 같다. 그녀의 눈에 죄책감이 비칠까? 어색함? 나는 그녀의 행복에 드리워진 그림자인가? 그녀는 내가 카시우스와 함께 온 자신을 본다는 사실을 신경이나 쓸까? 아니면 내가 자신에게 다가서는 것을 한심하게 여길까?

마음이 쓰리다. 머스탱이 일부러 내 적과 친하게 지내며 쩨쩨하게 구는 것이라고 생각하지는 않는다. 그녀는 그렇게 옹졸하지 않다는 것을 알고 있기 때문이다. 만약 그녀가 카시우스와 함께한다면 그것은 그녀가 그에게 마음을 주고 있기 때문일 것이다. 이는 내가 예상했던 것보다 가슴을 훨씬 많이 후벼 판다.

카르누스의 손이 내 어깨에 묵직하게 떨어진다.

"그러니 너도 보렴. ……너를 그리워할 사람은 없어."

어깨를 이용해 갈라파티 밖으로 길을 터며 나오는 동안 옥죄이는 느낌이 가슴 속에서 서서히 퍼진다. 나는 상대적으로 작은 리프트를 타고 내려간다. 오로지 남을 아프게 만들기나 하는 이 사람들로부터 떨어진다. 멀리 떠나 숲속으로 들어간다. 그곳에서 나는 빠른 물살의 개울을 건널 수 있게 설치된 다리를 발견한다. 윤을 낸 난간 너머로 나는 몸을 기대며 숨을 쉬고자 헐떡거린다. 매 숨이 선언이다.

나는 머스탱이 필요 없다.

나는 이 탐욕스러운 존재들 중 그 어느 누구도 필요하지 않다.

나는 그들의 힘겨루기 게임에서 발을 뺄 것이다.

그 게임을 혼자서 어떻게든 해 보려는 노력도 그만할 것이다.

나는 남편이 될 자격이 없었다.

내 아내가 나에게 아버지가 될 수 있는 기회를 박탈할 정도로 나는 탐탁치 못한 사람이었다.

나는 골드가 되기에 부족한 존재다.

이제 나는 머스탱에게도 부족한 존재다.

나는 내가 하고자 나선 일을 성사시키지 못했다.

일어서기를 실패했다.

하지만 지금은 실패하지 않을 것이다. 지금은 아니다.

아레스의 아들들이 나에게 준 반지를 꺼낸다. 손이 떨린다. 신경이 마구 곤두선다. 헛구역질을 하고 싶다. 내 안에 잘못된 것이 너무나도 많다. 나는 그 차가운 반지를 입술로 가져간다. 지정 단어들을 뱉으면 타락한 자들은 비명횡사할 것이다. "사슬을 끊어요"라고 말하면 빅트라가 사라질 것이다. 카시우스가 증발할 것이다. 아우구스투스가 녹을 것이다. 카르누스가 용해될 것이다. 머스탱이 죽을 것이다. 태양계 전역으로 폭탄들이 물결을 이루며 터질 것이고 레드는 불확실한 미래를 향해 일어설 것이다. 아레스를 믿자. 그가 무슨 일을 벌이든 어련히 알아서 하겠지.

사슬을 끊어요.

나는 그 말을 뱉으려고 시도한다. 이오가 교수형 당하기 직전에 마지막으로 남겼던 말을. 하지만 말이 안 나온다. 억지로라도 말해. 젠장. 입을 움직이라고. 하지만 움직여지지 않는다. 움직일 수 없는 것이다. 왜냐하면 속으로는 나도 이것이 잘못된 일이라는 것을 알고 있기 때문이다. 이 일의 폭력적 성향이 걸리는 것이 아니다. 내가 죽일 사람들에 대한 연민도 걸리는 것이 아니다. 분노가 걸리는 것이다.

살인은 아무것도 증명하지 못한다. 그리고 아무것도 해결하지 못한다.

어떻게 이것이 아레스의 계획이란 말인가?

이오가 말하기를 내가 일어서면 다른 이들도 나를 따를 것이라 했다. 하지만 나는 아직 일어서지 않았다. 나는 아직 이오가 나에게 부탁했던 대로 행동하지 않았다. 나는 모범을 보이지 않았다. 나는 암살범이다. 나에게는 이대로 포기해 버릴 만한 핑계거리가 없다. 그녀의 꿈을 다른 이에게 넘길 만한 핑계거리가 없다. 아레스는 이오를 알지 못했다. 그는 이오 안에서 뿜어져 나오던 반짝임을 본 적이 없다. 하지만 나는 그녀를 알았고 그녀의 반짝임을 봤다. 내 마지막 숨을 거두기 전까지 나는 이오의 바람대로 우리의 아이에게 주고 싶었던 그 세계를 세워야 한다. 그것이 그녀의 꿈이었다. 그 때문에 그녀는 자신을 희생했다. 다른 사람들이 더 이상 희생당하지 않아도 되도록. 그리고 나는 다른 사람들이 내 운명을 결정짓게 놔두지 않을 것이다. 지금은 안 된다. 나는 아레스를 믿지 않을 것이다. 그럼으로 인해 이오를 버려야 한다면…….

그럼으로 인해 나 자신에 대한 신뢰를 희생해야 한다면…….

나는 얼굴에서 눈물을 닦는다. 분노는 목적의식으로 대체된다. 다른 방법이 있을 것이다. 더 나은 방법이. 나는 그들의 소사이어티에서 틈새들을 발견했다. 그리고 나는 내가 무엇을 해야 할지 알고 있다. 골드들이 가장 두려워하는 것이 무엇인지 나는 알고 있다. 그리고 그것은 레드들이 반란을 일으키는 것과는 전혀 상관없다. 폭탄들이나 음모 또는 혁명과도 전혀 상관없다. 골드들을 공포심에 떨게 만드는 것은 단순하고 잔혹하며 인류 자체만큼이나 아주 오래된 것이다.

내전이다.

2부
부수다

네가 여우면 토끼처럼 굴고

네가 토끼면 여우처럼 굴어라.

— 론 오 아르코스

제12장

피에는 피

나는 다시 갈라파티 연회장으로 성큼성큼 들어간다.

골드들은 자신들의 지정석에 착석했으며 연회 절차가 본격적으로 시작됐다. 나는 그다지 조심스럽지 않은 몸짓으로 몸을 굽혀 테이블 밑으로 들어간 후 바닥을 훑으며 페가수스 펜던트를 찾는다. 그러고는 그것을 주머니 속에 넣는다. 나는 재킷 매무시를 바르게 한다. 의문의 눈초리들은 무시한다. 그리고 과감하게 아우구스투스 지정 테이블로부터 멀리 벗어나, 내 흥미를 끄는 목표를 향해 이동한다. 플라이니가 내 이름을 크게 속삭인다. 나는 그를 지나친다. 그는 내가 무엇을 준비했는지 전혀 모르고 있다.

나는 고결한 가문들이 착석한 테이블들 사이를 누빈다. 마치 산기슭을 따라 굴러 내리는 돌에 눈이 붙어 불어나듯 나를 향하는 시선도 늘어난다. 그들이 내 움직임에 속도를 더해 주는 것이 느껴진다. 내 걸음걸이는 자유분방하다. 손은 살무사의 근육처럼 위협적으로 쥐고 있다. 수천 명이 나를 지켜본다. 그들이 내 목표물을 인지하자 속삭이는 소리가 내 뒤로 쌓여 망토를 이룬다. 그는 자신의 가족 구성원들로 둘러싸인 채 지정된 긴 테이블에 앉아 있다. 자신의 군주가 말하는 것에 귀를 세밀히 기울이는 완벽한 골드 남자의 표본이다. 군주는 단결에 대한 설교를 한다. 질서와 전통이 다른 무엇보다도 중요하단다. 아직 아무도 나를 막으려고 일어서지 않는다. 어쩌면 그들은 이해하지 못하고 있을지도 모르겠다. 아니면 그들은 지금 나로부터 뿜어져 나오는 기를 느끼고 감히 일어서지 못하고 있을지도 모르겠다. 벨로나 가문 사람들도 이제는 속삭임을 인지한다. 그리고 그들은 고개를 돌린다. 한 명이 돌리듯 거의 동시에. 50명 남짓 되는 가족이. 나를 보기 위해. 온통 검은색인 제복을 입고 있는 이 군인을. 어리며, 아직 전장에서 시험을 당하지 않은 자를. 기관의 통로나 아카데미의 소행성들 밖에서는 피를 흘린 적 없는 자를. 몇은 나를 미쳤다고 여겼다. 몇은 나보고 용감하다고 했다. 오늘 밤, 나는 둘 다다. 중압감이 사라진다. 내가 기대를 충족시킬 수 있을까 걱정하며 나를 짓누르게 놔뒀던 모든 중압감이. 내가 살금살금 조심스레 결론에 도달하는 과정에서 느꼈던 그 중압감이. 다 속도전이다. 나는 나 자신에게 이른다. 얼지 마라. 멈추지 마라. 절대 멈추지 마라.

이제 군주의 목소리가 흔들린다.

되돌아가기에는 늦었다. 나는 그대로 일에 착수한다.

미소를 짓자.

그리고 내가 로우 그래비티에서 10미터를 뛰어올라 벨로나 테이블 위로 둔탁하게 착지하자 갈라파티는 쥐 죽은 듯 고요해진다. 접시들이 깨진다. 서빙하는 하인들이 황급히 흩어진다. 벨로나 가문 사람들은 뒤로 나자빠진다. 몇몇은 나를 향해 고함을 친다. 몇몇은 자신들의 포도주가 엎질러지는 순간에도 움직이지 않는다. 군주는 호기심이 인 눈으로 나를 지켜본다. 군주의 퓨리들이 그녀의 옆에서 들썩인다. 플라이니는 곧 죽을 것 같아 보인다. 그는 당황하며 자신의 무릎을 쥐고 있다. 그의 옆에 있는 자칼은 외로운 사막 짐승처럼 기이하고도 간파할 수 없는 모습이다.

오늘 밤 나는 정장화를 신지 않았다. 내 부츠는 두껍고 무겁다. 내가 벨로나 테이블 위를 따라 발을 디딜 때마다 군화가 도자기를 깨뜨린다. 푸딩 접시들이 깨지고 연한 스테이크들이 짓밟힌다. 내 몸 속에서 피가 열심히 돌고 있다. 도취된다. 나는 목소리를 올린다.

"주목해 주십시오."

내 발 밑에서 완두콩 한 접시가 뭉개진다.

"저를 아실지도 모르겠습니다."

불안한 웃음소리가 터져 나온다. 그들은 당연히 나를 안다. 알 만한 가치가 있다고 판단되는 사람들이라면 그들은 그 모두를 알고 있다. 물론 내 가치는 실질적인 요소보다 소문을 바탕으로 더 평가되고 있기는 하다. 퓨리들이 군주에게 속삭이는 모습이 보인다. 택터스가 입이 찢어져라 웃고 있는 것도 보인다. 카르누스는 불안해하며 앞으로 기댄다. 빅트라는 자칼을 향해 미소를 짓는다. 안토니아가 키 크고 조용한 골드를 팔꿈치로 툭 치는 것까지 보인다. 나는 일부러 머스탱을 보지 않는다. 플라이니는 아우구스투스의 귀에 대고 횡설수설한다. 아우구스투스는 그에게 입 닥치라는 의미로 손을 올린다.

"저에게 주목하셨습니까?"

내가 묻는다.

그렇다. 나는 그들의 주목을 받고 있다.

"애송아, 앉아라!"

누군가가 외치자 택터스가 술에 취한 듯한 말투로 대답한다.

"그렇게 만들어 보시죠. 못하겠다고요? 나도 그럴 거라고 생각했어요!"

"저를 모르는 사람들을 위해 소개드립니다. 저는 아우구스투스 가문의 창기병입니다. 이 작위는 앞으로 약 한 시간 정도만 유효하죠."

그들이 웃는다.

"저는 사람들이 '화성의 리퍼'라고 부르는 자입니다. 비할 데 없는 자들을 쓰러뜨렸으며 올림푸스를 폭풍처럼 돌아다니며 제 프록터들을 노예로 만든 바로 그 사람입니다. 제 이름은 대로우 오 안드로메두스입니다. 그리고 저는 부당한 취급을 받았습니다.

우리 흉터를 입은 비할 데 없는 자들은 골드 조상들의 자손들입니다. 철로 된 척추를 지닌 정복자들로부터 내려왔습니다. 그들은 명예로운 남자들, 명예로운 여자들이었습니다. 하지만 오늘 당신들 앞에, 명예롭지 못한 가문 하나가 있는 것이 보입니다. 분필로 된 척추를 지닌 가문입니다. 거짓말쟁이들과 겁쟁이들로 구성된 사기꾼들이 모인 타락한 가문입니다. 그 가문은 제 주인의 총독 자리를 빼앗아가려고 음모하고 있습니다. 불법적으로요."

나는 서빙 접시를 군홧발로 으스러뜨린다. 그들이 그러려고 하는지 안 하는지 음모를 하는지 안 하는지 알게 뭐람? 듣기에 흥미롭다. 그들은 어차피 음모하는 것 같은 분위기다. 그리고 그것은 내 목적을 위해 그들이 써야 하는 가면이다. 카르누스는 자신의 레이저를 휙 꺼내들고 나를 향해 돌진하는 몸짓으로 내 말에 아름답게 답변한다. 최고 사령관인 그의 아버지는 손짓으로 카르누스를 다시 뒤로 불러들인다. 집정관 켈란은 내 발을 잡아 아래로 끌어내릴 기세다. 내가 내려가면 캐그니는 추호의 의심도 없이 내 것인 레이저로 내 목을 벨 것이다. 그들 가문의 상대적으로 어린 소녀들은 나를 악마라고 생각한다. 그들의 사촌이자 오빠를 죽인 악마. 그들은 내가 진짜로 어떤 존재인지 전혀 감도 잡지 못하고 있다. 하지만 어쩌면 벨로나 여사는 알고 있는지도 모르겠다. 슬픔에 빠져 죽은 사람 같은 그녀는 풀이 죽은 암사자처럼 자신의 자녀들로 둘러싸인 채 앉아 있다. 자녀들은 그녀의 남편만큼이나 그녀에게 기댄다. 내가 마지막으로 확인한 것은 마치 나를 베기 위해 칼을 너무나도 쥐고 싶어 하는 것처럼 떨리던 그녀의 길쭉한

오른손이다.

“두 번이나 저는 이 가문으로부터 부당한 대우를 받았습니다. 한 번은 기관의 진흙땅에서였습니다. 또 한 번은 아카데미에서 저놈과…… 이놈…… 그리고 저놈에게 당한 것이었습니다.”

나는 정원에서 나를 팼던 놈들을 모두 가리킨다. 이제 테이블의 머리 부근에 자리한 카시우스가 눈에 들어온다. 그는 그의 아버지와 어머니 바로 옆에 있다. 머스탱이 그의 옆에 앉아 있다. 그녀의 표정은 가면 같다. 실망했나? 화가 났나? 지루한가? 그녀가 나를 향해 눈썹 하나를 들어 올리자, 나는 그녀와 눈을 마주친 후 그녀를 향해 걸어간다. 그리고 카시우스 앞에 위치한 와인 디캔터의 가장자리에 내 발을 걸친다. 모든 시선들이 거기로 몰린다. 블랙홀 안으로 떨어지는 빛처럼. 시간을, 공간을 멈춘다. 모든 이들이 앞으로 기대게 만든다. 숨을 죽이게 만든다.

“모든 골드 법의 법원들은 우리가 어떠한 세력에 의해 부당하게 모욕을 당할지라도 응당 자신의 명예를 지킬 권리를 허합니다. 지구의 옛 땅에서부터 명왕성의 얼어붙은 심부까지 결투의 권리는 모든 남자와 여자에게 주어집니다. 상냥한 신사 숙녀 여러분, 제 이름은 대로우 오 안드로메두스입니다. 누군가가 제 명예에 오줌을 쌌습니다. 그리고 저는 그에 대한 배상을 요구합니다.”

나는 와인을 카시우스의 무릎 위에 살며시 엎지른다.

카시우스는 나를 향해 폭발한다. 이 장엄한 연회 전체에 포진되어 있는 골드들이 자리에서 벌떡 일어나며 크나큰 포효를 한다.

택터스가 우리의 테이블에서 바삐 달려온다. 그의 옆으로 레토, 빅트라, 그리고 내 대총독의 봉신들 중 조력자들과 기수들, 즉 코르보스 가문, 줄리 가문, 볼록세스 가문, 팍스의 가문인 거대한 텔레마누스 가문이 함께한다. 딱 소리를 내며 레이저들을 손에 쥔다. 욕설이 겨울 공기를 깨뜨린다. 퓨리들 중 가장 체격이 크고 피부색이 어두운 아자가 군주의 테이블 앞으로 기대며 고함친다.

"이런 정신 나간 행동을 멈춰라."

이런 정신 나간 행동은 시작에 불과하다.

내 손은 광산에서 일했을 때처럼 떨린다. 그때나 지금이나 뱀들이 나를 에워싸고 있다.

절대 그들의 기척을, 살무사들의 소리를 들을 수는 없다. 그들을 포착하는 일도 드물다. 동공만큼 까만 뱀들은 공격하기 전까지 그림자 속에서 스멀스멀 기어 다닌다. 하지만 그들이 가까이 다가왔을 때 찾아오는 공포감이 있다. 드릴의 울림과는 별개의 두려움이다. 그것은 수만 톤의 바위들 사이로 길을 조각해 가며 통과할 때마다 열감이 고환 안에서부터 쌓여 두근거리고 메스꺼웠던 것과 별개다. 그리고 드릴의 마찰이 위로 전이되면서 슈트 안을 오줌과 땀범벅의 습지로 만들어 버리던 것과도 별개다. 그것은 죽음이 다가오는 것을 무서워하는 감이다. 마치 그림자가 영혼 위로 지나간 듯한 느낌이다.

지금 이런 비할 데 없는 자들이 나를 둘러싸며 서 있으니 그런 공포심이 내 마음속에 차오른다. 그들은 뱀 같은 골드 무리다. 속삭인다. 쉬익 소리를 낸다. 죄악만큼이나 치명적이다.

바닥에 쌓인 눈은 내 무거운 부츠 밑에서 뽀드득 소리를 낸다. 나는 군주가 말하자 허리를 숙인다. 그녀는 명예와 전통에 대해 얘기한다. 무술식 결투가 우리 인종의 위대함을 나타낸다는 점, 고로 그녀가 이날만큼은 예외를 허한다는 얘기다. 우리는 사냥터 너머의 장소에서 결투를 해도 된단다. 이 혈전은 지금, 여기, 우리 인종의 위엄 있는 자들이 보는 앞에서 마무리가 되어야 한단다. 그녀는 자신의 새로운 올림픽 나이트를 상당히 믿고 있다. 하기야 그렇게 믿지 못할 이유도 없지 않은가? 그는 나를 전에도 죽였으니까.

"과거의 겁쟁이들과 달리, 우리에게 있어서 상황을 정리하는 방법은 살에는 살, 뼈에는 뼈, 피에는 피다. 보복심은 피 흘리는 결투장에서 '버투트 엣 아미스('용기와 무력으로'라는 뜻의 라틴어 ―옮긴이)'로 끝장낸다."

군주가 낭독한다.

'용기와 무력으로'라. 그녀가 이미 자신의 고문들과 이야기를 한 것이 분명하다. 그들은 내가 이길 수 없다고, 카시우스가 더 실력 있는 칼잡이라고 말했을 것이다. 자신에게 이득이 될 결론이 날 거란 확신을 받지 않았다면 군주는 이 일이 이렇게까지 진행되도록 내버려 두지 않았을 것이다.

"우리의 조상님들도 그랬듯, 이번에도 한쪽이 죽을 때까지 하기다. 이의가 있는가?"

군주가 선언한다.

나는 일이 이렇게 진행되기를 바라고 있었다.

카시우스도 나도 말 한 마디 안 한다. 머스탱이 반대를 표하기 위해 한 발 앞으로 나서지만 퓨리들 중 아자가 고개를 흔들며 그녀를 저지한다.

"그럼 오늘은, '레스, 논 버바'."

행동하라, 말없이.

지금 브라운들이 눈 쌓인 평원에서 테이블들을 치우며 원을 만들고 있다. 나는 그 원의 중앙에 들어서기 전에 내 주인과 대화를 한다. 플라이니는 아우구스투스의 옆을 서성인다. 그것은 레토도, 택터스도, 빅트라도, 그리고 화성의 집정관 수장들도 마찬가지다. 너무나 많은 유명인들. 너무나 많은 전사들과 정치꾼들. 자칼은 상대적으로 멀리 서 있다. 남들보다 키가 작은 그는 무표정하고, 아무와도 말을 섞지 않는다. 엿들을 귀들이 적었다면 그가 나에게 무슨 말을 했을지 궁금하다. 딱히 화가 난 것처럼 보이지는 않는다. 어쩌면 자칼은 내 계획을 믿어 보기로 했는지도 모르겠다. 마치 내 생각을 읽듯, 그는 자신의 고개를 끄덕인다. 우리의 동맹은 여전하다.

"이 구경거리를 벌이는 이유는 나 때문인가? 허영 때문인가? 사랑 때문인가?"

아우구스투스는 내가 그의 앞에 서자 묻는다. 그의 눈이 나를 꼼꼼히 살피며 이 상황의 저의를 찾으려하고 있다. 나는 참지 못하고 머스탱을 슬쩍 본다. 이런 순간에도 그녀는 과업에 대한 내 집중력을 흐트러뜨린다.

"너는 너무 어리다."

아우구스투스는 거의 속삭이다시피 말한다.

"동화에서 하는 얘기들은 틀렸어. 사랑은 이런 일을 견뎌내지 못한다. 최소한 내 딸의 사랑은 그렇지."

그는 잠시 회상하며 말을 멎는다.

"내 딸의 마음은 제 어미를 닮았어."

"저는 사랑을 위해 일을 벌이는 것이 아닙니다, 각하."

"아니라고?"

"아닙니다."

나는 아우구스투스를 향해 고개를 숙인 후 마테오의 고급 언어를 떠올린다.

"아들의 의무는 아버지의 영예입니다. 아닙니까?"

나는 한쪽 무릎을 꿇는다.

"너는 내 아들이 아니다."

"그렇습니다. 아드님은 벨로나 놈들이 죽였지요. 그를 각하로부터 빼앗아 간 것입니다. 각하의 첫째 아드님, 클라우디우스는 모든 남자들이 바라는 이상 그 자체, 즉, 자신의 아버지보다 더 낫고 현명한 아들이었습니다. 그러니 제가 각하께 그놈들이 가장 아끼는 아들의 머리를 선물로 바칠 수 있도록 기회를 주십시오. 어물쩍

넘기기는 이제 그만합시다. 그들의 정치판에 따라 놀아주는 것도 이만하면 됐습니다. 피에는 피로 갚으십시오."

"각하, 줄리언의 일은 별개였습니다. 하지만 카시우스는……."

플라이니가 반박을 시도한다.

아우구스투스는 플라이니를 무시한다.

"저는 눈물을 머금고 각하의 허락을 기다리고 있습니다."

나는 다시 말을 이어가며 내 주인을 압박한다.

"각하께서 군주님의 총애를 얼마나 더 받으실 수 있겠습니까? 한 달? 1년? 2년? 곧 군주님께서는 각하를 벨로나 가문으로 대체하실 것입니다. 그녀가 카시우스를 아끼는 모습을 보십시오. 그녀가 각하의 아이를 빼앗아 가는 것도 보십시오. 각하의 또 다른 아이는 실버의 길을 걷는 것을 보십시오. 각하의 후계자들은 없어졌습니다. 각하께서 대총독의 자리에 앉아 계시는 시간도 끝이 올 것입니다. 그렇게 되도록 내버려 두십시오. 각하께서는 화성의 대총독 자리에 어울리시는 분이 아니니까요. 각하께서는 화성의 왕이 되셔야 할 분입니다."

아우구스투스의 눈이 번뜩인다.

"우리에게는 왕이 없다."

"그것은 아무도 감히 자신의 머리에 왕관을 맞추지 못했기 때문이지요. 이것을 그 첫 단계로 삼으십시오. 군주님의 눈에 침을 뱉으십시오. 저를 아우구스투스의 가문을 대표하는 칼잡이로 임명하십시오."

나는 부츠에서 단도를 꺼내 내 눈 밑을 빠르게 긋는다. 피가 눈물처럼 떨어진다. 이것은 옛 방식대로 가호를 비는 행위다. 아이언골드 조상들, 지배자들로부터 유래된다. 그리고 이 행위를, 즉 지나간 세월이자 더 힘들었던 시대의 유물을 보는 자들에게는 소름이 돋을 것이다. 이것은 화성에서 가호를 비는 방법이다. 철과 피로 만들어진 의식이다. 지구의 북극에서 명성이 자자했던 영국 함대를 불태우고 소행성대 중 라이징 선의 땅에서 빠른 암살자들을 때려 부쉈던 맹렬한 함선들의 것이다. 불씨가 거의 꺼져 있던 석탄 위에 숨을 불어 넣는 것처럼 내 주인의 눈빛에 불이 붙는다. 천천히, 그러다 한꺼번에 훅 타오른다.

나는 그를 포섭한 것이다.

"너에게 마음껏 허락하노라. 네가 하는 일은 내 명예를 걸고 하는 일이니라."

아우구스투스는 내 쪽으로 기대온다.

"일어서라, 골드 태생이여. 일어서라, 아이언으로 만들어진 자여. 일어서라, 화성의 사람이여, 그리고 나의 분노도 함께 가져가거라."

그는 내 피에 손가락을 댄 후 자신의 눈 밑에 자국을 찍는다.

나는 속삭임들의 틈에서 일어선다. 이것은 더 이상 어린애들 사이의 단순한 패싸움이 아니다. 가문끼리 벌이는 전쟁이다. 최고 선수 대 최고 선수가 붙는 것이다.

"힉 순트 레오네스."

아우구스투스가 고개를 살짝 기울이며 말한다. 한편으로는 나를 도발시키는 것이고, 또 한편으로는 나를 축복해 주는 것이다. 이런 자만한 돼지 새끼 같은 놈. 그에게 잘 보여야 한다는 나의 절박함을 그는 알고 있다. 또 자신이 화약고에서 성냥을 가지고 놀고 있다는 것도 그는 알고 있다. 그럼에도 그의 눈빛은 탐욕스럽게 번뜩인다. 내가 공기를 굶주려 하듯 그는 피와 권력에 대한 보장을 굶주려 하고 있다.

"힉 순트 레오네스."

나는 아우구스투스의 말을 반복한다.

다시 원의 중심으로 걸어 들어가며 나는 택터스와 빅트라를 향해 고개를 끄덕인다. 그들은 다른 보좌관들과 마찬가지로 자신들의 레이저 손잡이에 손을 대고 있다. 우리 단체의 신경은 날카로운 상태다.

"최상의 행운을 빈다."

택터스가 말한다.

저 높은 곳에서는 함선들이 긴 밤중을 조용히 헤엄친다. 나무들은 산들바람에 흔들린다. 도시들은 멀리서 반짝인다. 지구가 부은 달처럼 맴돌고 있다. 이 와중에 나는 내 팔뚝에서 레이저를 푼다.

카시우스의 어머니가 그의 이마에 키스를 하는 사이에 머스탱이 나에게 다가온다.

"이제는 네가 노리개가 돼 주려고?"

머스탱이 재빨리 묻는다.

"그럼 너는 전리품이고?"

그녀는 움찔한다. 그러더니 그녀의 입술이 살짝 비웃는 모양새로 휜다.

"네가 나에게 그런 말을 할 수나 있니? 이제 네가 누군지도 모르겠다."

"나도 너를 모르겠어, 버지니아. 이제 너는 군주를 위해 일하는 거야?"

하지만 나는 그녀를 알겠다. 이 끔찍한 격차 때문에 그녀가 친구라기보다는 이방인처럼 느껴짐에도 불구하고. 내 가슴 속에서 옥죄이는 이 느낌은 그녀가 야기한 것이다. 내 손에서 느껴지는 이 어색한 긴장감도 마찬가지다. 내 손은 그녀를 만지고 싶어 하고 그녀를 안으며 그녀에게 이 모든 것이 거짓이라고 말해 주고 싶어 한다. 나는 그녀 아버지의 노리개가 아니다. 나는 그보다 더 한 존재다. 이 모두가 좋은 일을 위한 것이다. 그냥 '그들'에게 좋은 일이 아닐 뿐이다.

"'버지니아'라고."

머스탱이 나를 향해 고개를 세우더니 기다리고 있는 2000명의 비할 데 없는 자들을 한 번 보고는 슬프게 미소를 짓는다.

"있잖아, 내가 지난 몇 년간 궁금했던 건데…… 처음부터 의심했어야 했던 거지만, 네가 워낙에 드문 캐릭터라…… 계속 신경이 쓰이더라고. 그러니 지금 물어볼게."

그녀의 반짝이는 눈이 나를 후벼 파며 내 저의를 구하고 비판을 가한다.

“너 혹시 미쳤니?”

나는 카시우스 쪽을 건너다본다.

“그럼 너는?”

“질투하기야? 가지가지 한다.”

머스탱은 나에게 가까이 기대며 거칠게 속삭인다.

“내 나름의 계획이 있을 거라고 여기며 나를 충분히 인정해 주지 못한다니 안타깝네. 내가 허전해 좀 쑤시는 가랑이 사이에 떠밀려 벨로나의 품 안으로 뛰어들었다고 생각해? 제발 그런 생각은 좀 자제해 줘. 내가 무슨 욕정에 치받친 암캐인 줄 알아? 나는 필요하다면 개의치 않고 어떤 방법으로든 우리 가족을 보호해. 너는 너 자신 말고는 보호하는 사람이 없잖아?”

“너는 카시우스와 함께함으로서 네 가족을 배신하는 거야. 카시우스는 사악한 놈이야.”

사실을 우회할 만한 거짓 대답을 생각해 낼 수가 없다. 그녀가 보기에는 내가 악당이겠지만 그냥 견뎌야 한다. 그럼에도 불구하고 나는 그녀의 눈을 마주할 수 없다.

“나잇값 좀 해, 대로우.”

머스탱은 무언가 더 깊은 얘기를 할 것처럼 보이다가 그냥 고개를 절레절레 흔들더니 뒤를 돌며 말한다.

“그는 너를 죽일 거야. 결투를 일찍 끝내도록 내가 군주님을 설득해 볼게.”

그녀의 다음 말은 바로 안 나온다.

"네가 이 위성에 안 왔으면 좋았을 텐데."

머스탱은 나를 떠나고 카시우스의 손을 한 번 꼭 쥐어 준 후 세워진 연단 위에서 군주의 수행단과 합류한다.

"드디어 둘만 남았네, 나의 옛 친구여."

카시우스가 미소로 나를 가르며 말한다.

한때 우리는 의형제 같았다. 기관에서의 첫날, 우리는 음식을 함께 나눴고 달리기 시합을 했다. 함께 미네르바 하우스로 쳐들어갔다. 내가 미네르바의 요리사를 납치하고 세브로가 그들의 스탠더드를 훔쳤을 때 그가 어찌나 웃었던지. 그날 밤 우리는 쌍둥이 달빛 아래에서 말을 타고 달렸다. 나는 기억한다. 그들이 퀸을 납치했을 때 비통해하던 그의 눈빛을. 나의 동족, 타이투스가 그를 패고 그에게 오줌을 쌌을 때를. 당시에는 어찌나 그 일로 눈물이 고이던지. 우리가 의형제 같았을 때, 그 모든 것이 망가지기 전의 시절에…….

계피와 오렌지 맛이 나는 눈이 여전히 내리고 있다. 그것은 카시우스의 곱슬머리 위에 안착한다. 그의 넓은 어깨에도 앉는다. 그가 나와 마지막으로 싸웠던 것도 눈 속에서였다. 그는 내 내장 아래쪽에 녹슨 쇠를 묻은 후 내가 스스로의 오물 속에서 죽어 가도록 버려 뒀다. 상처가 확실히 닫히지 않도록 그가 그 칼을 어떻게 비틀었는지를 나는 잊지 않았다.

그의 칼은 이제 흑단으로 만들어진 것이다.

그것은 그의 앞에 감겨 있다. 고체 상태일 때는 1미터가 넘는 얇은 칼의 형태다. 손잡이의 토글을 눌러 봉인을 해제하면 칼의 분자 구조에 화학 자극이 전달되어 후려칠 수 있는 2미터 이상의 레이저 채찍이 된다. 칼의 테두리에는 금색 표시들이 그려져 있다. 그것은 그의 가문의 혈통을, 그들의 트라이엄프 기념식들을, 그들의 명예를 걸고 거둔 승리들을 이야기한다. 오래되고, 오만하며 강력하다. 내 칼은 장식 없이 민무늬다.

"그래, 내가 네 것이었던 걸 빼앗았네."

카시우스가 가까이 걸어오더니 머스탱을 향해 고갯짓을 하며 말한다.

나는 웃는다.

"그녀가 내 것이었던 적은 여태껏 없었어. 그리고 네 것도 분명 아니지."

화이트가 의복 차림으로 도착해 바삐 앞으로 나온다. 머리카락은 없다. 등은 굽었다.

카시우스는 우리만 들리도록 목소리를 낮춘다.

"하지만 나는 네가 그녀를 가지지 못했던 방식으로도 그녀를 가졌는데. 궁금한데 말이지, 너는 밤에 홀로 누워 있을 때 내가 그녀에게 주는 기쁨들을 상상하나? 그녀가 어떻게 키스를 하는지, 딱 알맞게 그녀의 목을 만져 주면 그녀가 어떻게 한숨을 짓는지. 그런 것들을 내가 알고 있다는 게 성가신가?"

나는 대답하지 않는다.

"잠자리에서 네 이름 대신에 내 이름을 부른다는 게 거슬리나?"

카시우스는 웃지 않는다. 그는 자신이 하는 말을 역겨워하고 있을지도 모른다. 하지만 그는 나를 아프게 할 수만 있다면 무엇이든 말할 것이다. 그는 나쁜 사람이 아니다. 단지 '나에게 있어서' 나쁜 사람일 뿐이다.

"사실 오늘 아침에도 그녀는 나와 몸을 섞으면서 신음소리를 냈지."

"줄리언이 지금의 너를 볼 수 있다면 뭐라고 하겠어?"

내가 묻는다.

"어머니께서 그러시듯 너를 죽여 달라고 나에게 애걸하겠지."

"네가 이런 악마가 됐다는 것에 슬퍼하지는 않을까?"

카시우스는 감겨 있던 자신의 레이저를 풀고 아지스(그리스 신화에서 제우스가 아테네에게 줬다는 방패의 이름으로 골드 전용 방패를 의미함—옮긴이)를 켠다. 내 아지스도 가동시키자 웅 소리가 난다. 그것은 푸른 이온 빛 투명 에너지 방패로 내 왼쪽 장갑에서 살짝 밖을 향해 구부러져 나왔으며 가로 세로 길이가 약 30×60센티미터다. 아지스가 바닥 가까이 스치자 눈이 녹는다. 푸른 빛 주위로 안개가 광환을 이룬다.

카시우스의 갑작스러운 웃음소리가 바람에 나부끼는 비단 리본처럼 날아오른다.

"우리는 모두 악마야. 너는 언제나 이 문제를 갖고 있었어, 대로우. 너는 네 자신을 과대평가해. 네가 무슨 도덕성을 어디에 숨겨

두기라도 한 줄 알아? 너는 사실상 우리보다 못났음에도 불구하고 우월하다고 착각하고 있어. 네가 적수가 될 수 없는 사람들을 상대로 숙달할 수 없는 게임이나 하염없이 한다고."

"줄리언과는 꽤 대등하게 겨뤘는데."

"개자식."

카시우스의 얼굴이 일그러진다. 그는 말없이 고함을 치며 채찍처럼 훅 튀어나와 화이트가 축도를 해 주기도 전에 나를 뒤로 넘어뜨린다. 그들은 우리에게 멈추라고 소리친다. 하지만 레이저들이 비명을 지르는 동안 그 소리는 점차 사라진다. 천천히 내리는 눈 사이로 인간을 죽이는 금속은 울부짖으며 모든 이들의 눈은 커진다. 그는 크라바트의 교리를 사용하고 있다. 4초간의 정확하고 역동적인 폭력, 후퇴, 상황 평가, 교전.

우리가 내는 소리만이 이 기이한 장소를 메운다. 아치형을 그리는 채찍의 괴상하고도 예리한 고음. 단단한 칼날이 두드리는 소리. 왼팔에 찬 아지스들이 칼에 맞아 하얀 불꽃을 튀기며 내는 타닥 소리. 눈이 뽀드득거리는 소리와 가죽이 끽끽거리는 소리.

카시우스는 분노했음에도 불구하고 자세가 완벽하다. 그의 발은 셔플을 밟으며 절대 교차되지 않는다. 치밀한 기습 공격을 위해 돌진할 때면 그의 골반은 돌아간다. 날숨은 조절되어 일정하게 나온다. 그는 팔을 한 번 돌려 채찍을 앞으로 갈긴 후 칼을 딱딱하게 만들어서 위로 휘두른다. 내 사타구니를 노린 것이다. 그의 움직임들이 순식간에 지나간다. 훈련이 된 것이다. 소사이어티의 마스터급 스승들과 칼잡이들에게 배워 연마된 실력이다. 왜 그가 어렸을 때부터 자신의 상대들을 충격에 빠뜨릴 수 있었는지, 왜 그가 기관에서 나를 처참하게 패 버릴 수 있었는지가 쉽게 보인다. 왜냐하면 그의 적들은 그처럼 싸우지만 그보다 느리기 때문이다. 나는 그들처럼 싸우지 않는다. 나는 교훈을 얻었다.

이제 그도 자신의 교훈을 얻을 차례다.

"연습했나 보네. 한 세트당 여섯 동작에도 대응할 수 있구나."

카시우스가 뒤로 물러나며 말한다. 그는 앞으로 쏜살같이 날아와 위를 공격하는 척하며 아래를 쳐 내 발목을 노린다.

"하지만 너는 아직 초보야."

그는 나에게 폭풍처럼 일곱 차례 가격을 한다. 자칫 내 오른쪽 어깨를 맞혀서 나를 관통할 뻔 했다. 나는 그 결투 패턴을 알아보지만 여전히 속도에서는 그에게 살짝 밀린다. 나는 마지막 순간에 날아오는 공격으로부터 몸을 던지다시피 하며 피해 가까스로 탈출한다. 일곱 동작으로 이루어진 세트 공격이 빠르게 연속적으로 두 차례 더 온다. 나는 마지막 공격을 겨우 피해 무릎 한쪽을 꿇고 숨을 가쁘게 쉬며 모여 있는 내빈들을 둘러본다.

"저 소리 들리나?"

카시우스가 묻는다. 바람 소리와 내 심장이 두근거리는 소리 외에는 아무것도 들리지 않는다.

"저것은 홀로 죽음을 맞이하는 소리야. 울어 줄 사람도 없고, 신경 써 줄 사람도 없는 죽음의 소리."

"아르코스 님은 신경 쓰실 거야."

내가 속삭인다.

카시우스는 굳는다.

"너 뭐라고 했어?"

"론 오 아르코스 님은 그분의 마지막 제자가 죽는다면 신경 쓰실 거라고."

나는 숨을 헐떡이는 척하던 것을 멈추고 자랑스럽게 몸을 세우며 말한다. 카시우스는 마치 유령을 본 것처럼 나를 멍하니 쳐다본다. 그는 머뭇거린다. 내가 한 말을 들은 사람들도 마찬가지 반응이다.

"네가 밥을 먹는 동안, 나는 훈련을 받았어. 네가 술을 마시는 동안, 나는 훈련을 받았어. 네가 즐거움을 추구하는 동안 나는 기관에서 나온 지 몇 주 안 돼서부터 아카데미에 입학하기 며칠 전까지 훈련을 받았어."

"론 오 아르코스 님은 제자를 받으시지 않아. 지난 30년 동안 안 받으셨어."

카시우스가 쌕쌕거리는 목소리로 말한다.

"이번만큼은 예외를 두셨지."

"거짓말이야."

내가 웃는다.

"과연 그럴까? 너는 내가 죽기 위해 여기까지 왔을 거라고 생각해? 너에게 내 생명을 취할 권리가 있다고 생각했어? 아니야, 카시우스. 나는 네 부모님 앞에서 네 목을 치기 위해 여기로 온 거야."

카시우스는 뒤로 물러선다. 그의 시선이 춤을 추며 아버지에게로, 또 카르누스에게로 향한다. 나는 그를 향해 고개를 기울인다.

"자자, 형제여. 내가 정말로 얼마나 잘 싸울 수 있는지 보고 싶지 않아?"

카시우스는 멈칫한다. 나는 어깨를 원시적으로 딱 필요한 만큼만 구부린 채 그를 향해 무슨 야행성 육식 동물처럼 돌진한다. 어둠 자체인 것처럼 소리 없이 움직인다.

론 오 아르코스의 가르침이 다시 생각난다. "바보는 잎을 딴다. 장사는 기둥을 자른다. 현자는 뿌리를 뽑는다." 그러므로 나는 카시우스에게 연달아 세트 공격을 가하며 그의 다리가 벌어지게 만든다. 골드들이 가르치는 대로 4초 동안 공격하지는 않는다. 대신 7초 동안 공격한다. 그 다음에는 6초 동안 공격한다. 그렇게 번갈아가며 공격하며 패턴을 깬다. 한 세트 당 12동작을 취한다.

카시우스의 방어 동작은 정확하다. 그리고 내가 만약 가르침 받은 대로 싸운다면 나는 그의 손에 죽을 것이다. 하지만 나는 우리 삼촌으로부터 움직이는 법을 배웠으며 전설적인 인물로부터 살인하는 법을 배웠다. 나는 격렬한 움직임으로 핑 돌고 발돋움을 하며 밑을 향해 공격한다. 마치 거대한 허리케인이 카시우스를 패대기치고 뭉개며 뒤로 밀치는 것처럼 나는 그를 팬다. 그리고 그가 공격할 때면 나는 그를 부술 수 있는 순간이 올 때까지 옆으로 허리 숙여 피한다. 론 오 아르코스가 나를 그렇게 훈련시켰다. 원을 그리며 움직여라. 절대 뒤로 후퇴하지 말라. 뒤로 밀려나는 사람에게는 공격할 순간이 찾아오지 않는다. 상대의 힘을 이용해 새로운 공격 방향을 만들어라. 상대의 주위를 떠다녀라. '버드나무 검법'이다. 방어 중에는 봄노래처럼 예쁘고 유동적이어라. 그러다가도 한겨울에 산기슭을 따라 얼어붙은 바람이 비명을 지르며 불어올 때의 버드나무 가지처럼 맹렬하고 끔찍하게 공격하라.

내 안에서는 레드가 골드와 만난다.

내 칼은 채찍과 곡선 슬링블레이드 형태를 번쩍이며 넘나든다. 내 칼이 카시우스의 칼과 충돌하자 그의 왼쪽에 있는 아지스는 내 공격으로 인한 충격에 의해 타닥 소리를 낸다. 카시우스는 흔들린다. 그는 뒷골목 깡패에게 연달아 맞는 프로 싸움꾼이다.

나는 웃고 있다. 미친 듯이 웃고 있다. 그리고 주위의 관중들은 충격을 받은 상태로 환호한다. 몇 명은 내가 카시우스의 아지스를 너무나 세게 때려서 그것이 과부하에 걸리자 비명을 지른다. 그의 팔에 있는 유닛에서 스파크가 튄다. 그의 팔꿈치에 하나, 무릎에 하나, 그리고 발목에 하나. 그렇게 나는 그에게 열린 상흔을 입힌다. 그리고 칼을 가볍게 위로 튕겨 그의 얼굴을 긋는다. 나는 멈춰서 유동적으로 뒤로 이동한 후 채찍 형태의 칼을 쥔 상태에서 자세를 취한다. 그 사이에 내 칼은 곡선형 슬링블레이드로 스르륵 돌아간다. 지켜보는 사람들은 이 순간을 절대 잊지 못할 것이다.

여성들이 카시우스를 위해 비명을 지르고 있다. 그가 어렸을 적에 사귀던 애인들이다. 그들은 이제 자신들이 함께 자라온 이 남자를 지켜본다. 그들과 함께 잠자리를 가진 후 거짓 약속을 남긴 채 떠나, 이 세대의 가장 강한 종자를 품을 기회를 놓쳤다고 생각하게 만들었던 남자다. 그들의 눈앞에서 다른 남자가 이 남자를 고동치는 너저분한 피투성이로 만들어 가고 있다.

나는 그에게 치욕을 주고 있다. 하지만 이 모든 것은 한 가지 목적을 위해서다. 모두 다 벨로나와 아우구스투스 가문 사이에서 부글부글 끓는 증오가 넘쳐흘러 전쟁이 나게 만들기 위해서다.

나는 우리에 갇힌 사자처럼 원을 그리며 빠르게 걷다가 벨로나 최고 사령관 앞에서 멈춘다.

"당신의 아들은 죽을 것입니다."

나는 그의 얼굴로부터 약 30센티미터 떨어진 곳에서 야만적으로 말한다.

벨로나 최고 사령관은 체구가 두텁다. 턱은 각이 졌지만 상냥한 느낌을 주며 뾰족한 턱수염이 나 있다. 그의 일렁이는 눈빛에서는 흐를 눈물이 기약되어 있다. 그는 아무 말도 안 한다. 고결한 사람이다. 그러므로 명예로운 길을 걸을 것이다. 그러기 위해서는 그가 가장 총애하는 아들이 죽어 가는 모습을 지켜봐야 한다 할지라도…….

분노로 날뛰는 와중에도 수치심이 느껴진다. 내가 한 가족을 무참히 공격하러 어둠 속에서 출몰한 사람이라는 것이 끔찍하다.

"그냥 지켜보고만 있을 겁니까?"

나는 벨로나 사람들을 향해 고함친다. 벨로나 최고 사령관의 아내는 그렇게 고결하지 못하다. 그녀는 군주를 비난하는 눈빛으로 바라보며 악을 품는다. 그녀가 무엇을 바라는지가 보인다.

나는 다시 카시우스를 공격한다. 그들은 아무것도 하지 못하고 지켜보기만 해야 할 것이다. 내가 이오를 지켜봤듯이…….

"벨로나 부인, 당신의 카시우스가 죽는 것을 보고만 있을 정도로 당신은 고결하십니까? 그가 세상에서 사라져 버리는 것을 지켜보시려고요?"

그녀의 입술이 휜다. 그 다음 카르누스와 캐그니에게 속삭인다.

"벨로나 가문의 힘이 그것밖에 안 되나? 너희들은 늑대가 우리 안으로 들어오는 데도 양처럼 보고만 있을 건가 보지?"

나는 다혈질인 놈들을 위해 장황하게 보여 주기 식으로 행동한다. 카시우스는 싸워 보려고 노력한다. 내가 그의 슬개골을 자르자 그는 넘어져 눈 위에 엎어졌다 필사적으로 재빨리 일어선다. 그의 피는 눈에 그림자를 남긴다. 그가 타이투스를 죽일 때에도 이렇게 천천히 진행했다. 당황한 그는 자신의 가족들을 바라본다. 그의 가족들을 볼 수 있는 기회가 이번이 마지막이라는 것을 그는 알고 있다. 이 사람들에게는 계곡이 존재하지 않는다. 이 삶이 그들의 천국이다. 모든 것에도 불구하고 내 앞의 광경은 처참하다. 나는 카시우스에게 연민을 느낀다.

벨로나 부인의 재촉에 의해 캐그니는 이미 앞으로 한 발 나왔다. 그녀의 예리하고 예쁘장한 얼굴은 분노로 일그러졌다. 내가 그녀의 강한 사촌 카시우스를 조금만 더 아프게 만들면 될 것이다.

하지만 벨로나 최고 사령관이 단호한 손길로 그녀를 끌어낸다. 그는 아우구스투스를 험악하게 노려본 후 집회를 찬찬히 둘러본다.

"벨로나들 중 어느 누구도 이 결투에 간섭하지 않을 것이다. 내 명예를 걸고."

그러나 벨로나 부인은 동의하지 않는다. 그녀는 한 번 더 군주를 향해 날이 선 시선을 던진다. 그러자 군주가 손 하나를 든다. 그녀가 외친다.

"멈춰라! 멈춰, 안드로메두스!"

나는 중단하라는 명령에 진실로 놀라워한다.

모두가 군주의 연단을 바라본다. 카시우스는 숨을 쉬려고 헐떡인다. 군주가 이렇게 멍청할 수는 없을 텐데. 아닌가? 중단 명령은 나에게, 그리고 모두에게 소문들이 사실이었다고 확인시켜 주는 셈이 된다. 군주는 그녀의 편애를 드러냈다. 그녀는 벨로나 가문을 선택했다. 그들은 화성에서 아우구스투스 가문을 대체할 것이다. 카시우스는 그 계획에서 중요한 역할을 맡았을 것이다. 지금 그녀의 잘못된 계산으로 인해 그가 죽기 일보직전이고 그녀의 계획은 무산이 되려 한다. 그럼에도 나는 그녀가 지금 하려는 일을 진짜로 할 줄은 꿈에도 몰랐다. 이것은 너무나 멍청한 행동이다. 너무나 근시안적이다. 자만심이 그녀를 바보로 만들었다.

"규칙에는 부가적인 사항이 첨부되어 있다. 화이트가 의례적인 축도를 해 주지 못했기에 이 대결은 한쪽이 죽을 때까지, 또는 항복을 선언할 때까지 진행될 것이다."

그녀는 카시우스의 어머니를 바라보며 선언한다.

"그것이 이 결투의 허용선이다. 우리의 학교들에서도 소중한 아이들을 너무나 많이 잃고 있다. 학교 뒷마당에서 벌어질 법한 장난 때문에 이 으뜸가는 두 남자들을 잃을 필요는 없다."

"군주님. 법은 명백합니다. 결투가 일단 선언된 다음에는 어느 남성 또는 여성도 그 규칙을 바꿀 수 없다고 나와 있습니다."

아우구스투스가 외친다. 그는 자신의 유혈 낭자한 포상을 탐욕스럽게 바라고 있다.

"자네가 법을 운운하다니. 네로, 자네의 입에서 그런 말이 나오다니 참으로 반가운 반전이로군."

관중들로부터 낄낄거리는 소리가 터져 나온다. 자칼에게 이롭게 기관이 조작됐던 사건에 아우구스투스가 개입됐다는 소문이 꽤나 유행을 타고 있나 보다.

"군주님, 저희는 이 문제에 있어서 아우구스투스 님의 의견에 동의합니다."

크게 울리는 목소리가 말한다. 닥소 오 텔레마누스가 앞으로 나온다. 팍스의 형이다. 그는 내 친구, 팍스만큼 키가 크지만 덜 야수 같다. 거대한 바위 같다기보다는 소나무에 더 가까운 사람이다. 그의 아버지, 카박스처럼 그도 대머리이지만 그의 머리에는 금빛 천사들이 새겨져 있다. 그의 크고 북실북실한 눈썹 밑에 안착한 졸린 인상의 눈에는 장난스러운 빛이 춤추듯 맴돌고 있다.

"놀랍지도 않군."

카시우스의 어머니가 으르렁거린다.

"배신이오!"

닥소의 아버지, 카박스가 고함을 친다. 그는 둘로 갈라진 자신의 붉은 수염과 자신의 왼팔로 안아든 큰 애완 여우를 번갈아 쓰다듬는다.

"이 일에서 배신과 편애의 악취가 지독하게 납니다. 제 성격은 느긋하지요. 그런데 그러한 저도 기분이 상하는군요. 기분이 상한다고요!"

"조심하라, 카박스. 어떤 말은 한번 뱉어 버리면 되돌릴 수 없는 법이다."

옥타비아가 얼음장같이 말한다.

"그렇다면 아우구스투스 님께서 도대체 왜 저렇게 말씀하셨겠습니까?"

닥소가 가스상 거대혹성에서 온 가문들을 슬쩍 쳐다보며 말한다. 이 논쟁에 있어서 그는 자신의 동맹군들이 되어 줄 가문들이 거기에 있을 것을 알고 있다.

"지금만큼은 대총독께서 군주님께 조언을 드릴 수 있으리라 봅니다. 군주님, 당신의 말씀조차도 법을 바꿀 수는 없는 일입니다. 당신의 아버님께서도 당신의 손에 의해 그것을 깨달으시지 않으셨습니까?"

군주의 퓨리들이 위협적으로 앞으로 나선다. 군주 자신은 가장 엄격한 미소만을 지을 뿐이다.

"하지만 어린 텔레마누스여, 자네는 잊고 있군. 내 말이 곧 법이다."

이것은 누구든 절대 하지 말아야 할 행동이다. 골드가 다른 골드를 지배할 수는 있다. 하지만 자신이 지배한다는 것을 선언하기란 자신의 위험을 감수하는 행위다. 군주는 '모닝 왕좌' 위에 너무나 오래 앉아 있었던 나머지 이 사실을 잊어버렸다. 그녀의 말은 법이 아니다. 이제 그 말은 도전장이 된다.

그 도전장을 나는 두 팔 벌려 환영한다.

군주도 내 눈과 마주치자 자신이 말실수를 했다는 것을 안다. 그리고 그 순간 우리 둘 모두는 내가 행동해도 그녀가 대응하지 못할 수가 딱 하나 있다는 것을 깨닫는다.

"군주님께서도 제 것을 빼앗아 가시지는 못합니다."

내가 으르렁거린다.

내가 카시우스를 향해 돈다. 그는 자신의 칼을 들어올린다. 그는 내가 기관의 진흙 바닥에서 항복할 기회를 절대 주지 않았다. 내가 지금 그에게 항복할 기회를 주지 않으리라는 것을 그도 알고 있다. 내가 돌진하자 그의 얼굴이 창백해진다. 그는 자신이 곧 잃어버릴 모든 것들을 생각하고 있다. 그의 삶이 얼마나 값진지를…… 끝까지 골드로 남는다. 다른 이들은 나에게 멈추라고 고함친다. 이것은 불공평하다고 소리친다.

이것이 공평함에 대한 정의다.

그들은 내가 죽는 것을 그대로 내버려뒀을 것이다.

카시우스는 내 목덜미를 향해 달려든다. 속임수다. 자신의 레이저를 밑으로 후려쳐서 내 다리를 휘감으려는 의도다. 내가 움찔할 줄 안다. 나는 그가 스윙을 하며 만드는 팔의 아치형 곡선 밑으로 들어가 그대로 그에게 돌진한다. 그리고 로우 그래비티에서 그의 머리 위로 뛰어오르며 보지도 않고 뒤쪽으로 내 채찍을 휘두른다. 내 채찍은 그가 뻗고 있던 오른팔을 휘감는다. 나는 레이저가 수축하게 만드는 버튼을 누른다. 그리고 겨울날 얼어붙은 나뭇가지가 꺾이는 소리와 함께 나는 카시우스 오 벨로나의 칼잡이 팔을 획득한다.

고요함과 비명이 공평하게 자리한다. 나는 뒤로 돌지 않는다. 한참을 그렇게 서 있다. 내가 돌자 카시우스가 아직도 서 있다. 그것도 불안정하게, 이 세상을 오래 버티지 못할 듯이. 카시우스가 쓰러지는 동안 다른 어느 누구도 움직이지 않는다. 그의 아버지는 바닥만 쳐다본다. 침묵하며…….

"내가 멈추라고 말했다!"

군주가 고함친다. 두 명의 퓨리들이 연단에서 뛰어내려 자신들의 칼날을 손에 쥔 채 착지한다.

"끝내 버려."

아우구스투스가 명령한다.

나는 카시우스를 향해 성큼성큼 걸어간다. 그는 나를 향해 침을 뱉는다. 그의 입술이 떨고 있다. 이 순간마저도 나를 멸시하고 있다. 나는 내 칼을 들어올린다. 그런데 손 하나가 내 팔목을 잡는다.

쇠처럼 움켜쥔 느낌이 아니다. 부드럽게 잡은 것이다. 내 피부와 따뜻하게 맞닿는다. 섬세하다.

"네가 이겼어, 대로우."

머스탱이 조용히 말한다. 그녀는 내 앞으로 돌아와 나와 눈을 마주친다. 퓨리들이 원 밖에서 멈칫한다.

"이 일에 네 자신을 잃지 마."

계곡에서 이오가 나를 지켜보고 있으리라고 상상이 되지는 않는다. 이 지옥에서 나는 신념을 잃었다. 머스탱은 그것이 다시 밀려오게 만든다. 이오는 나를 지켜볼 수도 있고 아닐 수도 있다. 오직 한 가지만이 확실하다. 머스탱이 지금 나를 지켜보고 있다. 그리고 그녀의 눈에서 내가 본 것은 내 손을 놔 버리게 만들기 충분하다. 그 순간에야 머스탱은 미소를 짓는다. 마치 수 년 만에 나를 다시 보는 것처럼…….

"드디어 내가 아는 네가 보이네."

"그를 죽여! 그를 당장 죽이라고!"

카시우스의 어머니가 소리를 지른다.

"안 돼!"

벨로나 최고 사령관이 포효한다. 너무 늦었다.

머스탱의 눈이 커진다.

뒤를 돌아보자 나는 원이 마치 모래로 만들어졌던 것처럼 안으로 무너지며 사라지는 광경을 보게 된다. 한꺼번에 사그라지지는 않았지만 점진적으로 소실됐다. 벨로나 가문 사람 하나가 조용히 나를 향해 전력질주를 한다. 낮은 움직임으로 치명적으로. 또 하나의 벨로나 가문 사람이 따라 나온다. 그러더니 아우구스투스 가문 집단에서 택터스가 튀어나온다. 그러더니 다른 창기병도 움직인다. 내 친구가 전쟁 때 지르는 포효 소리가 들려온다. 두 번째 포효 소리가 뒤따른다. 이곳에는 내 군대에 있었던 골드가 한 명 이상 존재한다.

캐그니 오 벨로나가 나에게 제일 먼저 도달한다. 내가 빼앗겼던 칼날이 내 목을 향해 거칠게 날아온다. 나는 고개를 숙인다. 하지만 머스탱이 그 공격을 막기 위해 자신의 칼을 던지지 않았더라면 내 머리는 날아갔을 것이다. 불꽃들로 얼굴이 따갑더니 택터스가 측면으로부터 캐그니를 처치한다. 그녀는 깔끔히 반으로 잘린다.

비명 소리들. 피 흘리는 결투장 전체가 무너진다. 벨로나와 아우구스투스 가문의 골드들이 자신의 동료들을 보호하기 위해 앞으로 달려 나온다. 다른 이들은 도망친다. 카르누스가 택터스를 향해 칼을 휘두른다. 내 친구의 실력으로는 역부족이다. 나는 택터스를 돕기 위해 빠르게 움직여 빅트라와 다른 이들이 카르누스와 우리 사이로 도착할 때까지 그의 목숨을 살려 놓는다. 머스탱은 이 싸움 어딘가에서 없어졌다. 나는 황급히 그녀를 찾는다. 칼 하나가 내 머리를 향해 날아온다.

군주가 평화를 가져오라고 명령하면서 고함치는 소리들이 울려 퍼진다. 하지만 이는 군주의 능력을 벗어났다. 한 여성이 캐그니의 망가진 신체를 보며 비명을 지른다. 수십 명의 남자과 여자들이 모두 칼을 든 채 서로를 난도질을 하고 있다. 택터스는 캐그니가 훔쳐갔던 레이저를 나에게 던져 준다. 그런 후 그는 다시 나를 보호하다가 어깨에 칼을 맞는다. 나는 내 친구를 도와주러 재빨리 돈 후, 벨로나 가문 사람이 택터스로부터 칼을 빼고 있을 때 그의 팔을 잘라 버린다. 그리고 내 친구를 내 쪽으로 거칠게 잡아당긴다. 칼을 휘두르며 앞길을 튼다. 칼 하나가 내 팔뚝을 살짝 긋는다. 나는 그 혼돈 속에서 머스탱을 언뜻 본다. 그녀는 카시우스의 부상당한 몸을 자신의 몸으로 덮고 있다. 벨로나 가문 사람이 그녀를 죽일 것인지의 여부는 모르겠다. 그들은 그녀가 자신들의 테이블에 함께 앉도록 허락했다. 그럼에도 불구하고 나는 모르겠다. 나는 내 체중으로 나와 그녀의 사이를 가로막는 신체들을 밀쳐내며 재빨리 그녀를 향한다. 택터스도 나를 돕는다.

나는 한 여성과 부딪힌다. 안토니아다. 그녀는 눈빛을 반짝이면서 내 배 쪽으로 칼을 들이밀지만 그녀의 언니, 빅트라가 안토니아의 얼굴을 주먹으로 친다. 그녀가 쓰러지자 택터스가 그녀의 머리를 발로 찬다. 빅트라가 나에게 의기양양한 미소를 보내고 있는데 카르누스가 그녀의 머리를 거칠게 잡아당겨 그녀를 쓰러뜨린다. 싸움판에 레토가 입장한 후 무지개 레이저를 정확히 휘둘러 판세를 뒤바꾸면서 카르누스도 처리된다. 텔레마누스 가문 사람들도 레토와 동행한다. 그 가문의 부자는 내 몸뚱이의 반만 한 레이저들을 가지고 자신들에게 대항하는 골드들을 대량으로 학살한다.

"택터스, 내 신호에 움직여!"

내가 외친다.

택터스는 피를 흘리고 있다. 하지만 그는 아직도 세브로와 나란히 싸우고 있는 것처럼 일어선 채 미친 듯이 포효한다. 우리는 함께 이 쉬운 중력 환경 속에서 높이 도약한다. 그는 내가 머스탱을 향해 간다는 것을 알고 있다. 하지만 벨로나 가문 사람들이 너무 두껍게 포진되어 있다. 레이저들이 너무 치명적이다.

"머스탱!"

내가 두 명의 벨로나 가문 사람들을 상대하며 외친다. 한 명의 얼굴은 칼로 그었으며 다른 한 명은 내 아지스로 그의 목덜미를 쳤다. 또 한 명의 벨로나 가문 사람이 그들과 합세한다. 그리고 또 늘고 늘어 벨로나 가문 사람들로 이루어진 두꺼운 벽이 내 앞길을 막는다.

"대총독님을 보호해!"

머스탱이 나를 향해 외친다. 그녀의 목소리는 나보다 더 안정되어 있다. 그 바람에 나는 내 자신이 기사도에 집착하는 멍청이처럼 느껴진다. 당연히 그녀는 내가 자신을 구할 필요성을 못 느낄 것이다.

"우리 아버지를 보호해 줘!"

그리고 인파 사이로 그녀의 모습이 보이지 않음에도 불구하고 나는 그녀의 명령을 따른다.

나는 택터스가 내 칼라를 잡고 거칠게 퇴각선 쪽으로 데리고 가도록 내버려 둔다. 퇴각선은 옆에서 공격을 받고 있다. 다른 누군가가 우리에게 아우구스투스를 보호하라고 고함친다. 또 다른 이들은 벨로나 최고 사령관과 카시우스를 보호하라고 소리친다. 수많은 가문 수장들은 가문의 무장한 정예 식구들의 보호를 받으며 대피한 상태다. 그들은 자신들의 칼날을 세운 채 혼돈으로부터 뒤로 물러선다. 그들은 첨탑에서 벗어난다. 그래브부츠들이 반입 금지 품목이었으므로 그들은 리프트를 타고 이곳을 떠난다. 이 장소는 거의 사람이 없다. 군주의 집정관들, 즉 옵시디언과 골드들로 이루어진 보라색과 검은색 무리가 군주의 주위로 몰린 후 그녀를 이 망가진 갈라파티로부터 피신시킨다. 물집 잡힌 손들이 레이저와 펄스블레이드들을 쥐고 있다. 집정관임을 나타내는 보랏빛 의상을 입은 골드들의 지휘 하에 그레이들이 우리를 해산시키러 다가온다. 그들은 폭동 진압복을 착용하고 스코처로 전투 중인 가문들을 향해 페인트볼과 분산 파장들을 쏘며 골드들을 여름날 파리떼처럼 흩어뜨린다.

"아우구스투스!"

몸집이 거대한 카르누스가 소리친다. 그는 분산 파장들을 피하며 미친 사람처럼 벨로나 가문 횡렬에서 뛰쳐나온다. 누군가가 그의 어깨에 부딪혀 쓰러진다. 그리고 그의 아지스에 의해 창기병 하나의 얼굴뼈가 골절을 입는다. 그러고도 그는 계속해서 곤두박질치며 아우구스투스를 향해 돌진한다. 위에서 한 번에 덮치는 동작으로 그의 가문의 라이벌을 죽일 수 있기를 바라는 심사다.

"아우구스투스!"

우리 쪽 최고의 칼잡이이자 아우구스투스의 피보호자, 레토가 대총독 앞에서 카르누스를 가로막는다.

"힉 순트 레오네스!"

레토는 하늘을 향해 외친다.

레토는 바다처럼 움직인다. 그의 우아함은 유동적이면서도 끔찍하다. 그가 카르누스의 등을 쾅 친 후 배를 갈라 열어 버리려고 하는 그 순간 흔들린다. 칼은 휘두르던 중에 얼어 버린다. 카르누스는 뒤로 넘어진 후 허리를 편다. 어쩌면 자신이 아직도 살아 있다는 사실에 혼란스러워하고 있을지도 모르겠다. 그는 레토를 향해 자신의 머리를 갸우뚱한다. 레토는 뭔가에 쏘인 듯 자신의 허벅지를 향해 손을 뻗고 있다.

레토는 천천히 무릎을 꿇으며 쓰러진다. 팔의 움직임이 느릿느릿하다. 그의 긴 머리가 얼굴 위를 덮는다. 그러더니 그는 혼돈의 한가운데에서 갑자기 미동도 없이 그대로 정지한다. 슬픈 눈에는 지평선 너머로 평화롭게 날아가는 함선의 엔진 연기 빛이 반사되고 있다. 그는 그 순간 아름답다. 그러고는 카르누스가 그의 머리를 베어 버린다.

"레토!"

아우구스투스가 포효한다.

아우구스투스는 눈이 커지더니 자신을 저지하는 텔레마누스 사람들을 밀친다. 나는 자칼이 자신의 은 스타일러스 펜을 소매 안으로 감추는 모습을 언뜻 확인한다. 그가 우리의 비밀 동맹 관계를 제의하면서 손가락으로 돌리던 바로 그것이다.

우리는 서로에게 시선을 고정한다.

그는 이를 다 드러내며 활짝 웃는다.

그리고 나는 내가 악마와 거래했다는 것을 깨닫는다.

제13장

미친 개들

우리는 첨탑의 꼭대기까지 도망친다. 머스탱은 두고 와야 했다. 그녀는 자신이 무엇을 하고 있는지 잘 알고 있다. 어쩌다 보니 나는 그 사실을 잊어버리고 있었다. 그녀는 언제나 자신이 무엇을 하고 있는지 우라지게도 잘 알고 있는데.

"그들이 그녀를 다치게 하지는 않을 거다."

아우구스투스가 나에게 말한다. 그리고 나는 처음으로 그의 얼굴에 감정이 스쳐 지나가는 것을 확인한다. 아니다. 두 번째다. 레토를 위해 비명을 지르던 순간 그는 마치 아들을 잃은 것 같았다. 지금도 그렇게 보인다. 그의 얼굴은 핼쑥하고 20년은 더 늙었다. 그는 자신의 맏아들을 잃었다. 자신의 두 번째 아내이자 아이들의 어머니를 잃었다. 이제 그는 그 아들을 대신하기 위해 입양한 남자를 잃었으며 그 아내를 연상시키는 여자의 안위를 걱정하고 있다.

그들이 머스탱을 다치게 한다면 그것은 내 책임이다.

내가 상황이 이렇게 흐르게 만들었다. 오랜만에 일이 제대로 굴러갔다. 피가 내 손을 타고 흘러내리며 손가락 사이에서 납작한 모양을 이루다 말굽 모양으로 손톱 아래에 고인다. 나는 피가 흐르지 않는 손마디 뼈들이 하얗게 질리도록 주먹을 쥔다. 역겨운 사실이지만 내 손은 이런 일을 하기 위해 만들어졌다.

우리는 겨울과 나무들로 이루어진 그곳을 빨갛게 물들인 후 벗어난다. 많은 이들이 우리의 부상자들을 데리고 간다. 거의 10여 명 되는 것 같다. 일곱 명이 죽었다. 수행단 전체를 통틀어 20명만이 가까스로 다치지 않은 상태다. 다른 이들은 행방이 묘연하다. 대적할 자가 없었던 레토는 사라졌다. 플라이니의 보좌관은 두 동강 났다. 그리고 우리의 집정관들 중 한 명은 켈란 오 벨로나의 칼을 목에 맞았다.

나는 그 집정관을 안고 간다. 그리고 리프트를 타고 첨탑을 내려가는 동안 그녀의 상처를 지혈시켜 보려고 노력한다. 가망이 거의 없다. 빅트라는 자신의 드레스 조각을 상처에 댄다.

그래브부츠 한 켤레를 얻을 수만 있다면 뭐든 다 줄 수 있을 것 같다. 우리는 우리의 수장을 빽빽하게 에워싼다. 레이저들을 꺼낸다. 피가 내 팔을 타고 팔꿈치까지 적신다. 땀이 얼굴과 갈비뼈를 타고 흘러내린다. 붉은 방울들이 우리 간부의 발에 튀기면서 리프트의 바닥에 떨어진다. 손, 상처, 칼날들로부터 떨어지는 방울들이다. 그럼에도 내 주변 사람들은 얼굴에 하얀 미소들을 찢어져라 짓고 있다.

제복을 입고 있으니 덥다. 그래서 윗 단추를 푼다. 내 옆의 택터스는 피를 흘리고 있다. 그의 상처는 왼쪽 어깨를 관통했다. 깨끗하게 찔린 것이다.

"그냥 피잖아."

택터스는 자신을 걱정하는 빅트라에게 말한다.

"네 몸에 구멍이 뚫린 거야."

"그다지 이상한 것도 아니지."

택터스는 빅트라의 허리선을 바라보며 미소 짓는다.

"지랄 맞게 지독하네, 너도 몸에 구멍이 있잖아. 그렇다고 내가 불평하든? 으아아아아아야야야야야."

그가 비명을 지른다. 그녀가 자신의 드레스에서 붕대를 꺼내 그의 상처에 거칠게 붙인 것이다. 그는 통증을 느끼며 몇 초간 더 웃는다. 그런 후 나를 바라보며 고개를 절레절레 흔든다. 그의 눈은 야생적이면서 기쁨에 차 있다.

"론 오 아르코스 님에게 훈련을 받다니, 멋지다. 이런 엉큼한 놈 같으니라고."

택터스는 나를 캐그니로부터 구했다. 나는 고개를 끄덕인 후 그와 피투성이 주먹을 마주친다. 그리고 그가 나를 무시하며 내 생명을 걸고 도박했던 과거를 일시적으로 잊는다.

다른 골드들, 즉, 더 정확히 말하자면 집정관들, 기사들, 무술인 남자와 여자들은 그들의 눈썹을 문질러서 붉으죽죽한 얼룩을 남긴다. 여담으로 우리는 다른 가문들보다 정치인과 경제 전문가들이 비율상 더 많다. 이런 유형의 골드들은 더 이상 정복할 사람이 안 남았다는 것이 골드로서의 가장 큰 문제점이라고 말할 사람들이다. 그 말인즉슨 더 이상 싸울 만한 상대가 안 남았다는 것이다. 더 이상 그 많은 훈련과 힘을 쓸 대상이 없다는 것이다. 그런 판에 내가 그들에게 신선한 전투의 맛을 보게 한 것이다. 그들의 통치자가 거뒀던 피보호자가 죽었음에도 불구하고, 그들의 집정관 대장이 내 어깨에 기대 피를 철철 흘리고 있고 머스탱이 적의 손아귀에 있음에도 불구하고, 그들은 이 놀이를 하고 싶어 한다. 그리고 시체 만들기가 바로 오늘의 놀이이다.

늙은이와 젊은이 모두 굶주린 눈빛으로 나를 바라본다. 그들은 먹이를 배급받기를 기다리고 있다.

우두머리, 즉 프라이머스일 때의 감각이 다시 느껴진다. 다른 이들이 나로부터 인도받기를 기다리고 있다. 그들은 피가 보이기도 전에 나로부터 짜릿한 피 냄새를 맡을 수 있다. 나이는 상관없다. 경험도 상관없다. 오로지 중시되는 것은 내가 이 정신 나간 개새끼들에게 신선한 사냥거리를 제공한다는 것뿐이다.

아이들이 우리 주위에서 울고 있다. 그 소리에 나는 놀란다. 그런 여린 것들이 이런 밤에 나와 있다니. 아우구스투스의 여동생이 낳은 아들과 딸들이다. 그들의 아버지는 그들을 진정시키기 위해 머리를 쓰다듬어 준다. 그의 아내는 코웃음을 치고 허리를 숙이더니 아이들이 흐느낌을 멈출 때까지 그 애들의 따귀를 차례차례 때린다.

"용감하게 굴어라."

우리의 옵시디언과 그레이들이 아래층에서 우리를 기다리고 있지 않다. 그들은 다른 곳으로 끌려 간 것이다. 군주의 옵시디언들이나 골드들도 하늘에서 내려오지 않는다. 그것은 그녀가 아직 무엇을 할지 결정하지 않았다는 것을 의미한다. 내가 예상했던 대로다. 그녀는 우리를 몰살시킬 수 없다. 한 가문이 다른 가문을 전멸시키는 것은 있을 수 있는 일이다. 하지만 대지도자가 의회로부터 받은 권력과 자금을 이용해 그런 일을 벌이기란? 전에도 있었던 일이다. 그리고 그 군주는 그의 딸에 의해 참수당했다. 지금 왕좌에 앉아 있는 그 딸 말이다.

아, 군주는 내가 상황을 이렇게 만들었다고 심히 원망하고 있을 것이다.

리프트 아래에서는 불빛이 거대한 꽃나무 숲을 가르는 자갈길을 따라 빛을 발하고 있다. 음악가들은 더 이상 연주하지 않는다. 대신 우리는 고함 소리, 비명 소리, 그리고 끔찍한 고요가 길게 이어지는 소리를 듣는다. 골드들이 우리 밑으로 뛰어다닌다. 숲 너머에 있는 석조 통로를 향해 도망치고 있는 것이다. 그곳에서 그들은 자신들의 함선을 타고 집으로 날아갈 수 있다. 단, 몇 사람은 도망치고 있지 않다. 그들은 사냥하고 있다.

내가 예상하지 못했던 무언가가 벌어졌다. 가문들 사이의 불화도 오늘 밤에 터진 것이다. 기관에 있었을 때, 우리가 게임을 하고 있는 상황이 아니라는 것, 즉 규칙이 없다는 것을 깨달은 순간에도 이와 같은 기분이었다. 으스스한 기분이다. 사람 대신 악마들이 지상을 누비고 있다는 생각이 든다. 이제 규칙이 사라진 판에 누가 무엇을 할지 어떻게 알겠는가?

저 멀리, 네 명의 사냥꾼이 있다. 남자 셋과 젊은 여자 한 명이 무리를 이루고 숲속을 소리 없이 빠르게 움직인다. 그들은 시내를 뛰어 넘는다. 사냥에 굶주린 자로서 의욕에 충만하여 달리고 있다. 젊은이의 야망을 가득 품고 달리고 있다. 팔스 가문에서 나온 사람들 같아 보인다. 나는 건포도 같은 눈의 릴라스를 알아본다. 내가 줄리언을 죽이는 홀로를 카시우스에게 전달하도록 자칼이 보냈던 여자애다. 그녀와 함께 있는 남자는 시피오다. 그는 한때 안토니아를 침실 안팎으로 보좌하던 통통한 젊은이다.

우리는 리프트가 내려가는 동안 말없이 그들을 지켜본다. 죽음을 짊어진 채 호리호리한 사람들로 이루어진 그 무리는 나무 사이로 쏜살같이 움직이며 스론 가문 사람들로 이루어진 일렬을 향한다. 모두 빨강과 흰색의 정장 차림을 하고 있는 스론 가문 사람들은 그 습격을 예상하지 못한다. 그들은 석조 통로로 황급히 달리지만 너무 늦었다. 그들의 군기는 장미다. 군기는 살인자들이 나무에서 튀어나오자 쓰러진다. 한 가문이 죽는다. 레이저로 저렇게 소리 없이 빠르게 일처리를 할 수 있다는 것이 두렵다. 내 결투와 다르다. 나는 시간을 끌었다. 그들은 그렇게 하지 않는다. 나는 10살짜리 남자애를 베는 것을 목격한다. 골드 아이들을 위한 자비 따위는 없다. 그들은 순진한 존재로 여겨지지 않는다. 적의 씨로 취급된다. 그들을 파괴하거나 지금으로부터 수년 뒤에 그들과 싸워야 한다. 무도회 드레스를 입은 여성 하나가 칼을 휘둘러 반격한다. 그녀는 팔스 가문 사람 한 명을 죽인 후 두 동강이 나며 쓰러진다. 두 명의 아이들이 뛴다. 한 명이 잡힌다. 다른 한 명은 탈출한다. 그녀가 유일한 생존자다.

그런 후 팔스 가문의 창기병들이 춤을 춘다. 크고 과장된 발동작을 취하며. 그들은 각기 다른 방향으로 몸을 돌리며 어두운 땅을 발가락으로 짓이긴다. 단, 그들은 춤을 추는 것이 아니다.

"지독해라."

택터스가 욕하며 자신의 얼굴을 문지른다.

"아이들이……."

빅트라가 속삭인다.

아우구스투스는 아무 말도 안 한다. 그의 얼굴은 돌처럼 단호하다.

"스론 가문에는 15명의 아이들이 있어."

빅트라의 눈에 눈물이 맺힌다. 나는 그녀의 반응에 놀란다.

"괴물들."

자칼이 속삭인다. 내 척추를 따라 소름이 돋는다. 그가 연기를 심히 너무나 잘하기 때문이다. 자칼은 이런 일에 신경도 안 쓸 놈이다.

아이들. 이오는 이런 죽음들이 합창되리란 것을 알았더라도 그렇게 노래를 불렀을까? 우리 모두 짐을 지고 있다. 그리고 살인자들이 학살당한 가문으로부터 빠르게 떨어져 나가는 동안 나는 내 짐이 언젠가 그 무게로 나를 으스러뜨릴 것을 깨닫는다. 오늘은 그날이 아닐 뿐이다.

“데이터 방해 전파가 배치 완료된 모양이야.”

닥소 오 텔레마누스가 말한다. 그는 자신의 손목에 찬 데이터패드를 나에게 획 보인다.

“데이터패드들이 다 죽어 버렸군. 그들은 우리가 궤도 안에 있는 우리의 함선들과 연락하기를 원치 않거든.”

아우구스투스는 자신의 빈 데이터패드를 바라본다. 그러고는 곧 다른 가문들도 자신들의 옵시디언, 골드, 그리고 그레이 수행원들을 불러들일 것이라고 말한다. 우리는 상황이 우리에게 불리하게 돌아가기 전에 이 행성을 벗어났다가 힘을 가진 상태로 돌아와야 한다.

“네가 이 혼돈을 만들었다, 대로우. 여기서 나를 위한 결실을 가져와라.”

아우구스투스는 내 쪽으로 기댄 후 내가 안고 있는 집정관의 맥박을 짚는다.

“그녀는 버려라. 곧 죽을 사람이다.”

그는 자신의 손을 닦는다.

“애들만으로도 우리는 충분히 뒤처졌다.”

내가 그 집정관을 리프트 바닥에 내려 놓는 동안 그녀는 나에게 무언가를 중얼거린다. 그녀가 뭐라고 하는지 모르겠다. 내가 죽을 때에는 아무 말도 안 할 것이다. 왜냐하면 나는 사후세계에 계곡이 기다리고 있을 것을 알기 때문이다. 이 전사를 기다리고 있는 것은 무엇인가? 오로지 어둠뿐. 나는 그녀의 마지막 말도 알아듣지 못했다. 우리는 그녀를 부러진 칼처럼 버렸다. 나는 피투성이 손가락으로 그녀의 눈을 감겨 주면서 끝으로 갈수록 흐려지는 긴 자국을 남긴다. 빅트라는 내 어깨를 꽉 쥔다. 그녀는 내가 집정관에게 하는 경의의 표시를 알아본 것이다.

일어서면서 나는 창기병들 및 전쟁을 위해 존재하는 다른 사람들에게 명령을 내린다. 내가 보기에 실력이 좋은 암살자들이라고 여겨지는 사람들은 15명이다. 몇은 내 또래고 다른 이들은 한참 나이가 들었다. 그럼에도 불구하고 아무도 나에게 반박하지 않는다. 심지어 플라이니조차도 가만히 있다. 텔레마누스 가문 사람들은 유달리 열심히 나를 따르려는 모습이다. 각각의 사람들은 나와 필요 이상으로 눈을 오래 마주치며 단순히 형식적이라기에는 과할 정도로 고개를 깊이 끄덕인다.

"아무도 심심하지는 않기를 바랍니다."

내 말에 그들은 웃음을 터뜨린다.

"다른 가문들 중 누구라도 대총독님의 머리를 취해서 벨로나 가문이나 군주님의 총애를 받겠다고 결정한다면 우리는 손님맞이를 해야 할 겁니다. 우리는 그 손님을 죽여야 하고 격납고로 가는 길을 무력으로 열어야 합니다. 텔레마누스, 당신과 당신의 아들은 이제 대총독님의 그림자입니다. 다른 일은 아무것도 맡지 마십시오. 이해하십니까?"

그들은 육중한 고개들을 끄덕인다.

"힉 순트 레오네스."

"힉 순트 레오네스."

리프트가 바닥에 도달하자 40명의 남자와 여자들이 우리를 기다리고 있다. 트리톤 출신 노르보 가문과 목성의 위성 출신 코르도반 가문 사람들이다.

"행운이 안 따라주네."

택터스가 한숨을 쉰다.

"코르도반과 노르보는 우리 사람들이다. 사들였으며 금액 지불이 완료됐다."

아우구스투스가 설명하자 카박스가 천둥처럼 외친다.

"이런 부랑배들아! 코도반, 이 무뢰한 놈! 나는 자네들이 벨로나 가문 쪽 사람인 줄 알았잖아!"

"그들도 그랬지!"

아우구스투스는 이런 비스무리한 일이 벌어질 것을 예견한 것이다.

나는 새로 합류한 골드들도 지휘한다. 이번에도 나는 누군가가 나에게 반발할 줄 알았다. 그들은 그냥 서서 나를 바라보며 내 명령을 기다리고 있다. 이 모든 집정관들이, 이 모든 정치인들과 전쟁을 위해 타고난 근육질의 남자와 여자들이. 나는 웃음을 참는다. 최고 권력자의 소맷단까지 도달했을 때 주어지는 힘이란 우라지게도 어마무시하다. 그리고 그 힘은 조금도 내 것이 아니다.

우리는 대총독을 호위하며 숲 밖으로 이동한다. 세 차례의 공격을 받는다. 하지만 나는 택터스에게 아우구스투스의 망토를 입게 한 후 몇 명의 공격자들을 따돌리게 만든다. 꽃나무 밑에서 골드들이 싸우는 동안 수천 가지 빛깔의 장미 꽃잎들이 나무에서 떨어진다. 그 꽃잎들은 결국 모두 붉은 빛을 띠게 된다.

택터스가 우리 메인 부대로 다시 합류하는 도중에 팔스 가문 출신 셋으로 이루어졌던 무리가 그를 기습 공격하려 한다. 그는 그들을 향해 재빨리 돈 후 약간의 도움을 받으며 릴라스를 제외한 모두를 쓰러뜨린다. 택터스가 시피오를 죽인 후 그 시체를 발로 밟는 동안 릴라스는 날쌔게 도망친다.

"유아 살인자들."

택터스는 그 위에 침을 계속해서 뱉는다. 빅트라가 그를 끌고 간다. 나는 자칼을 눈여겨본다. 매순간 나는 내 뒤로 다트가 날아와 레토처럼 죽을 것이라고 생각한다. 하지만 자칼은 단순히 나를 따를 뿐이다. 그의 아버지도 마찬가지다. 아무도 자칼이 레토에게 한 짓을 보지 못했다. 아니, 누군가가 봤다 하더라도 두려워서 침묵을 지킬 것이다.

우리가 숲 건너편에 있는 석조 통로에 도달하며 드디어 하얀 석회석 다리를 건너자 소사이어티의 규칙들이 다시 회복되는 듯하다. 로우컬러들은 우리가 가는 길을 잽싸게 비켜 준다. 이제 70명의 힘센 사람들로 이루어진 우리 무리는 통로를 폭풍처럼 지나 이 위성을 떠나기 위해 격납고로 향한다. 하지만 그곳에 도달하자 우리는 우리 함선이 사라진 것을 발견한다. 우리는 나무와 잔디로 외각이 둘러싸인 착륙장으로 황급히 이동한다. 모든 가문의 함선들이 없다. 소사이어티 '립윙'들이('날개 꺾기'라는 뜻. 여기서는 이동하지 못하도록 함선을 압류하는 단체를 의미 — 옮긴이) 하늘을 순찰하고 있다.

우리는 벌벌 떠는 오렌지를 심문한다. 택터스가 그의 칼라를 잡고 그를 들어올린다. 그는 우리 70명의 우라질 영혼들을 바라보며 몸서리친다. 그는 한 번도 골드에게 말을 올린 적이 없다. 우리 같은 골드들과 얘기할 기회는 더욱이나 없었을 것이다. 빅트라는 택터스의 손을 쳐서 치우게 만든 후 그 오렌지에게 조용히 묻는다.

"그의 말에 의하면 두 시간 전에 함선들이 고향으로 돌려보내졌대."

"처음에는 옵시디언들을 갈라파티에 입장하지 못하게 만들더니 이제 이런 짓을 하네."

택터스가 투덜거린다.

"그 말인즉슨 군주가 무언가를 계획하고 있었다는 것이겠지. 계획대로 피어날 기회조차 없었던 무언가를. 그녀는 우리의 옵시디언들과 함선들을 제거했어. 가문과 그 힘의 원천을 분리하기 위해."

자칼이 말한다. 그는 텔레마누스 가문 사람들을 예의주시하며 설명한다.

"우리를 고립시킨 거야. 군주가 무슨 꿍꿍이를 숨기고 있었을까요, 아버지?"

아우구스투스는 자신의 아들을 무시하고 하늘을 바라본다.

"이런 젠장."

빅트라가 욕한다.

"전투 준비!"

카박스가 그의 전사들을 향해 고함친다.

"차라리 내 얼굴에 오줌을 눠라."

내 옆에 선 택터스의 얼굴이 창백해진다.

하늘을 올려다보니 파멸이 찾아오는 것이 보인다.

"집정관들!"

70개의 레이저들이 구불거리며 나온다. 우리는 그들이 에너지 무기들을 갖고 있을 경우를 대비해 널찍이 포진한다.

"대로우, 너는 나와 함께 다녀라."

아우구스투스가 말한다.

적군은 밤하늘에 까만 점보다 아주 조금 큰 정도다. 하지만 우리의 눈은 예리하다. 어두운 개자식들이 밤 구름에서 번갯불처럼 긴 줄기를 이루며 내려와 떨어진 악마들처럼 땅을 뒤흔든다. 언제나 3명씩 무리지어 떨어진다.

쿵쿵쿵. 쿵쿵쿵. 쿵쿵쿵.

그들은 나무 사이의 잔디에 착지 하며 우리가 시타델로 다시 돌아갈 길목을 막는다. 옵시디언 집정관들과 골드 기사 대위들이다. 옵시디언 집정관들은 거인같이 크다. 마치 어떤 산중 바위에서 튀어나온 골렘 같다. 우리가 아카데미에서 이용했던 놈들보다 훨씬 더 잔인한 놈들이다. 모든 세계들을 통틀어도 그들의 갑옷같이 탄탄한 것도 없다. 어두운 보라색 바탕에 검은 무늬가 새겨져 있다. 그것은 마치 그들의 타이탄 몸체 위로 산호가 구불거리며 자라나고 있는 것 같다. 그들은 빽빽한 대열을 이루며 서 있다. 자신들의 신념만큼이나 서로에게 묶여 충성한다. 쿵쿵쿵. 99명이 착지할 때까지 나는 소리다. 쿵. 그들의 골드 지휘관이 마지막에 무릎 한쪽을 꿇은 채 착지한다. 그가 일어선다. 기다란 그의 투구는 웃고 있는 늑대의 해골이다. 그의 금색 망토는 소사이어티의 피라미드가 선명하게 새겨진 채 바람에 양측으로 나부낀다. 올림픽 나이트다. 태양계에 올림픽 나이트는 12명이 있다. 그들은 소사이어티를 거역하는 모든 이들로부터 그것의 사회적 협정을 지키겠다고 맹세한 자들이다. 이 사람은 레이지 나이트다. 론 오 아르코스가 유로파로 떠나기 전까지 60년간 차지했던 자리다. 이들은 우리 학교 하우스들과 마찬가지로 골드들이 인간의 지배적인 테마라고 생각하는 것들을 상징한다. 나보다 마른 남자가 그 갑옷을 입고 있다. 군주는 이미 론의 옛 자리를 다른 사람으로 채운 모양이다.

"네 자신을 밝혀라, 기사여!"

내가 외친다.

기사는 투구가 갑옷 안으로 다시 녹아 들어가게 만든다. 그의 아마빛 금발 머리카락이 흉측하게 여위고 못난 얼굴 위로 떨어진다. 땀에 젖었으며 나이와 스트레스로 주름이 간 얼굴이다. 그가 한쪽으로 삐뚤게 찢어진 그 입으로 미소를 지어 보이자 나는 웃음을 터뜨린다. 사람들이 나를 빤히 쳐다본다. 이제 그들은 내가 더 미쳤다고 생각할 것이다. 레이지 나이트가 하늘에서 떨어졌는데 나는 그의 얼굴에 대놓고 웃음을 터뜨린다.

그는 낄낄 웃는다.

"나 못 알아보겠냐, 이 쪼끄만 똥싸개야?"

"피치너, 내가 기억하는 것보다 더 못생겨졌네요!"

택터스가 코웃음을 친다.

"피치너? 어쩜 이리 향수를 불러일으키실까."

"안녕, 꼬맹이들."

피츠너는 택터스가 대총독의 망토를 입고 있는 모습을 보더니 웃는다.

"망토 예쁘네. 하지만 너는 아우구스투스 대총독이 아니잖아."

피치너가 혀로 딱딱 소리를 내며 양손을 허리에 올린다.

"대총독님! 대총독님! 도대체 골 아프게 어디에 숨어 있소?"

대총독은 눈을 굴리더니 내 앞으로 나온다.

"마르스 프록터."

"아, 우리 님께서 거기 계셨네! 그리고 그건 옛날 직함인데, 몰랐소?"

"새 투구를 얻은 것은 보이네."

"예쁘지 않나? 여자들이 아주 좋아하지. 내가 전에도 이렇게 골드 상품들과 잠자리를 많이 한 적이 있었는지 기억이 안 나네."

피치너는 의미심장하게 자신의 골반을 흔든다.

"이것을 얻는 것도 여간 귀찮은 일이 아니었어. 결투에 시험에 끝이 없을 줄 알았다니까! 군주님 앞에서 치러야 했지. 휴우. 남자와 여자들이 각자 자신들의 주장을 폈고. 이 자리가 자신의 것이 되어야 마땅하다고 생각하는 모든 사람들이 말이오. 그것도 누누이. 하지만 운명은 고약한 놈에게 더 호의적이지!"

"어떻게…… 당신이 '그 모든 사람들을' 이겼나요?"

나는 큰 소리로 어리둥절해하자 대총독이 코웃음을 친다.

"그럴 리가. 그것은 훌륭한 전사들에게 내려지는 자리야."

그는 피치너를 자신의 눈으로 폭격하듯 쏘아본다.

"그리고 피치너, 자네는 훌륭한 전사가 아니지. 그 새 투구를 얻기 위해 군주에게 무엇을 제공하기로 약속했나? 당연히 그 대가는 비쌌겠지."

"아, 나는 대로우가 당신 아들을 이겼을 당시에 얻었던 스포트라이트를 같이 좀 누렸다고나 할까. 안녕, 자칼, 이 꼬맹아. 그 후 지독한 대회가 열렸고, 글쎄…… 자세한 얘기는 택터스의 가장 큰 형과 주피터 프록터에게 물어보든가……."

그가 포즈를 취한다.

"나 보기보다 잘났는데, 응?"

"그럼 그 새 투구와 함께 새로운 주인을 모시지는 않는다는 의미인가?"

아우구스투스가 묻는다.

"주인? 우웩!"

피치너가 우스꽝스럽게 자신의 가슴을 부풀린다.

"올림픽 나이트들은 자신의 양심 외에 모시는 주인이 없소. 우리는 소사이어티의 사회적 협정을 보호하지. 오로지 우리의 임무를 위해서만 고개를 숙인다고."

"한때는 그랬죠. 이제 당신은 군주의 하인이잖습니까."

닥소가 선언한다.

"우리 모두가 그렇듯이 그렇지, 우리 어여쁜 텔레마누스."

피치너가 대답한다.

"그건 그렇고, 나는 자네 남동생과 가문의 열렬한 팬이라네. 시보스에서의 토너먼트에서 엄청 근사한 전투용 망치를 갖고 다니던데. 지독하게도 무시무시한 혈통이야. 항상 묻고 싶었는데, 자네 조상들 중 누가 코뿔소와 잠자리를 가졌던 거지?"

닥소가 은근히 불쾌해하며 자신의 눈썹을 들어올린다. 카박스는 팍스가 그랬을 법한 태도로 투덜거린다.

"미안. 코뿔소가 아니라 회색곰이었나?"

피치너가 또 한 번 쿡쿡 웃는다.

"농담일세. 예민하게 굴 텐가? 그래도 우리는 모두 하인들이지, 그렇지 않나? 홀을 들고 있는 자의 지독한 노예들이라고."

"그럼 추정컨대, 화성을 향한 자네의 충성심은 이미 사라졌으며 다시…… 회복될 수는 없다는 거겠지?"

아우구스투스가 묻는다.

"자네는 하인이니까."

피치너가 장갑을 낀 손으로 박수를 친다.

"화성? 화성? 화성은 지독하게도 거대한 돌덩이일 뿐이잖소? 그것이 나에게 해 준 것은 없는데."

"화성은 고향이다, 피치너."

아우구스투스는 우리 주위에 있는 자들을 향해 손짓을 한다.

"군주는 자네에게 우리를 찾으라고 시켰지. 그래, 우리가 여기 있다. 자네 고향 행성에서 온 동족들이. 자네의 충성심을 우리에게 바치겠나? 아니면 우리를 포기하겠나?"

"아, 참 농담도 잘하시네, 아우구스투스 대총독님! 일등급 농담꾼이야. 내 충성심은 사회적 협정과 내 자신을 향하고 있고 당신의 충성심도 당신 자신을 향하고 있잖소, 각하. 돌덩이를 향한 것도 아니고 가짜 동족을 향하고 있지도 않지. 그러니 괜히 힘 빼지 맙시다. 자, 나는 당신들 동족을 가택 연금시키라는 명령을 받았소. 당신들의 즐거움을 충족시킬 수 있도록 우리가 우수한 저택 하나를 준비시켜 놨던 것 기억하시겠지? 당신들이 다시 그곳으로 잽싸게 돌아간다면 참으로 좋을 텐데. 우리가 제공하는 환대를 즐기라고. 군주님은 당신이 꼭 그렇게 하기를 바라신다니까."

"자네 자신이 누구인지 잊었나보군."

아우구스투스가 씩씩거린다.

"나는 잊어버리는 것이 많지. 어디에 내 바지를 뒀는지, 내가 누구에게 키스를 했는지, 내가 누구를 죽였는지."

피치너가 자신의 팔과, 볼록한 배, 그리고 얼굴을 만진다.

"하지만 내가 내 자신을 잊는다고? 절대 그런 일은 없소!"

그는 자신을 에워싸고 있는 옵시디언들을 가리킨다.

"그리고 물론 내 개들도 잊지 않았지."

"그럼 내 개는 어디 있나? 알프룬은 어디 있지?"

피치너가 미소를 짓는다.

"내가 당신들 문신이 새겨진 똥개들을 다 죽였소. 둘 다. 그들이 짖더라고, 아우구스투스 각하. 너무 크게 짖어서 그만."

타오르는 분노가 아우구스투스의 표정에 역력하다.

"부디 그놈들이, 비싼 놈들이 아니었기를 바라오, 친구."

피치너가 미소를 지으며 말한다.

"우리가 서로 얼굴을 맞대고 얘기할 수 있는 사이인 것처럼 말하는군, 이 브론즈 놈."

"전에도 서로 얼굴을 보고 얘기했잖소."

"마치 우리가 동급인 것처럼 말이다. 우리는 동급이 아니다. 나는 정복자들의 후손이다. 아이언 골드들의 후손이야! 나는 행성의 군주다. 자네는 무엇이란 말인가? 이……."

"나는 스턴피스트 전기 충격기를 갖고 있는 사람이라오."

피치너는 아우구스투스의 가슴을 쏜다. 아우구스투스가 뒤로 꼬꾸라지자 그의 집정관들이 헉 소리를 낸다.

“이제 대총독께서도 갈라파티에 갑옷을 안 입고 오면 어떻게 되는지 잘 알았겠지. 자!”

피치너가 미소를 짓는다.

“나와 이성적으로 대화할 사람?”

자칼이 앞으로 한 발 나선다.

“나. 나는 이 가문의 상속자다.”

“음…… 탈락! 너를 보면 소름 돋아.”

피치너는 자칼의 가슴도 스턴피스트로 쏜다.

카박스가 앞으로 나서며 자신의 아들은 뒤로 물러나도록 밀친다.

“이런 바보 같이! 이런 바보 같은 짓거리는 이제 그만하게. 나나 대로우와 얘기하세. 당신 의도가 훤히 보이고도 남는군.”

“아무렴. 대로우. 너는 나와 함께 가자.”

“순순히도 가겠다.”

빅트라가 내 앞으로 나오면서 냉소적으로 말한다.

피치너가 눈을 굴린다.

“텔레마누스, 당신이랑 아들은 대총독을 그의 저택으로 다시 모셔다 드리고 당신들도 각자 배당받은 저택으로 돌아가시오. 처리해야 할 사안들이 있소.”

피치너는 그 대머리 골드를 조용히 바라본다. 그는 이제 생 철근으로 석판을 긁는 것처럼 말을 뱉는다.

“이것은 선택사항이 아니오, 텔레마누스.”

텔레마누스가 나를 바라본다.

"내 아들이 이놈을 믿었소. 그러니 나도 믿겠소."

"나한테 내 친구들이 다치지 않을 것이라는 확신을 줘요."

내가 피치너에게 말한다.

그는 빅트라를 바라본다.

"안 다칠 거야."

"날 설득하라고요."

그는 따분하다는 듯이 한숨을 내쉰다.

"군주님은 지독하게도 재판 없이 한 가문 전체를 반역죄로 몰아 처형시킬 수는 없다. 그렇지? 그것은 사회적 협정에 반하는 행동이야. 그리고 너도 그런 행위에 우리 올림픽 나이트들이 어떻게 반응하는지 잘 알잖아. 다른 가문들의 반응은 말할 것도 없고. 군주님의 아버지가 어떻게 죽었는지 기억해 봐. 하지만 네가 저항한다면, 글쎄, 그것은 완전히 다른 문제가 될 텐데."

피치너는 껌 한 조각을 입안으로 툭 던져 넣는다.

"그래서 저항할 테냐?"

"오늘은 안 합니다."

나는 대답한다.

제14장

군주

“옛날 옛날에 의지가 강한 가족이 있었단다.”

그녀가 진자처럼 느릿느릿하고 규칙적인 목소리로 말한다.

“그들은 서로를 사랑하지는 않았어. 하지만 함께 농장 하나를 운영하고 있었지. 그리고 그 농장에는 사냥개들, 암캐들, 젖소들, 암탉과 수탉들, 양들, 노새들, 그리고 말들이 있었어. 가족은 그 짐승들이 규칙을 잘 지키게 만들었어. 그리고 짐승들은 가족을 부유하고 뚱뚱하고 행복하게 유지했지. 여기서 짐승들이 명령을 따른 이유는 가족이 강하다는 것과 명령에 불복종한다면 가족의 단합된 분노로 고통을 받을 것을 알고 있었기 때문이야. 하지만 어느 날, 형제들 중 한 명이 다른 형제의 눈을 치자 수탉이 암탉에게 말했어. ‘풍만한 암탉아, 네가 저들을 위해 알을 더 이상 낳지 않으면 무슨 일이 벌어질까?'"

그녀의 눈은 내 눈을 타들어가듯 바라본다. 우리 둘 중 어느 누구도 시선을 돌리지 않는다. 군주의 탑의 창문을 두드리는 빗소리를 제외한다면 휑한 스위트룸에는 침묵만이 흐른다. 우리는 구름 사이에 있다. 바깥의 안개 속에서 함선들이 빛나는 상어들처럼 고요히 지나다닌다. 군주가 앞으로 기대어 긴 손가락들을 첨탑처럼 뾰족하게 펴자 가죽에서 끽 소리가 난다. 그녀의 손가락들은 빨갛게 칠해져 있다. 그 부위에 유일하게 색이 입혀져 있다. 그런 후 그녀의 입술이 거들먹거리는 태도로 휜다. 그녀는 내가 마치 그녀의 언어를 갓 배우는 아게아 길거리 부랑아인 양 단어 하나하나를 강조한다.

"여러모로 너는 우리 아버지와 닮았구나."

군주가 참수시킨 그 사람.

그 순간 그녀는 내가 여태껏 본 가장 불가사의한 미소를 나에게 지어 보낸다. 그녀의 눈빛에서는 장난기가 춤추고 있다. 권력의 차디찬 덫 안에 조용히 억눌린 장난기다. 에어카에서 다이아몬드들을 밖으로 던져 버리며 폭동을 시작했던 그 악명 높은 9살짜리 소녀가 저 안 어딘가에 있다.

나는 군주 앞에 서 있다. 그녀는 난로 옆에 있는 소파에 앉아 있다. 모든 것이 스파르타식이다. 딱딱하다. 차갑다. 철과 돌로 이루어진 골드 여성이다. 이 모든 칙칙한 환경은 그녀에게 럭셔리나 부는 필요 없고 권력만 있으면 된다는 것을 시사하는 듯하다.

그녀의 얼굴은 주름졌으나 시간에 의해 한물가지는 않았다. 내가 듣기로, 100여 년간 이 직무의 압박감을 느끼면서도 그녀는 깨지지 않았다. 오히려 그 압박은 그녀를 자신이 한때 흩뿌렸던 그 다이아몬드들처럼 만들었다. 깨지지 않도록. 늙지 않도록. 그리고 조각가들이 계속해서 세포 재생 요법을 시술해 준다면 그녀는 늙지 않으면서 어느 정도의 시간을 더 보낼 것이다.

그것이 문제다. 그녀는 너무나 오랫동안 권력과 붙어 있을 것이다. 왕은 통치를 한 후 죽는다. 그것이 순리다. 젊은이들은 자신보다 연로한 자들의 말에 순응하는 것을 그렇게 정당화한다. 언젠가 자신들의 차례가 올 것을 아니까 그렇게 하는 것이다. 하지만 연로한 자들이 떠나지 않는다면? 그녀가 40년을 통치하고 100년을 더 통치할지도 모른다면? 그렇다면 어떻게 되나?

군주는 그 질문에 대한 답이다. 이 여자는 모닝 왕좌를 승계 받은 자가 아니다. 이 여자는 예의상 시기적절하게 죽지 못한 통치자로부터 그것을 빼앗았다. 40년간 다른 이들도 그녀로부터 그것을 빼앗아 보려고 시도했다. 그럼에도 불구하고 그녀는 여기에 앉아 있다. 그 전설적인 다이아몬드들만큼 세월을 타지 않으며…….

"왜 나를 거역했나?"

군주가 묻는다.

"그럴 수 있었기 때문입니다."

"설명하라."

"연고주의는 태양의 빛 아래에서 쪼그라듭니다. 군주님께서 카시우스를 보호하겠다고 생각을 바꾸신 순간 군중이 당신의 도덕성과 법적 강권을 거부했습니다. 군주님께서 자기 자신을 모순되게 반박한 꼴이 된 것은 더 말할 나위도 없고요. 그것 자체가 약점입니다. 그래서 저는 그것을 부당하게 이용했습니다. 제가 원하는 바를 대가 없이 가져올 수 있으리란 것을 알고 있었거든요.”

군주가 가장 총애하는 암살자, 아자는 창가에 있는 의자에서 내 말을 곱씹고 있다. 그녀는 강한 흑표범 같은 여성으로 자신의 자매들보다 피부가 더 거무스름하며 가늘고 긴 동공들을 가졌다. 그녀도 올림픽 나이트들 중 하나다. 더 정확히 말하자면 프로티언(변화무쌍함 ― 옮긴이) 나이트다. 그녀는 내 직전에 론이 마지막으로 받았던 제자다. 하지만 론은 그녀에게 모든 것을 다 전수하지는 않았다. 그녀의 갑옷은 금색과 암청색이며 구불구불한 바다뱀 문양으로 뒤덮여 있다.

어린 남자애가 아자 옆에 앉으려고 다른 방에서 재빠르게 들어온다. 나는 그를 바로 알아본다. 군주의 유일한 손자. 라이샌더다. 그의 나이는 많아 봤자 8살로 보이지만 행동은 매우 점잖다. 그는 제왕에 걸맞은 침묵을 내뿜으면서도 스카프만큼 얇다. 하지만 그의 눈을 보라. 그의 눈은 금빛을 넘어선다. 거의 노란 크리스털 같다. 눈이 너무나 밝아서 빛이 난다고 묘사할 수 있을 정도다. 아자는 내가 그 소년을 뜯어보는 광경을 지켜본다. 그녀는 그를 보호하듯 자신의 무릎 위에 앉혀놓고 이를 드러낸다. 그 이의 흰빛은 그녀의 어두운 피부와 맹렬히 대조될 정도로 밝다. 마치 거대한 고양이가 장난스럽게 안녕이라고 말하는 것 같다. 그리고 나는 기억하는 한 처음으로 위협으로부터 고개를 돌린다. 부끄러움이 내 안에서 갑자기 뜨겁게 타오른다. 그냥 대놓고 그녀 앞에서 무릎이라도 꿇을 것을 그랬다.

군주가 말한다.

"하지만 대가는 언제나 있지. 궁금하구나. 그 결투에서 네가 얻어가고 싶었던 것은 무엇이냐?"

"카시우스 오 벨로나와 똑같지요. 저는 제 적군의 심장을 원했습니다."

"카시우스를 그렇게까지 증오하나?"

"아니요, 하지만 제 생존 본능은…… 열정적입니다. 저는 카시우스가 성장 과정에서 장애를 입은 멍청한 소년이라고 생각합니다. 그의 주가는 한정되어 있죠. 그는 명예를 언급하지만 품위 없는 짓도 많이 했습니다."

군주가 묻는다.

"그럼 버지니아를 얻기 위해 그런 것이 아니었단 말이냐? 그녀의 손을 얻거나 네 질투심으로 넘치는 분노를 식히기 위해서 그랬던 게 아니었더냐?"

나는 날카롭게 답한다.

"저는 화가 났지만 옹졸하지는 않습니다. 게다가 버지니아는 그런 일을 참아낼 유형의 여자가 아닙니다. 제가 그녀를 위해 이 일을 벌였다면 그녀를 잃었을 것입니다."

"너는 이미 그녀를 잃었다."

아자가 구석에서 으르렁거린다.

"그래요. 나도 그녀에게 새 집이 생겼다는 건 알고 있습니다, 아자. 쉽게 알아챌 수 있었다고요."

"굿맨, 나에게 화풀이라도 하는 건가?"

아자가 자신의 레이저를 만지작거린다.

"굿레이디, 나는 화풀이밖에 할 수 없죠."

나는 그녀를 향해 천천히 미소를 짓는다.

피치너가 재빨리 말한다.

"그녀는 네 내장을 돼지처럼 찌를 거다. 론이 너한테 궁둥이 닦는 방법을 가르쳐 줬다면 이 일에는 신경 꺼. 여기서는 네가 누구를 모욕하기 전에 심사숙고부터 하도록. 소사이어티의 진정한 칼잡이들은 스포츠를 위해 결투하지 않아. 그러니 네 지독한 혀를 좀 조심하라고."

나는 내 레이저를 만지작거린다.

피치너는 코웃음을 친다.

"너를 위협적인 존재로 생각했다면 네가 그걸 그냥 갖고 있게 내버려 뒀을 것 같아?"

나는 아자를 향해 고개를 끄덕인다.

"우리는 다음 번에 붙을 기회가 있을지도 모르겠군요."

나는 몸을 곧추세우며 다시 군주를 돌아본다.

"왜 군주님께서 우리 가문에 군사들의 감시를 붙였는지 논의해 볼까요? 우리를 체포하신 겁니까? 제가 체포당한 겁니까?"

"족쇄가 보이나?"

나는 아자를 바라본다.

"네."

군주가 웃음을 터뜨린다.

"너는 내가 원했기 때문에 여기에 있는 것이다."

아이디어 하나가 떠오른다. 나는 최대한 미소를 짓지 않으려고 노력한다.

"군주님, 전 사과를 드리고 싶습니다."

나는 큰소리로 말한다. 그들은 내가 말을 이어가기를 기다린다.

"제 행동거지는 언제나 좀…… 촌스러웠답니다. 그러다 보니 제 행동은 그 방식 때문에 거의 매번 의도와 빗나가는 경향이 있죠. 기정 사실을 말씀드리자면 카시우스는 제가 한 공격보다 훨씬 심한 것을 받아 마땅합니다. 저나 대총독님이나 군주님께 복종하지 않음으로써 모욕을 드릴 의도는 없었습니다. 대총독님께서 군주님의 개에 의해 의식을 잃지만 않으셨어도……."

나는 피치너를 쳐다본다.

"그분께서는 상황에 대한 보상을 하기 위해 필요한 일들을 하셨으리라 사료됩니다."

"보상을 한다."

군주가 내 말을 되풀이한다.

"무엇에 대해……."

"소란을 피운 것에 대해서요."

군주는 아자를 바라본다.

"소란을 피웠다고 그가 말한다. 접시를 깨뜨리는 것이 소란을 피운 것이란다, 안드로메두스. 다른 남자의 아내를 건드리는 것이 소란을 피운 것이고. 내 손님들을 죽이고 올림픽 나이트의 팔을 자르는 것은 소란을 피운 것이 아니다. 그런 행위가 무엇인지 아느냐?"

"즐거움일까요?"

군주는 앞으로 기댄다.

"그것은 반역이다."

"그리고 우리가 반역에 어떻게 대응하는지 잘 알고 있겠지. 우리 아버지께서 나와 내 자매들을 가르치셨다."

아자가 말한다. 그녀의 아버지는 애시 로드, 레아를 불태워 버린 자다. 론은 그를 경멸한다.

"너로부터 사과만 받아서는 충분하지 않다."

군주가 말한다.

"사과요?"

내가 묻는다.

군주는 예기치 못한 내 말투에 당황한다.

"저는 사과를 드리고 싶다고 말씀드렸습니다. 하지만 문제는 사과를 드릴 수 없다는 것입니다. 왜냐하면 사과는 제가 군주님으로부터 받아야 마땅하기 때문입니다."

침묵.

"이 조막만 한 개새끼가."

아자가 천천히 일어서며 말한다.

군주는 아자를 저지한다. 그녀의 대답은 단칼처럼 명료하고 차갑다.

"나는 우리 아버지의 머리를 그의 몸으로부터 떼어냈을 때에도 그에게 사과하지 않았다. 나는 내 손자의 친어미의 함선이 아웃라이더들에 의해 파괴됐을 때에도 내 손자에게 사과하지 않았다. 나는 위성 하나를 불태워 버렸을 때에도 사과하지 않았다. 그러니 내가 왜 너에게 사과하겠는가?"

"왜냐하면 군주님께서 법을 어기셨기 때문입니다."

내가 말한다.

"네가 잘 안 듣고 있었나 보구나. 내가 바로 법이다."

"아닙니다. 군주님께서는 법이 아닙니다."

"너는 론의 제자가 맞기는 맞나 보구나. 그가 왜 자신의 직함을, 자신의 임무를 버렸는지 너에게 말했더냐?"

그녀가 라이샌더를 바라본다.

"왜 그가 자신의 손자를 버렸는지?"

나는 이 남자애가 론의 손자인지 몰랐다. 갑자기 내 스승이 왜 은퇴했는지 이해가 된다. 그는 언제나 소사이어티의 사그라져 가는 영광에 대해 말하고는 했다. 인간이라면 언젠가는 죽을 것이라는 사실을 사람들이 잊고 있다며.

"왜냐하면 론 님은 군주께서 어떤 존재로 변하셨는지 보셨을 테니까요, 군주님. 당신은 황제가 아닙니다. 군주님께서 어떻게 생각하시든 간에 이곳은 제국이 아닙니다. 우리가 바로 소사이어티입니다. 우리는 법과 계급에 묶여 있습니다. 어느 누구도 피라미드 위에 서지는 못합니다."

나는 군주의 암살요원들을 바라본다.

"피치너, 아자. 당신들은 소사이어티를 보호하지요. 평화를 지킵니다. 우주계의 머나먼 지역까지도 날아가 혼돈이라는 잡초들을 뿌리째 제거합니다. 하지만 무엇보다도 최우선시되는 12명의 올림픽 나이트들의 목적이 무엇입니까?"

"어서 장단 맞춰 줘. 저놈의 웃기지도 않는 연극에 놀아나라니까. 나는 안 할 거니까."

아자가 피치너에게 말하자 피치너가 의욕 없이 천천히 말을 뱉는다.

"사회적 협정을 지키는 것."

내가 말한다.

"사회적 협정을 지키는 것. 그리고 사회적 협정에는 '한번 시작된 결투는 그 조건들을 제대로 충족하지 않은 이상 결론이 날 수 없다.'라고 나와 있습니다. 그 조건은 죽음이었고요. 하지만 카시우스는 죽지 않았습니다. 그의 팔은 조건을 충족시키지 못합니다. 제가 아이언 조상님들에게 경의를 표하는 의미에서도 제 권리는 침범될 수 없습니다. 그러니 제 것이어야 마땅한 것을 주십시오.

저에게 카시우스 오 베로나의 그 지독한 머리를 주십시오, 아니면 우리 민족의 유산을 부인하십시오."

"싫다."

"그럼 우리는 더 이상 논의할 이야기가 없습니다. 저를 화성에서 찾을 수 있으실 겁니다."

나는 뒤로 돌아 문 쪽으로 걸어간다.

"사자는 빛바래고 있다. 새로운 고향을 구해라. 이곳에서."

군주가 내 뒤로 외친다.

나는 가던 길을 멈춘다. 이 사람들은 정말 우라지게도 예상 가능하다. 그들은 모두 자신들이 가질 수 없는 것을 원한다.

"왜입니까?"

나는 돌아보지 않은 상태에서 묻는다.

"나는 너에게 아우구스투스가 주지 못할 자원들을 제공할 수 있기 때문이다. 버지니아는 이미 그것들을 누리며 사실로 확인했기 때문이다. 너는 그녀와 함께하고 싶은 것이 아니더냐?"

"군주님께서는 왜 쉽게 변절할 사람을 원하십니까? 그런 사람은 평범한 매춘부보다 아주 조금 나을 뿐입니다."

나는 뒤로 돌아 피치너의 눈을 뚫어지게 직시한다.

군주가 말한다.

"아우구스투스를 버리기 전에 네가 그로부터 이미 버림받았다. 네가 그의 그런 면을 못 알아챘어도 그의 딸은 알아챘다. 나는 너를 버리지 않을 것이다. 내 퓨리들에게 물어봐라. 그들의 아버지에게 물어봐라. 피치너에게 물어봐라. 나는 입장을 달리하는 자들에게도 기회를 준다. 나와 함께하라. 내 군단은 너를 올림픽 나이트로 만들어 줄 것이다."

나는 바닥에 침을 뱉는다.

"저는 아우리어트(골드 중에서도 최상급 골드. 중세시대에 금으로 만든 장식들을 부르던 말에서 기원함 ― 옮긴이)입니다. 저는 전리품이 아닙니다."

나는 성큼성큼 걸어 나간다.

"내가 너를 가질 수 없다면 아무도 못 가진다."

그러더니 그들이 온다. 세 명의 문신이 새겨진 자들이 문을 통해 착착착 들어온다. 모두 나보다 한 자씩 더 크다. 각각 보라색과 검은색이 뒤섞인 옷을 입고 박동하는 펄스도끼와 펄스블레이드 날을 들고 있다. 그들의 얼굴은 해골 같은 가면 뒤에 가려져 있다. 지구와 화성의 북극과 남극에서 자란 암살자들의 눈이 나를 뚫어지게 쳐다보고 있다. 기름처럼 검게 반짝이는 눈들이다. 나는 레이저를 꺼내들고 전투태세를 갖춘다. 목구멍에서 울려나오는 그들의 전투 구호가 가면 밑으로 웅웅거린다. 마치 죽은 신을 위한 장송곡 같다.

"계속해 봐. 너희 신들에게 노래해. 그 신들과 만나게 해 주지."

나는 내 레이저를 돌린다.

"리퍼, 제발 멈춰요."

라이샌더가 큰 소리로 외친다. 뒤를 돌아보자 그가 나를 향해 걸어오는 모습이 보인다. 그는 양손을 애처로이 내밀고 있다. 그의 코트는 검은색이며 단순하다. 그는 섰을 때조차 내 키의 반밖에 안 된다.

라이샌더의 목소리가 허공에 뜬다. 마치 연약한 새소리처럼 떨린다.

"저는 당신의 모든 비디오들을 봤어요, 리퍼. 여섯 번, 아니, 어쩌면 일곱 번이나 봤죠. 아카데미에서의 비디오도 봤어요. 제 스승들은 당신이 스톤사이드, 론 오 아르코스 님 이래로 가장 아이언골드에 가까운 사람이라 믿고 있어요."

그제야 나는 이 아이가 왜 이렇게 불안해 보이는지를 깨달았다. 나는 웃을 뻔 한다. 내가 이 조그만 불한당의 어린 시절 우상인 것이다.

"당신이 오늘 밤에 죽는 모습을 꼭 봐야 할 필요는 없어요. 여기서도 고향을 찾을 수는 없을까요? 당신이 세브로와 그랬던 것처럼요? 로크와 택터스, 팍스, 그리고 하울러들, 또 그 많은 훌륭한 전사들과 그랬던 것처럼 말이에요. 이쪽에도 전사들이 있어요. 고결한 사람들이에요. 당신이 그들을 이끌 수 있어요. 하지만……."

그가 한걸음 뒤로 물러선다.

"당신이 싸운다면 당신은 정의가 우리 할머니의 힘보다 우세하다고 믿은 실수 때문에 죽을 거예요."

"그건 믿음이 아니라 사실이야."

내가 말한다.

"리퍼, 우리 할머니의 힘을 넘어서는 것은 아무것도 없어요."

이런 일은 이렇게 벌어진다. 그들은 아이들의 마음속에 영웅들을 심어 준다. 거짓말과 폭력으로 아이들을 키운다. 그리고 그 아이들이 괴물로 자라나도록 내버려 둔다. 라이샌더가 그들의 손에 이끌리지 않았다면 어떤 사람이 됐을까?

군주가 말한다.

"라이샌더는 너를 보고 싶어 했다. 나는 실존 인물이 절대 전설을 따라가지 못한다고 말했지. 네 우상을 직접 보지 않는 것이 좋겠다고."

"그래서 만나 보니 어떤 것 같아?"

나는 어린 라이샌더에게 묻는다.

"다 당신의 다음 선택에 달렸어요."

그가 조심스럽게 말한다.

"우리와 함께해, 대로우. 이제는 여기가 너를 위한 곳이야. 아우구스투스는 끝났어."

피치너가 느릿하게 말을 끈다.

속으로 미소를 지으며 나는 내 칼을 쥔 손에서 힘을 뺀다. 라이샌더는 기뻐하며 주먹을 쥔다. 나는 그와 함께 그의 할머니에게 걸어간다. 장단에는 맞춰 주되 아직 어느 쪽에도 충성을 선언하지는 않는다.

"당신은 언제나 나에게 고개를 숙이라고 말하네요."

나는 피치너를 지나치면서 그에게 말한다.

피치너는 어깨를 으쓱한다.

"꼬맹아, 네가 부러지는 것을 원치 않기 때문이다."

"라이샌더, 내 상자를 가져오렴."

군주가 말한다. 기쁜 마음으로 소년은 방 밖으로 달려 나간다. 그동안 나는 그의 할머니와 서로 마주보는 자리에 앉는다.

"너는 기관에서 잘못된 교훈을 배웠던 것 같구나. 네가 노력하면 무엇이든 넘어설 수 있다고 말이다. 그것은 잘못된 생각이야. 진짜 세상에서는 그냥 따라가기도 해야 하는 법이란다. 협동하고 타협하기도 해야 한다. 네 도덕관념에 따라 세상을 마음대로 바꿀 수는 없단다."

"제가 그것을 시도하지 않았더라도 저를 눈여겨보셨겠습니까?"

군주는 부드럽게 미소 짓는다.

"아마도 안 봤겠지."

라이샌더는 잠시 후에 작은 나무 상자 하나를 들고 돌아온다. 그는 그것을 할머니에게 전달한 후 아자가 그에게 건네는 타르트를 먹으며 할머니의 옆에서 침착하게 기다린다. 군주는 그 상자를 탁자 위에 놓는다.

"너는 신뢰를 중요시하지. 나도 마찬가지다. 우리 함께 무기 없이, 갑옷 없이 게임을 하자구나. 집정관도 개입하지 않고, 거짓말도, 가짜도 없다. 그냥 우리 자신과 진실 그대로만을 가지고 할 것이다."

"왜입니까?"

"네가 이긴다면 나에게 무엇이든 요구해도 된다. 내가 이긴다면 나도 마찬가지로 요구할 것이다."

"제가 카시우스의 머리를 요구한다면요?"

"내가 직접 썰어다 대령하겠다. 상자를 열거라."

나는 앞으로 기댄다. 의자가 삐걱거린다. 빗방울이 창문을 두드린다. 라이샌더가 미소를 짓는다. 아자는 내 손을 지켜본다. 그리고 피치너는 나와 마찬가지로 이 우라질 상자 안에 무엇이 있는지 전혀 감을 못 잡고 있다.

나는 상자를 연다.

제15장

진실

나는 내 모든 것을 걸고 참으며 겨우 도망치지 않는다. 상자에서 쌕쌕 소리를 내며 나오는 것은 악몽에서 나온 것이다. 너무나 완벽하게 내 깊은 무의식 속에서 꺼내온 것이라 나는 내가 어디서 왔는지 군주가 알고 있다고 생각할 뻔 한다. 내가 '진짜로' 어디서 왔는지를.

"게임은 질문에 관한 것이다. 라이샌더, 진행을 해 주렴."

군주가 말한다. 그녀는 자신의 아이에게 칼을 쥐어 준다. 소년은 내 제복의 소매를 팔꿈치까지 자른 후 접어 말아 팔뚝을 노출시킨다. 그의 손길은 부드럽다. 그는 나를 향해 사과하는 의미로 미소를 짓는다.

"두려워하지 마세요. 거짓말만 하지 않으면 나쁜 일은 안 벌어질 거예요."

라이샌더가 말한다.

상자에서 나온 조각된 생물체들은 두 마리다. 그들은 각각 앞이 보이지 않는 눈 세 개로 나를 뚫어져라 쳐다본다. 일부는 전갈, 일부는 살무사, 일부는 지네다. 그들은 액상 유리처럼 움직인다. 그들의 장기와 해골은 피부 밑으로 비치며 키틴질의 입들은 동시에 지저귀고 쉬익 거린다. 개중 한 마리가 탁자 위로 스르르 기어 나온다.

"거짓말을 하지 말라고. 그건 아이일 때에나 따르기 쉬운 요청인데."

나는 억지로 웃는다.

"라이샌더는 절대 거짓말을 하지 않아. 우리들 중 거짓말을 하는 사람은 아무도 없지. 거짓말은 철에 슬어 버린 녹이야. 힘에 흠집이 난 것이라고."

아자가 자랑스럽게 말한다.

그들은 그렇게나 그 힘에 취해 이제 얼마나 많은 거짓말을 토대로 올라서 있는지 기억도 못한다. 너희가 거짓말을 안 한다고 내 종족에게 말해 봐, 이 야만스러운 암캐야. 그리고 그들이 너희들에게 어떻게 하는지 보라고.

"나는 이것들을 오라클이라고 부른다."

군주가 말한다. 그녀의 반지들 중 하나가 액체 파문을 보이면서 그녀의 손가락 위로 껍데기를 형성하더니 손가락을 발톱으로 변형시킨다. 끝부분이 천천히 자라는 바늘 형태다. 이 바늘로 그녀는 내 손목을 찌른 후 암호를 읊는다.

"무엇보다도 진실이 우선."

오라클 한 마리가 앞으로 스르륵 나와 내 팔을 타고 오르더니 자신의 몸으로 내 팔목을 감는다. 그놈의 괴상한 입은 피를 구하고 있다. 마치 거머리처럼 붙어 있다. 그놈의 전갈 꼬리는 10센티미터 가량을 위로 치켜든 채 아치형을 그리며 여름 바람에 흔들리는 부들처럼 앞뒤로 움직인다. 군주는 자신의 손목도 직접 찌르고는 서약을 되풀이한다. 그러자 두 번째 오라클도 상자에서 스르륵 나온다.

"조각가 잔지발이 나를 위해 이것을 특별히 히말라야 실험실에서 디자인해 줬다. 그 독이 너를 죽이지는 않을 것이다. 하지만 내 게임에 참여한 후 진 사람들로 가득한 감방들이 넘쳐난다. 지옥이 있다고 친다면 저 침 안에 있는 것이 과학의 힘을 빌려 우리가 창조할 수 있는 지옥과 가장 가까운 것이다."

군주가 말한다.

꼬리가 살랑대는 것을 보며 내 맥박은 빨라진다.

"65. 그가 쉴 때는 분당 29회의 박동을 유지했습니다."

아자가 내 맥박을 센다.

군주가 그 소리에 고개를 든다.

"29회? 그렇게 적게?"

"제 귀가 언제 틀린 적이 있습니까?"

"스스로를 진정시켜라, 안드로메두스. 오라클은 진실을 측정하기 위해 설계된 것이다. 그것은 체온 변화, 혈류 내 화학 물질들, 심박으로 판단된다."

군주가 말한다.

"게임을 하기 싫으면 안 해도 돼, 대로우. 집정관들과 함께하는 쉬운 길을 택해도 돼. 죽음이 그렇게 나쁘지는 않단다."

아자가 가르랑거린다.

나는 군주를 노려본다.

"게임을 하겠습니다."

"너는 할 수만 있다면 오늘 밤 나를 암살하겠나?"

"아니요."

우리 모두가 오라클을 지켜본다. 나까지도. 잠시 후, 아무 일도 안 일어난다. 나는 안도하며 침을 꿀꺽 삼킨다. 군주가 미소를 짓는다.

"이 게임에는 끝이 없잖습니까. 제가 이길 수 있는 방법이 있기는 합니까?"

내가 투덜거린다.

"내가 거짓말을 하게끔 만들면 된다."

"군주님께서는 이 게임을 얼마나 해 보셨습니까?"

내가 묻는다.

"71번. 끝에 가서 나는 상대들 중 단 한 사람만을 믿을 수 있었지. 아우구스투스는 그의 등록되지 않은 전자기 무기들을 어디에 숨겨 놓나?"

"소행성 창고들, 화성의 도시들 전역에 무기들을 숨겨 놨습니다."

나는 세부사항들을 읊는다.

"그리고 그의 거실 연단 밑에도 있습니다."

그 정보에 그들은 놀란다.

"그럼 군주님의 무기들은 어디에 숨겨 놨습니까?"

군주는 빠른 속도로 60개의 장소들을 차례대로 읊는다. 그녀는 모든 것을 다 얘기한다. 그녀가 한 번도 진 적이 없기 때문이다. 정보가 문밖으로 새나가는 것을 걱정할 필요가 전혀 없었던 것이다. 그렇게나 자신만만하다니.

"그 페가수스 펜던트는 너에게 무슨 의미가 있는 것이냐? 네 아버지로부터 받은 것이냐?"

그녀가 묻는다.

나는 밑을 내려다본다. 그 펜던트가 내 셔츠 밖으로 흘러나와 있다.

"희망을 의미합니다. 제 아버지의 유산의 일부죠. 군주님께서 아카데미에서 카르누스를 도와주셨습니까?"

"그렇다. 그가 너를 들이받았던 그 함선은 내가 준 것이었다. 너는 정말 그의 교량을 향해 네 자신을 발사시키려 했던 것이냐?"

"네. 왜 버지니아를 군주님의 측근으로 들이셨습니까?"

"네가 그녀를 사랑하게 된 이유와 같다."

내 맥박이 빨라진다. 아자가 그것을 들으며 미소를 짓는다.

"버지니아는 특별하지. 그리고 우리 둘 다 좀…… 아쉬운 점이 많은 아버지들로부터 태어났다. 어렸을 때에 나는 다른 가족에 속하기 위해 뭐든 하고 싶었다. 하지만 나는 군왕의 딸이었다. 나는 아무도 나에게 주지 못했던 선물을 버지니아에게 준 것이다.

보거라. 나는 내가 흥미롭게 여기는 사람들을 수집한다, 안드로메두스. 저기 있는 피치너도 흥미롭다고 생각하지. 많은 이들은 그를 혐오스럽다고 생각할지도 모르겠구나. 그의 혈통이 볼품없다고 생각하겠지. 하지만 너와 같이 그도 재능을 정말 잘 타고 났다. 그가 올림픽 나이트들 중 하나가 되기 전에 나는 그에게 이 게임을 하자고 권했었지. 그가 뭐라고 했는지 아는가?"

"상상이 되네요."

"피치너……."

피치너는 자신의 축 처진 어깨를 으쓱한다.

"그 상자를 당신의 보지에나 찔러 넣으라고 말했습니다. 저는 바보가 아니라고요."

"그것보다도 훨씬 저속하게 말했던 것 같은데."

아자가 투덜거린다.

"내 차례구나."

군주가 그녀의 레이지 나이트를 찬찬히 뜯어 살핀다.

"소문들이 나에게 전하는 대로 피치너가 프록터로서의 서약을 위반하고 마르스 기관에서 부정 행위를 했나?"

나는 내 전 프록터 대신 오라클을 바라보며 답한다.

"네, 그는 다른 사람들과 마찬가지로 부정 행위를 했습니다."

군주는 피치너의 충절이 아우구스투스가 아닌 자신을 향하고 있다는 점에 확신을 가지지 않았다면 피치너를 이 자리에 앉히지 않았을 것이다. 그 말인즉슨 피치너는 속 이야기를 모두 실토하고 아우구스투스의 부정 거래들에 대한 세부사항을 넘겼을 것이라는 의미다. 나는 내 뒤에 있는 그 사람을 힐끗 본다.

"하지만 다른 이들만큼 보상을 받았는지는 모르겠습니다."

군주가 말한다.

"받지 못했다. 그들의 실수였지. 그는 우리에게 비디오 증거 자료, 오디오, 은행 입출금 내역서들을 넘겼다. 각 프록터에게 영향력을 행세할 때 유용하게 쓰이지."

세브로는 내가 비디오 영상을 손보라고 그에게 지시했을 때 그것을 자신의 아버지에게 넘겼던 모양이다. 이런 교활하고 조막만 한 망나니 같으니라고. 결국에는 자기 아버지가 신경이 쓰이면서 아닌 척 하기는. 아우구스투스가 비디오 영상의 복사본에 대해 알게 된다면 둘 다 죽은 목숨이다.

군주에게 군사 전초기지들에 대한 심문을 하고 싶다. 보급로. 군사 작전 핵심 사안들과 보안 조치들. 하지만 그랬다가는 이상해 보일 것이다. 그러면 그녀도 나름 더 이상한 질문들을 하게 될 것이고. 오라클이 내 팔뚝을 살짝 더 조이며 아주 미세할 정도로 조금씩 피를 빨아먹는다. 나는 이것이 얼마나 거짓을 잘 감지하는지 모르겠다. 하지만 군주가 나에게 민감한 질문들을 하면 어찌 해야 한단 말인가? 내가 어디에서 태어났는지? 누가 내 아버지인지? 왜 내가 싸우기 전마다 흙을 손가락 사이사이에 묻히는지? 젠장. 그녀는 내가 레드냐고 그냥 물어볼 수도 있겠다. 하지만 내가 그녀에게 무언가…… 수상한 느낌을 주지 않는다면 그녀는 그런 질문들을 할 생각을 절대 못하겠지?

"제가 친애하는 사람들 중에 당신의 첩자가 있습니까?"

내가 묻는다.

"아주 영리하구나. 아니다. 3일 전에 빅트라 오 줄리와 어디로 갔던 것이냐? 그리고 거기서 무엇을 했느냐?"

군주가 묻는다.

"로스트 시티로 갔습니다."

어째서인지 오라클은 내가 무언가를 감추고 있다는 것을 감지한다. 그것의 침이 흥분하며 진동한다.

"자칼, 아우구스투스의 아들을 만나러 갔습니다."

그것이 더욱 조여 온다.

"그와 동맹을 맺으러 갔습니다."

내 칼라에 땀이 맺힌다. 그리고 오라클이 느슨해진다. 대답이 충분했던 것이다.

"왜 사람들이 론 님을 스톤사이드라고 부릅니까?"

"그가 너에게 말해 주지 않았더냐? 요새 사람들 말대로 그가 돌처럼 강하기 때문은 아니다. 위성 반란 운동 중 그는 아무거나 다 잘 먹는 것으로 유명했다. 그리고 어느 날 그레이 한 명이 그가 돌은 못 먹을 것이라고 내기를 걸었다. 론은 그런 것에 물러서는 사람이 아니지 않은가. 그래서 얻은 이름이다. 론이 너를 언제 가르쳤냐?"

"기관에서 제가 졸업했을 때부터 아카데미에 입학할 때까지 매일 아침 동트기 전마다 가르쳐 주셨습니다."

"그런데도 아무도 몰랐다는 게 믿어지지 않는구나."

"비할 데 없는 자들의 수가 어떻게 됩니까? 인구 조사 데이터는 찾아보기가 너무 어렵더군요."

내가 묻는다. 품질 통제 위원회는 고급 자료들을 비밀리에 어마어마하게 비축한다.

"거의 4000만 골드 당 13만 2689명이 있다. 왜 론이 너를 제자로 받아들였나?"

"왜냐하면 그분은 우리가 같은 부류의 사람들이라고 생각했기 때문입니다. 군주님께서 가장 두려워하시는 두 가지가 무엇인가요?"

"옥타비아 님……."

아자가 주의를 준다.

"입 다물라, 아자. 모두 공평하게 이루어지는 일이다."

군주는 라이샌더 쪽을 바라보더니 미소를 짓는다.

"내 가장 큰 두려움은 손자가 장성해서 우리 아버지 같아지는 것이다. 두 번째는 나이 먹는 것을 피할 수 없다는 현실이다. 너는 줄리언 오 벨로나를 죽였을 때 왜 울었나?"

"왜냐하면 그는 세상이 그에게 허락한 것보다 더 상냥했기 때문입니다. 군주님께서 버지니아와 카시우스가 연애하도록 주선하신 것입니까?"

"아니다. 버지니아의 생각이었다."

나는 그 관계가 주선된 것일지도 모른다고, 버지니아가 할 수 없이 해야만 하는 일이었을 것이라는 희망을 품고 있었다.

"왜 기관에서 버지니아에게 레드의 노래를 불러 줬나?"

"왜냐하면 그녀가 가사를 잊어버렸고 저는 그것이 사람들이 부른 노래들 중 가장 슬픈 곡이라고 생각했기 때문입니다."

나는 다음 질문을 하기 전에 잠시 멈칫한다.

"너는 다시 버지니아에 대해 묻고 싶은 것이구나, 그렇지?"

군주는 내 아픈 곳을 건드리며 느끼는 즐거움에 입술 양 끝을 씰룩거린다.

"네가 나와 함께한다면 내가 그녀를 너에게 줄지 알고 싶은 것이냐? 그것은 가능한 일이다."

"그녀는 주어질 수 있는 물건이 아닙니다."

군주는 내 순진함에 재미있어하며 웃음을 터뜨린다.

"그렇게 말한다면 그렇겠지."

"심우주 지휘 본부 세 군데가 어디에 있습니까?"

내가 무모하게 묻는다.

군주는 그 좌표들을 눈 하나 깜짝 않고 나에게 다 공개한다.

"'사신의 노래'의 가사는 어떻게 알았던 것이냐?"

"어렸을 때 들은 적이 있습니다. 그리고 제가 잊어버리는 것은 굉장히 드뭅니다."

"어디서였나?"

"지금은 군주님의 질문 차례가 아닙니다. 왜 이런 질문들을 저에게 하십니까?"

나는 군주에게 상기시킨다.

"내 퓨리들 중 한 명이 제공한 정보에 의해 아레스의 아들들은 우리가 상상했던 존재와는 사뭇 다를지도 모르겠다는 의심을 하게 됐다. 그들은 생각보다 더 위험한 존재일지도 모르겠구나. 아레스가 누구냐?"

내 심장이 쿵쾅거린다.

"저는 모릅니다."

나는 오라클의 꼬리를 살핀다. 그것은 움직이지 않는다.

"군주님께서는 아레스가 누구라고 생각하십니까?"

"네 주인."

"39, 42, 56……."

아자가 센다.

군주가 긴 손가락 하나를 좌우로 흔든다.

"이상하지. 네 심장 때문에 네 정체가 탄로나게 생겼구나."

나는 내 정신을 비운다. 모든 생각이 사라지게 만들어. 광산을 상상해. 그 안으로 불던 바람의 움직임을 기억해. 차가운 흙 위를 맨발로 거닐며 우리가 처음으로 함께 잠자리를 가질 버려진 거주지역의 구덩이로 향했을 때, 내 손 위에 올려놓던 그녀의 손을 기억해. 그녀의 속삭임을. 우리 어머니가 나와 내 남매들에게 불러 주던 자장가를 그녀가 어떻게 불렀는지를.

"45, 42, 39."

아자가 센다.

"아우구스투스가 아레스인가?"

군주가 묻는다.

나는 안도감에 휩싸인다.

"아니요, 그는 아레스가 아닙니다."

내 뒤에서 문이 쾅 하고 열린다. 우리가 뒤로 돌자 머스탱이 방 안으로 성큼성큼 들어온다. 그녀는 금색과 백색이 뒤섞인 천에 가문의 초승달 상징까지 완벽하게 갖춘 룬 가문의 제복을 입고 있다. 그녀의 팔목에서 데이터패드가 빛나고 있다. 그녀가 군주를 향해 허리 숙여 인사한다.

"군주님."

"버지니아, 너 아직도 몰골이 안 좋구나."

아자가 느긋하게 말하자 머스탱이 나를 향해 고갯짓을 한다.

"이 멍청한 개자식을 탓하세요. 73명이 죽었어요. 지구 태생 가문 둘이 완전히 사라졌고요. 둘 다 벨로나나 아우구스투스 가문과 전혀 상관없었는데도 말이에요. 200명 이상이 부상당했습니다."

그녀가 고개를 젓는다.

"옥타비아 군주님, 요청하신 대로 모든 함선들을 비행 금지 시켜 놨습니다. 집정관 명령으로 궤도 안에 비행 불가 지역이 확정

됐고요. 가문들이 소유하던 모든 주력함들은 우리가 추후 통보를 할 때까지 보증이 철회되고 루비콘 비콘스 너머로 밀려났습니다. 그리고 카시우스는 여전히 살아 있어요. 그는 옐로우들과 함께 있습니다. 시타델 조각가들이 그의 팔을 대체할 계획들을 세우고 있어요."

군주는 머스탱에게 고마움을 표하고 착석하라 지시한다.

"대로우와 나는 서로를 알아가고 있는 중이다. 우리가 그에게 물어 봤으면 하는 질문들이 혹시 있나?"

머스탱은 군주의 옆자리에 앉는다.

"제 조언을 바라시나요, 군주님? 대로우라는 수수께끼를 풀어보려고 하지 마세요. 얘는 사라진 조각들이 있는 퍼즐이에요."

"상당히 불쾌한 발언인데."

내가 장난스럽게 말한다. 하지만 머스탱의 말이 아프다.

"그럼 우리가 그를 데리고 있지 않는 게 좋겠다고 생각하나?"

"카시우스와 그의 어머니가……."

머스탱이 발언하기 시작하지만 군주가 그녀의 말을 끊는다.

"그들이 어쩔 건가? 나는 카시우스를 올림픽 나이트로 만들어줬다. 그는 그것을 감사히 여기며 이 상황이 다시는 반복되지 않도록 레이저 훈련을 해야 할 것이다."

그녀는 표정을 부드럽게 풀더니 머스탱의 무릎을 쓰다듬는다.

"괜찮니, 애야?"

"저는 괜찮아요. 제가 군주님의 게임을 방해한 것 같네요."

어느 여자가 어느 여자에게 술수를 걸고 있는지 판단이 안 선다. 하지만 갈라파티에서 카르누스가 했던 말과 내가 이 소규모 접전을 벌이기 전부터 함선들이 비행 금지 당했다는 정보로 미루어 보아 군주에게 계획이 있었다는 것은 알 수 있다. 그리고 이제야 그것이 정확히 뭔지 끼워 맞출 수 있을 것 같다.

"질문 하나만 더 하고 마무리 짓겠습니다. 이것은 마지막을 위해 남겨 뒀습니다."

"어서 질문하거라, 아이야. 여기에는 비밀이 하나도 없다. 하지만 정말 마지막이어야 할 것이다. 우리 때문에 아그리피나 오 줄리가 충분히 오래 기다렸다."

아자는 오라클들을 다시 집어넣을 수 있도록 상자를 연다.

"군주님께서는 오늘 밤 갈라파티에서 식사의 여섯 번째 코스 동안 벨로나 가문에게 아우구스투스 대총독님과 그의 테이블에 앉아 있는 모든 사람들을 살인하도록 허할 계획이셨습니까?"

아자가 얼어 버린다. 머스탱은 천천히 돌아 군주를 바라본다. 군주의 얼굴에는 거짓의 흔적이 전혀 안 보인다. 그 여자는 가볍게 숨을 쉰 후 부드러운 미소를 지으며 잇새로 거짓말을 한다.

"아니다."

그녀는 말한다.

"그러지 않았다."

오라클의 가시 돋친 꼬리가 군주의 살을 찌르려 한다.

제16장

게임

피치너의 레이저가 찡 하고 울린다. 그는 벌이 날갯짓을 하는 속도보다도 빠르게 그 꼬리를 잘라 버린다. 그것이 바닥에 툭 떨어지더니 투명한 침에서 독이 쓰윽 소리를 내며 흘러나온다. 군주의 팔뚝에서는 그 상처 입은 생물이 비명을 지른다. 죽어 가는 고양이처럼 울부짖고 괴로움에 몸부림을 친다. 군주는 그것을 잡아 뜯어내 벽을 향해 던져 버린다. 내 오라클은 던져졌던 것과 연결이 돼 있는지 천천히 느슨해진다. 나는 그것이 내 팔뚝에 남긴 흐릿한 핏자국을 닦아낸다.

"군주님도 거짓말을 하시기는 하시는군요."

내가 장난스러운 웃음을 지으며 말한다.

군주가 한숨을 길게 내쉰다.

머스탱이 분노하며 일어선다.

“군주님께서는 그들을 다치게 하지 않겠다고 약속하셨잖아요. 거짓말이셨군요.”

“그래. 필요에 의해 했다.”

옥타비아가 자신의 관자놀이를 문지른다.

머스탱이 씩씩거린다.

“여기서는 거짓이 없다고 하셨잖아요. 그것은 제가 군주님께 충성을 맹세하는 것의 전제조건이었어요. 제가 유일하게 요청드렸던 거잖아요. 그런데 제가 보는 앞에서 그 일을 벌이려고 계획하셨던 거예요?”

군주가 일어서서 머스탱과 얼굴을 맞댄다.

“앉아라. 어서.”

머스탱은 가쁘게 숨을 쉬며 앉는다. 그녀는 나나 군주를 보지 않으려고 한다. 그녀는 배신으로 둘러싸여 있는 것이다. 군주가 이 점을 인지하고 새로운 전략을 짜는 동안 머스탱은 주머니에서 금반지를 꺼내 강박적으로 손가락에 꼈다 빼기를 반복한다.

“내가 왜 네 가문 사람들을 없애야 하는지 알겠나?”

옥타비아가 머스탱에게 묻는다. 머스탱은 대답하지 않는다.

“내가 질문을 했질 않아, 버지니아. 심술 그만 부리고 대답해라.”

“아버지는 평화를 위협하는 존재에요. 아버지는 군주님의 명령을 등한시합니다. 금융 관련 지시들을 따르지 않아요. 정치적인 이익을 위해 헬륨-3 광산의 채굴 실적을 늦추기도 하고요.”

머스탱이 무미건조하게 대답하며 반지를 손가락에 끼운다.

"그럼 내가 그를 자리에서 끌어내리려고 한다면 무슨 일이 벌어질까?"

머스탱이 군주를 올려다본다.

"아버지가 반역을 일으킬 거예요."

"그럼 나는 어떻게 해야 할까? 그가 화성에 있는 동안 반역을 일으키면 화성은 그의 요새 행성이 될 것이다. 그를 거기에서 끄집어내기 위해, 즉 그를 찾고 죽이고 질서를 회복시키기 위해 들 자금이란…… 무지막지할 것이다. 함선들, 사람들, 식량, 군수품, 무역, 헬륨-3 재고 부족. 소사이어티는 그것에서 수년 간 회복하지 못할 것이다.

우리는 그와 같은 적을 둘 여력이 없다. 하지만 우리에게 공개적으로 모욕을 주는 동지도 그대로 둘 여력이 없다. 우리가 네 아버지를 관대하게 대해서 가스상 거대 혹성의 통치자들이 내 지시를 따르지 않아도 된다고 생각하면 어쩌겠는가? 네 아버지가 헬륨 가격을 조작하거나 군주의 지시를 무시해도 그를 내버려 뒀기 때문에 그런 일이 벌어진다면? 40년 전, 내가 통치하기 시작한 첫 해에 토성의 위성에서 반란이 일어났다. 그 전쟁은 내가 전면적으로 그 위성, 레아를 파괴하고 나서야 끝났다. 5000만 명이 죽었다. 우리 종족은 그렇게나 고집스럽다. 그들은 내가 코어 지역에서 수억 킬로미터 떨어진 곳에까지 손을 대기가 얼마나 어려운지 알고 있다. 하지만 그들은 여전히 두려워하고 있다. 통치자가 치세하는 일의 많은 부분은 사람들의 허상에 달렸다. 내 힘은 함선에 있지 않다. 집정관에 있지도 않다. 내 힘은 그들의 두려움에 있다. 그리고 그것을 그들에게 한 번씩 생생하게 상기시켜 줄 필요가 있다."

"그래서 제 가족을 통해 그들에게 상기시키려는 것이군요."

"그렇다. 그게 어디 말이 안 된다고 반박해 보거라."

머스탱은 오랜 시간을 조용히 있다.

"그것은 논리적이고 정치적인 조치입니다. 하지만 그는 제 아버지이고……."

"그래서 내가 너에게는 말을 안 했던 것이다. 이것을 생각해 보거라."

군주가 손짓을 하자 바닥에서 홀로에 불이 켜지더니 그것이 위로 떠서 방의 절반을 차지한다. 폭동이다. 건물들에서 연기가 난다. 그레이들이 펄스 무기들로 남자와 여자들을 살육한다. 군주는 이미지를 바꾼다. 영상에서 나온 10여 명의 다른 그레이들이 춤추며 방을 통과한다. 여자 하나가 내 앞에서 쓰러진다. 죽었다. 그녀의 두개골에 구멍이 났다. 아직도 연기가 난다.

나는 이 갑작스러운 끔찍함을 뚫어지게 쳐다본다.

"이게 화성입니까?"

나는 우리 가족을 걱정하며 묻는다.

군주가 영상 속 펄스라이플 총구를 손가락으로 따라 그린다. 그것은 발사된다.

"그럴 것 같아 보이기는 하지? 이것은 금성이다."

"금성이라고요? 금성에는 아레스의 아들들이 전혀 없잖아요."

머스탱이 속삭인다.

"그리고 오늘 밤 이후로도 절대 없을 것이다. 불꽃은 코어까지 퍼져나갔다. 두 시간 전에 여러 개의 폭탄들이 이 소사이어티를 뒤흔들었다. 우리 정치인들과 집정관들, 그리고 제국 전역의 여러 고등급 인사들이 '제로베이스 질서'를 작동시켰다. 어느 여론 매체도 이것을 보고하지 못할 것이다. 불꽃이 타는 곳이 어디든 우리는 격리 조치를 한다. 우리는 반드시 그들의 불씨를 꺼 버릴 것이다. 네 아버지가 하지 않은 일이지, 버지니아. 오히려 그는 아레스의 아들들이 활개를 치도록 놔뒀다. 이곳까지 퍼지도록."

하모니에게 주의를 줬었는데. 모든 아레스의 아들들을 잃은 것이 아니기를 바랄 뿐이다.

군주가 머스탱 앞에 쭈그리고 앉는다.

"네 아버지는 죽어야 해. 그는 아레스의 아들들이 이 모든 것을 시작하기 위해 이용했던 바로 그 여자를 목매달았다. 그녀의 얼굴이 그들의 선전 전체로부터 타오르고 있어. 그가 죽고 우리가 그들을 치면 그들이 사라질 거야. 우리는 돌 하나로 두 마리의 새를 죽이는 셈이 되겠지. 벨로나 가문에게 권력을 이동시키면 내 치세 중 처음으로 화성에 평화가 찾아올 것이다. 그 대가는 오직 50명의 목숨뿐이고. 그가 네 아버지인 것은 안다. 하지만 너도 내 사람이 된 이유가 있지 않느냐."

머스탱을 보며 나는 그 이유를 이제야 이해한다. 그리고 그것은 내 가슴을 아프게 만든다.

머스탱은 천천히 일어서서 결정으로부터 도망치듯 창문 쪽으로 걸어간다. 그녀는 먼 안개 속을 지나는 함선을 멍하니 바라본다.

"어머니께서 살아 계셨을 때 아버지께서는 저와 함께 말을 타고 숲 속을 누비셨어요. 우리는 야생화가 핀 공터에 멈춘 후 빨간 꽃들 사이로 양팔을 벌리고 누워 천사인 척했지요. 그 사람은 이제 죽었어요. 새로운 사람 가지고는 마음대로 하세요."

제17장

폭풍이 가져오는 것

옵시디언들이 나를 새 방으로 안내한다. 피치너가 대리석 바닥을 유쾌하게 걸으며 우리의 뒤를 따라오고 있다. 우리가 내 방문 앞에 도달하자 그가 내 손을 잡는다.

"게임 잘 치렀다, 꼬마야. 군주를 잘 간파했어. 그녀가 갖지 못할 것을 원하리라는 점 말이지. 지독하게 영리해. 네가 드디어 게임에 참여하며 승리하는 모습을 보니 내 마음이 다 따뜻해지는구나, 이 별난 꼬마야."

그가 내 어깨를 친다.

"내일 같이 시장에 가서 네 하인들을 사 오자. 핑크들. 블루들. 옵시디언들. 네 소유로. 일단은…… 내가 선물 하나를 남겨놨어."

그는 내 방 안을 향해 손짓을 한다. 그 안에는 유연한 몸의 핑크 하나가 침대 위에 누워 있다.

"즐기렴."

"내 성격을 전혀 모르는군요."

피치너가 한숨을 쉬고 앞으로 기대온다.

"삶이 너에게 건넨 손길이 바로 이거다. 게다가 이건 나쁜 손길도 아니야. 군주의 개인 사절로서 네가 할 수 있을 일들을 상상해봐. 그녀는 네 전 주인을 작은 시골 동네 악덕 지배인 같이 보이게 만들잖아. 네 여자도 있고. 너에게는 기회가 있어. 새 삶을 받아들이라고."

문이 쾅 닫힌다.

새 삶이라. 하지만 이것이 그 대가를 지불할 만 한가? 나는 아레스의 아들들이 어떻게 되고 있는지 모른다. 그것은 내가 영향을 줄 수 있는 바가 아니다. 하지만 나보고 로크가 죽는 꼴을 그대로 보고만 있으라고? 택터스와 시오도라가 집정관 암살단에 의해 비명횡사하게 내버려 두라고?

나는 내 스위트룸을 돌아본다. 핑크는 무시한다. 스위트룸의 북쪽 벽면을 이루는 거대한 창문 너머로 저 멀리까지 루나의 밤 구름들이 퍼져 있다. 건물들은 반짝이는 작살처럼 구름들을 찌른다.

나는 호화로움 속에 갇혀 있다.

비가 계속해서 쏟아진다. 루나의 폭풍은 불가사의한 생물이다. 화성에서 온 사람이 보기에는 비가 느리게 내린다. 무기력하게 내린다. 마치 빗방울들이 이 저중력 환경 속에서 떨어지다 지친 모양새다. 하지만 불어오는 바람은 강풍이다. 시타델의 창문들에는 바람이 윙윙댈 수 있는 틈이 없다. 나는 화성의 옛 성에서 들려오던 바람의 신음 소리가 그립다. 깊은 광산 바람의 통곡 소리가 그립다. 드릴이 냉각되는 동안 앉은 채 프라이슈트 위로 내 결혼반지를 만지작거리며 그녀의 입술이 내 입술과 포개지고 그녀의 손이 내 허리를 두르며 그녀의 몸이 먼지만큼 가볍게 내 몸 위로 떠오를 시간이 얼마나 빨리 찾아올까 생각하던 그 순간들.

하지만 그 레드 소녀만 생각나는 것은 아니다. 달을 볼 때면 태양도 생각난다. 머스탱이 내 머릿속에서 타오른다. 이오가 녹과 흙의 향을 풍겼다면 그 골드 소녀는 불과 가을 낙엽이다.

오직 이오만을 기억했으면 싶기도 하다. 내 정신이 이오의 것이라 나도 전설 속에 등장하는 그 기사들과 같을 수 있기를 바란다. 이미 잃어버린 사람을 너무나도 사랑한 나머지 다른 이들에게는 마음을 닫아 버리는 그런 남자. 하지만 나는 그런 전설적 존재가 아니다. 너무나 많은 부분에 있어서 아직도 어리다. 길을 헤매고 있으며 겁도 많고 따뜻함과 사랑을 갈구하고 있다. 흙을 느낄 때면 나는 이오를 기린다. 불을 볼 때면 나는 머스탱과 함께 얼음과 눈으로 된 방 안에 누웠을 당시에 그녀의 피부 위로 지나가던 불꽃들의 따뜻함과 깜빡임을 기억한다.

나는 빈 방을 꼼꼼히 살핀다. 방 안에서는 잎사귀나 흙이 아닌 카르다몸 향이 난다. 이 방은 내 취향에 비해 너무 넓다. 너무 호화스럽다. 벽면에 상아 장식이 있다. 사우나도 있다. 육체 쾌락실 인근에 안마 시술소가 있다. 명령에 반응하는 컴의자와 침대, 그리고 작은 수영장이 있다. 이제 이것이 나의 방이다. 데이터파일을 보니 나에게 수행원을 선별할 때 쓰도록 5000만 신용 급료가 주어졌다. 하렘에 사람들을 데려올 수 있도록 1000만은 추가로 넣어 줬다. 이것은 내 친구들을 배신한 대가로 그들이 나에게 주는 것이다. 이것은 충분하지 않다.

이제 침대 위에 누워 있는 핑크에게 시선을 돌린다. 그녀는 벌거벗은 채 오직 이불 하나만을 덮고 있다. 그 이불은 그녀의 형체를 가리기 위해 내가 던져 놓은 것이다. 그녀를 보니 불쌍한 이비를 처음 봤을 때가 생각났기 때문이다. 하지만 이 새 여자애를 보면 볼수록 이비를 기억하거나 이오나 머스탱을 기억하기가 점점 더 어려워진다. 핑크는 그런 용도다. 잊어버리도록 도와주기 위해 존재한다. 너무나 효과적이라 자신의 비통한 역경도 잊어버릴 수 있게 만들어 준다. 그녀는 지금은 시타델 직원이지만 나이가 들면 어떤 고급 사창가로 팔려갈 것이다. 그리고 주름이 몇 가닥 더 생길 것이다. 그러면 사다리 밑으로, 그리고 또 밑으로 계속해서 팔려 내려갈 것이다. 그녀가 더 이상 제공할 수 있는 것이 없어질 때까지. 남자들에게도 벌어지는 일이다. 여자들에게도 벌어지는 일이다. 그리고 이제 막 깨달은 것이지만, 골드들에게도 벌어지는 일이다.

핑크가 자신과 함께하자고 나에게 부탁한다. 나를 괴롭히는 것들을 그녀가 달래줄 수 있도록. 나는 대답을 안 한다. 오로지 창턱의 가장자리에 앉아 주먹으로 허벅지를 치대며 기다린다. 내 레이저를 갖고 있지 않다. 옵시디언들이 바깥 통로에서 보초를 서고 있다. 어떤 방도를 써도 이 창문 유리는 깨지지 않을 것이다. 하지만 걱정하지는 않는다. 그냥 그대로 앉아 폭풍을 바라보며 내 안에서 또 하나의 폭풍이 이는 것을 느낀다.

쌕 소리와 함께 문이 열린다. 나는 뒤로 돈다. 내 얼굴에서는 벌써부터 미소가 번지고 있다.

"머스탱, 나……."

문 안으로 들어오는 것은 얌전해 보이는 핑크 남자다. 그의 머리는 백색이며 눈은 라이코스였다면 수천 명을 상사병으로 앓아눕게 만들 법하다. 그 눈은 지금 내 마음도 아프게 만들고 있다. 내 예상이 틀렸다.

"너는 누구냐?"

내가 묻는다.

그는 작은 오닉스 상자를 내 침대 위, 다른 핑크 앞에 놓는다.

"누가 보낸 것이냐?"

나는 그를 추궁한다.

"보면 아실 것입니다, 도미너스."

그가 말한다. 우아하게, 그는 다른 핑크에게 손을 내민다. 그녀는 혼란스러워하며 그 손을 잡고 그를 따라 방을 나간다. 문이 닫힌다. 그 핑크 소녀만큼이나 나도 혼란스럽다. 상자로 재빨리 다가가 그것을 여니 작은 홀로큐브가 나온다. 나는 그것을 활성화시킨다.

머스탱의 얼굴이 나타난다. 빛나고 있다. 그녀가 말한다.

"피해."

전력이 나가면서 문이 기초 보안 상태로 잠긴다. 방이 어둠에 잠긴다. 바깥에서는 번개가 구름 사이를 채찍질하며 천둥이 우르릉 쾅쾅거린다. 그리고 무슨 소리가 들린다. 늑대처럼 울부짖는 소리다. 바람 소리가 아니다.

또 한 번의 번개가 번쩍 하고 지나가자 그가 나타난다. 이 격렬한 폭풍 속을 날아다니고 있다. 천국에서 뚝 떨어진, 세상에서 가장 못생긴 천사 같다. 늑대 가죽이 그의 어깨에 걸쳐져 있다. 그것이 바람에 나부낀다. 검은 금속 투구는 늑대 머리 모양이다. 그는 우라질 이까지 빼놓지 않고 온몸을 무장했다.

세브로가 온 것이다. 그리고 그는 친구들을 데리고 왔다.

번개가 친다. 천둥이 다시 친다. 그리고 이번에는 그것이 세브로의 쭉 찢어진 미소와 그의 뒤로 떠 있는 8명의 암살자들을 비춘다. 총 9명의 하울러들이다. 이 작고 잔인한 악마 놈들은 타다닥 소리를 내는 폭풍의 전기 빛 속에서 실루엣만 노출하며 어둠 속에서 대기하고 있다. 다리가 길쭉한 퀸도 거기에 있다.

세브로가 소리를 흡수할 잼필드를 설치한 후 유리를 펄스피스트로 건드리는 동안 나는 사우나 속으로 피신한다. 유리가 안쪽으로 깨진다. 카펫이 깔린 대리석 바닥으로 그들이 쿵쾅거리며 착지하자 폭풍의 뒤틀린 소리가 그들을 뒤따른다. 바람이 내 침대시

트와 벽걸이 융단을 채찍질한다. 한 명씩 차례대로 그들은 무릎을 꿇는다. 땅딸막한 페블, 잔인한 하피, 막대 같고 사심 없는 클라운, 그리고 다른 친구들.

"친구들, 일어나! 너희는 이미 충분히 짤따랗다고."

내가 고함치자 그들이 웃으며 일어선다. 페블과 클라운이 재빠르게 앞으로 나온 후 닫혀 있는 금속 문을 플라스마토치로 용접한다.

세브로가 내 쪽으로 고개를 끄덕이자 그의 갈고리 같은 코에서 물이 떨어진다. 그의 투구는 갑옷에 흡수되어 있다. 그는 머리스타일을 용의 형상으로 세우고 있다. 조용히, 그리고 너무나 과하게 조소를 지으며 그는 다른 손에 든 거대하고 묵직한 가방을 들어 올린다. 그리고 걸을 때마다 이곳의 낮은 중력 상태를 업신여기며 움직인다. 마치 이것은 나약한 자들이나 바보들을 위한 것인 양.

"리퍼님. 이 아가씨 취향 소굴에서 보니 픽시 기둥서방처럼 보이십니다."

세브로가 내 발 앞에 그 가방을 놓은 후 드라마틱하게 팔을 휘두르며 허리 숙여 인사한다.

"그래서 머스탱은 너에게 우리 같은 지독한 무리가 꼭 좀 필요하다고 생각했나 보네."

"그녀가 너를 림(태양계의 가장자리 지역을 가리킴 ― 옮긴이)에서 데리고 왔어?"

"우리 모두를 데리고 왔지. 우리는 이곳에서 몇 주간을 대기 상태로 있었어. 머스탱은 군주에게 충성하지 않을 것을 확신할 수 있는 사람들이 필요했거든."

퀸이 대답한다.

보험을 든 것이다. 내가 이런 여자를 의심했다니 믿기지 않는다.

어떤 세상에서든 머스탱은 절대 자신의 아버지를 죽이는 일을 돕지 않을 것이다. 내가 골드들 사이로 잠입한 것처럼 군주의 가족들 사이로 잠입하기 위해…… 그녀가 처음부터 이곳에 온 이유가 이것일 수밖에 없다는 것을 나는 군주와 대화하던 도중에서야 깨달았다. 그녀는 결투 전, 나에게 자신도 나름의 계획이 있다고 언급한 적이 있다. 그녀가 군주의 방에 입장하던 순간 그것이 기억났다. 이제 그것이 드디어 파악이 된다. 그 둘 모두 각자 자신의 게임을 하고 있었던 것이다. 하지만 내가 군주의 계략을 폭로시킨 것이다.

군주는 내가 뭔가를 알게 될까 봐 걱정하고 있지는 않았다. 그렇지 않다면 왜 그 게임을 하겠는가? 하지만 머스탱이 방에 입장한 순간 패러다임은 변했다. 군주는 그 순간 그 자리에서 게임을 종료시켰어야 했다. 하지만 그녀는 자신의 자만심에 당한 것이다.

머스탱은 뭐, 그녀가 주머니에서 내가 줬던 말 모양 금반지를 꺼내 손가락에 끼자마자 나는 그녀가 내 편이라는 것을 알아챘다. 그 순간 내 심장이 뛰어올랐다. 그리고 나는 우리가 이 상황에서 빠져나갈 방법을 그녀가 강구하리라는 것을 알았다.

나는 미소를 지으며 세브로의 손을 잡는다.

"세브로, 우리 대총독은……."

"나도 알아. 머스탱이 우리에게 브리핑해 줬어."

"이리 와, 이 키다리 악마야."

퀸이 다른 사람들 앞으로 나와 얇은 팔을 내 허리에 두르고 내 뺨에 입을 맞춘다. 그녀로부터 고향의 냄새가 난다. 이 녀석들이 그리웠다. 바람이 우리 잼필드를 통과하며 울부짖는다. 세브로의 생체공학적인 눈이 부자연스럽게 번뜩인다. 퀸이 나를 위해 그래브부츠를 가져왔다. 흑단색이다. 나는 그것을 신는다.

"머스탱이 우리를 림에서 데리고 왔지만 우리는 그녀를 위해 온 게 아니야. 아우구스투스를 위해 온 것도 아니고. 우리는 너를 위해 온 거야, 리퍼."

세브로가 으르렁거린다. 퀸은 세브로가 예쁜 카펫 위에 침을 뱉자 인상을 찌푸린다.

"우리는 네가 카시우스에게 한 짓을 봤어. 그리고 우리도 네가 만들려고 하는 상황을 원해."

"그 상황이 뭔데?"

내가 조금 많이 혼란스러워하며 묻자 세브로가 으르렁거린다.

"불쌍한 암살자들이 언제나 원하는 것, 전쟁이지. 그리고 그 모든 전리품들."

"네 아버지는 어쩌고? 그는 이제 높은 자리에 올랐잖아."

세브로가 비웃는다.

"피치너는 똥싸개야. 아버지는 자신의 자리를 찾으셨어. 우리가 이 집 전체를 불태워 버리는 동안 그 자리에서 주무시라고 해."

"그래, 전쟁을 원한다면, 그리고 전리품을 원한다면, 빨리 움직여야 해. 군사를 보유한 사람은 대총독이야."

퀸이 고개를 끄덕인다.

"그리고 로크도 거기에 있고. 택터스도."

"택터스."

세브로가 투덜거린다. 하지만 그의 얼굴에 띤 조소는 로크를 향한다는 것을 나는 안다. 세브로는 퀸을 지켜본다. 그의 눈은 아주 잠시나마 슬프다. 그리고 그는 갑옷을 바로 한다.

"그럼 계획이 뭔데?"

나는 질문하며 페블이 나에게 건네는 레이저를 챙긴다.

세브로와 퀸이 서로를 쳐다보며 웃는다.

"머스탱이 함선을 구하고 있어. 걔 말로는 네가 나머지는 알아서 할 거라던데."

퀸이 대답한다.

바로 그때 내 뒤에 있는 문이 진동하더니 붉고 뜨거운 금속 동공 같은 점이 확장하며 반짝인다. 그리고 뭔가가 눈에 들어온다. 세브로가 던져 놓은 가방. 그것이 움직인다.

세브로가 나를 향해 미소를 짓는다. 나는 저 미소를 안다.

"세브로?"

"리퍼."

"너 무슨 짓을 한 거야?"

"머스탱이 우리에게 꾸러미 하나를 줬어. 일단은 그냥……."

퀸이 내 어깨를 보며 활짝 웃는다…….

"그들의 요리사는 아니라고 해 두지."

나는 가방의 지퍼를 열고 나서 얼이 빠져 버린다.

"너 미쳤어?"

내가 그에게 묻는다.

그는 단지 울부짖을 뿐이다.

제18장

핏자국

한번은 아버지께서 나에게 말씀하셨다. 헬다이버는 절대 멈출 수 없다고. 멈추면 드릴이 망가질 수 있다. 연료가 너무 빨리 타 버린다. 할당량을 못 채울 수도 있다. 절대 멈추면 안 된다. 마찰 저항으로 너무 뜨거워지면 그냥 드릴을 바꿔 써라. 조심하는 것은 우선순위가 아니다. 관성과 가속도를 이용해라. 그러기 위해 우리는 춤을 추는 것이다. 동작을 더 많은 동작으로 전환시켜라. 나롤 삼촌은 언제나 나에게 멈추라고 말했다. 그는 틀렸다. 그 때문에 너무나 많은 드릴들을 폭발시켜 산산조각 나게 만들었다.

또 한편으로는 나롤 삼촌이 아버지보다 더 오래 살긴 했다. 그러니 그의 말이 일리가 있을지도 모르겠다.

하울러들은 나와 함께 창문 밖으로 뛰어내린다. 우리는 검은 폭풍 속으로 다이빙을 하면서도 멈추지 않는다. 그렇게 그래브부츠를 작동시키지 않은 채 구름들을 뚫고 지나가며 자유낙하 한다. 마치 검은 비가 땅을 향해 소리를 지르는 것 같다. 내가 앞장선다. 내 뒤로 그들의 존재가 느껴진다. 내 하울러들. 처음에는 산소 포화도가 낮다. 나는 숨을 멈춘다. 내 눈알은 눈구멍 안에서 거의 얼어붙는다. 눈물이 흘러나온다. 차가운 바람에 살이 에이면서 몸이 떨린다.

그 다음 우리는 그래브부츠를 사용해서 시타델 전역을 횡단한다. 구름 가장자리를 둘러가며 눈에 띄지 않으려고 노력한다. 저택들이 밑에 있다. 건물들, 정원들, 그리고 공원들. 막사들과 조각상들이 세워진 플라자들. 립윙 하나가 하늘을 가르며 비행한다. 우리는 스캐너에서 그 립윙이 지나갔다고 나올 때까지 첨탑 뒷면을 타고 내려간 후 거미처럼 그곳에 붙어 있다. 나는 내 무장한 친구들 사이에서 몸을 떤다. 그 후 우리는 다시 허공에 몸을 띄우며 내려간다. 저택으로부터 1킬로미터 떨어져 있다. 이제 위드가 세브로의 선물을 가져간다. 그것을 등에 들쳐 맨 그는 그 무게 때문에 약간 뒤쳐진다.

나는 저택 하나를 에워싸며 그것을 다른 저택들로부터 분리하는 벽 위에 착지한다. 그 벽 너머에는 유명한 가문들이 밤에 도래할 것들을 두려워하며 쪼그리고 숨어 있다.

지면에 가까워지니 더 따뜻하다. 하울러들이 내 주변으로 착지한다. 그들은 벽 위에 선 괴물 석상들 같다. 어둠이 저택의 땅 위를 지배한다.

“우리가 너무 일찍 왔나?”

내가 의아해한다. 싸운 흔적이 없다. 하지만 불은 꺼져 있다.

“아니면 늦었든지. 그들이 자다가 살해당했다면 말이야.”

세브로가 말한다.

“이것은 벨로나 가문이 벌인 대학살처럼 보이려는 거다. 군주는 연루되고 싶어 하지 않을 거야.”

하지만 그것이 대체 무슨 의미란 말인가? 벨로나 가문 사람들은 자신들의 그레이와 옵시디언, 골드들을 대동할 것이다. 그리고 그렇게나 명예롭다고 칭송받음에도 불구하고 그들은 마지막 아녀자와 아이까지 가능한 모든 수단을 동원하여 파괴할 것이다. 적의 목덜미를 누르던 발을 떼고서도 그들처럼 수백 년간 권력을 유지하는 사람은 없다.

그러면서도 살인은 소리 없이 이루어질 것이다. 군주가 시타델은 통제할 수 있을 것이다. 그래도 혼돈은 반갑지 않은 시선들, 반갑지 않은 변수들을 불러올 것이며 그것들은 군주를 약해 보이게 만들 것이다. 이 일은 해치워 버리는 것이 낫다. 그리고 벨로나 가문이 한 짓이라고 주장하며 남들이 뭐라고 생각하든 신경 쓰지 않는 것이 낫다. 아우구스투스 가문 사람들이 죽은 판에 그들을 애도한들 무슨 의미가 있겠는가? 골드들은 그렇게 생각한다. 하지만 그들이 암살을 피해 살아 있다면…… 글쎄, 그것은 완전히 다른 문제다.

"퀸."

나는 그녀의 속삭임을 들을 수 있도록 그녀 가까이로 몸을 기울인다.

"시야가 너무 깨끗해. 그들에게 광학 안경이 있다면 우리가 벽 위에 있는 것을 발견할 수 있을 거야."

그녀가 지붕을 가리킨다.

"저기서 우리가 급습해도 될 것 같아. 층별로 하나씩 쓸어 버리며 내려간다면."

그녀의 말투에서 걱정이 묻어난다.

"로크는 데리고 갈 거야. 약속해."

나는 그녀의 팔을 토닥인다.

"세브로, 셔틀 함선이 올 때까지 얼마나 걸리지?"

"머스탱이 최선을 다하고 있어."

나는 목에서 우두둑 소리를 낸 후 손가락 사이에 있는 빗물을 문지른다.

"'펄 아스페라 아다스트라.'"

내 말에 세브로가 낄낄거린다.

"'가시덤불을 가르고 별로 향하다.' 요 보기 싫은 몽상가 녀석아. '옴니스 빌 루푸스.'"

모두가 늑대다. 하울러들이 서로를 향해 미소를 비춘다. 그리고 벽으로부터 찢어져 나간다.

우리는 지붕 위에 착지한다. 고요하고 어둡다. 위드는 가방 안에서 꿈틀대는 머스탱의 선물을 들고 높은 벽 위에 남았다. 포식 동물들처럼 우리는 점토 타일 위로 성큼성큼 걸어간 후 한 번에 두 명씩 저택의 7층 창문으로 들어간다. 이곳은 복잡하다. 방이 열댓 개다. 7층이다. 건물 전역으로 분수의 물이 흐른다. 욕조들. 지하실. 한증실. 그럼 그들의 적외선기기는 있으나 마나다. 온수가 수도관을 따라 너무 많이 흐르고 있다. 이곳은 묘지로 쓰이던 교회의 지하 공간만큼이나 조용하다.

우리는 슬금슬금 가던 길을 가며 침실들을 확인한다. 기관에서 그랬듯이 흐르는 물처럼 서로의 주위를 맴돈다. 세브로와 시슬은 유령처럼 앞장서서 정찰한다. 그래브부츠들은 웅웅 소리를 내지 않도록 껐다. 영혼 하나도 발견되지 않는다. 모든 방이 비어 있으며 침대들은 정리가 안 되어 있다. 대총독의 방도 마찬가지다. 아우구스투스 사람들이 여기에 없다. 그럼 어디에 있단 말인가?

갑옷 몇 벌, 레이저 몇 날, 그리고 얼마 안 되는 펄스피스트들 외에는 그들에게 군 장비가 전혀 없다. 경호원들은 그들이 저택으로 돌아오기도 전에 몰살당했다. 아우구스투스와 그의 수행단들이 벽을 타고 넘었을 리는 없다. 어쩌면 몇 명은 그래브부츠로 날아가지 않았을까? 하지만 그들은 적발됐을 것이다. 총살됐을 것이다. 우리는 그들이 예기치 못했기 때문에 안으로 몰래 들어올 수 있었던 것이다.

"붙잡혔을까?"

세브로가 묻는다.

아니다. 오늘 밤을 도는 집정관들의 입장에서는 죽은 아우구스투스측 인간만이 좋은 아우구스투스측 인간이다.

펑.

우리는 모두 서로를 쳐다본다. 잼필드 하나가 방금 설치된 것이다. 그것도 굉장히 큰 것이. 우리는 그 안에 있다. 아마도 이 복합단지 전체가 그 안에 있을 것이다. 무언가가 벌어지려고 한다. 나는 창밖을 본다. 그림자가 정원 잔디밭을 가로질러 가고 있다. 빗속에 3명의 그림자가 있다. 나는 몸을 수그려 숨긴 후 세브로에게 신호를 보낸다. 집정관들. 고스트클록들. 심장이 뛰어 갈비뼈가 달가닥거린다.

세브로가 창 쪽으로 이동한다. 그들을 죽여 보려는 심사로 뛰쳐나가기 일보직전이다. 나는 그를 뒤로 끌어낸다.

"너 대체 뭐하려는 거야?"

내가 속삭이자 세브로는 인상을 쓴다.

"나는 누구라도 죽이고 싶다고."

"아직은 안 돼. 젠장. 우리는 군대가 아니야."

7층에는 아무도 없다. 우리는 원형 대리석 계단통을 따라 내려간다. 그들의 기름칠한 갑옷이 부드럽게 끽 소리를 낸다. 그 소리는 동굴 같은 계단통을 타고 밑으로 울려 퍼진다. 우리 밑으로 30미터 이상 떨어져 있는 1층의 대리석 바닥이 보이지만 아무런 움직임도 없다. 첫 핏자국은 6층에서 발견된다. 피가 한증실에서 새어나오고 있다. 문을 당겨 연다. 심박이 목구멍까지 차오른다. 훼손된 골드 사체들을 볼 준비를 한다. 그것은 더욱 슬픈 광경이다.

20명 이상의 핑크, 브라운, 그리고 바이올렛들이 이 방에 숨으려고 했다. 벨로나 가문 사람들과 집정관들이 그들을 발견하고 죽였다. 이것은 기묘한 광경이다. 각각의 죽은 사체들이 너무나 깔끔하다. 두개골까지 쿡 찔린 상처들. 이 불쌍한 하인들의 생존 가능성이 얼마나 저조했던지를 확인할 수 있다. 골드들은 그들은 소처럼 도축했다. 나는 그들을 한 명씩 미친 듯이 확인하며 그녀를 발견하지 않기를 바란다. 기도하고 있다. 그녀는 여기에 없다…… 시오도라는 다른 사람들과 함께 있나 보다.

차가운 분노가 내 속에서 차오른다. 그것은 하울러들의 내면으로 스며 들어간다.

우리는 5층으로 내려가는 계단통에서 첫 골드 시신을 발견한다. 우리 하우스에 있던 나이든 기사다. 그의 죽음은 예쁜 광경이 아니었다. 우리는 더 멀리서, 그래브리프트 옆에 또 하나의 죽은 남자를 발견한다. 그는 다른 이들이 리프트를 타고 내려가는 동안 그 앞을 지켰던 것처럼 쓰러져 있다.

창밖에서 바로 어제 내 레이저 다루는 실력을 조롱하던 아우구스투스 창기병이 언뜻 보이다. 그녀는 저택에서 정원으로 재빠르게 움직인다. 어둠 속에서 형체 하나가 합쳐진다. 골드 집정관 하나가 보라색 장식 술이 달린 검은색 갑옷 차림으로 그녀를 뒤쫓는다. 두 명의 벨로나 가문 옵시디언들이 그녀를 꼼짝 못하게 포박한 후 억지로 추격자와 마주보게 만든다. 그는 단칼에 그녀를 죽인다. 할 수 있는 것이 없다. 그녀의 죽음은 너무나 빠르다. 한순간 그녀는 숨을 헐떡이고 두려워하며 달리고 있었다. 그 다음 순간 두 동강난 그녀의 몸이 모두 땅에 떨어진다.

"이 집정관들은 음식가지고 장난치질 않네."

세브로가 투덜거린다. 퀸이 나를 바라본다. 그녀의 시선은 갑옷이나 투구가 없는 내 모습을 훑는다. 그녀가 자신의 것을 쓰라고 권한다. 나는 그녀의 말을 무시한다.

"대로우, 우리는 네가 머리에 한 방 맞고 죽는 모습을 지켜보려고 이 먼 길을 온 게 아니야."

"신경 꺼. 네 머리에 혹이라도 난다면 로크가 수천 개의 지독한 시를 쓸 거야."

내가 퀸에게 말한다.

"투구 쓰고 있어, 퀸. 내가 시를 싫어한다는 이유 때문에라도."

세브로가 애원한다.

나는 빌린 레이저가 손바닥에 굴러 들어오게끔 한 후 그 층을 통과한다. 각 방의 문 앞에 설 때마다 내 피는 경주하듯 돈다. 나는 로크의 시체가 발견되리라 예측한다. 빅트라의 토막난 신체를 볼 것이라 생각한다.

세브로가 4층 계단통에서 손 하나를 올리더니 나를 향해 전진하라는 손짓을 보인다. 나는 퀸과 함께 그가 있는 쪽으로 슬쩍 이동한 후 아래쪽을 응시한다. 원형 계단통을 따라 먼지가 인다. 그 너머로 최하층 층계참에서 그림자들이 움직인다. 하지만 소리는 없다. 세브로가 난간 가장자리에 먼지 조각 하나를 접어서 올려놓은 후 나에게 보라는 시늉을 한다. 하울러들이 그 주위로 모여들어 그것을 응시한다. 그리고 나는 몸이 굳는다. 소리는 없으나 그 먼지 조각이 살짝 앞뒤로 흔들린다.

건물 안에 진동이 있다.

세브로와 다른 이들이 나를 저지하기 전에 나는 난간 너머로 뛰어내린다. 그리고 이 위성의 중력이 허용할 가속의 10배로 나선형 계단통의 중심부를 쭉 내려간다. 팡. 나는 두 번째 잼필드의 영역에 들어섰다. 그리고 전쟁의 소리들이 내 주위에서 덜커덕거린다. 진탕성의 폭발 소리, 비명 소리, 버너들이 총알을 씽 하고 뱉어내는 소리, 펄스무기들이 정신 나간 유령들처럼 재잘거리는 소리. 착지하기 직전에 나는 그래브부츠를 조작해서 몸을 강력히 급정지시킨다. 나는 대리석 바닥을 찰싹 때리며 디딘 후 머리 위로 난폭하게 원형을 그리며 레이저를 휘두른다. 네 명의 그레이들이 죽는다. 여덟 명이 바닥을 치며 쿵 소리를 낸다. 그들의 고스트클록이 따뜻한 입김을 만난 창문 서리처럼 분해된다.

통로 전역으로 흩뿌려진 시체들. 잔해. 화재들. 그레이와 옵시디언들이 아우구스투스 쪽 골드들을 쫓아다닌다. 여섯 그레이들이 레일라이플 총으로 두 명의 골드들을 제압한다. 아지스들이 과부하에 걸려 활성 전 형태로 되돌아갈 때까지 자성의 탄약들이 비명을 지르며 그것들을 투과한다. 그렇게 골드들의 왼팔은 없어진다. 여러 발의 총탄이 그들의 몸을 가리는 펄스실드와 철컹 충돌한다.

펄스실드 전기 회로망에 과부하가 걸린다. 그레이들은 연습한 대로 정확히 앞으로 나와 골드들의 투구 쓴 머리에 총을 대고 쏜다. 태양계에 존재하는 최고의 갑옷이 안으로 일그러지면서 그것을 착용했던 남자와 여자들은 사라진다. 그레이들이 내 쪽으로 돌아서며 그들의 라이플총을 조준한다. 그러자 하울러들이 내 주위로 폭포처럼 쏟아진다. 그들의 검은 아지스가 좌측 팔뚝을 덮고 있는 완갑과 맞물리며 고동친다. 그들은 우리를 향하는 발사 공격들을 막아낸다. 세브로가 대열에서 벗어난다. 퀸도 그를 뒤따른다. 고스트클록을 쓴 그들은 보였다 안 보이기를 반복하며 깜빡인다. 둘은 쌍둥이 연기 가닥처럼 움직인다. 어떻게 했는지는 모르겠지만 그들은 그레이들 사이에 섰다가 그 그레이들이 쓰러지기 전에 다시 내 옆으로 돌아온다.

더 많은 무기들이 발사되며 우리 대열과 충돌한다. 그것으로 내 맨머리가 거의 날아갈 뻔 한다. 나는 갑옷을 장착한 동료들 뒤로 숨는다. 몸 전체로 두려움이 펌프질하며 몰아친다. 그레이 하나가 통로에 갑자기 나타나더니 우리를 향해 마이크로샷을 발사한다. 30개의 미세 폭탄들이 말벌 떼처럼 포진한다. 시슬과 롯백이 펄스피스트를 쏴서 그 폭탄 떼를 갈라놓는다. 푸른 불길 하나가 물결을 치며 통로를 통과한다. 두 번째 폭탄 떼가 첫 번째를 뒤따르며 울부짖는다. 퀸이 자신의 그래브피스트의 전력 분로를 바꾸더니 폭탄 떼가 우리를 덮치기 직전에 그것을 향해 무기를 발사한다. 폭탄 떼는 코스를 바꿔 다시 오던 길로 되돌아간 후 그레이 분대 안으로 철썩 들어가 폭발한다.

우리는 이곳에서 살아남지 못할 것이다. 아무것도 살아남지 못할 것이다. 세 명의 벨로나 가문 옵시디언들이 시야에 들어오며 카르누스 오 벨로나가 그들의 뒤를 따라오자 나는 그렇게 판단한다. 우리가 우리를 공격하는 모든 사람들과 싸운다면 내 친구들 중 몇 명은 이 층에서 죽을 것이다. 더 나은 방법이 있다. 더 똑똑한 방법이.

"세브로, 구멍을 만들어!"

나는 우리보다 7층 위쪽, 계단통의 중앙 틈을 향해 손가락을 가리키며 외친다. 세브로는 자신의 펄스피스트를 위쪽으로 발사한다. 그러자 돌덩이들이 우리 주위로 비 내리듯 떨어지다가 퀸의 그래브피스트에 의해 허공에 뜬다. 세브로가 다시 발사하자 물이 구멍을 통해 비 내리듯 떨어진다. 그 물은 퀸이 만든 중력 버블 안에서 소용돌이친다. 나는 일어서서 외친다.

"내 신호에 움직여!"

우리는 집정관들이 우리를 덮치기 전에 위로 올라가 혼돈에서 벗어난다. 나는 저택으로부터 200미터 상공에서 멈춘다. 바람이 채찍질을 한다. 나는 1층으로 뛰어내렸을 때 무계획 상태였다. 오로지 내 친구들 생각만 하고 있었다. 이제 나는 우리가 싸운다면 하울러들과 내가 살해당할 것을 깨달았다. 나는 레이저가 내 팔을 차분히 감도록 내버려둔다. 그리고 하울러들에게도 나와 똑같이 하도록 지시한 후 어둠을 향해 포효한다.

"아자!"

하울러들이 내 주위로 빽빽이 모여들며 크게 소리친다. 그들은 저택 위에서 자신들을 드러낸 채 떠 있는 상태를 불안해하고 있다. 폭풍에 의해 비가 우리 위로 층을 이루며 쏟아진다.

"아자!"

집정관 무리가 온천과 석호 근처에서 자신들의 고스트클록을 풀어 버린다. 그곳에서는 적외선 기기가 뜨거운 물의 온도 때문에 혼돈 상태가 되어 읽히지 않는다. 두 명의 집정관들이 소나무들을 베어 버리며 정원에서 쏜살같이 달려 나온다. 그들 중 한 명은 문신이 새겨진 자다. 그는 더 가까이 날아오며 자신의 이온피스트 무기를 내 머리에 조준한다.

"그놈의 것을 내 지독한 얼굴 앞에서 치워라, 이 문신이 새겨진 개새끼야. 네 윗사람도 못 알아보는 것이냐?"

골드 집정관 한 명이 그와 동행하고 있다. 나는 그 여성을 알아보지 못한다. 그녀의 뱀 투구가 보라색과 검은색이 뒤섞인 갑옷 안으로 다시 감겨 들어간다. 그녀의 투구는 옵시디언들의 것보다 날렵하다. 얼굴은 도끼 머리처럼 날카롭고 무자비하다.

"발가, 물러서."

그녀가 쏘아붙인다. 문신이 새겨진 자는 그의 무기를 내린다. 그의 투구가 집정관 갑옷 안으로 미끄러져 들어간다. 그렇게 나는 발가가 여자라는 것을 알게 된다. 나보다 머리 하나만큼 키가 작은 옵시디언이다. 그녀의 창백한 얼굴 전체에는 종족의 문신이 자리하고 있다. 그녀의 뒤로 흰 머리가 나부낀다. 내 몸 전체에 난 상처보다도 그녀의 얼굴에 난 것이 더 많다.

"이 개 같은 옵시디언 자식. 저년이 다시 으르렁거리면 내가 쏠 줄 알아."

세브로가 쏘아붙인다.

"당신들이 계단통에 있던 부대였나? 당신들이 내 그레이들을 죽였다."

골드 집정관이 우리를 훑어본다. 그녀는 나와 내 하울러들에 대한 판단이 안 서는 모양이다.

"그레이들 가지고 슬퍼할 필요 없다. 그들이 나를 향해 무기를 들었다."

내가 말한다.

"당신이 왜 여기에 있는 것이지?"

그녀는 얼굴에서 비를 닦아낸다.

"군주님께서 오늘 밤 동안 당신을 방에 감금하셨다. 당신이 정전을 유발시킨 것인가?"

"내 일은 곧 군주님의 일이다."

그녀는 내 말을 의심할 수 있는 처지가 아니다.

그녀는 잠깐 동안 멈칫한다. 나는 그녀가 옵틱 렌즈를 착용하고 있다는 것을 깨닫는다. 그녀는 렌즈를 통해 데이터베이스를 확인한다.

"거짓말이다."

문신이 새겨진 자가 무기를 다시 들어올린다.

"집정관, 자네는 내가 누군지 알고 있다. 또한 자네는 내가 자네의 살인 대상 명단에 없다는 것도 알고 있다. 나에게는 면책 특권이 있다."

나는 내가 할 수 있는 가장 권위적인 말투로 말한다.

"철회됐다."

"그럼 나를 아자에게 데리고 가거라."

"아자는 여기 없다."

"나에게 거짓을 고하지 마라."

그녀의 홍채에서 옵틱 렌즈가 깜빡인다. 그녀가 디지털 명령을 받고 있는 것이다.

"나를 따라와라."

우리는 하얀 돌 위에 착지한 후 그 집정관을 따라 나무들을 헤치며 온천이 끝나는 지점인 석호 쪽으로 향한다.

"너 뭐하는 거야?"

세브로는 발가를 예의주시하며 내 귀에 대고 속삭인다. 그는 그 여자를 향해 집게손가락에 가운데 손가락을 감싼 십자가 모양을 날린다.

"네가 제공한 수단으로 영향력을 행사해 보려고."

아자는 정원에 서 있다. 그녀의 옆에는 벨로나 가문 사람들이 있다…… 골드 두 명에 나머지는 모두 옵시디언들이다. 문신이 새겨진 옵시디언은 발가 단 한 명뿐이다. 석호가 그 프로티언 나이트의 어깨 주위로 김을 모락모락 내뿜고 있다. 그녀는 냉담하게 물을 바라보고 있다. 마치 통나무가 타기를 기다리며 모닥불을 바라보고 있는 아이 같다.

"대로우? 네 방에서 나왔구나."

아자가 나를 보지도 않은 채 가르랑거린다. 그녀가 내 하울러들을 살핀다. 그들을 알아본다.

"그리고 넌 내 사람들을 죽였지. 피치너가 널 잘못 판단했어."

"당신이 원할 만한 것을 갖고 있어요. 그러니 당신 개들 보고 물러서라고 하시지요."

내가 날카롭게 말한다.

"그들은 우리가 오기 전에 도망쳐 보려고 했어. 그래브부츠를 압수당했는데도. 바보 같은 시도였지. 그들은 줄리 가문에게 연락을 취해 보려고 했으나 그 가문은 우리가 이미 매수한 상태였지."

"빅트라는요?"

내가 묻는다. 그녀가 우리를 배신했다.

"살아 있어. 다른 사람들과 함께. 그 애는 놔 줄 거야. 그녀의 어미가 우리와 협력해 줬으니까. 아우구스투스 함선 두 대가 우리의 봉쇄된 궤도를 뚫고 지나 보려고 했어. 우리가 그들을 쏴서 떨어뜨렸지. 아우구스투스 사람들은 구석에 몰린 오소리 꼴이야."

"사자."

나는 오소리라는 아자의 말을 정정한다.

그녀는 자신의 레이저에 묻어 있는 피를 털어낸다.

"그에 좀 못 미치지."

"아직 살아 있는 자들이 있기는 해요?"

나는 말투에서 당황의 기색을 애써 숨기며 뒤에 있는 저택을 확인한다.

"상품성 있는 것들은 살아 있지."

나는 안도의 한숨을 내쉰다.

그녀는 레이저가 손바닥 안으로 스르륵 들어오게끔 만든다. 그것이 딱딱해지자 그녀는 내 쪽으로 돌아선다. 가늘게 찢어진 동공들은 빛을 흡수해 버린다.

"네 친구들은 석호 안에 있어. 우리의 적외선기기가 호수의 열기에 무용지물이 되기 때문에 그곳에 숨은 거지. 필사적으로 살아보겠다는 마지막 시도야. 그들의 투구에 있는 공기 여과 시스템은 전자기 펄스에서 합선됐을 거야. 그럼 그들에게 주어진 공기는 투구 속에 남은 것이 다지. 그것도 그렇게 많지 않을 거야. 15분을 못 버티겠지. 투구도 없는 놈들은…… 어쩌면 6분 정도 버틸까? 곧 그들은 사과처럼 고개를 위로 내밀 거야."

그녀는 달갑게 미소를 짓는다.

"나는 카르누스를 위해 그들을 아껴두고 있어. 그는 안에서 주의를 분산시키기 위한 일들을 마무리하고 있지. 지켜보기만 해도 재미있는 놈이지 않아?"

뜨거운 비가 우리 갑옷에 투두둑거리며 떨어진다. 그것이 유일한 소리다.

"왜 여기에 있는 거야, 안드로메두스? 방에 있지 않고? 군주님의 지시는 매우 명확했는데."

아자가 레이저를 가지고 놀며 빗방울들을 반으로 가르고 있다.

"당신이 원할 만한 것을 갖고 있어요."

내가 다시 말한다.

"내가 원하는 것은 네가 옥타비아님의 명령을 따르는 것이야. 얘, 방으로 다시 날아가서 기분 좋게 샤워나 하고 우리가 네 침대에 남겨 준 로즈와 애무나 해. 분노인지 뭔지 모를 것을 그녀 안으로 쏟아 부으라고. 그리고 네 맹세를 지켜. 나를 향해 손가락 하나 들지 마. 그럼 너는 그레이들만 죽인 셈이 될 거야. 그것은 쉽게 넘길 수 있는 일이야, 그렇지? 돌아가. 그럼 군주님은 네가 젊은 혈기에 잠깐 탈선한 것으로 여기실 거야. 여기 남으면 나는 네 시체와 네 브론즈 친구들의 시체들을 이 무더기에 추가할 거야."

하울러들이 내 뒤에서 발끈한다.

"그 하인들을 죽인 것처럼요? 도살용 염소들처럼?"

내가 열을 올리며 묻는다.

아자는 다시 호수 쪽으로 몸을 돌린다.

"이제 떠날 시간이다, 리퍼."

나는 그녀 가까이로 다가간다.

"당신은 역겨운 존재예요. 이렇게 많은 힘이 있는데 그것을 그렇게 쓰겠다는 거죠? 지독한 밤중에 가족들을 암살하고. 요는 당신이 수치스럽다는 거예요. 내가 당신 시체 위에 서 있을 때도 당신이 다른 사람들에게 가한 고통을 기억하길 바랍니다."

그녀는 격노하며 나를 향해 돌아본다. 레이저가 딱 소리를 내며 나온다. 눈이 번뜩인다. 하지만 그녀는 나를 건드리지 못한다. 지금은 안 된다. 오늘 밤은 아니다.

"대로우."

세브로가 갑자기 어울리지 않게 사근사근한 말투로 내 이름을 부른다.

"왜, 세브로?"

"기억하라는 이야기가 나온 김에 말하는데, 너 지금 뭐 잊은 게 있지 않아?"

퀸이 동의한다.

"잊은 게 있는 것 같은데. 우리의 현명하지만……."

"……잘 잊어버리는 리퍼."

클라운이 심하게 까불거리며 퀸의 말을 마무리한다.

"음. 사과할게요, 아자. 여기까지 와서 당신에게 전하려던 말을 잊을 뻔했네."

나는 당황스러워 보이는 표정으로 그 자리에 서 있다.

퀸이 한숨을 쉰다.

"그 가방."

"아, 맞다! 상기시켜 줘서 고마워, 세브로!"

나는 드라마틱하게 외친다. 아자는 갑작스럽게 등장한 이 정감어린 농담들을 대체 어떻게 받아들여야 할지 모르고 있다.

"위드에게 여기로 내려오라고 전해."

세브로가 컴에 대고 말하니 조금 있다 위드가 자신의 고스트클록을 풀어 버린 후 1킬로미터 떨어진 벽에서 이곳으로 날아온다. 우리는 그가 다가오는 모습을 지켜본다. 페블은 휘파람으로 즐거운 가락을 분다. 그에 하피는 인상을 쓰고 세브로는 낄낄 웃는다. 심지어 세브로는 그 가락을 같이 분다. 집정관들은 그들이 미쳤다고 생각한다. 뒤에는 늑대 가죽을 걸친 놈들. 주문제작한 검은 갑옷. 늑대 투구. 그리고 나와 퀸을 제외하고는 2미터를 넘는 자가 없는 이 무리. 이는 마치 바이올렛 서커스 유랑단 같다.

"너 무슨 꾀를 부리려는 거야?"

아자가 따진다.

나는 놀란 척 묻는다.

"아무도 당신이랑 물물교환을 한 적이 없나요? 당신을 동정할 이유가 늘었네요."

위드가 내 앞에 착지한 후 세브로가 선물로 줬던 그 가방을 나에게 건넨다. 아자는 가방 안에 뭐가 있는지 묻는다.

"저택 안에 있는 당신 병사들에게 살인을 멈추라고 명령해요. 그럼 알려 줄게요."

"나는 애들과 협상하지 않아."

아자가 말한다.

나는 부츠로 가방을 살짝 건드린다. 이게 뭐든 간에 살아 있는 존재라는 것을 아자에게 보여 주는 것이다. 그녀는 인상을 쓴다.

어쩌면 이게 뭔지 그녀도 이해하기 시작했는지 모르겠다. 그녀는 자신의 컴에 대고 병사들에게 물러나라고 지시한다.

"저 지독한 가방 안에 뭐가 있는 거야?"

나는 가방을 연 후 그 안에서 모닝 왕좌의 후계자를 방금 잡은 토끼처럼 잡아 올린다. 라이샌더의 손과 발이 부드럽게 묶여 있으며 입에는 소리를 내지 못하도록 비단 스카프가 매어 있다. 나는 그것을 풀어 준다.

"안녕, 아자."

라이샌더가 말한다.

아자가 그를 향해 돌진한다. 나는 그를 뒤로 끌어낸다.

"아직이에요! 아직!"

나는 이 소년의 목덜미에 레이저를 대고 그것이 감기도록 내버려 둔다. 그놈의 정다운 오라클이 내 손목을 감았듯이…….

아자가 얼어붙는다. 그녀의 집정관은 조용히 지켜본다……. 검은 투구와 보라색 망토는 그들을 그림자로 만들어 버린다. 몇 명 안 되는 벨로나 사람들이 앞으로 나서자 아자가 그들을 향해 뒤로 물러서라고 손짓을 한다.

"다음 번에 움직이는 사람은 내가 베어 버릴 것이다. 저들에게 어떻게 잡힌 거야, 라이샌더? 네 경비대들이……."

"머스탱이었어. 인사하러 왔다고 했어. 내 창문을 갈라 열더니 나를 하울러들에게 넘겼어."

라이샌더가 말한다.

"다쳤니?"

내가 끼어든다.

"당신이 말할 차례는 끝났어요, 아자. 당신은 내 가문 사람들이 호수에서 일어서게 내버려 둘 겁니다. 내가 준비해 놓은 셔틀에 그들이 오르도록 허가할 거고요. 루나의 상공과 우주에 있는 립윙 및 전투기들에게 우리를 보내 주라고 명령할 겁니다. 안 그러면 난 하울러들에게 이 소년을 죽이라고 할 거예요."

"너는 군주님을 보호하기로 약속했어. 그러고도 네가…… 이런 짓을 해? 라이샌더는 어린애야. 무력한 아이라고."

아자가 속삭이자 라이샌더가 굉장히 심각하게 말한다.

"이건 게임의 일부야. 아자도 이 게임을 하고 있잖아. 우리 모두가 그 체스판 위에 있어."

퀸이 설명한다.

"보다시피 그는 당신이 오늘 밤에 살육한 하인들만큼이나 무력해요. 당신 아버지가 레아에서 불태워 버린 자들보다는 덜 무력하죠. 하지만 그는 당신네 사람들 중 하나예요. 그러니 당신으로선 당연히 신경이 쓰이겠죠."

"당신은 군주님의 안전을 보장할 수 있다면 가족 하나를 몰살할 수 있죠. 나는 내 친구들의 안전을 보장할 수 있다면 아이 하나를 죽일 수 있어요. 다시 한 번 입을 열면 그의 왼쪽 손을 자르겠어요."

내가 차갑게 말한다.

내가 이 소년을 죽이리라는 것을 아자는 알고 있다.

내가 그러지 못하리라는 것을 나는 알고 있다. 나는 카르누스가 아니다. 이 골드들 앞에서는 그런 척을 하지만 나는 이비도 하모니도 아니다. 그러니 그들이 내 허세를 눈치 챘어도 나는 이 살인을 주저했을 것이다. 어째든 내가 그를 죽이는 순간 그들은 내가 아는 모든 이들을 죽일 것이다. 그 살인은 아무런 소용이 없을 것이다.

바로 이 이유 때문에 내가 살인자로서의 명성을 키워 온 것이다. 이런 상황에서 그 명성으로 영향력을 행사하기 위해. 그들이 내 마음을 알았다면 내 친구들을 한 명씩 차례대로 죽였을 것이다. 이것은 도박이다.

나는 두 가지의 자만심에 도박을 건다. 첫 번째 자만심은 군주가 자신의 유일한 손자를 내 손에 죽도록 내버려 두지 않을 것이라는 데에 있다. 이 손자는 때가 됐을 때 자신의 자리를 물려받을 수 있도록 어린 시절부터 군주가 훈련을 시킨 아이다. 두 번째 자만심은 내심 아우구스투스와 그의 가족들이 오늘 도망치더라도 큰 손실이 아니라고 군주가 생각할 것이라는 데에 있다. 그녀는 우리를 사냥하러 태양계 끝까지 쫓아올 의지와 도구를 모두 갖추고 있다. 그러니 왜 내 허풍을 까발리며 자신의 손자가 죽을지도 모를 위험을 감수하겠는가? 나는 군주가 자신의 아버지를 죽인 방법을 보고 이것을 알 수 있었다. 그 당시에 그녀는 전면적으로 움직이지 않았다. 아버지의 전 추종자들이 자신을 지지할 때에서야,

그들이 키 큰 독재자에 대항하여 일어선 후 그의 대신에 통치를 해 달라고 자신에게 요청해 올 때에서야 그녀는 움직였다.

군주와 같은 여성은 인내심이 있다. 만일 군주가 나에게 할 수 있는 최악을 해 보라 한다면, 소년을 죽이고 그 결과를 감내하라고 외친다면, 그것은 무모한 행동일 것이다. 마치 '내 손자는 데리고 가 봐라. 하지만 나는 다치게 할 수 없을 것이다.'라고 선언하며 직설적이고 잔혹한 권력 시위를 벌이는 꼴이 될 것이다. 그녀는 그러지 않을 것이다. 대신 약한 척을 하고 내가 이번 승리를 가져가게 내버려 둔 후 나와 내 사람들에게 영원한 파멸을 가지고 올 것이다. 그 정도면 공정하다. 그 게임은 다른 날 함께할 것이다.

머리 위로 함선이 포효한다. 황새 모양이다. 스타셸에 탄 병사들을 투하 지점으로 떨어뜨리기 위해 만들어진 것이지만 운행 속도는 당밀이 오르막길로 실려 올라가는 속도보다도 느리다. 격실 문들은 내가 지시한 대로 200미터 위에서 열린다. 우리가 소년을 데리고 있는 이상 이 함선의 운행 속도는 전혀 상관없다. 당연히 머스탱은 그것까지 계산했을 것이다.

"우리는 이제 우리 사람들을 데리러 갈 거예요, 아자. 당신 군사들에게 우리를 방해하는 행동은 하지 말라고 지시해요."

아자는 나를 마냥 뚫어지게 쳐다본다. 마치 동물원의 조롱당한 검은 표범 같다. 그녀는 의지력으로 우리 사이에 놓인 창살을 없애 버리려는 듯이 고요하고 끔찍한 시선으로 바라본다.

"세브로, 시슬, 저택을 확인해. 혹시라도 생존해 있는 사람이 있는지 봐."

그들은 단숨에 출동한다.

"퀸, 아이를 지켜. 나머지는 대총독님과 그의 수행원들을 호수 밖으로 모시고 나와. 아자, 립윙들을 철수시키는 게 나을 겁니다."

립윙들은 수 킬로미터 위의 어둠 속에서 깜빡인다.

"너무 많은 잡음이 나면 이 모든 것이 모두에게 악몽으로 변할 겁니다. 군주님이 한 가문을 대학살하다…… 그런데 그 가문이 탈출하다! 군주님의 탐욕과 무능력함에 대한 그런 악랄한 증거가 있을 수가! 얼마나 크나큰 낭패가 될까요!"

나는 아자를 향해 능글맞게 웃는다.

"아니, 피해자 가문을 중심으로 몇몇 다른 가문들이 결집하지 않을까 걱정되네요. 어떤 이들은 자신들도 야밤에 불어서 꺼뜨린 촛불처럼 제거될까 두려워 할지도 모르죠. 그럼 그때는 불쌍한 '팍스 솔라리스'가 어떻게 되겠어요?"

퀸이 나와 함께 자리에 남는다. 그녀의 손가락은 아자가 내 명령을 따르는 동안 자신의 무기 쪽으로 슬금슬금 이동한다. 내가 소년으로부터 손을 떼지 않는 동안 다른 하울러들이 물속으로 풍덩 입수해 아우구스투스 가문의 일원들을 데리고 나온다. 그 일원들은 하울러들에게 찰싹 매달려, 물에 흘딱 젖은 채로 숨을 쉬기 위해 헐떡인다. 몇 명은 정장을, 몇 명은 갑옷을 입고 있으며 대부분이 투구를 쓰고 있지 않다. 그들은 산소를 함께 공유하고 있었던 것처럼 보인다.

아우구스투스는 하피의 등을 부여잡는다. 자칼은 클라운의 팔을 붙잡고 있다. 플라이니는 그의 발에 매달려 있다. 내 친구들은 어디에 있단 말인가?

하울러들은 생존자들을 저 위에서 맴돌고 있는 황새 함선의 격실 안에 넣은 후 나머지 사람들을 구하러 돌아온다. 그들이 다음으로 데리고 나오는 사람은 빅트라다. 그녀는 투구 없이 목에 부상을 입은 상태다. 하지만 그녀는 마치 레이저가 자신을 위로 데리고 올라가는 것인 양 그것을 꼭 붙잡고 있다. 그녀의 눈은 모여 있는 집정관들을 몹시 노여운 눈빛으로 폭격한다. 그리고 그 눈이 나를 발견하자 부싯돌 조각처럼 내 시선과 마찰을 이루며 불꽃을 낸다. 잠시 동안 그녀의 분노가 사라지면서 기뻐하는 미소가 보인다. 그러더니 그것도 사라지고 그녀는 소리친다.

"당신들 모두를 굉장히 즐겁게 기억해 주마! 당신부터 꼭 기억해 주지, 아자 오 그리무스. 당신 피부로 코트를 만들 테다."

빅트라가 미친 듯이 웃으며 머리 위 함선의 뱃속으로 사라진다. 물 위로 꺼내진 다음 주자는 로크다. 시오도라가 그와 함께 있다. 나는 조용히 감사의 기도를 올린다. 퀸이 내 어깨를 만진 후 로크를 향해 손을 흔든다. 그녀를 보자 그의 마른 얼굴이 미소로 활짝 핀다. 내 존재는 안중에도 없다. 그러더니 그도 함선의 뒤쪽에 실리며 사라진다. 시슬이 곧 저택에서 나와 우리와 함께하며 몇 명의 구조자들을 돕는다. 그들 중에는 텔레마누스 사람들과 택터스도 있다.. 택터스는 금색 갑옷에 난 구멍 10여 군데에서 피를 흘리고 있다. 그는 꽤 끔찍한 싸움을 한 모양이다.

“대로우? 이 미친놈아!”

택터스가 외친다. 그는 군주의 손자를 보자 즐겁게 낄낄거린다.

“오, 아주 멋지군, 아주 멋져. 나중에 내가 한잔 살게, 굿맨…….”

그가 더 높이 하늘로 올라가면서 그의 목소리는 점차 사라진다. 그 와중에도 그는 자신의 손가락을 십자가 모양으로 만든 후 아자가 있는 방향을 향해 날리며 흔든다.

“택터스는 홀로에서 본 것보다 키가 더 크네.”

라이샌더가 속삭인다.

“마지막 남은 사람까지 다 구했어.”

세브로가 나에게 말한다.

“당신 주인에게 전해. 우리 화성 출신 사람들은 그렇게 쉽게 고개를 숙이지 않는다고.”

나는 아자에게 말한다.

우리 사이로 비가 맹렬히 내리며 그녀의 까만 얼굴 위로 떨어진다. 그녀의 음산한 눈은 밤중에 이글거린다. 그녀는 내가 자신에게 지운 침묵을 깨뜨린다.

“애시 로드가 반란을 잠재우기 위해 레아로 갔을 때에 레아의 지배자도 그렇게 말했지.”

그녀의 목소리는 그녀의 것처럼 들리지 않는다. 마치 누군가가 그녀를 통해 말하는 것 같다.

“그는 내가 함대와 함께 보낸 그 마른 남자를 바라보며 웃었다.

그리고 왜 그가 나에게 고개를 숙여야 하냐고 물었지. 죽은 독재자의 부친 살해범인 나에게."

군주가 컴을 통해 아자의 귀에 대고 말하고 있다. 그리고 아자가 그 말을 되풀이 하고 있다. 피가 차가워진다.

"레아의 지배자는 자신의 유명한 유리성 안에서 얼음 왕좌에 앉은 채 내 하인 중 하나에게 물었다. '너는 누구기에 나와 같은 사람에게 겁을 불어 넣으려 하느냐? 한때 얼음과 돌밖에 없는 이 지옥을 천국으로 조각한 가문의 사람인 나에게. 너는 누구기에 나보고 고개를 숙이라고 하느냐?' 그 후 그는 홀로 여기, 애시 로드의 눈 밑을 쳤다. '네 고향, 루나로 돌아가거라. 네 고향이자 태양계의 중심부인 코어로 돌아가거라. 이 아우터 리치 외각 지역은 더 강단 있는 존재들을 위한 곳이다.' 레아의 지배자는 고개를 숙이지 않았다. 이제 그의 위성은 잿더미가 됐다. 그의 가문도 잿더미가 됐다. 그도 잿더미가 됐다. 그러니 도망쳐라, 대로우 오 안드로메두스. 네 고향, 화성으로 도망쳐라. 내 부대가 이 세상 끝까지 너를 쫓아갈 터이니."

"꼭 그러기를 바라겠습니다."

내가 말한다.

"너에게는 협상 카드가 딱 하나 있다. 내 손자는 네 안전 통행권이다. 그가 죽으면 나는 네 함선을 하늘에서 없애 버릴 것이다. 그를 잘 이용하거라."

군주가 아자를 통해 나를 상기시킨다.

군주는 왜 내가 이미 알고 있는 사실을 알려 주는 것일까?

"이제 갈 시간이야, 대로우."

퀸이 내 어깨에 기대온다. 그녀는 내가 혼자가 아니라는 것을 알려 주려는 듯 내 등 아랫부분에 손을 얹는다. 나는 그녀를 향해 고개를 끄덕인다. 그녀는 내가 후퇴하는 길을 뒤에서 커버해 준다. 나는 소년을 데리고 위로 올라간다. 내 레이저는 그의 목을 스르륵 감고 있다.

퀸이 집정관들을 예의주시하며 뒤따라오려고 일어선다. 나에게는 협상 카드가 딱 하나다.

군주는 무슨 의미로 그런 말을 했을까? 그녀는 내가 그것을 오로지 한 번만 쓸 수 있다는 것을 상기시켜 주는 의도였을까? 오직 내가 궁지에 몰렸을 때에만 라이샌더를 죽이라는 것인가? 그런데 아자가 쥐를 바라보는 고양이처럼 지면에서 이륙하는 퀸을 응시한다. 그 모습을 확인하며 나는 군주가 왜 그렇게 말했는지 알게 된다.

"아자, 안 돼!"

라이샌더가 외친다.

"퀸!"

내가 고함친다.

순식간에 아자는 세상에 태어난 그 어떤 고양이보다도 빠르게 앞으로 돌진한다. 그녀는 퀸의 머리를 잡는다. 황급히 퀸은 그 거대한 여자를 떼어내기 위해 자신의 레이저를 꺼내 휘두른다. 하지만 그녀는 너무 느리다. 아자는 왼손으로 그녀의 머리를 바닥에 쾅 밀친다. 그녀의 관자놀이에 주먹질을 한다. 갑옷을 착용한 주먹으로 뼈에. 내가 깜빡이기도 전에 4번씩이나. 퀸의 다리가 발길질을 하고 경련한다. 그녀는 죽어 가는 거미처럼 몸을 움츠린다. 경련으로 일그러진다. 아자가 그녀로부터 떨어진다. 미소 지은 얼굴로 나를 지켜보며…….

제19장

황새 함선

그들은 내 성격이 급하다는 것을 알고 있다. 퀸이 미끼다. 아자가 낚시 바늘이다. 내가 미끼를 물고 아자를 공격하면 그들이 라이샌더를 데리고 갈 것이다. 그들은 내 레이저가 라이샌더로부터 떨어져 있는 간발의 차를 활용해 나를 기절시키거나 죽일 것이다. 내 뒤로 무기들이 준비하는 소리가 들린다. 그러므로 나는 계속해서 내 레이저로 이 작은 소년의 목을 겨누고 있다. 그렇게 무능력하게 그 자리에서 떠오르는 동안 눈물이 내 시야를 왜곡시킨다. 나는 차오르는 괴로움에 고개를 흔든다. 그녀를 두고 갈 수는 없다. 내 부츠의 방향을 바꾸며 나는 퀸을 지면에서 데리고 가려고 한다. 하지만 내가 그녀에게 도달하기도 전에 다른 골드가 번뜩이며 내 앞을 지난다. 위에서 내려온 것이다. 이 사람은 갑옷을 입지 않은 상태다. 그가 그녀를 바닥에서 안아 올린 후 위로 데리고 올라간다.

자칼이다.

나는 빠르게 수직상승하며 떠난다. 비 사이를 헤치며 격실 문을 통과해 황새 함선 안에 착륙한다. 부츠가 금속 갑판과 부딪히며 철커덕 소리를 낸다. 나는 라이샌더를 세브로가 있는 격실 안으로 더 밀어 넣으며 무릎을 꿇는다. 소년은 무릎을 꿇은 채 엎어진다. 빗물을 뚝뚝 흘리는 수십 명의 아우구스투스 사람들이 나를 멍하니 쳐다본다. 그들의 시선이 소년에게로 돌아간다. 자칼이 뒤따라온다. 그는 한 팔로 퀸을 부자연스럽게 안고 있다.

함선이 떠오르면서 우리 뒤로 문들이 쌕 소리를 내며 닫힌다. 로크가 나를 보려고 다른 사람들을 밀쳐내며 앞으로 나온다. 그런 후 그의 시선이 자칼에게, 그리고 퀸에게 향한다. 매초마다 그로부터 힘이 빠진다. 자칼은 퀸을 바닥에 살포시 내려놓은 후 그의 발 사이즈에 맞지도 않는 그래브부츠를 차서 벗어 버린다. 그가 하울러 한 명으로부터 빌린 그래브부츠였다.

로크의 입이 움직인다. 아무런 소리도 안 나온다.

"그녀는……."

그가 드디어 웅얼거린다.

"승객 중 옐로우는 없나?"

자칼이 나에게 묻는다. 나는 하피를 바라본다.

나는 하피에게 주 선실 쪽을 가리켜 준다.

"머스탱을 찾아. 그녀에게 물어봐."

그녀가 전력으로 뛰어간다.

"응급 키트."

자칼이 퀸의 맥박을 느끼며 날카롭게 말한다. 그는 그녀의 동공을 확인한다. 아무도 움직이지 않는다.

"당장!"

로크가 그것을 찾으러 비틀거리며 일어난다. 페블이 응급키트를 벽면에서 뜯어낸 후 로크에게 던져 준다. 그는 그것을 자칼에게 전달한다. 머릿속이 정지한다. 나는 퀸을 내려다본다. 또 한 차례의 경련이 그녀의 몸을 뒤흔든다. 그녀의 코와 입에서 인간의 것이 아닌 듯 한 소리가 털털거리며 나온다. 내 옆에 있는 로크의 얼굴에서는 핏기가 가셨다. 그의 손은 애처롭게 자신이 사랑하는 소녀를 향해 뻗어 있다. 마치 그의 의지만이 그 망가진 상태를 고칠 수 있을 것처럼. 하지만 속으로는 그도 자신이 무능하다는 것을 알고 있다. 그는 무릎을 꿇고 주저앉는다.

자칼이 응급 키트를 열어 그 내용물을 대충 확인한다.

단 하나 있는 그의 손이 그 응급 키트 안에 있는 장치들 사이로 자신감 있게 움직이다 내 집게손가락 정도 크기의 은색 막대기를 발견한다. 그는 그 도구를 얼른 집어든 후 그것을 가동시킨다. 기구는 부드럽게 윙윙거리며 희미한 푸른빛을 낸다.

"누군가의 데이터패드가 필요해. 내 것은 전자기펄스 안에서 맛이 갔어."

아무도 움직이지 않는다.

"이 여자애가 죽을지도 몰라. 그놈의 지독한 데이터패드 좀 줘 봐. 당장."

나는 자칼에게 내 데이터패드를 준다. 그는 나를 올려다보지 않는다. 하지만 내 유별난 손을 보자 잠시 멈칫한다.

"구해 줘서 고마워, 리퍼."

자칼이 급하게 말한다.

"네 여동생에게 고마워해."

라이샌더가 일어서서 내 옆으로 온다. 그는 조용히 지켜본다. 그의 눈에는 눈물이 없다. 페블과 클라운은 자신들의 뒤꿈치를 궤고 앉는다. 아무도 로크를 건드리지 않지만 그를 지켜보기는 한다. 로크의 손은 그의 무릎이나 레이저를 꽉 쥐고 있다. 그는 골드들이 행운을 바랄 때 비는 모든 기도문들을 속삭이고 있다.

자칼이 퀸의 머리 위로 은색 자기 공명 영상기를 움직이며 내 데이터패드에 뜨는 홀로그램을 살핀다. 그가 욕을 한다.

"뭔데?"

로크가 묻는다.

자칼이 머뭇거린다.

"뇌가 부풀어 오르고 있어, 뇌압을 조절하지 못하면 문제가 생길 거야."

그는 의료기기를 더듬거리며 투명 코드가 달린 기계를 푼다.

"압력이 뇌에 제대로 된 혈액 공급을 방해할 거야. 부종 밑에서 혈관이 조여들면서 뇌가 스스로를 굶기는 거지."

"그녀가 죽을까?"

내가 묻자 자칼이 말한다.

"부종 때문에 죽지는 않을 거야. 내가 수액을 빼서 쌓이는 압력을 해소해 줄 수 있다면. 하지만 머리를 기울인 자세로 만들어서 혈액이 목의 혈관들을 타고 흐를 수 있게 해 줘야 해. 혈압을 일정하게 유지해야 해. 산소 공급팩도 하나 가져다주고."

고개를 든 그는 너무나 빼빼하고 젖어 있다. 그의 빛바랜 머리카락이 아니었다면 나는 그를 골드가 아닌 레드라고 착각했을 정도다.

"페블 맞지? 그녀에게 산소를 구해 줘. 산소호흡기가 그녀의 얼굴을 덮으면서 이마만 침범하지 않는다면 그걸로도 족할 거야."

페블이 재빠르게 사라진다.

새로운 경련이 퀸의 몸을 뒤튼다. 나는 무력하게 바라보며 로크의 어깨 위에 손을 얹는다. 그가 내 손의 감촉에 움찔한다.

하피가 다시 방으로 돌아온다.

"돌아다니는 옐로우가 없어."

"젠장."

클라운이 욕한다.

"젠장. 젠장. 젠장. 젠장."

그가 벽을 발로 찬다.

자칼이 멈칫하더니 로크를 바라본 후 행동을 시작한다. 그는 클라운과 하피, 그리고 몇몇 가문의 구성원들을 가리킨다.

"그녀의 양팔과 머리를 맡아 줄 사람들이 필요해. 그녀는 계속 해서 경련을 일으킬 거야. 그리고 무슨 이유에서인지 이번 여행이 순조롭지만은 않을 것 같아. 우리는 그녀를 이 지랄 같은 격실 밖으로 이송시킨 후 수술하는 동안에 고정시킬 거야."

그는 퀸의 머리카락을 말총머리 모양으로 한데 잡은 후 나에게 그것을 붙잡아 달라고 요청하고 응급 키트에서 작은 이온화장치를 꺼낸다. 그는 이를 이용해서 그것을 손바닥 위에 대고 눌러 그 장치가 박테리아와 건조한 피부 모낭들을 파괴하는 동안 움찔한다.

"클라운, 그녀의 머리를 없애. 모두 다."

자칼이 일어서서 이온화장치를 클라운에게 던진다. 그가 몸을 구부린 채 퀸의 금발 위로 그 빛을 쬐어 주려는데 로크가 그의 손으로부터 그것을 빼어간다. 그는 퀸의 머리 위에서 서성인다. 움직이지 못하는 모양이다.

"그녀의 이름이 뭐야?"

자칼이 로크에게 묻는다.

"퀸."

"그녀에게 말을 걸어 줘. 이야기를 해 줘."

살짝 떨며 로크는 코를 훌쩍이고는 조용히 퀸에게 말을 걸기 시작한다.

"한때, 고대 지구 시절에 서로를 깊이 사랑하는 두 마리의 비둘기가 있었어……."

그가 이온화장치를 켰다 끄기를 반복하며 손을 움직인다. 그 행위는 친밀하다. 마치 그가 그녀를 씻겨 주고 있는 것 같다. 어디 먼 곳에서 둘만 있는 듯하다. 그녀가 기관의 모닥불 앞에서 이야기들을 해 주기 훨씬 전부터. 이 끔찍함이 발생하기 훨씬 전부터.

머리카락이 타는 냄새를 맡을 수 있다. 자칼이 일어서서 나에게 다가온다.

"저 밑에서 무슨 일이 벌어졌던 거야? 펄스피스트에 당한 거야?"

나는 놀라워하며 그를 바라본다.

"너 못 본 거야? 아자가 손으로 그랬어."

"지랄 맞게 지독하네. 어쩌다 우리가 이 지경에 이르게 됐지?"

자칼은 어금니를 깨문다. 그의 따분해하는 눈이 상황을 받아들이고 있다.

"군주는 내내 이 기로를 걷기로 결심한 상태였어. 우리가 루나에 오기 전부터 그녀는 대총독 자리를 벨로나 가문에게 주려고 했었지. 갈라파티는 덫이었고."

내가 조용히 말한다.

"이걸 언제 알게 된 거야? 결투 전이었어, 후였어?"

"전."

나는 거짓말을 한다.

"네가 게임을 풀어 나갔군. 우리가 피해자로 보이게끔. 머스탱이 일을 실패했던 모양이네."

"네 아버지가 머스탱에게 군주의 조정에 잠입하라고 시킨 거였어?"

"아니. 그녀의 생각이었던 것 같아. 용 가까이에 있으려는……."

"줄리 가문도 우리의 반대편이야."

자칼은 생각에 잠기며 고개를 끄덕인다.

"말이 되네. 카르누스와 아자가 오기 전에 정치인들이 우리로부터 빅트라를 데리고 가려고 하더라고."

"너는 걱정 안 하는 것 같다."

"빅트라는 그녀의 어머니가 가장 예뻐하는 딸이야."

자칼이 무언가를 기억하며 고개를 흔든다.

"하지만 그녀는 나를 위해 옵시디언 세 명을 상대했어. 세 명을. 그녀는 우리 편이야. 몸도 마음도."

로크가 퀸의 머리카락 제거를 마친다. 나는 그 모습을 지켜본다.

"살 수 있을까?"

내가 조용히 묻는다.

"그녀의 뇌 조직에 뼛조각들이 박혀 있어. 우리가 부종을 멈춘다 하더라도 그녀는 출혈 중이야. 그것도 심하게."

우리는 퀸을 내려다본다. 이제 그녀의 머리에는 머리카락이 없다. 표정은 평화롭다. 오직 그녀의 두개골 측면에 작은 타박상들이 있을 뿐이다. 그녀가 속으로는 죽어 가고 있다는 것을 절대 추측하지 못할 모습이다. 로크가 그녀의 이마를 너무나 부드럽게 쓰다듬으며 그녀에게 사근사근한 이야기들을 속삭인다.

나는 자칼을 돌아본다.

"구할 수 있겠어? 가망이 있는 거야?"

"여기서는 없어. 네가 우리를 '메드베이' 의료 구역으로 데리고 간다면, 그래, 가망이 아주 많지."

그들이 퀸의 몸을 다른 방으로 이송시키기 위해 들어 올리는 동안 로크는 그녀에게 부드러운 노래를 불러 준다. 그 노래는 내 부대가 하일랜드에서 식사하던 중 그가 모닥불 옆에서 작곡했던 것이다. 당시에 퀸은 카시우스와 함께 다녔다. 거의 모든 여자들이 언젠가는 한 번씩 그를 거쳐 가는 듯하다. 하지만 그때도 나는 그녀가 로크와 시선을 마주치는 것을 알아봤다. 그들은 그의 이야기 속, 메시지 전달용 비둘기들이다. 하늘에서 서로를 계속해서 지나치는 비둘기들. 그가 그녀와 재회할 일에 얼마나 기뻐했던지.

내 속에서 뭔가가 깨진다. 나는 아직 그녀를 살릴 수 있다. 내가 이 상황을 해결할 수 있다.

군주의 말이 맞았다. 나는 내게 주어진 거래 능력을 잘못 이해하고 있었다. 대체 나는 무엇을 하려던 것인가? 아자가 퀸을 죽이면 그녀의 손자를 죽일 수나 있겠나? 만약 그가 세브로나 머스탱, 로크를 죽인다면? 군주가 더 많은 친구들을 다치게 만들지 않았다는 것만 해도 운이 좋았다.

나는 뒤로 돌아 세브로를 바라본다.

세브로는 갑옷을 입은 채 조용히 서서 우리를 바라보고 있다. 자신이 사랑하지만 고백한 적 없는 여자애를, 자신이 절대 차지할 수 없는 그 여자애를 로크가 안고 있다. 그는 그 모습을 지켜보고 있다. 아픔이 생생하다. 그것은 그의 매 같은 얼굴의 윤곽선에 깊이 새겨져 있다. 어디에도 휘둘리지 않던 세브로. 아픔에, 슬픔에, 자칼의 중위였던 릴라스가 그의 눈을 도려냈던 일에도 면역이 되어 있던 세브로. 이제 그 모든 것이 한꺼번에 그를 짓누른다. 퀸은 한 번도 나머지 사람들처럼 세브로를 고블린이라고 부른 적이 없다. 빅트라가 그의 어깨에 손을 얹는다. 그의 아픔이 왜 찾아왔는지는 이해하지 못해도 그 존재는 알아차린 것이다. 그는 그녀의 손을 떨쳐낸다.

“너는 모르는 사람이야.”

세브로가 으르렁거린다.

빅트라가 뒤로 물러선다.

“미안해.”

“지금 뭐를 기다리고 있는 거야, 리퍼? 우리는 아직 이 돌덩이에서 벗어나지 못했다고.”

세브로가 추궁한다. 그가 이제 가자는 의미로 고개를 홱 움직인다. 나는 그의 말을 따르며 빅트라에게 군주의 손자를 데리고 와 달라고 요청한다.

세브로와 내가 사다리를 타고 오른다. 그리고 선실과 승객실로 이어지는 좁은 통로에서 택터스와 마주친다.

“어이, 굿맨.”

택터스가 자신의 부상당한 어깨를 아끼며 외친다. 그의 젖은 머리카락이 웃고 있는 눈 위로 흘러내려와 있다. 그의 목소리는 크다. 퀸의 상태에 개의치 않는 것이다.

“다음에도 이런 드라마틱한 것을 계획할 때에는 우리도 겁먹고 바지 적시지 않게 네가 올 거라는 언질 좀 줘라.”

나는 그를 밀치며 지나간다.

“지금은 농담할 때가 아니야, 택터스.”

“언제나 지겨울 정도로 진지하다니까. 이봐, 이봐, 고블린. 이게 가능할까 싶은데, 키가 더 작아졌구나, 굿맨.”

그가 세브로를 눈여겨보지만 세브로는 미소를 짓지 않는다.

우리는 객실에 들어선다. 그곳에서는 아우구스투스 사람들과 하울러들이 1인용 좌석에서 안전띠를 매며 대기권을 벗어날 준비를 하고 있다. 택터스가 우리를 뒤쫓아 오고 있다.

“안녕, 사이코들. 너희들의 축소된 형체들을 다시 보니 반갑다. 특히 너, 페블.”

택터스가 하울러들을 향해 외친다.

“똥이나 먹어라.”

페블은 아우구스투스의 어린 조카가 자리에서 안전벨트를 매는 것을 도와주다 고개를 들며 말한다.

우리가 객실을 완전히 지나가자 택터스가 나에게 기대온다.

“와서 구해 주는 좋은 친구들이네. 다들 외딴 림에 흩어져 살고 있다고 생각했는데.”

“그랬었지.”

세브로가 말한다.

"뭐가 너를 다시 오게 만들었는데? 날씨?"

택터스가 묻는다.

세브로는 아무 말도 안 한다.

택터스는 자신의 갑옷에 난 수많은 구멍들에도 불구하고 웃음을 터뜨린다.

"네가 딱 좋아할 스타일들이야. 그렇지, 대로우? 언제나 네 그림자 속에 있기 위해 생명과 사지를 모두 바칠 친구들이지?"

그가 조금은 장난이 지나칠 정도로 나를 쿡 찌른다. 그의 피가 내 몸에도 흐릿한 자국을 남긴다. 우리는 닫힌 선실 문에 도달한다. 택터스는 어깨를 칸막이벽에 부딪치며 움찔한다. 세브로가 뒤따라온다.

"어깨는 어때?"

내가 묻는다.

"저 뒤에 있는 여자애의 머리보다는 상태가 낫지. 이름이 퀸이었지? 마르스 하우스에 있던 재빠른 애. 아자가 그녀를 꽤 철저히 씹었던데. 안됐어. 내가 그녀를 데리고……."

세브로가 뒤에서 택터스의 고환을 발로 찬다. 그의 발이 금속을 찌그러뜨릴 정도로 택터스의 다리 사이를 세게 강타했다. 그는 팔꿈치로 택터스의 옆머리를 친 후 날쌘 크라바트 형식으로 양발을 건다. 그가 귀 쪽을 세 차례 더 때리고 나서야 택터스가 바닥에 쓰러진다. 세브로는 무릎 한 쪽을 택터스의 다친 어깨 위에 올려놓은 후 팔뚝으로 그의 목덜미를 누르며 다른 무릎으로는 그의 사타구니를 누른다. 그런 후 그는 자유로운 한 손으로 택터스의 눈알 위에서 칼을 겨눈다.

“다시 퀸 이야기를 꺼내기만 해. 그럼 네 불알 공을 잘라다 눈구멍에 쳐 넣을 줄 알아.”

“우리 형이 언제나 말했지…… 눈은 항상…… 공을 보고 있어야 한다고.”

택터스가 헛구역질하며 말한다.

금속 선실 문이 쌕 소리를 내며 열린다. 아우구스투스가 문틀을 채우고 있다. 그는 이 광경을 빤히 내려다보고 있다. 바로 그때 빅트라가 라이샌더를 함선의 뒤쪽에서부터 앞으로 데리고 온다.

“그들의 행패가 거의 끝나가고 있습니다, 각하.”

내가 말한다. 나는 택터스와 세브로를 넘어가 선실 안에서 대총독과 함께한다. 빅트라도 나와 거의 똑같이 행동하지만 그녀는 택터스를 밟은 채로 뒤꿈치를 짓이긴다.

“아주 잘했어.”

빅트라가 세브로에게 말한다.

“저리 꺼져, 이 암소야.”

우리가 선실 안으로 슬쩍 들어온 후 문을 닫자 빅트라가 나에게 묻는다.

“아까 그 난쟁이는 누구야?”

나는 그녀에게 알려준다.

“레이지 나이트의 아들이라고? 그 키 작고 불쾌한 남자애가? 개는 나를 좋아하는 것 같지 않던데."

"너무 개인적으로 받아들이지 마."

조종실은 시타델 빌라에 있던 내 방보다 더 크다. 줄지어 켜진 빛들이 조종사와 부조종사의 자리를 두르고 있다. 머스탱이 왼쪽에 앉아 있고, 블루 조종사가 오른쪽에 앉아 있다. 그 블루는 함선에 접속되어 있다. 푸른빛이 그녀의 왼쪽 관자놀이 피부 밑에서 은은히 나온다. 머스탱이 비행을 주도하고 있다. 그녀는 오른손을 홀로그래프 조종 프리즘 안에 넣은 채로 블루와 조용히 이야기하고 있다. 굴곡진 함선 창문 밖으로는 지구가 맴돌고 있다. 아우구스투스, 플라이니, 그리고 익살맞게 구부정한 자세로 있는 카박스 오 텔레마누스가 머스탱의 뒤에서 우리가 앞으로 취할 수 있는 선택 옵션들에 대해 논의하고 있다.

조용하다.

아우구스투스는 내 쪽을 돌아보지도 않고 말한다.

"잘했다, 대로우. 이것보다는 나은 함선을 준비했다면 더 좋았겠지만……."

머스탱이 대화에 끼어든다.

"뒤에서 무슨 일이 벌어지고 있는 거야? 누가 다쳤다던데."

"퀸이 죽어 가고 있어. 그녀를 메드베이로 데리고 가야 해. 최대한 빨리."

내가 말한다.

"궤도에 진입하더라도 우리 함대까지 30분은 더 걸릴 텐데."

머스탱이 말한다.

"더 빨리 비행해."

머스탱과 블루가 가속을 붙이자 함선이 진동한다.

카박스가 활짝 웃는 얼굴로 머스탱을 내려다보며 말한다.

"좋은 계획이었어. 좋은 계획이었어, 버지니아. 군주의 조정 안으로 잠입하다니. 너는 어렸을 때도 그랬지. 너와 팍스가 네 아버지의 변호인의 이야기를 엿들으려고 덤불 뒤에 숨었었잖니. 그런데 팍스의 몸이 덤불보다 컸잖아!"

그는 우렁차게 웃는다. 그 소리에 조용한 블루가 깜짝 놀란다.

머스탱은 뒤로 팔을 뻗어 카박스의 팔뚝을 애정 어리게 쥔다. 그녀의 손은 그의 팔꿈치보다도 작다. 그는 입에 꿩을 물고 있는 사냥개처럼 우쭐해하며 우리 모두가 그녀의 칭찬을 알아챘는지 확인하려고 둘러본다. 그녀는 곰보다 큰 남자들을 다루는 데에 일가견이 있다.

이 남자의 표정에 드러난 사랑을 보니 아우구스투스 본인의 무관심이 더욱 끔찍해 보인다. 게다가 설상가상으로 자칼이 이 남자의 아들을 죽인 것을 생각하니 속이 울렁거린다.

머스탱이 아주 잠시나마 나를 봐 준다. 머리는 뒤로 묶고 있다. 입술 꼬리에는 여전히 미소를 기억하는 주름이 살짝 남아 있다. 그리고 나는 마치 심장을 강타당한 기분이 된다. 나를 위한 미소는 없다. 그리고 말 모양 반지는 더 이상 그녀의 손가락을 지키고 있지 않다.

아주 긴 시간 동안 침묵이 이어진다. 아우구스투스가 나를 돌아본다.

"군주가 너도 자신의 편으로 끌어들이려고 시도했겠지?"

"시도했습니다."

"꺼지라고 해. 그녀에게 저리 꺼지라고 대답했지, 응?"

카박스가 우렁차게 말한다. 그가 내 어깨를 치는 바람에 나는 빅트라의 품안으로 넘어진다.

"미안."

그는 온실 천장 높이에 비해 너무 많이 자라 구부러진 나무 같다. 양 갈래로 나뉜 그의 수염에서 물이 뚝뚝 흐른다. 그가 빅트라에게도 사과를 되풀이한다.

"미안."

"텔레마누스 경, 사실은요, 군주의 제안이 꽤나 혹하더라고요. 그녀는 자신의 창기병들을 존중하며 대해 줄 줄 알던데요. 누구와는 다르게."

아우구스투스는 농담에 시간을 낭비하지 않는다.

"그 부분은 개선할 것이다. 내가 너에게 빚을 졌다, 대로우. 우리가 내 함대까지 도달한다는 전제 하에."

"각하께서는 저에게만큼이나 머스탱과 하울러들에게도 빚을 지셨습니다."

내 말에 그가 묻는다.

"하울러가 뭐냐?"

“검은 갑옷을 입은 제 친구들입니다. 세브로가 그들의 대표입니다.”

대총독이 눈썹 한쪽을 들어올린다.

“세브로, 내 창기병 위에 있던 그 초라하고 작은 놈이 맞나? 그를 어디서 봤다고 생각하긴 했다. 피치너의 아들.”

그의 말투는 내 마음에 썩 들지 않는다.

“통로에서 그 프라이엄 꼬마를 죽였던 놈이군.”

“그는 우리 편입니다, 각하. 제 손만큼이나 충성스럽죠.”

문이 쌕 하고 열리면서 세브로와 택터스도 우리와 합류한다. 우리 모두가 뒤돌아본다. 세브로가 살짝 흠칫한다.

“뭐?”

그가 도전적으로 말한다. 택터스가 옆으로 비켜나며 세브로로부터 떨어진다.

“네 충성심은 나를 위한 것이냐, 네 아버지를 위한 것이냐, 세브로?”

아우구스투스가 묻자 세브로가 회의적으로 대총독을 위아래로 훑는다.

“무슨 아버지요? 저는 후레자식의 후레자식이에요. 그리고 외람된 말씀이지만, 각하, 저는 당신에 대해서도 고양이의 얼어붙은 오줌만큼이나 신경 쓰지 않습니다. 당신의 딸이 저를 림에서 데리고 왔어요. 제 충심은 그녀를 위한 것입니다. 그리고 무엇보다도 리퍼를 향합니다. 그게 다죠.”

"예의를 지켜라, 이 조막만 한 개자식아."

카박스가 으르렁거린다.

"당신이 팍스의 아버지인가 보군요. 녀석이 그렇게 가게 된 것에 애도를 표합니다. 그 녀석은 제가 목숨을 바칠 수도 있었을 만한 사람이었어요. 하지만 그 녀석의 잘난 외모는 어머니로부터 물려받았던 모양이군요."

카박스는 자신이 모욕을 당한 것인지 아닌지 헷갈려 한다.

아우구스투스가 이 모습을 지켜본다.

"대로우, 네게 사과를 해야겠구나. 네 말이 맞았다. 보아하니 충성심이 기관 밖에까지 이어지기도 하는구나. 이제…… 라이샌더."

아우구스투스는 셔틀의 창밖을 바라본다. 우리는 안정적으로 비행하고 있다. 그는 소년과 대화하기 위해 무릎을 꿇는다.

"네가 아주 특출한 녀석이라는 소문을 들었다."

"네, 맞습니다. 저는 정기적으로 시험을 보고 모든 다양한 방도로 학업 훈련을 받고 있어요. 체스를 하면 지는 일은 드뭅니다. 그리고 질 경우에는 마땅히 실패로부터 배우지요."

라이샌더는 최대한 자신 있게 말한다.

"그러느냐? 나에게도 한때 너와 같은 아들이 있었다, 라이샌더. 하지만 너는 그것을 이미 알고 있었겠지."

"아드리우스 오 아우구스투스요."

라이샌더가 가계를 외우자 아우구스투스가 고개를 절레절레 흔든다.

"아니다, 아니야. 내 차남은 전혀 너 같지 않다."

소년이 어리둥절해하며 인상을 쓴다.

"그럼 장남 말이신가요? 클라우디우스 오 아우구스투스요?"

머스탱이 뒤를 바라본다.

아우구스투스가 고개를 끄덕인다.

"그래, 사자의 심장을 가진 착하고 특별한 아이였지. 나보다 더 나았다. 더 상냥했고. 지도자감이었어."

그는 나를 향해 의도적으로 이상하고도 의미 있어 보이는 눈길을 보낸다.

"너희는 친구가 될 수 있었을 거다."

라이샌더는 위엄 있어 보이려고 노력한다.

"그에게 무슨 일이 있었나요?"

"아, 그들이 그 얘기는 쏙 빼놨나 보지? 글쎄다. 벨로나 가문의 카르누스라 불리는 덩치 큰 젊은이가 내 아들이 사귀던 젊은 여성을 건드렸다. 내 아들은 분개하며 카르누스에게 결투를 신청했지. 결국 내 아들이 골절을 입고 피를 흘리고 있는 동안 카르누스가 무릎을 꿇고 내 아들의 머리를 양손으로 쥐었다."

그가 한쪽 손으로 라이샌더의 머리를 감는다.

"그리고 그 애의 머리를 자갈돌 위에 내리쳤지. 머리가 깨져서 벌어지며 그 애의 모든 특별함이 흘러나올 때까지. 네가 그런 광경을 봐야 할 날이 오지 않기를 빌자꾸나."

그는 소년의 뺨을 쓰다듬는다.

“저를 그렇게 만드실 계획인가요, 각하?”

라이샌더가 용감하게 묻자 아우구스투스가 미소를 짓는다.

“나는 괴물이 되는 것이 실용적일 때에만 그렇게 행동한다. 이번에는 그러지 않아도 될 듯 하구나. 너도 보다시피 우리는 단순히 집으로 돌아가려는 것일 뿐이야. 네 할머니가 우리에게 통행권을 허가하기만 한다면 너도 안전할 거다.”

“할머니께서는 당신이 거짓말쟁이라고 하셨어요.”

“참 모순적이지. 우리가 너를 잘 대해 줬다고 그녀에게 보고하길 바라마.”

“저를 잘 대해 주신다면요.”

“충분히 공평한 조건이구나.”

아우구스투스가 소년의 어깨를 만지며 일어선다.

“빅트라. 그를 승객실로 데리고 가거라.”

빅트라가 도끼눈을 뜬다. 당연히 아우구스투스는 이런 일을 머스탱 외의 유일한 여성에게 시킨다. 택터스가 그녀의 반응을 살피고는 앞으로 나선다.

“제가 해도 되겠습니까, 각하? 제가 제 형들을 본 지가 꽤 됐습니다. 대신 요놈과 이야기를 나누는 것도 괜찮을 것 같아서요.”

아우구스투스는 상관없다는 듯이 고개를 끄덕인다. 빅트라는 택터스의 행동에 놀라며 그에게 고마워한다. 그는 그녀에게 윙크를 날린 후 내 어깨를 주먹을 가볍게 치더니, 거칠게 라이샌더의 머리를 쓰다듬으며 그를 거의 쓰러뜨리다시피 한다. 나라면 그의 형들을 알고 싶지 않을 것이다.

택터스는 라이샌더를 데리고 나가면서 그에게 묻는다.

"이리 와, 꼬맹이. 나한테 털어놔 봐, 너 펄 클럽에 가 본 적이 있니? 거기에 있는 여자와 남자들은 아주 훌륭해……."

육중한 황새 함선은 높이, 그리고 더 높이 올라간다. 2분 후면 우리는 대기권의 가장자리와 충돌할 것이다.

"그들은 내가 잠든 동안 나를 죽이려고 했어. 그녀는 내가 이 일을 용서하지 않으리라는 것을 알고 있다."

아우구스투스가 중얼거린다.

"그녀가 화성으로 올 것입니다."

내가 말한다.

"그들에게 보상하여 화해할 수 있을 가능성은 없을까요?"

플라이니가 묻자 머스탱이 으르렁거린다.

"화해? 플라이니, 위성 하나를 불태워 버린 여자와 화해를 하자고요? 당신 바보예요?"

플라이니는 미사여구를 쓰는 바보는 아니다.

"평화는 당신의 혈통을 유지해 줄 것입니다, 각하. 전쟁보다 더 온전하게 말입니다. 군주에 대항하기로 한다면 무슨 희망이 있겠습니까? 그녀의 함대들은 광활합니다. 그녀의 자금은 끊임없습니다. 각하의 이름, 각하의 명예, 그것들이 얼마나 위대하든 상관없이 소사이어티에 짓눌린다면 그 무게를 감당하지 못할 것입니다. 각하, 당신은 제 가치를 알아보셨기에 당신의 옆자리에 서도록 저를 키워주셨습니다. 제 조언을 믿으셨기 때문에요. 각하께서 안 계시면 저 또한 아무것도 아닌 놈이 돼 버립니다. 저는 각하의 관심만을 중요시합니다. 그러니 지금 제 조언이 아직 가치가 있다고 여기신다면 신중하게 받아들여 주십시오. 그리고 군주와 대항하며 생긴 이 상처를 덧나게 내버려두지 마십시오. 이 일로 전쟁이 도래하게 만들지 마십시오. 레아를 기억하십시오. 그래요, 그것이 어떻게 불탔는지도 기억하십시오. 어떤 수단을 써서라도 평화로써 고결한 당신의 가문을 지키십시오."

아우구스투스가 목청을 높인다.

"군주가 나를 밀었을 때 나는 골드답게 예의와 품위를 지키며 구부려 줬다. 하지만 이제 그녀는 나를 자르려하고 있다. 그것도 예의를 뒤로 하고, 또 침착함을 뒤로 하고 그녀의 칼은 무쇠를 칠 것이다. 우리는 화성을 향할 것이며 전쟁을 준비할 것이다."

"저기압 지대에 도달하고 있습니다. 꽉 붙잡으세요."

머스탱이 말한다.

그때 세브로가 묻는다.

"저 빛은 뭐지? 고도계 위에서 깜빡이는 것 말이야."

블루가 날카롭게 대답한다.

"화물칸 문이 열리고 있습니다, 도미너스."

나는 인상을 찌푸린다.

"화물칸……. 그 명령을 덮어쓸 수 있겠어?"

"아니요, 도미너스. 제 명령 입력권이 거부됐습니다."

왜 화물칸 문이……?

"그가 자원했어. 택터스가 자원했다고."

머스탱이 우려한다.

"안 돼."

내가 으르렁거린다. 그 바람에 머스탱을 제외한 나머지 사람들이 모두 놀란다. 우리는 동시에 사안을 깨닫는다.

"세브로, 빅트라, 내 신호에 움직여!"

나는 획 돌아 선실 문밖으로 질주한다. 고개를 숙인 채 최대한 빠른 속도로 함선의 뒤쪽을 향한다.

"회피 작전에 돌입할 준비하도록."

나는 뒤쪽의 선실 안에서 머스탱이 말하는 것이 들린다.

"무슨 일이 벌어지고 있는 건데?"

플라이니가 징징거린다.

"택터스!"

나는 우렁차게 포효한다. 빅트라와 세브로가 내 뒤를 바짝 따라오고 있다. 다른 하울러들과 가문 소속들이 나를 부른다. 그들은 내가 승객실을 질주해 통과하는 모습에 혼란스러워한다.

스크루페이스가 자신의 안전띠를 푼다.

"택터스가 남자애랑 함께 여기를 지나갔어."

나는 그를 그의 자리로 밀어 넣으며 말한다.

"앉아! 모두 제자리에 앉아 있어!"

택터스는 그러지 않을 것이다. 그가 그럴 리 없다. 하지만 젠장,

왜 안 그러겠나? 왜 나는 잠시라도 그가 자신을 위한 최선의 행동을 하지 않을 것이라고 생각했단 말인가? 그것은 그의 본성이다.

우리는 난간을 타고 내려가 보관층으로 내려가 자칼이 퀸을 수술하고 있는 방을 지난다. 나는 화물칸으로 이어지는 문을 확 열어젖힌다. 바람이 울부짖는 소리가 나를 맞이한다. 승강구는 열린 채 저 아래 도시들의 불빛에 상처 입은 어둠을 보여 주고 있다. 클라운과 아우구스투스 창기병 하나가 의식을 잃고 피 흘리며 쓰러져 있다. 그들은 열린 격실 문 쪽으로 천천히 미끄러져 내려가고 있다. 택터스에 대해 말하자면, 그는 이미 어둠 속, 저 멀리에 있는 점 하나일 뿐이다. 그의 모습이 명확히 보이지는 않지만 나는 그가 무엇을 이미 가져가 버렸는지 알고 있다. 라이샌더다.

나는 내 친구의 어깨를 움켜쥔다.

"세브로, 멈춰!"

그가 부글부글 끓고 있다. 그도 택터스를 따라 함선 뒤쪽에서 뛰어내려 허공으로 가고 싶어 하는 것처럼 보인다. 그는 그럴 수 없다. 이미 늦었다. 대신 우리는 무의식 상태인 두 명의 골드들이 열린 경사로 밑으로 미끄러져 내려가기 전에 그들을 붙잡는다. 빅트라가 제어 패널 쪽에서 그 문을 닫으라는 명령을 입력한다. 문은 쌕 소리를 내며 닫힌다.

"그에게는 통신 기기가 하나도 없어. 전자기 펄스에 다 망가졌을 텐데."

빅트라가 헐떡이며 말하자 세브로가 클라운의 맨발을 가리킨다.

"지독하게도 기기가 필요없겠지. 그 개자식에게는 그래브부츠가 있잖아. 그가 립윙 스캐너를 건드리면 바로 데리러 오는 자들이 있을 거야."

나는 계산을 한다.

"그들이 승선 부대를 보낼 때까지 2분 남았다."

제20장

헬다이버

나는 택터스의 행동을 미리 알아챘어야 했다. 그는 기관에서 자신의 첫 프라이머스였던 타마라를 죽였다. 그는 오로지 힘만을 따랐다. 오로지 승리만을 노렸다. 나는 그가 짐승이라는 것을 알고 있었다. 하지만 그가 내 짐승이라고 착각했다. 나는 그를 믿을 수 있을 것이라고 생각했다. 아니다. 내가 그를 바꿀 수 있으리라고 생각했다. 나는 내 자신을 욕한다. 이 자만한 멍청아. 나는 다시 조종실로 성큼성큼 돌아간다. 그곳에서는 아우구스투스가 블루 조종사에게 말을 걸고 있다.

"조종사, 우리를 무사히 데리고 나갈 수 있겠나?"

"아니요, 도미너스. 지오멧 모델 상 탈출 가능성은 보이지 않습니다."

그녀의 대답은 상당히 블루답다. 감정을 절제하고 효율적이며 선언적이다. 그녀의 몸은 날씬해서 새와 살짝 닮았다. 몸 전체가 잔가지로 만들어진 것처럼 보이며 목은 길고 대머리는 상대적으로 조금 작다. 눈은 크며 그녀의 두개골에 새겨진 디지털 문신처럼 기묘한 하늘색이다. 그녀가 움직일 때면 물속에 있는 것 같은 착각을 불러일으킨다. 그녀의 무미건조한 억양으로 미루어보아 그녀는 소행성 태생이다.

"가장 가능성 높은 시나리오는?"

"그들이 립윙 발사로 우리의 엔진을 파괴할 것입니다. 선체가 파괴되어 승선한 모든 이들이 죽을 것이 예상됩니다. 그렇지 않으면 리치크래프트 공격이 예상됩니다. 승선한 모든 이들이 포획될 것입니다."

"아니면 그들이 그냥 우리를 이 지독한 하늘에서 폭파시킬 수도 있겠지."

세브로가 덧붙인다.

"블루, 나를 내 함선까지 데리고 간다면 호위함의 지휘권을 선사하겠다."

아우구스투스가 제안한다.

"순양함이 더 좋을 것 같습니다."

그녀가 조건을 붙인다.

"그럼 순양함의 지휘권으로 선사하마."

블루가 몇 개의 손잡이들을 조정한다.

"잘 알겠습니다. 비행을 잘 해 드리겠습니다. 하지만 우리가 살고자 한다면 그들이 우리의 함선과 붙기 전에 패러다임을 바꿔야 할 것입니다."

황새 함선은 루나의 대기권 가장자리를 향해 올라간다. 이 함선은 배가 두둑한 짐승 같다. 창고의 크기 때문에 뚱뚱하다. 왜냐하면 애초에 이것의 유일한 용도는 자신의 내장에 있는 튜브로부터 군사들을 내보내는 것이기 때문이다. 나와 같은 남자들은 립윙으로 이런 함선들을 갈기갈기 찢어 버렸을 것이다. 우리는 아카데미에서 이런 함선으로 적의 소행성 기지를 향해 스타셸을 탄 병사들을 발사했었다.

마찰에 의해 발생한 불길이 함선을 두른다.

조종사가 지시한다.

"선체가 파괴되면 숨을 참으십시오, 도미너스님들. 여기에는 제대로 된 생존 헬멧이 없습니다."

빅트라가 인상을 쓴다.

"그렇게 하면 우리 폐가 폭발할 텐데."

블루가 대답한다.

"그럼 숨을 내쉬십시오. 그리고 고막이 터지고 혈관이 바람 든 풍선처럼 부풀어 오르는 30초 동안만 삶을 사십시오. 저는 숨을 참겠습니다."

세브로는 눈이 커진 채 뒤에 있는 나를 쳐다본다.

"나는 우주가 싫어."

"너는 뭐든 싫어하잖아."

우리는 루나의 대기권을 팡 하고 완전히 벗어난다. 우리가 광활한 우주로 들어서면서 불길이 사그라진다. 그곳에는 함대의 주요 함선들이 유로파 심해의 거대 짐승처럼 미끄러져 지나간다. 그들의 등에는 포탑포들이 따개비처럼 점점이 나 있다. 그리고 격납고들은 거대한 아가미처럼 그들의 밑면을 가르고 있다. 무역선들은 함선 항로를 따라 천천히 떠다니고 있다. 립윙들과 말벌선들은 나름대로 순찰을 돌고 있다. 우리를 루나에서부터 호위해 온 자들을 제외하고는 아무도 우리의 존재에 대해 관심을 보이지 않는다. 군주는 이 상황을 방송하지 않을 것이다. 시간은 똑딱이며 가고 있다.

도망칠 곳이 아무데도 없다. 우리가 라이샌더를 데리고 있었을 때의 원래 계획은 셉터 아르마다 함선의 총기 바로 밑으로 지나가려던 것이었다. 하지만 이제 그러다가는 집중 공격을 받을 것이다.

우리의 조종사는 금속만큼이나 침착하다.

그녀는 패러다임이 바뀌어야 한다고 말했다.

내가 무엇을 할 수 있을까? 생각해 보자. 생각해 보자.

아우구스투스가 말한다.

"우리가 함선들 중 하나로 통신망을 열 것이다. 뇌물을 줘서 우리를 숨겨 달라고 해라. 돈에 움직이지 않는 사람은 없다."

머스탱이 아우구스투스에게 상기시킨다.

"우리 통신망이 고장 났어요. 방송도 못 하고 있어요."

우리는 죽을 것이다. 우리 모두 그것을 알고 있다. 아우구스투스는 당황하지도, 항복하여 상황을 모면하려 하지도 않는다. 그가 죽음을 어떻게 대할 것이라고 생각했는지는 모르겠다. 어쩌면 나는 그가 통곡하며 창백해지기를 바랐는지도 모르겠다. 하지만 그의 모든 단점에도 불구하고 그는 굳건한 사람이다. 잠시 후 그는 머스탱의 어깨 위에 앙상한 손을 얹는다. 그녀는 놀라서 움찔한다.

"미사일이 오든 침투기가 오든, 골드답게 죽어라."

아우구스투스가 우리에게 진지하게 말한다. 우리에게 마지막 순간에 강한 모습을 보이기 위해서가 아니라 자신이 그런 사람이라고 믿고 있기 때문이다. 자신이 우월한 존재, 자신의 인간적 약점을 이겨낸 존재라고. 그에게 있어, 죽음은 궁극적 약점일 뿐이다. 인간들이야 죽을 때 훌쩍인다. 그들은 희망이 없어도 살기 위해 발길질을 한다. 그는 그러지 않을 것이다. 죽음은 그의 자긍심보다 큰 존재가 아니다.

골드들은 많은 부분에 있어서 레드들과 많이 닮았다. 헬다이버들은 자신의 가족들을 위해, 자신의 씨족의 자긍심을 위해 죽음의 길로 뛰어든다. 그들은 광산이 주위로 무너져 내리거나 그림자 속에서 살무사가 나올 때 흐느끼지 않는다. 그들은 쓰러진다. 그리고 친구들이 흐느끼며 그들의 시체들을 옆으로 치워 준다. 하지만 우리에게는 계곡이라는 기대할 수 있는 사후세계가 있다. 골드들에게는 무엇이 있나? 그들이 소멸할 때면 그들의 살이 말라비틀어지고 명성과 업적이 남아 있다. 시간이 흐르면서 그것마저도 사라진다. 그리고 그것으로 끝이다. 지금 삶을 위해 발길질을 해야 할 사람들이 있다면 그것은 바로 아우리어트들이다.

내가 발길질하는 이유는 내 손에 횃불을 들고 있기 때문이다. 그 횃불은 절대 죽거나 꺼지면 안 될 무언가를 상징한다. 그렇기 때문에 나는 세브로의 어깨를 쥐면서 괴상하고도 으스스하게 웃고는 조종사에게 궤도 안에 있는 가장 치명적인 함선 가까이로 우리를 데리고 가 달라고 말한다. 그 함선은 방금 우리를 가로막기 위해 자리를 잡았다.

"우리를 '밴가드' 함선 가까이로 데리고 가 줘."

내가 블루에게 지시를 되풀이한다.

"그러면 우리의 생존율이 몇 프로 감소하게 될……."

"나에게는 절대 확률 이야기를 하지 말도록. 그냥 실행해."

내가 명령한다.

모두가 고개를 돌려 나를 바라본다. 내가 뭔가 이상한 말을 했기 때문이 아니라 모두들 고개를 돌려 나를 바라볼 순간을 기다려왔기 때문이다. 그들 모두 내가 어떤 계획이든 진행하기를 조용히 기도하고 있었다. 심지어 아우구스투스도 그러고 있었다.

이오는 사람들이 언제나 나에게 기대를 걸 것이라고 말했다. 그녀는 나에게 어떤 면이, 희망을 주는 어떤 정수가 있다고 믿었다. 나도 내 안에 그것이 존재한다고 느끼는 경우는 드물다. 지금 내 안에는 그것이 전혀 없다. 그냥 두려움만 있을 뿐이다. 속으로는 내 자신이 정말 애송이처럼 느껴진다. 화났고, 심통 났고, 이기적이고, 죄책감도 들고, 슬프고, 외롭고……. 그럼에도 그들은 나에게 기대를 건다. 하마터면 나는 그들의 시선을 받다가 무너져 내릴 뻔 한다. 말라 죽어 가며 다른 사람에게 이끌어 달라고 부탁할 뻔 한다. 나는 할 수 없다. 나는 너무 조그맣다. 나는 그냥 조각된 몸 안에 있는 거짓말쟁이다. 하지만 그 꿈은 꺼지면 안 된다.

그러니 나는 행동하고 그들은 지켜본다.

빅트라가 묻는다.

"너 완전 미쳤어? 우리에게 그 아이가 없다는 것을 그들이 알게 되는 순간……."

"밴가드의 교량 쪽으로 각을 잡아."

머스탱이 블루에게 지시한다.

아우구스투스가 나를 향해 무뚝뚝하게 끄덕인다. 내가 무슨 계획을 세웠는지 알아차린 것이다.

"힉 순트 레오네스."

"힉 순트 레오네스."

나는 그의 말을 되풀이 한다. 내가 마지막으로 보는 사람은 내 아내를 목매단 남자가 아닌 머스탱이다. 그녀는 알아채지 못한다. 나는 세브로와 함께 전력질주로 교량을 벗어난다. 무언가가 우리 함선을 친다. 그것의 선체가 전율한다. 그들은 우리가 라이샌더를 데리고 있지 않다는 것을 알고 있다.

"하울러들! 일어나!"

내가 외치자 하피가 양손을 쳐든다.

"내 기억에 아까 네가 말하기로……."

"일어나라고!"

내가 고함친다.

빨간 2차등들이 발사 구역을 핏빛으로 물들이고 있는 와중에 세브로와 나는 각자 차디찬 스타셸들에 오른다. 각각 두 명의 하울러들로부터 도움을 받아야 이 로봇 같은 껍질 속으로 들어갈 수 있다. 하피가 버클로 등자에 내 발을 고정시키고 다리 모양 갑옷을 내 살과 뼈 위에 덮는 동안 나는 그 갑옷 안에 누워 있다. 함선이 또 하나의 근접한 미사일 공격에 휘청거림에도 불구하고 하울러들은 빠르게 움직인다. 사이렌 소리가 돌면서 선체의 파괴를 보고한다. 빅트라가 내 머리를 스타셸의 헬멧 안에 끼워 넣는 동안 나는 숨을 고르게 만들어 보려고 한다.

"행운을 빌어."

빅트라가 얼굴을 가까이 들이댄다. 말릴 새도 없이 그녀는 자신의 입술을 내 입술에 포갠다. 나는 뒤로 빼지 않는다. 이렇게 죽기 일보직전인 순간에만큼은 거부하지 않는다. 그녀의 입술이 벌어지면서 내 입술 근처를 따뜻하고 아늑하게 누르도록 내버려둔다. 그런 후 인간적인 순간은 끝난다. 그녀는 내 헬멧의 거대한 얼굴가리개를 내리며 사라진다. 하울러들은 그 광경에 소리치며 재미있어 한다. 나는 이 깡통 안에 나를 봉인시키고 작별의 키스를 한 사람이 머스탱이었기를 바라는 마음을 떨칠 수 없다. 그러나 그 순간 내 시야에는 디지털 디스플레이만이 들어온다. 그리고 나는 친구들 앞에서 사라져 금속 발사 튜브 안으로 들어간다. 나는 홀로 있다. 그리고 겁에 질려 있다.

집중하자.

나는 배 밑으로 완전히 싸인 채 이 스핏튜브 안에 잇다. 대부분의 사람들은 친구들로부터, 그리고 삶의 따뜻함으로부터 격리된 이 순간에 오줌을 지릴 것이다. 튜브 안은 무중력 상태다. 압력처리가 안 된 것이다. 내 체중이 안 느껴지는 것이 싫다.

위를 쳐다보면 안 된다. 그랬다가는 그들이 나를 발사할 때 목이 부러질 것이다. 양옆으로 움직일 수도 없다. 스타셸은 천 개의 이 같은 자석 갈고리들로 고정되어 있다. 그것들은 미세 곤충들이 지껄이듯 제자리를 찾아가며 딱 소리를 낸다.

얼마 안 있으면 그들이 나를 우주로 쏠 것이다. 숨이 거칠다. 심장은 흉골과 부딪혀 타닥거리며 박동한다. 나는 신체의 공포를 받아들인 후 미소를 짓는다. 그들은 아카데미에서 내가 내 자신을 발사하고 싶어 했을 때 그것을 자살행위라고 했었다. 어쩌면 그들의 말이 옳았을 수도 있겠다.

하지만 나는 이러라고 창조됐다. 지옥으로 다이빙하기 위해.

나는 대부분의 함선들보다 더 비싼 금속 갑각, 무기, 그리고 엔진들로 둘러싸인 딱정벌레 인간이다. 오른팔에는 펄스대포가 있다. 필요한 순간에 그것은 헤만서스 한 송이처럼 피어날 것이다.

이오가 헤만서스를 내 문 앞에 놓았을 때를 기억한다. 또 내가 월계수를 차지했어야 했던 날 밤에 벽에서 헤만서스 한 송이를 직접 땄던 시절을 기억한다. 그 따뜻한 시절들이 이 차가운 곳으로부터 어찌나 멀게 느껴지는지. 꽃잎조차 부드러운 비단 같지 않고 금속인 이곳.

"우리는 꼼짝 못하게 됐어. 침투 부대들이 곧 들이닥칠 거야."

머스탱의 목소리가 컴 너머로 들려온다.

"네 발사 준비 중."

또 하나의 미사일이 우리를 격파시킬 뻔하면서 함선이 신음을 한다. 우리의 방패막이 총격 당했다. 곧 무너질 듯한 선체만이 우리를 한데 유지하고 있다.

"정확히 조준해."

내가 말한다.

"언제나, 대로우……."

머스탱은 침묵으로 수천 마디를 말한다.

"미안해."

내가 그녀에게 말한다.

"행운을 빌어."

"이거 재미없다."

세브로가 신음한다.

함선의 수력 시스템이 쌕쌕 거리고 튜브 안에서 금속 이빨이 나를 앞으로 거칠게 밀어 체임버실에 장전시킨다. 머리 앞으로 십몇 센티미터밖에 안 떨어진 곳에서 레일건 총의 자기장이 무시무시하게 윙윙거리며 나에게 그쪽으로 시선을 돌려보라고 부추긴다.

사람들은 많은 골드들이 이런 상황을 못 견딘다고, 심지어 비할 데 없는 자들도 스핏튜브 안에서는 당황하며 비명을 지르고 운다고 말한다. 나는 그 말을 믿는다. 픽시들은 지금 심장마비가 올 것이다. 어떤 이들은 작은 공간이나 우주의 광활함을 두려워해서 우주선을 타지도 못한다. 뱃가죽 연한 멍청이들. 나는 이 함선의 화물칸보다도 작은 고향에서 태어났다. 이 튜브를 애들 장난감처럼 보이게 만드는 클로우드릴의 끝에 앉아서 생계를 이었다. 그러는 내내 아무것도 없이 얼기설기 만들어 낸 프라이슈트 속에서 땀을 흘리고 오줌을 지리며 내 영혼을 갉아먹었다.

그럼에도 불구하고 두려움은 존재한다.

"아들아, 살무사들이 어떻게 공격하는지 지켜보렴."

한번은 아버지가 내 손목을 쥐면서 나에게 이 게임을 제안했다.

"살무사들이 자신의 최고점을 찍을 때까지 점점 더 위로 똬리를 틀며 올라가는 것을 보렴. 그 전까지는 움직이지 마. 네 슬링블레이드로 공격하지도 말고. 만약 이렇게 하지 않는다면 네가 그놈에게 당할 거야. 놈이 너를 죽일 거다. 놈이 다시 내려오고 있을 때 움직여. 살고자 하는 두려움으로 그렇게 해. 최대한 겁이 날 만큼 날 때까지 움직이지 마. 그 다음에……."

아버지는 손가락으로 딱 소리를 냈다.

나는 현재 기계가 만들어 내는 음악이 나를 장악하는 시점에 와 있다. 그 찰칵거리고 딸깍거리고 쌕쌕 거리며 윙윙 거리는 소리들이 선체를 통해 전해져 온다. 카운트다운이 시작된다.

"거기 준비됐나, 고블린?"

내가 컴 너머로 세브로에게 묻는다.

“카카트네 우르수스 인 실비스?”

곰이 숲속에서 똥 싸겠냐고? 함선이 회전하며 진동한다. 더 많은 사이렌들이 울부짖는다.

“이제 라틴어로 말하기야?”

“아우덴테스 포르투나 주바트.”

세브로가 낄낄거린다.

“행운은 용감한 자를 더 좋아한다고? 이번 삶에서 네가 정말 마지막으로 남길 말이 그 따위라면 너는 죽어 마땅하다.”

“그래? 그럼 너는 내 발가락이나 빨던…….”

심장이 밑으로 쭉 떨어지며 고동치는 느낌이다.

금속 이빨이 나를 앞으로 거칠게 밀치며 튜브의 자기장 안으로 넣는다. 그리고 상황이 진행된다. 관성력이 옵시디언 천둥 신의 손등처럼 나를 후려치는 느낌이 슈트 안에까지 전해진다. 내 시야가 까맣게 깜빡인다. 속은 목구멍까지 올라온다. 폐는 수축한다. 혈관 속 혈액이 도는 속도는 느려진다. 나는 딱 소리를 내며 거칠게 앞으로 밀린다. 깜빡거리는 빛이 눈에 들어온다. 내가 발사됐던 튜브의 벽면은 보이지 않는다. 나를 이곳까지 데리고 온 함선조차도 보이지 않는다. 어둠 속에서 이오의 얼굴이 보인다. 나는 의식을 잃는다. 인간의 몸은 이것을 감당하지 못한다. 너무 빠르다.

어둠.

그러더니 어둠 속에 구멍들이 등장한다.

별들.

중간 과정이 없다. 한순간 나는 함선에 있다. 그 다음 순간 나는 소리가 이동하는 속도의 열 배로 빨리 깊은 우주 속을 가르고 있다.

이 순간에 많은 이들이 슈트 안에 볼일을 본다. 두려움에 그러는 것이 아니다. 생리적이고 물리적인 반응이다. 인간의 몸이 견딜 수 있는 것은 그렇게 많지 않다. 조각가 미키는 내 몸이 남들보다 조금 더 견딜 수 있도록 만들어 줬다. 나는 세브로의 몸도 그럴 수 있기를 바란다.

나는 소리 없이 우주를 가르며 지난다. 세브로가 내 가까이 있을 것이라고 믿는다. 그가 보이지 않는다. 센서에도 잡히지 않는다. 다 너무 빠르다. 셉터 아르마다 함대 중 가장 큰 함선, 즉 우리가 피해야 할 놈을 향해…… 모든 일은 6초 동안 일어난다. 응급 미사일들이 날쌔게 우리를 지나친다. 사수들도 이제 우리를 포착한다. 그들은 무슨 일이 벌어지고 있는지 알고 있다. 하지만 우리는 반동 추진 엔진을 사용하고 있지 않기 때문에 미사일들이 우리를 겨누지 못한다. 이렇게 도화선이 짧아서는 그들이 맹공격을 터뜨릴 수 없다. 아직 터지지 않은 폭탄들이 나를 칠 뻔하며 우리를 지나친다. 우리의 조종사는 완벽한 조준으로 우리를 쏘아올린 것이다.

레일건 총들이 우리를 놓친다. 발사체들이 획 지나간다. 세브로가 컴 너머로 포효하고 있다. 그들의 방어벽이 내려진 상태다. 그들은 그것을 시간 안에 빨리 올리지 못한다. 그 과정은 시간이 걸린다. 펄스실드 방어막이 가동되면서 다채로운 푸른빛이 그들의 선체 위로 깜빡인다. 너무 늦다, 이 개자식들아.

너무 우라지게 늦다.

사고를 할 수가 없다. 속으로 소리를 지르고 있다. 요원의 불길처럼 웃고 있다. 내가 미쳤기 때문에 이 논리적인 전사들이 나와 싸울 수 없다는 것을 알기에 웃는다.

교량이 가까이에 있다. 나는 위를 힐끗 본다. 저 안에 골드들이 서로를 향해 고함치는 모습이 보인다. 자신들의 대피용 슈트나 포드로 재빠르게 움직이고 있다. 진흙 밭에서 마르스 하우스의 말들이 머스탱과 팍스를 들이받았을 때 그녀가 그랬던 것처럼 그들은 우리를 멍하니 쳐다본다. 우리의 분노는 어딘가 독특하다. 이런 루나 태생 사람들은 이해하지 못할 것이다.

블루들은 흩어진다. 옵시디언들은 자신들의 무기를 꺼낸다. 두 명의 골드들이 호흡마스크를 쓰고 레이저를 꺼낸 채 살인할 준비를 마친다. 우리가 들이받기 직전에 나는 펄스대포를 쏜다. 그것은 두꺼운 유리와 부딪히며 쿵 소리를 낸다. 나는 쏘고 다시 쏘고 또 다시 쏜다. 그런 후 마지막 순간에 나는 발사 속도에 반동 추진 에너지 부츠로 불꽃을 터드려 가속을 붙인 후 공 모양으로 몸을 말아서 두꺼운 교량 유리와 격돌한다.

내 속에서부터 미친놈의 포효 소리가 나온다.

제21장

문신이 새겨진 자들

나는 도자기와 유리를 취급하는 가게에 쏘여진 납공처럼 폭발을 일으키며 교량을 통과한다. 디스플레이와 전략 데스크와 충돌한 나는 주위를 부수며 교량 벽면의 강화 금속을 관통하고 계속해서 통로의 강철을 통과해 마지막으로 교량에서 100미터 떨어진 칸막이벽에 몸을 쾅 부딪친다. 멍하다. 세브로를 찾을 수 없다. 컴으로 그를 부른다. 그는 자신의 엉덩이가 어떻게 됐다며 끙끙댄다. 어쩌면 그가 정말 똥을 쌌는지도 모르겠다.

헬멧 때문에 주변 소리가 들리지 않는다. 하지만 우주의 진공이 선원들을 죽음의 길로 빨아들이면서 함선은 울부짖는 소리로 가득 차 있다. 진공이 그들을 깨진 유리 밖으로 빨아간다기보다는 함선의 내부 압력이 그들을 밀어내고 있는 것이다. 어느 경우든

간에 블루들, 오렌지들, 그리고 골드들이 비명을 지르며 우주로 날아가고 있다. 옵시디언들은 조용히 간다. 그런다고 뭐가 달라지는 것은 아니지만. 우주는 종내에 모두를 침묵하게 만든다.

내 왼팔에서 불꽃이 튄다. 펄스대포가 잘게 부서진 것이다. 슈트 안에 있는 내 팔도 미친 듯이 아프다. 나는 뇌진탕을 입었다. 헬멧 안에 구토한다. 덕분에 그 안에 채워진 쓰디쓴 악취가 콧구멍을 찌른다. 하지만 나는 다리에서 긴장을 풀지 않는다. 내 오른팔은 충분히 잘 움직인다. 선창 보호막은 깨졌다. 나도 교량 쪽으로 빨려 들어가면서 휘청거리고 넘어진다.

나는 내가 벽면에 낸 구멍 속으로 다시 기어 들어간다. 혼돈 속의 그 장소를 찾아가기 위해 교량까지 도달한다. 선원들은 차가운 어둠 속으로 빨려 들어가지 않기 위해 뭐든지 붙잡고 있다. 골드 소녀 하나가 획 뒤집어지면서 내가 있는 위치를 지나 칸막이벽 밖으로 날아간다. 드디어 빨간 불빛이 번뜩인다. 응급 칸막이문들이 이쪽 함선 구역 전역으로 쾅 하고 닫히며 압력이 새는 것을 막는다. 칸막이문 하나가 내 바로 뒤에 내려오면서 내가 충돌하여 통과한 벽면을 보조한다. 나는 세브로가 오는 것을 확인하고 벽이 못 내려오도록 붙든다. 금속이 내 스타셸의 로봇 팔과 마찰을 일으키면서 신음소리를 낸다. 세브로가 몸을 아슬아슬하게 밑으로 날려 칸막이문을 통과하자마자 칸막이가 쾅 하고 닫힌다. 교량은 우리를 품은 채 잠금 상태가 됐다. 완벽하다.

철거된 선창 위로 내구성 강한 강철판들이 스르륵 덮이면서 기압으로 인한 바람이 우리 뒤에서 그친다. 함선의 장교들과 선원들이 바닥에서 몸을 일으킨 후 숨을 쉬기 위해 헐떡거리지만 전혀 들이킬 공기가 없다. 산소와 기압은 아직도 실내에 펌핑되어 들어오고 있는 중이다. 그 사이에 산소 마스크를 쓴 자들, 즉 골드들, 옵시디언들, 그리고 블루들은 몇몇의 핑크 종업원들과 오렌지 기술자들이 교량 위에서 존재하지 않는 공기를 어떻게든 마셔 보려고 헐떡이며 물고기처럼 파닥거리는 모습을 차분히 지켜본다. 핑크 한 명은 피를 토한다. 그가 숨을 참으려 해서 폐가 가슴 속에서 폭발한 것이다. 블루들은 공포에 휩싸인 채 죽음을 관망한다. 그들은 한 번도 사람이 죽는 것을 본 적이 없다. 그들은 스캐너에 깜빡이는 점들이 사라지는 모습을 보는 것에 익숙하다. 어쩌면 원거리에서 옵시디언과 그레이들이 침입한 함선이 폭발하거나 불을 내뿜는 모습을 봤을지도 모르겠다. 세상의 번뇌에 대한 그들의 시각이 변하는 중이다.

옵시디언들과 골드들은 그 광경에 반응을 하지 않는다. 몇몇 그레이들은 도움을 주려고 시도하지만 때는 이미 늦었다. 기압과 산소 포화도가 정상화됐을 때에는 로우컬러들이 죽은 직후다. 나는 그 얼굴들을 절대 잊지 못할 것이다. 내가 그들을 이렇게 만들었다. 내가 여기서 한 짓 때문에 얼마나 많은 가족들이 눈물을 흘릴까?

분노에 나는 금속 부츠로 강철 갑판을 쿵쿵쿵 찍어 내린다. 삼 세번. 그러자 동료들이 죽어 가는 동안 아무것도 하지 않았던 자들이 고개를 돌려 살인용 슈트를 입은 나와 세브로를 확인한다.

오, 그 골드와 옵시디언 얼굴들에 마침내 감정이 드러나는 모습이란.

한 옵시디언은 포스창을 들고 우리를 향해 돌격한다. 세브로가 그를 한 번 친다. 그 거대한 남자는 금속 주먹에 으스러진다. 다른 네 명은 서로 몸을 연결시킨 후 그들의 흉측한 전쟁 구호들 중 하나를 울부짖으며 한꺼번에 우리를 공격한다. 세브로가 그들을 맞이한다. 그는 드디어 자신이 이 공간에서 제일 큰 존재라는 점에 아주 기뻐한다. 나는 무기를 꺼내려고 재빨리 움직이는 그레이 부대들을 상대한다.

일은 이렇게 진행된다. 우리는 금속으로 된 사람들로서 무질서한 맨몸의 사람들과 싸우고 있다. 마치 금속 주먹이 수박 속을 내리치는 것 같다. 이렇게까지 신경 쓰지 않으면서 사람들을 죽여본 적이 없었다. 그리고 내가 전쟁 속에서 이 상황에 이렇게 쉽게 적응해 버린다는 것이 무섭다. 여기서는 애매모호함이 없다. 도덕적 신념을 위반한다는 개념이 없다. 이 사람들은 전쟁 컬러들이다. 그들이 나를 죽이거나 아니면 내가 그들을 죽인다. 이것은 기관의 '통로'에서 벌어졌던 상황보다 수월하다. 내가 그들과 안면이 없다는 점이, 내가 그들의 형제와 자매들을 모른다는 점이, 그리고 내 맨살이 아닌 금속으로 그들을 어두운 죽음의 문턱 너머로 밀친다는 점이 이를 더 수월하게 만든다.

나는 이 일을 잘한다. 세브로보다 몇 배는 더 잘한다. 그리고 그 점이 다른 무엇보다도 나를 두렵게 만든다.

나는 리퍼(저승사자라는 뜻—옮긴이)다. 내가 내 자신에 대해 미심쩍게 생각했던 부분들이 뭐였든 다 사라진다. 그리고 내 영혼에 얼룩이 스멀스멀 물들고 있다.

우리는 블루들을 구하기 위해 최선을 다한다. 교량이 크지만 발사체나 에너지 무기들을 갖고 있는 옵시디언들이나 그레이들은 몇 안 된다. 그런 이들이 이곳에 배치될 이유가 없었던 것이다. 아무도 선창 너머로 들어온 적이 없었다. 레이저를 든 두 명의 여성 골드들은 진정 위협적인 존재들이다. 한 명은 키가 크고 어깨도 넓다. 표정이 빠르게 바뀌는 다른 한 명은 우리를 향해 돌격한다. 그의 얼굴에 필사적인 심정이 비춰진다. 그들이 레이저를 쓴다면 우리의 슈트까지도 반으로 가를 수 있을 것이다. 그렇기에 세브로는 원거리에서 펄스대포로 그들을 쏜다. 그 공격은 그들의 아지스 방패들이 과부하에 걸리게 만들어서 그 에너지를 갑옷으로 전이시킨다. 그리고 갑옷의 에너지는 다시 펄스실드로 전이되어 그것도 과부하에 걸리고 갑옷들을 좀먹는다. 그 결과 골드들은 녹아버린다. 이것이 그들이 과학 기술을 통제하는 이유다. 인간이란 모두 컬러와 상관없이 전쟁이라는 고기 분쇄기 안에서는 비둘기만큼이나 연약한 존재다.

내 적들이 죽었으니 나는 이제 선실에 있는 블루들을 향해 돌아본다.

"함장이 있나?"

내가 묻는다.

슈트를 입은 나는 섰을 때 그들보다 거의 1미터는 더 크다. 그들은 여전히 우리가 다른 이들을 처참하게 만들어 버린 광경을 멍하니 쳐다보고 있다. 그들의 입장에서 나는 아마 걸어 다니는 악몽일 것이다. 팔에서는 불꽃을 튀겨내고, 슈트는 반이 망가졌으며, 무시무시한 레이저를 들고 있으니…….

"온종일을 협박하고 발 구르며 보낼 수는 없다. 너희들은 박식한 남성과 여성들이다. 이것은 너희들의 함선이 아니다. 너희들은 단순히 이것을 지휘하는 골드를 위해 일하고 있을 뿐이다. 자, 블루 함장이 어디 있나?"

함장은 생존해 있다. 그는 차분하고 깨끗해 보이는 남자다. 그는 사지가 몸통보다 더 많은 부분을 차지하는 몸을 갖고 있으며 얼굴에는 아마도 꽤 심한 통증을 유발할 듯한 상처가 생생하고도 깊게 패어 있다. 그는 몸을 떨며 훌쩍이고 상처에 손을 대고 있다. 그 손을 떼면 얼굴이 떨어져 나갈 것이라고 생각하는 모양새다. 어머니는 그를 똥싸개 겁쟁이라고 불렀을 것이다. 이오였다면 다른 방향으로 그에게 접근했을 것이다. 그러므로 나는 그를 내려다보는 자세로 서서 조용히 말한다.

"너는 안전하다. 무모한 짓은 시도하지 마라."

내가 말한다.

나는 헬멧을 연다. 구토물이 흘러나온다. 나는 그에게 구석으로 가서 그의 지위를 나타내는 스타 배지를 떼어 내라고 지시한다. 그는 떨다가 명령에 따를 기회마저 잃어버린다. 세브로가 앞으로 튀어나와 그의 배지를 가져간 후 그를 들어 올려 인형 다루듯 자리를 옮겨 준다.

얼굴이 길고 어깨에서 자부심이 느껴지는 어두운 올리브빛 피부의 여성이 그 강등 광경을 보며 코웃음을 친다. 그녀의 눈빛은 블루치고 유달리 예리하다. 다른 블루들처럼 그녀도 대머리이며 하늘색의 디지탯들이 머리 둘레와 관자놀이뿐만 아니라 손과 목에까지 꼬불꼬불하게 새겨져 있다.

세브로가 성큼성큼 내 쪽으로 다시 돌아온다.

"세브로, 그만 깐죽거려."

"나 크니까 좋은데."

"그래도 내가 더 커."

세브로는 슈트를 입은 채 나에게 손가락으로 십자가를 날려 보려고 시도하지만 그 기계적인 손가락들은 그렇게까지 민첩하지 못하다.

나는 황새 함선에 있는 우리 친구들에게 격납고 하나를 내주라고 기술 선실 속의 블루들에게 명령한다. 자신들의 자리로 돌아가 안정을 찾은 후, 그들은 명령에 따른다. 여기에 있는 모든 이들은 내가 그들을 힘으로 제압했기 때문에 충성스럽다. 하지만 함선 전체가 그러할지는 누가 알겠는가? 그들은 군주에게 충절을 바치고 있을지도 모른다. 아니면 이 함선을 지배하는 자에게만 충절을 바치고 있을지도 모른다. 그들 모두가 같은 신념하에 움직일 것이라고 생각한다면 바보다. 내가 그들을 그렇게 만들어야 한다.

나는 디스플레이를 통해 황새가 격납고와 이어지는 모습을 확인한다. 황새는 볼트 나사로 겨우겨우 형태를 유지하고 있다. 두 개의 리치크래프트가 황새에 덤처럼 붙어 있다. 그 안에 있을 살인병 부대들은 내 하울러들이 가서 물리쳐야 할 것이다. 그들은 그 일을 성공할 가능성이 높지만 만약 이 밴가드 함선의 옵시디언들과 그레이들이 격납고에서 그들을 포위한다면 모든 것이 실패로 돌아갈 것이다.

이제 교량을 함선의 나머지 공간과 연결하는 칸막이문에서 소리가 들려온다. 등골을 오싹하게 만드는 쌕쌕 소리다. 문은 열기에 빨갛게 달아올라 빛나고 있다. 그 빛은 회색의 두껍고 내구성 강한 강철판의 중앙에 작은 동공 모양으로 자리한다. 옵시디언들이나 그레이 특전사들이 이 함선을 다시 되찾으려고 애쓰고 있다. 의심의 여지없이 어떤 골드가 그들을 지휘하고 있을 것이다. 그들이 들어오려면 시간이 좀 걸릴 것이다.

"통로에 홀로캠이 있나?"

내가 블루에게 묻는다.

그들이 머뭇거린다.

"'블랙스페이스', 이 바보 얼간이들아."

아까 눈여겨봤던 블루 여성이 욕한다. 그녀는 다른 블루가 비켜서도록 밀친 후 자신의 문신을 제어반과 싱크로 시킨다. 화면 하나에 홀로가 나타나 내가 걱정했던 바가 사실임을 확인시켜 준다. 골드들이 이끌고 있는 부대들이 교량으로 오고 있다.

"엔진실을 보여 줘. 생명 유지 장치실의 연결 지점과 격납고도."

내가 요구한다. 그녀는 실행한다. 다시 골드들이 이끄는 그레이 특전사와 옵시디언 노예 기사 부대들이 함선의 주요 시스템을 확보하려고 한다. 그들은 그것들의 통제권을 나로부터 강제로 뺏어가 보려고 할 것이다. 설상가상으로 그들은 머스탱과 내 친구들을 죽이거나 잡아들이기 위해 황새 함선에 타거나 그것을 파괴하려고 할 것이다.

"누가 이 함선을 갖고 싶나?"

내가 혹독하게 묻는다. 나는 세워진 지휘대를 따라 성큼성큼 걸으며 앞길을 막고 있는 시체 하나를 발로 밀어내고 선실에 있는 통신망 담당 블루들을 내려다본다. 그들은 내 또래로 보이는 여성 두 명으로 내 시선을 피한다. 아침에 내린 눈처럼 창백하고 신선했던 그들의 얼굴은 이제 눈물이 흐른 자국과 땟물로 얼룩졌다. 커진 눈의 청색 눈동자는 가장자리가 충혈되어 붉은 실핏줄이 섰다. 그들은 오늘 친구들이 죽는 모습을 봤다. 그런데 나는 여기서 이기적으로 고함을 지르며 이것이 내 승리인 양 행동하고 있다. 내 자신을 잃기란 너무나도 쉽다.

절대 자신을 잊지 말자. 나는 상기한다. 절대 잊지 말자.

열댓 대의 함선들과 시타델의 지상 통제팀이 우리에게 연락을 취하고 있다. 무슨 일이 벌어졌는가? 그들은 알고 싶어 한다. 토치선과 구축함들이 우리를 향해 조심스럽게 접근하고 있다. 나는 함선 내부로만 통신 회로가 열려 있는 컴 채널을 틀어 함선 전체에 방송한다.

"주목하라, 전에 '밴가드'라고 불렸으며 지금부터는 '팍스'라고 호칭될 함선의 선원들이여."

나는 드라마틱하게 말을 멈춘다. 모든 그럴듯한 노래나 춤사위는 긴장감을 쌓아서 소리와 동작의 클라이맥스로 이어지게 만드는 게임이라는 것을 알기에…….

세브로는 어린애처럼 나를 향한 웃음을 멈추지 못한다. 그는 거대한 슈트 차림의 작은 도깨비 같다. 그의 머리는 헬멧을 벗으니 너무도 작아 보인다. 그는 손을 크게 움직이며 나를 웃겨 보려고 하고 있다. 나는 그를 향해 고개를 절레절레 흔든다. 지금은 그럴 때가 아니다.

"내 이름은 대로우 오 안드로메두스다. 나는 화성의 아우구스투스 가문의 창기병이다. 그리고 나는 이 전함을 전리품으로 차지했다. 이것은 내 것이다. 즉 우주 전쟁에 관한 소사이어티 원칙에 따라 너희들의 삶도 내 것이다. 그렇다는 사실에 내가 사과한다. 왜냐하면 그것은 그대들이 모두 죽을 가능성이 크다는 것을 의미하기 때문이다.

그대들은 생애 내내 한두 가지 직업군에 몰두해 왔다. 전자 공학, 천체 내비게이션, 포격, 관리인 업무, 등 관리 및 수리, 전쟁 싸움. 내 직업은 승리하는 것이다. 우리는 그것을 학교에서 배운다. 그리고 학교에서는 그들이 나에게 제대로 적의 군함을 침입하고 점유하며 소유하는 방법을 가르쳤다. 우리가 배운 대로 한다면 일단 적이 탑승한 함선의 교량을 차지한 후의 과정은 간단하다. 함선을 비워 버리는 것이다."

세브로는 내비게이션 디스플레이의 뒷면에 숨겨진 제어반을 가동시킨다. 그것은 골드들만이 접속할 수 있는 것이다. 블루들은 흠칫 놀란다. 이 상황은 마치 누군가의 부엌에 들어가 그에게 싱크대 밑에 숨겨진 핵폭탄을 보여 주는 것 같다. 제어반은 세브로의 골드 인장을 스캔한 후 금빛으로 깜빡인다. 이제 그가 코드 하나를 입력하기만 한다면 이 함선 전체가 우주를 향해 열릴 것이다. 2만 명의 남자와 여자들이 죽을 것이다.

"이런 함선들은 비워질 수 있도록 설계가 된다. 왜냐? 우리가 그대들의 충성심을 믿지 못해서가 아니다. 사실 우리는 그것에 의지하고 있다. 하지만 여전히……."

나는 블루들 중 한 명이 나에게 건넨 근무자 명단을 바라본다.

"61명의 골드들이 탑승 중이기 때문이다. 그들은 군주에게 충성을 바친다. 나는 그녀의 적이다. 그들은 나를 따르지 않을 것이다. 그들은 이 함선을 파괴할 것이고, 교량을 되차지하려고 할 것이며, 그대들을 결집시켜 그대들의 충성심을 남용할 것이고, 확실한 죽음으로 그대들을 이끌 것이다. 그들, 그리고 나를 향한 그들의 증오심 때문에 그대들은 사랑하는 이들을 다시는 보지 못할 것이다.

하지만 아직 또 다른 문제가 얽혀 있다. 이 선체의 너머에서는 군주가 이곳에서 무슨 일이 벌어지는지 궁금해 하고 있다. 곧 그녀는 자신의 함대의 자부심인 이 함선이 더 이상 자신의 것이 아니라는 사실을 깨달을 것이다. 이것은 내 것이다. 집정관들의 함선들은 옵시디언과 그레이 특전사 부대들로 가득한 리치크래프트 소함대들을 토해낼 것이다. 그들은 내 머리를 가져가고 싶어 하며 자신들의 앞길을 막는 모든 존재를 죽일 준비를 완료한 상태다.

내가 그대들을 우주 공간에 털어 버리면 그들이 나를 죽이려는 것을 저지해 줄 사람이 아무도 없을 것이다. 그러니 그대들이 내 구원이며 나는 그대들의 것이다. 나는 내 적 61명을 죽이기 위해 그대들 2만 명을 희생시키지 않겠다. 나는 무엇보다도 여기 있는 선원들을 보고 이 함선을 선택했다. 그대들은 소사이어티에서 제공될 수 있는 가장 능력이 좋은 사람들이다. 그러니 나에게 있어서 그대들은 소모 가능한 존재들이 아니다. 그러므로 내가 그대들에게 요청하는 것은 이것이다. 나를 그대들의 지휘관으로 섬기기를 선택해서 그대들을 소모 가능하다고 여기는 골드들을 제압해라.

그대들은 나를 위해 골드 지휘관들을 포획하거나 죽이라는 허락과 보증을, 그리고 화성의 네로 오 아우구스투스 대총독님의 배지를 받았다. 그들의 무기를 빼앗고 그들을 진압시켜라. 그러고는 우리를 파괴하러 오는 침입자들을 상대로 이 함선을 바르게 굴려라. 지금 바로 행동하라. 만약 기다린다면 그들이 그대들을 죽일 것이다! 나는 처음으로 일어서는 남자와 여자가 누구인지 볼 것이다. 그대들의 새 주인으로서 나는 그들에게 상을 내릴 것이다. 대총독님도 그대들에게 상을 줄 것이다. 지금 바로 행동하라! 왜냐하면 내가 방금 함선 전역에 있는 모든 무기고를 열었기 때문이다. 무기를 들라. 그리고 독재자들을 무력화하라."

혁명의 첫 불꽃이 일면서 무거운 침묵이 이어진다.

세브로가 가까이 온다.

"선동적인 연설이었네."

"너무 민주적이었나?"

내가 속삭이자 세브로가 자신의 코를 찡끗거린다.

"독재적인 민주주의는 민주적이라고 볼 수 없을 것 같은데. 네가 그들을 우주에 털어 버릴 수도 있다고 협박하기는 했잖아."

"협박했다고? 나는 비교적 부드럽게 암시했다고 생각했는데."

"자갈돌처럼 부드러웠다, 이 똥싸개야."

세브로가 약간 지나친 감이 있을 정도로 열렬히 낄낄거리며 자신의 기계 손으로 다리를 쳐 그 부위의 금속을 찌그러뜨린다. 그는 아파서 움찔하더니 나를 올려다보고는 살짝 부끄러워한다.

"저리 꺼져."

우리 뒤에 있는 문에서 쌕 소리가 나기 시작한다. 나는 뒤돌아서 빛이 나는 칸막이 문을 바라본다. 내 적들이 나를 공격하기 위해 드릴을 가져왔나 보다. 내 손은 아드레날린으로 인해 떨린다. 블루 수십 명의 시선이 무겁게 느껴진다. 문에 있는 붉은 빛이 더욱 찐해지면서 넓게 퍼진다. 우리에게 남은 시간이 별로 없다.

내 레이저는 살인용 형태로 파문을 일며 길고 무시무시하게 변한다.

"곧 손님맞이를 해야겠네."

내가 말한다. 나는 세브로를 쳐다본다. 그는 홀로스크린 중 하나에 한 눈을 팔고 있다. 나는 블루들에게 대피하라고 명령한다.

"그들이 하고 있어. 이런 지독한. 대로우, 와서 봐봐."

세브로가 중얼거린다.

그는 생중계되는 화면들을 돌려본다. 거기에는 오렌지들과 블루들이 무기고를 뒤지고 있는 모습이 보인다. 몇몇 그레이들도 그들을 도와주고 있다. 다른 이들은 동료 선원들로 이루어진 조류를 향해 총격을 가하고 있다. 그 와중에도 옆으로 비켜서서 자신들의 특혜를 의심하는 자들도 있다. 적극적인 자들은 무기를 가지고 엉성하게 통로를 뛰어가며 자신들의 계급을 벗어난다. 가장 거친 자들이 무리를 이끈다. 그들은 블루가 아니라 오렌지 격납고 일꾼들과 기술자들 및 그레이들이다…… 개중 한 명은 낯이 익다. 아카데미에서 내 함선에 탑승했다가 나와 함께 탈출했던 중년 상등병이다. 그는 무리를 이룬 남자와 여자들을 어떤 골드의 접견실로 이끈다. 그들은 그 골드를 예의바르게 제압한다. 그런 평화로운 합의는 그리 멀리 퍼지지 못한다.

옵시디언들과 그레이들을 이끄는 세 강력한 골드 부대들이 생명유지 장치실, 함선의 고물 뒤쪽으로 5킬로미터 떨어져 있는 엔진실, 그리고 교량 문 바로 밖에 결집한다. 교량 문 밖에 있는 놈들을 세 보니 골드 4명에 옵시디언 6명이다. 그리고 그들 뒤에서 10명의 그레이들이 무기를 장전시키고 있다.

"그래도 우리는 손님맞이를 하게 될 거야."

내가 말한다.

그들은 금방이라도 문을 뚫고 들어올 것이다. 그들의 발열식 드릴에 칸막이문이 파괴되면서 문 안쪽에서는 불꽃이 튄다. 액체화된 금속이 안쪽으로 뚝뚝 흘러 거품을 지으며 바닥에 떨어진다. 블루들이 두려움에 떤다. 그리고 세브로와 나는 어깨를 펴고 헬멧을 제대로 착용하여 새로이 맹공격할 준비를 한다. 다시 내 구토 냄새가 코를 찌른다. 나는 블루들에게 통신실에 숨어 있으라고 말한다. 그들은 그곳에서 안전할 것이다.

내 근처에 있는 제어반에서 갑자기 컴 통신 불이 깜빡인다. 본능적으로 나는 컴을 받는다. 천둥 같은 목소리가 내 뼈의 마디마디를 떨리게 만든다. 누군지 화면에 뜨지 않는다.

"제 말이 들립니까?"

그것이 묻는다.

"들린다."

나는 세브로 쪽을 바라본다. 우리에게 전화를 한 자가 누군지는 모르겠지만 그는 천둥이 치는 것 같은 소리가 나도록 목소리 확대기를 쓰고 있다. 세브로는 누군지 전혀 모르겠다는 듯 어깨를 으쓱거린다.

"너는 누군가?"

"당신은 신입니까?"

신이냐고? 내 안에 으스스한 고요함이 자리 잡는다. 저것은 목소리 확대기가 아니다. 차갑고 느릿느릿한 억양으로 알아챘어야 했다. 나는 나에 대해 구전되고 있는 이야기들을 기억하며 무슨 말을 할지 조심스럽게 결정한다.

"나는 태양 태생인 대로우 오 안드로메두스다."

"당신은 함선을 취했음에도 불구하고 아직 집정관이 아니신가요? 어째서입니까?"

"나는 교량으로 날아 들어왔다."

"심연에서 홀로 왔습니까?"

"동료와 함께 왔다."

"신의 아이여, 당신과 당신의 동료를 뵈러 가겠습니다."

블루들이 공포심에 서로를 쳐다본다. 그들은 입모양으로 무슨 말을 한다. '문신이 새겨진 자.' 두려움의 무게가 내 어깨를 짓누른다. 마치 그 짐승이 그림자 속 어딘가에 숨어 있을 것 같아 세브로와 나는 교량 주위를 살핀다. 더 많은 문들이 붉은 빛을 발하며 썩어 가는 이름 모를 과일처럼 안쪽으로 흘러내리며 한 겹씩 떨어져 나간다.

그 후 블루들 중 한 명이 헉하고 숨을 쉰다. 우리는 다시 뒤쪽의 홀로캠 모니터를 바라본다. 교량문 밖의 통로 쪽 카메라들이 무시무시한 광경을 중계하고 있다. 그들이 교량 안으로 진입할 준비를 하는 동안 그것이…… 그가…… 그들의 뒤에서 달려든다. 옵시디언이긴 한데 내가 봤던 놈들 중 가장 크다. 하지만 그의 체구만 놀라운 것이 아니다. 그가 움직이는 방식도 대단하다. 그림자와 근육과 갑옷으로 엮인 무시무시한 생물체다. 그는 뛰지 않고 흐른다.

뭔가 비뚤어져 있다. 마치 생살로 만들어진 칼날이나 무기를 바라보는 기분이다. 개들은 이 생물체를 보고 도망칠 것이다. 고양이들도 이를 보고 쉬익 소리를 낼 것이다. 지옥의 첫 번째 층 위에서는 어디에도 절대 존재하면 안 될 생물체다.

그는 살인 부대의 뒤쪽을 향해 돌격한다. 그의 양손에 들고 있는 두 개의 박동하는 백색 이온블레이드 날은 갑옷으로부터 90여 센티미터 튀어나와 있다. 그레이들을 상대할 때는 단순히 달려들기만 한 후 자신의 어깨로 그들을 벽면에 밀쳐 뼈가 부러지게 만든다. 그런 후 그는 진짜 살인을 시작한다. 그 광경은 너무나 야만적이라 나는 고개를 돌려야 한다.

발열식 드릴은 스스로 알아서 문을 계속 녹인다. 그리고 문의 중앙에는 구멍이 생긴다. 구멍을 통해 나는 남자와 여자들이 죽어가는 모습을 볼 수 있다. 피가 과열된 금속 위에서 지글거린다.

문신이 새겨진 자가 일을 끝냈을 때에는 10여 군데의 상처에서 피를 흘리고 있으며 오직 한 명의 골드만이 남아 있다. 그녀는 그를 레이저로 찔러 그의 어두운 갑옷 가슴판을 관통한다. 그는 자신의 몸을 비틀어 칼날을 몸에 고정시킨다. 그녀가 그것을 채찍형으로 다시 느슨하게 만든다. 그러자 그가 그것을 붙잡는다. 그 후 그녀의 투구를 잡은 상태로 그녀를 들어올린다. 그녀의 금색 갑옷이 통로의 빛을 받아 반짝인다. 그녀가 도망치려고 한다. 허우적거리며 벗어나려고 시도한다. 하지만 하이에나를 문 사자처럼 그가 단지 꽉 쥐기만 하면 끝날 일이다. 그녀가 죽어 버리자 그는 그녀를 부드럽게 바닥에 내려놓는다. 그녀에게 좋은 죽음을 선사했으니 이제 부드럽게 다뤄 주는 것이다. 세브로는 무의식적으로 문에서 한걸음 떨어진다.

"자비로운 어머니여……."

문신이 새겨진 자가 문 반대편에 서 있다. 우리 사이에 자리한 문은 중앙 부분부터 천천히 녹아 버리고 있다. 문에 난 구멍이 몸통만큼 커지자 그는 자신의 투구를 벗는다. 털 하나 없는 창백한 얼굴이 나를 빤히 응시한다. 눈은 검다. 바람에 상한 뺨은 코뿔소의 가죽 같이 굳은살로 이루어진 갑옷을 덮고 있다. 머리는 1미터 정도의 길이로 등 중간 부위까지 내려오는 새하얀 머리카락 한 뭉치를 제외하고는 민머리다.

우리가 서로 눈을 마주치자 그가 나에게 자신을 소개한다.

"신의 아이 안드로메두스여, 저는 문신이 새겨진 자 라그날 볼라루스입니다. 드래곤 스파인의 북쪽이자 '무너진 도시'의 남쪽에 위치하며 날개 달린 무시무시한 존재들이 날아다니는 곳, 발키리 스파어스 출신인 우리 어머니 알리아 스노우스패로우의 장자이며 '고요한 자' 세피의 오라비이자 한때 물가에 있었던 타노스를 깨부순 자입니다. 그리고 저는 당신에게 문신이 새겨진 자들의 방식으로 봉납을 드리겠습니다."

그는 자신의 거대하고도 피 묻은 손을 모두 펴 보인 후 오른손을 문구멍 안으로 뻗는다. 그의 이온블레이드들이 갑옷 안으로 쏙 들어간다. 아까 골드가 꽂은 레이저는 아직도 그의 늑골 밖으로 튀어나와 있다.

나는 우라지게도 당황한 채 슈트 안에서 아무것도 못한다.

"세상에, 내 눈앞을 가리든가. 어서 해, 대로우. 저 친구가 마음을 바꾸기 전에."

세브로가 중얼거린다.

나는 헬멧을 벗으며 앞으로 한 발 나선다. 이놈을 갖고 싶다.

"라그날 볼라루스. 만나서 반갑다. 너는 배지를 하고 있지 않구나. 주인이 있느냐?"

"저는 애시 로드의 표식을 하고 다녔습니다. 그리고 이 굉장한 함선과 함께 줄리 가문에 선물로 전달될 예정이었습니다. 하지만 당신께서 이 함선을 취했습니다. 그러니 저 또한 취한 셈이십니다."

줄리 가문에? 틀림없이 그들이 아우구스투스를 배신한 것에 대한 선물일 것이다.

그런데 이놈이 방금 관료주의적인 구멍을 이용해 주인의 병사들을 죽이는 일을 정당화시켰나? 그의 말투에 반어적인 분위기가 있더라도 나는 그것을 감지할 수가 없다. 하지만 그가 왜 그런 일을 하겠는가? 그의 까만 눈이 나를 아는 것인가? 문신이 새겨진 자는 군사적 목적으로 사용하는 일이 아니라면 과학 기술을 쓸 수 없다. 그가 나를 전에 봤을 리는 절대 없다. 그럼에도 불구하고 그의 손은 그대로 내 손을 쥐려고 기다린다.

"왜 이런 일을 벌이지? 줄리 가문 때문인가?"

내가 묻는다.

"그들은 제 종류를 무역합니다."

나는 잊고 있었다. 심연을 가로지르며 옵시디언 노예들을 싣고 움직이는 함선들은 줄리 가문의 것들이다. 그들은 빅트라의 가족 문장인 창이 꽂힌 태양을 두려워할 줄 안다.

그는 그 증오심을 감추는 연습이 안 됐다. 그것은 이 남자가 태어났던 환경 속 얼음처럼 차다.

"당신께서는 이 문신들을 받아들이시겠습니까, 신의 아이여?"

그가 앞으로 기대며 묻는다. 그의 목소리는 애처롭다. 기괴한 걱정이 그의 입가에 주름을 만든다. 골드들이 '어둠의 혁명' 이후로 그들을 이렇게 만들었다. 어둠의 혁명은 그들의 정권을 한번이라도 협박했던 유일한 봉기다. 우리는 그들의 역사를, 그들의 기술을 가져갔으며 한 세대를 완전히 몰살시킨 후 그 종족에게 행성들의 극지방과 고대 스칸디나비아 종교를 줬다. 그리고 우리가 그들의 신이라고 알렸다. 몇 백 년이 지난 후, 나는 서 있는 자세로 그들의 가장 무서워 보이는 자손들 중 한 명을 올려다보며 어떻게 그가 나를 신이라고 여길 수 있나 생각한다.

"내 이름을 걸고 이 문신들을 받아들인다, 라그날 볼라루스."

끔찍하도록 두려워하며 나는 앞으로 손을 뻗는다. 그리고 과열된 금속이 우리의 팔을 에워싼 상태로 우리는 서로의 손을 잡는다. 둘의 손 크기는 거의 같지만 내 것은 금속으로 덮여 있다. 나는 그의 손이 내 손바닥에 묻히는 피를 받아들인 후 드러내 놓은 내 눈썹에 그것을 닦는다.

"나는 그것들의 짐과 무게를 받아들인다."

"태양 태생이여, 감사합니다. 정말 감사합니다. 저는 저희 어머니와 어머니 윗대의 어머니의 명예를 걸고 당신을 모시겠습니다."

"격납고 3번 안의 황새 함선에 내 친구들이 타고 있다. 그들을 구하라, 라그날, 그러면 나는 너에게 빚을 진 셈이 될 것이다."

그가 미소를 짓자 누런 이가 드러난다. 그리고 그로부터 폭풍을 맞이한 바다보다도 깊은 전쟁 구호가 울려나온다. 그것은 통로를 두려움으로 채운다. 나를 기쁨과 두려움, 그리고 원초적 호기심으로 채운다. 내가 방금 뭐를 얻었단 말인가?

제22장

불꽃

거인이 자리를 떠날 때의 물리적 충격으로 내 몸이 떨린다. 몸을 안정시킨 후 나는 다시 블루들을 향해 고개를 돌린다. 그들은 방금 벌어진 일로부터 시선을 떼지 못하고 있다. 서서 나를 볼지, 홀로캠 디스플레이를 볼지, 아니면 군주의 군함들이 우리를 에워싸고 있는 모습을 방영하는 스캐너들을 볼지 고민하고 있다.

"너희들은 이곳에서 아무것도 두려워할 필요가 없다. 이 함선의 함장은 자신의 선창을 열어 놨기 때문에 강등됐다. 바보 같이. 계급으로 실수를 덮을 수는 없다. 나는 새로운 함장을 원한다. 우리에게는 시간이 별로 없다. 그러니 나는 60초 안에 결정할 것이다."

당당히 어깨를 편 아까의 블루가 자신의 동료들을 제치고 앞으로 나온다. 처음에는 그녀의 손에 있는 문신들이 꽃무늬를 그린다고 착각했다. 그러다가 거기에서 수학적 표기들이 줄줄이 보이기 시작한다. 라모 공식, 구부러진 시공간에서의 맥스웰 방정식, 휠러-파인만 흡수체 이론, 그리고 내가 모르는 다른 수백 가지 공식들이다.

"골드 소년이시어, 저에게 배지를 주시면 화성으로 돌아갈 수 있는 구멍을 조각해 드리죠."

그녀의 말투에는 억양이 없다. 그것은 무미건조하다. 정확하면서도 느릿느릿하다. 피가 흘러나오듯 말에서 감정이 빠져나와 오로지 단어들의 글자와 소리만이 수식처럼 허공을 맴돈다.

"제 생명을 걸고 맹세하겠습니다."

"'소년'이라고?"

내가 묻는다.

"당신은 제 나이의 절반밖에 안 됩니다. '소년 각하'라고 불러 드릴까요? 아니면 그 존칭에도 마음이 상하실까요?"

세브로가 이 블루의 단조로운 뻔뻔함에 당황하며 눈썹 하나를 들어올린다.

다른 블루가 부드럽게 말한다.

"그녀를 용서하십시오, 도미너스. 그녀는 중위로서……."

나는 한쪽 손바닥을 들어 보인다.

"네 이름이 뭐냐, 블루?"

"오리온 제 아쿠아리입니다."

"그건 남자 이름인데."

세브로가 말한다.

"그렇습니까? 저는 몰랐습니다."

블루도 빈정댈 수 있나?

"제 섹션의 의도대로였다면 저는 남자였어야 합니다. 제가 그들을 놀래게 만든 것이죠."

"어느 섹션?"

세브로가 묻자 그 사무적인 블루가 다시 말을 방해한다.

"그녀는 섹션이 없습니다. 원래는 코페르니칸 섹션으로 배정되어 있었으나 보시다시피 이런 이유로 그곳에서 얼마 안 지나 퇴출당했습니다. 그녀는 도킹 노동자입니다."

오리온이 움찔한다. 그녀는 상대 블루를 향해 획 돌아선다. 그녀의 목소리가 높아지지는 않는다.

"지나치게 규칙을 찾는 조그만 방귀 가스 주제에 나선다, 펠루스? 응?"

펠루스가 차분하게 말한다.

"보이시죠? 그녀는 도킹 노동자입니다. 그녀의 감정적 요소들은 다루기 어렵죠. 그녀의 잘못은 아닙니다. 그녀는 자신의 '기름때 많은' 환경의 산물입니다."

"시답잖은 소리 마."

그녀가 앞으로 한 걸음 급히 나오며 말한다.

오리온은 펠루스의 얼굴을 주먹으로 친다. 그가 울부짖으며 전에 한 번도 맞아 본 적 없었던 것처럼 뒤로 쓰러진다. 아마 정말로 맞아 본 적이 없었을 것이다. 왜 블루가 다른 블루를 치겠는가? 그들은 시험을 보는 자들이고 수학을 푸는 자들이며 천체의 위치를 기록하는 자들이다. 싸움하는 자들이 아니다.

"나는 저 무례한 녀석이 마음에 드는데."

세브로가 말한다.

"기다리십시오, 도미너스! 제가 함선을 차지하고 싶습니다!"

다른 블루가 바닥에 널브러진 펠루스를 쳐다보며 앞으로 슬쩍 나온다.

"저는…… 저는 이것을 차지할 자격이 충분합니다. 오리온은…… 오리온은…… 굼벵이라고요! 그녀가 천체 물리학을 숙달한 정도는 한참 모자랍니다. 태양계 밖의 질량 역학에 대한 이해도가 낮은 것은 말할 것도 없고요. 그녀는 천문대 교실에 참가도 하지 않았습니다."

또 다른 블루가 사람들을 밀치며 앞으로 나온다.

"아르누스는 잊어버리십시오! 그는 천체물리학에 있어서 멍청이에요. 그리고 미적분학에 대한 이론적 추정치를 내는 그의 능력은 아주 잘해야 미거한 정도고요! 저는 애시 로드 밑에서 6개월간 부사령관으로서 이 함선을 지휘했습니다. 이 함선이 정박 중이었을 때에도 여기서 일했고요. 논리적인 근거에 따라 저를 당신의 함장으로 선임하시는 것이 마땅합니다, 도미너스."

컴 너머로 아르마다 함대의 함선들이 우리에게 계속 연락을 취한다. 군함들이 점차 다가오고 있다. 그들의 배 속에는 용감한 남자와 여자들이 갑옷을 착용하고 있을 것이다. 그들을 태운 리치크래프트가 내 선체에 떨어지도록 우주로 쏘아질 것이다. 그들은 자신들의 앞길을 헤쳐 나아가면서 집으로 돌아가 어머니나 아내가 만들어 준 식사를 할 수 있기를 기도하고 있을 것이다. 이런 와중에 내 블루들은 이 함선을 이끌고자 서로 밀어내고 밀치며 서로에게 욕설을 퍼붓고 서로의 수학적 능력과 학구적 진정성을 깎아내리고 있다.

특유의 느린 말투로 한 여성이 외친다. 그녀는 무릎을 꿇고 앉는다.

"둘 모두의 말에 귀 기울이지 마십시오, 도미너스! 제 이름은 벌가 제 세디에르타입니다. 저는 소행성의 흐름에 대한 물리학을 미드나이트 학교에서 공부했습니다. 천문대 교실보다 훨씬 우월한 곳입니다. 또한 다른 자격증도 많지만, 암흑 물질과 중력 렌즈를 전공하여 박사 학위도 받았습니다. 제가 당신의 함선을 이끌게 해주십시오, 도미너스. 마음이 간다는 이유만으로 다른 사람을 선임한다는 것은 허울만 그럴듯한 결과가 될 것이며 설상가상으로 비논리적인 선택이 될 것입니다."

이 블루들은 자신들의 논리를 이용해 내가 오로지 다른 이들처럼 무릎을 꿇지 않는 한 여성만을 쳐다보고 있다는 것을 알아챘어야 했다. 가장 먼저 말을 시작했던 오리온은 어깨를 빳빳이 펴고 긴 목을 굽히지 않은 채 여전히 서 있다. 그녀의 방언은 낮은 계급 태생의 것이며 더 날카롭고 이 학구파들의 몽환적인 언어에 비해 훨씬 세속적이다. 아마 포보스 부두 도시나 아카데미의 관제 구역 근처의 스트링 선창 출신일 것이다. 만일 그녀가 정말로 천문대 교실이나 미드나이트 학교에 다니지 않은 도킹 노동자라면 자격 미달인 채 어떻게 이 교량에 오게 됐는지가 궁금해진다.

"저 잡음은 다 어쩌자는 건가?"

내가 다른 블루들을 손짓으로 가리키며 오리온에게 묻자 그녀가 가녀린 손가락 하나로 자신의 관자놀이를 건드린다.

"그들은 모두 머리에 개똥이 들어 있습니다, 도미너스. 저는 개똥이 들어 있지 않습니다."

그녀는 미소를 지으며 다른 토치 함선들이 스멀스멀 다가오는 모습을 비추고 있는 디스플레이들을 고개로 가리킨다.

"그리고 당신의 한정된 시간도 다 되어 가고 있네요."

나는 스캐너 스테이션을 바라본다. 경고등이 인근에 있는 군주의 군함과 크루저에서 비밀리에 발사된 두 대의 리치크래프트들을 가리키고 있다.

"저는 제가 이 일을 잘 해낼 수 있으리라는 것을 알고 있습니다. 그러지 않았다면 입을 열지 않았겠지요. 부디 저에게 기회를 주십시오."

나는 세브로를 향해 고개를 끄덕이자 그가 오리온에게 함장의 날개 달린 별을 던져 준다.

"우리의 함대로 데리고 가도록."

"교전 원칙은요?"

그녀가 나에게 묻는다.

“최소한의 부상자들만 발생하도록. 우리는 선이다. 군주는 독재자다. 그런 식으로 이 상황이 흘러가게 만들어야 한다.”

“네, 도미너스.”

오리온은 내 함선을 통솔하기 시작하면서 루비콘 비콘스 너머에 있는 아우구스투스의 함선과 만나라는 명령을 내린다. 나는 세브로와 함께 그 모습을 지켜본다. 티격태격하던 소리는 내가 오리온을 선임하자마자 멈춘다. 그들은 자신들의 기회가 지나갔음을 알고 있다. 그러니 마치 자신의 자리를 벗어나기를 바란 적이 한 번도 없었던 것처럼 각자의 편안한 역할로 돌아간다. 이 어스름한 불빛 아래에서 그들의 팔뚝에 새겨진 블루 상징들이 삼지창 같아 보인다.

블루들에게는 특이하게도 세상과 동떨어져 보이는 면이 있다. 우주의 심연 속에 사는 섬사람들이다. 그들은 반란을 일으키지 않으면서 루나로부터 시작되는 기나긴 여정들을 견뎌내도록 설계되었다. 그러니 그들은 공유한다. 같은 산소를, 같은 음식을, 같은 침대를, 같은 일상을, 같은 선실을, 같은 지휘관들을, 같은 연인들을, 같은 섹션들을, 같은 야망들을. 자신들의 업무를 정확히 수행하며 능률에 따라 높은 자리로 올라 자신들의 섹션에 명예를 가져오기가 그들의 야망이다.

나는 나머지 함대와 루나의 위성들로 연결되는 컴 채널을 개통한다. 그들은 이 신호를 막을 수 없다. 이 함선에서 내보내는 것은 못 건드린다. 우리의 신호 배열은 그 어떤 군주의 군함과 비교해도 손색이 없을 정도로 정교하다.

"소사이어티의 아들과 딸들이여. 나는 아우구스투스 하우스의 대로우 오 안드로메두스다. 나는 끔찍한 소식을 전한다. 오늘 밤, 너희들의 군주가 우리 소사이어티의 협정을 깨뜨렸다. 내 주인인 네로 오 아우구스투스 대총독이 군주의 보호 하에 잠을 자던 중 그녀는 그의 생명과 그의 가족들의 생명, 그리고 그의 집정관 및 보좌관들의 생명을 앗아가려는 시도를 범했다. 벨로나 가문과 함께 그녀는 불법적이며 비도덕적인 방식으로 30명 이상의 흉터를 입은 비할 데 없는 자들을 살인하려고 했다. 그리고 실패했다.

이에 대한 보복으로 나는 그녀의 기함 중 하나를 취했다. 그리고 이제 나는 포위당한 상태다. 내 생명뿐만 아니라 내 주인과 그의 가족들의 생명까지 위험에 처해 있다. 맞서 싸우지 않으면 우리는 죽을 것이다. 항복을 하더라도 우리는 죽을 것이다. 나는 이 함선의 선원들을 비우지 않았다. 탑승한 자들은 내 사안에 동조하여 권력을 탐하는 독재자, 옥타비아 오 룬에 대항하는 가문에 협력을 하고 있다."

사실에 충분히 가까운 내용이다.

"몇 시간 전, 우리의 군주가 나에게 내 가문을 배신하라고 말했다. 내 맹세를 깨뜨리라고 했다. 앞서 통치하던 그녀의 아버지처럼 그녀도 권력에 취해 이제 자신을 여제라고 믿고 있다. 그녀는 우리에게 고개를 숙이라고 했다. 이제 우리의 답변을 지켜보라."

나는 컴을 끈다.

오리온이 선언한다.

"펠루스 씨, 마음대로 공격하십시오. 그 자식들이 와서 맛 좀 보게 만들어요."

그녀는 자신의 문신을 활성화시켜서 나머지 선원들처럼 디지털 언어의 세계로 빠진다.

교량이 조용하다. 1초가 지나가고, 또 1초가 지나간다. 홀로컴 상에 세 명의 그레이들이 골드 한 명의 머리를 쏘는 장면이 보인다. 격납고에서는 오렌지들이 서로를 부둥켜안은 채 옆으로 비켜서 있으며 골드들이 전쟁 친화적인 컬러들을 이끌고 쓰러져 있는 황새 함선을 공격하려고 한다. 그러다 라그날이 격납고에 도착하자 오렌지들이 그의 주위로 몰려든다. 통로에서부터 그를 따라 들어온 갑옷 차림의 레드들도 마찬가지로 모인다. 많은 사람들이 죽는다. 뭔가 맹렬한 것이 이 컬러들을 붙든다. 그들이 죽어 나가고 있다. 그럼에도 불구하고 그들은 내 허락 하에 평생토록 저지르고 싶었던 일을 하고 있다. 이에 반란의 불씨가 미세하게 타오르는 것이 느껴진다. 그들의 생명이 거의 끝나갈 무렵에야 언뜻 보일지라도 그것은 거기에 존재한다. 개인성의 불꽃이, 자유의 불꽃이…… 황새 함선의 출입구가 팍 열린다. 그리고 머스탱이 내 하울러들과 함께 돌진하며 나와 로우컬러들과 라그날을 돕는다. 그 와중에도 텔레마누스 부자는 이 괴물 같은 남자로부터 거리를 두고 있기는 하다.

내 함선 너머로 적의 함선들이 드디어 그들의 위협적인 모습을 드러낸다. 스캐너들에 붉은 점들이 가득 찬다. 적들이, 우리 주위를 에워싸고 있는 함대들의 뱃속을 갓 가르고 나온 리치크래프트들이 우리의 선체에 도달하려고 우주를 가르며 지나간다. 그들은 폭풍처럼 우리를 한꺼번에 진압하려고 계획하고 있다.

오리온이 함선의 양측면을 개방한다.

"너무 아름답다."

세브로가 중얼거린다. 나는 말없이 서 있다. 레일건 총알들이 리치크래프트를 쾅하고 뚫고 지나가며 금속과 인간은 베어 낸다. 그것들은 오로지 리치크래프트를 발사시킨 군함들의 선체와 실드를 들이받기 위해 날아간다.

내가 새로 임명한 함장은 팔짱을 낀 채 지휘대를 빠르게 왔다 갔다 한다. 내 5킬로미터 길이의 전투용 함선이 구르며 레일건 총들로 이루어진 자신의 제방을 통과한다. 레일건 총들은 군주 쪽 함대의 얼굴을 향해 죽음을 던지고 있다. 오리온이 반만 돌아 나를 본다. 모두가 보는 앞에서 그녀는 능글맞게 웃는다.

"자, 이제 그놈의 길이나 터 보겠습니다, 도미너스."

그녀는 엔진들이 검은 물질을 두들기도록 지시한다. 우리는 두 군함의 잔해를 뚫고 쭉 지나간다.

기술적 지시들에 따라 웅웅거리는 소리를 제외하고는 교량은 고요하다. 미사일들이 우리 선체 너머에서 번쩍이며 콘서트를 연다. 적들이 이제 맹공격 스크린을 올렸기에 우리도 맹공격 스크린을 배치한다. 미사일 공격은 이제 부질없다. 마치 무인 지대처럼 빛이 아우라를 형성하며 우리를 감싼다. 레일건 대포가 우리의 선체를 들이박지만 교량에 있는 우리는 그 반향을 느끼지 못한다. 우리의 장비에 불이 붙지 않는다. 배선도 머리 위의 사물함에서 떨어져 나오지 않는다. 이 함선은 700년간 했던 설계의 최고봉이다.

세브로가 나를 쿡 찌른다.

"지랄 맞게 지독하네. 여기서 간신히 살아 나갈지도 모르겠어."

우리 주위를 에워싸는 부속 함대는 거대하다. 거대하다는 표현을 넘어서는 크기다. 이것은 루비콘 비콘스 너머로 모여든 모든 지도자들과 그들의 함대들이 두려움에 떨도록 이곳에 배치된 것이다. 그럼에도 이 부속 함대는 총체적으로 다 모인 함대 크기의 절반도 안 된다. 하지만 지금은 바로 그 부속 함대가 안쪽에서부터 전율하고 있다. 그것은 마치 비대한 몸체가 외계인을 품고 있는데 그 외계인이 숙주를 씹어 삼키며 나오려는 것 같다.

우리는 빠르게 함대로부터 도망친다.

그들은 루비콘 비콘스를 넘어서까지 우리를 쫓아오지 않는다. 그곳에서 우리의 작은 함대뿐만 아니라 코르도반 가문, 텔레마누스 가문, 그리고 노르보 가문의 함대들까지 우리와 합류한다. 나는 오늘의 마지막 기습 이벤트 후 우리의 깃발 쪽으로 더 많은 사람들이 모여들기를 바란다.

나는 우리의 항적을 분석한다…… 우주전의 잔해다. 사람들의 시체가 내 함선 뒤로 떠다니고 있다. 그들은 깨지고 구멍이 난 함선에서 나왔다. 몇은 아직 살아 있지만 곧 얼거나 질식할 것이다. 내가 가는 길에 죽은 자들이 더 많아졌다. 얼마나 더 많은 사람들이 죽어야 할까?

나는 교량에 오리온을 남겨둔다. 세브로와 나는 엔진실로 향한다. 그곳에서 오렌지들이 우리의 난도질당한 슈트를 잘라내서 우리를 밖으로 꺼내준다. 우리는 그곳에서 격납고로 재빨리 이동한다. 격납고는 함선들, 장비들, 그리고 이제는 망가진 사람들이 산재된 드넓은 금속 창고다. 옐로우들이 황급히 돌아다니며 부상당한 자들을 도와주고 그들을 메드베이로 실어 나른다. 그레이와 오렌지들이 그들을 돕고 있다.

위드가 몇 명의 갑옷을 입지 않은 골드들을 레이저로 해치운다. 페블과 하피는 옐로우들을 돕는다. 내 눈은 황급히 머스탱을 찾고 있다. 나는 닳아버린 황새의 날개 한쪽 밑에서 그녀를 발견한다. 그녀는 자신의 아버지와 이야기를 하고 있다. 난도질당한 그녀의 왼팔에는 긴 상처가 남았다. 나는 그것을 못 본 척 한다. 그들은 리치크래프트로부터 공격을 받았으며 격납고에 들어오면서 그것을 성공적으로 떨쳐냈다.

"우리는 군주의 함대 대부분을 벗어났습니다."

내가 아우구스투스에게 말한다.

"퀸은 어디에 있어? 사람들이 퀸을 메드베이로 옮겼어?"

세브로가 날카롭게 묻는다.

머스탱이 대답을 안 한다. 대신 그녀는 황새 함선의 출입구 경사로를 바라본다. 그 길을 따라 로크가 내려온다. 그의 품에는 퀸이 안겨 있다. 그녀는 창백하다. 길다. 그리고 죽어 있다. 세브로는 움직이지 않는다. 말을 못한다. 숨이 가슴까지 차오르자 그는 콧구멍을 벌름거린다. 애처로운 울음이 절대 울지 않는 이 소년 속에 단단히 갇혀 있다. 그는 멍해진다. 유령 같아진다. 내가 그를 향해 손을 뻗자 그는 뿌리친다. 분노에 그러는 것이 아니라 혼란스러워 그러는 것이다. 마치 한때 미래에 대한 이야기를 들었었는데 약속된 미래가 지금의 현실과 다르다는 듯이……. 그는 발을 헛디뎌 뒤로 넘어지며 퀸의 몸으로부터 떨어진다. 그리고 주위를 둘러보더니 뒤로 돌아 격납고에서 도망친다.

로크가 퀸과 함께 나를 지나친다. 그의 얼굴이 축 처진 채 피곤해 보인다. 그는 무언가 쓴 소리를 하고 싶어 하지만 입을 꾹 다문 채 나를 향해 고개만 흔든다. 그는 아직도 내가 갈라파티 전에 그의 방에서 그를 왜 공격했는지 모른다. 그리고 이제 이 일이 터진 것이다. 나는 그가 저렇게 망가진 모습을 본 적이 없다.

"퀸을 봐. 대로우, 네 친구를 봐."

로크가 나에게 말한다.

나는 퀸을 바라본다. 모든 것이 조용해지는 기분이 든다. 여기에 그녀가 죽어 평화로이 있다. 왜 우리가 그녀에게 숨결을 다시 불어넣을 수 없단 말인가? 왜 그냥 오늘 하루를 처음부터 다시 시작할 수는 없단 말인가? 모든 것을 바르게 하도록, 우리가 사랑하는 자들을 구할 수 있도록…….

로크는 퀸과 함께 우주로 열리는 격납고의 투명 펄스필드 쪽으로 움직인다. 심지가 꺾이고 부러진 그는 별들을 향해 걸어간다. 자신의 잃어버린 소녀를 그 별들 속으로 밀어내기 위해…….

나는 자칼이 황새 함선에서 내리는 것을 보자마자 그를 붙잡아 일이 어떻게 된 것인지 물어본다. 그녀는 죽었다. 그가 나에게 말한다. 그냥 그렇단다. 그는 우리 나머지 사람들만큼 지쳐 있다. 그가 걷어 올렸던 자신의 소매를 내린다.

"나는 사과하지 않을 거야. 최선을 다했으니까."

나는 스스로를 털어버리며 말한다.

"물론 그랬겠지. 그랬을 거야."

자칼은 나에게 내 헬멧 카메라가 어디 있냐고 묻는다. 나는 그를 멍하니 쳐다본다.

"녹화 장면. 네가 방금 무슨 일을 벌인 건지 이해하기는 하는 거야? 두 남자가 가장 잘 만들어진 함선들 중 하나를 취했다고. 골드들은 우리의 깃발만 보고도 그 아래로 몰려들 거야. 그러기 위해서는 내 미디어와 이야기만 있으면 돼."

그가 주변을 향해 손짓을 한다.

나는 아무 생각 없이 그에게 카메라 위치를 말해 준다. 아레스의 아들들이 폭탄 폭발을 녹화하기 위해 내 이에 끼워 둔 데이터 녹음기를 거의 잊어버릴 뻔했다. 그것은 내가 어금니를 물면 돌아가게 돼 있다. 군주의 사무실에 앉자마자 이를 물었었다. 나는 입 안에 손을 집어넣어 조심스럽게 그것으로 잇몸으로부터 떼어낸다. 그것은 머리카락보다도 더 작다. 자칼의 눈이 빛난다.

"이거 어디에서 났어?"

그가 묻는다.

"암시장. 군주가 제 무덤을 팠어. 그 녹음 파일을 써. 이 전쟁이 공평한 싸움이 되도록 만들어."

나는 자칼을 그 자리에 남긴 채 주변 정리를 다른 이들에게 맡기고 가려는데 오렌지들과 로우컬러들이 나를 지켜보고 있는 것이 느껴진다. 폭력만 써서는 이들을 이끌 수 없다. 그래서 나는 페블과 하피와 합류하여 부상자들을 메드베이로 이송하는 일을 돕는다. 나머지 하울러들도 돕는다. 머스탱도 돕는다. 그리고 결국에는 빅트라까지 돕는다.

마지막 그레이 부상자가 들것에 실린 후 나는 빈 격납고에 서 있다. 아우구스투스는 교량으로 가 버렸다. 자칼은 자신과 동행하는 텔레마누스 부자를 피해 다니며 대신 통신실로 향한다. 나는 홀로 남겨졌다. 로크도 갔다. 나는 뭐를 해야 할지, 어디로 가야 할지 모르겠다.

피와 불에 그슬린 자국들로 갑판이 얼룩져 있다. 나는 내 손을 본다. 이것이 내 행동의 결과다. 그리고 나는 너무 외롭다. 나는 내 머리를 차가운 금속 벽에 기댄다.

그녀가 뒤에서 접근해 온다. 내 이름을 불러 준 것 같지는 않다. 나도 잘 모르겠다. 그냥 그녀의 축축한 머리 냄새가 나더니 그녀가 내 몸에 양팔을 두른다. 나를 꼭 안는다.

머스탱이 조용히 말한다.

"네가 지쳤다는 건 알아. 하지만 세브로에게 네가 필요해."

"로크는 어떤데?"

나는 고개를 돌려 그녀와 마주보며 묻는다. 우리 사이에는 하지 못한 이야기들이 너무 많이 남아 있다. 답을 하지 못한 질문들이 너무나 많다. 너무나 많은 죄를 짓고도 그대로 용서받지 않은 채 뒀다. 너무 많은 분노와 어쩌면 뭔가 더 깊은 관계를 향한 희미한 불꽃도 아직 남아 있다. 그녀가 내 목을 양손으로 받치자 그 불꽃이 느껴진다. 나는 그녀의 손가락에 있는 힘이 나에게 전달되도록 그대로 움직이지 않는다.

"지금은 아니야."

머스탱이 말한다. 로크가 나를 탓하고 있다. 그리고 그래야 마땅하다. 모두들 나를 탓해야 마땅하다. 그리고 이런 상황은 앞으로 더 나빠지기만 할 것이다.

제23장

신뢰

나는 그를 공동 세탁실에서 발견한다. 다른 모든 사람들이 화성으로 돌아가는 여정에 차지하겠다고 미리 점찍어두던 최고급 방이 그에게 배정되었지만 그는 그런 식으로 생각하는 놈이 아니다. 그는 아직도 말 안에 숨어 있던 소년이다. '아니야.' 나는 생각한다. '더 이상 소년은 아니지.'

"퀸은 너를 아꼈어, 세브로."

앞으로 팔짱을 끼고 있는 그는 주근깨가 나 있고 말랐다. 그의 허리에 수건 하나가 묶여 있으며 또 하나가 그의 어깨에 걸려 있다. 골드들은 벌거벗는 것에 대해 신경을 쓰지 않는 경향이 있지만 세브로는 언제나 그렇지 않았다. 내가 마지막으로 그를 봤을 때에 비해 그의 몸에 문신 하나가 늘어 있다. 검은색과 회색의 거대한 늑대가 그의 등을 따라 새겨져 있다. 하울러들이 그의 전부다. 한때 그들은 내 도구에 불과했다. 지금은 그들을 더 가치 있게 여긴다. 하지만 그게 무슨 의미나 있을까? 그럼에도 여전히 그들을 똑같이 이용하고 있는데? 세브로는 샤워실의 하수구로 물이 흘러들어 가는 것을 멍하니 바라보고 있다. 아래로, 아래로 물이 소용돌이치며 흐른다.

"결국에 가서는 난 전쟁을 즐길 것 같아. 내 등골을 좀 더 굳건하게 다지고 손에 굳은살 좀 만들어야겠지. 개새끼들은 이게 다 장밋빛이며 영광이라고 했었는데."

세브로가 말한다. 그가 나를 올려다본다.

"장미 냄새가 맡아지지 않아, 리퍼?"

나는 벤치, 그의 옆자리에 앉는다.

"내가 뭐라고 했는지 들었어?"

"당연히 지독하게도 네 말을 들었지. 나는 귀가 아니라 눈이 하나 없을 뿐이라고."

그는 빼빼한 손가락으로 자신의 생체공학적인 눈을 건드린다.

"당연히 그녀가 나를 아꼈다는 것도 알고 있어. 하지만 내가 바라는 방식으로 마음을 준 적은 한 번도 없었지. 그녀는 살아야 했어. 우리 못난이 난쟁이 똥싸개들 중 살아야 마땅한 사람이 있었다면 그녀였어. 그녀에게는 잔인한 구석이 한 군데도 없었다고. 단 한 군데도. 하지만 다 소용이 없었지. 우리가 선하든 악하든 의미가 없어. 다 운이야."

"네가 그녀를 알고 지낸 것 자체가 운이었어. 그녀가 마르스 하우스로 뽑힌 것도 운이었고."

"아니, 그건 우리 아버지였어. 그가 그녀를 뽑았어. 주노 하우스에서 그녀를 데리고 오기 위해 주노와 한 명을 교환했다고."

세브로가 말하며 자신의 고개를 젓는다.

"다 그녀가 우리의 성질을 죽여 주고 분노를 조절해 줄 수 있을 거라는 아버지의 믿음 때문이었지. 아버지가 그녀를 뽑지 않았다면 우리는 만나지 않았을지도 모르고 그녀는 살았을 거야."

나는 이오를 생각하며 말한다.

"어쩌면 그랬을지도. 하지만 그녀가 이곳에 오기를 선택했어. 그녀는 나를 따르기로, 그리고 너를 따르기로 선택했고."

"팍스와 똑같이."

나는 내 페가수스를 만지작거리며 고개를 끄덕인다.

세브로가 말한다.

"전쟁은 다 똥오줌인 거지? 그들이 아무리 이걸 예쁘게 포장해도 소용없어. 우리는 아직도 게임을 하는 중이야. 언제나 이런 지랄 같은 게임을 하고 있을 거고. 그들의 제국에 침이나 뱉으련다. 이 똥과 이 오줌에 침이나 뱉을 거라고. 나는 너를 위해 온 거야. 그가 나에게 네 정체를 알려 줬으니까."

나는 그를 멍하니 바라본다. 그의 말을 이해할 수 없다.

"무슨 의미야?"

나는 불안하게 웃으며 묻는다.

"그걸 켜. 네가 하나를 가지고 왔다는 건 알고 있어. 너는 언제나 철저하잖아, 리퍼. 언제나 철저하다고."

"왜 그런 태도로……."

"입 닥치고 그걸 켜."

나는 고개를 끄덕이고 주머니 속에 있는 기기를 작동시킨다. 잼필드 하나가 설치된다. 나는 군주처럼 아무도 내 말을 엿들을 수 없을 것이라고 믿을 정도로 자만하지 않다. 세브로는 내가 불편하게 서성일 때까지 나를 뚫어지게 쳐다본다.

"그래서 내가 뭔데?"

내가 묻는다.

세브로가 고개를 저으며 되묻는다.

"지금도 그럴 거야? 너는 꽉 닫혔어. 나를 보낸 사람의 이름을 말해 봐."

"머스탱이 너를 보냈잖아. 그녀가 너를 림에서 데리고 왔다며. 다른 하울러들도 마찬가지고."

"그건 맞아. 머스탱이 그랬어. 명왕성에서 여기까지 오는 데 6개월이 걸렸지. 하지만 내가 트리톤에 도중하차 하는 동안 누가 나를 찾아왔게? 어서, 리퍼. 맞혀 봐."

"론 님?"

세브로의 입술이 조롱하는 모양새로 휜다.

"피치너?"

세브로는 내 얼굴에, 눈 바로 밑에 대놓고 침을 뱉는다.

"한 번만 더 잘못 대답하면 너를 이렇게 떠날 거야."

그는 자신의 손가락으로 딱 소리를 낸다.

"나는 돌아오지 않을 거야. 너를 도와주지 않을 거야. 너를 위해 피를 흘리지 않을 거야. 나에게 충분히 마음을 열지 않아 단 한 번도 위험을 감수하지 않는 사람을 위해 내 친구들을 희생하지 않을 거야. 신뢰는 서로 주고받아야 하는 거야, 대로우. 이번에는 네가 모험을 해야 해."

세브로는 허풍을 부리는 것이 아니다. 그리고 나는 내가 하고 싶은 말이 무엇인지 알고 있다. 하지만 어떻게 그렇단 말인가? 세브로는 골드다. 우라질 골드다. 그는 내가 아폴로에게 "우라질"이라고 말한 것을 들은 적이 있다. 그는 그것을 덮어 줬다. 아닌가? 그냥 실수로 그가 그랬던 것인가? 그가 나를 궁지로 모는 것인가? 아니다. 그럴 리 없다. 그것이 사실이었다면 이 게임은 이미 끝났다. 이오의 꿈은 실패했다. 그보다 나와 가까운 사람이 누가 있는가? 나를 이 따돌림을 받는 괴상망측한 놈보다 더 사랑해 주는 사람이 있나? 아무도 없다.

그래서 나는 그의 흐릿한 금빛 눈동자를 직시한다.

"아레스가 너를 보냈구나."

우리 사이에 침묵이 감돈다.

끔찍한 5초. 6초. 7초. 그는 일어서서 문을 잠그고는 구겨진 바지 주머니 속에서 작은 검은색 수정 하나를 꺼낸다.

"네 숨결로만 열리는 거야."

"위스퍼 보석이……."

나는 그것이 얼마나 비싼지 알기에 그것을 부드럽게 받는다. 그리고 그것의 표면에 대고 바람을 분다. 내 숨결에 그것이 흔들리다 깨진다. 작은 흑색 잔해들이 위로 떠오른다. 마치 한여름에 땅거미가 지는 동안 풀 속에서 반딧불들이 날아오르는 것 같다. 그것들이 하나로 합쳐진 후 허공을 날아다니더니 세브로와 나 사이에 머물러 대략의 홀로그램 형태를 갖춘다. 아레스의 스파이크가 박힌 투구다.

아레스가 지저귄다.

"내 아들이여, 미안하구나. 하모니가 나를 배신하고 우리의 원칙에 반하는 활동을 벌였다. 나는 그녀가 너를 어떻게 이용하려고 했는지 너무 늦게 발견했다. 하지만 너는 현명했어. 그래서 내가 너를 선택한 것이다. 하모니의 노력을 제한하기 위한 행동들이 취해지고 있다. 네 일은 이어가거라. 아우구스투스 가문을 벨로나 가문과 대립하게 만들고 팍스 솔라리스를 망가뜨려라."

나는 질문을 하려고 하지만 이것은 녹화된 파일이다. 갈라파티 이후에 만들어진 모양이다.

"이것이 어려운 일이라는 걸 알고 있다. 이미 너로부터 너무 많은 것을 바래 왔다. 하지만 네 일을 이어나아가야 한다. 카오스를 조장하라. 그들을 약하게 만들어라. 너에게는 나에게 의구심을 품을 이유들이 많다. 이전까지는 우리가 너에게 연락을 취하지 못했다. 왜냐하면 플라이니, 자칼, 그리고 군주의 스파이들이 너를 지켜보고 있었기 때문이다. 사고뭉치들이 관심을 끄는 법이다. 하지만 나도 너를 지켜보고 있었다. 그리고 나는 네가 자랑스럽다. 이오도 그렇게 생각할 것이다. 네가 이 메시지의 진실성을 의심할 수도 있으니까 친구 하나가 안부 인사를 하겠다고 말한다."

아레스의 투구가 사라지고 댄서가 나를 향해 미소를 짓는다.

"대로우, 우리가 너와 함께하고 있다는 것을 알아 줬으면 좋겠다. 네 가족들은 잘 살고 있다. 끝이 오고 있어, 내 친구여. 곧 너는 우리와 함께할 것이다. 그때까지는 아레스가 보낸 그 사람을 믿어라. 내가 그를 직접 모집했단다. 사슬을 끊어라."

이미지가 침식되면서 거무스름한 빛이 공기 중에 부식된다. 그리고 나는 멍하니 샤워실 바닥만을 바라보고 있다.

"그렇게 많은 수술을 받은 것 치고는 보기 좋네."

세브로가 말한다. 녀석의 미소는 평상시와 똑같이 심술궂어 보인다.

"아레스가 그 장애인을 나에게 보냈어. 너를 기관으로 보낸 놈 말이야. 댄서."

세브로는 더 이상 말을 잇지 못한다. 왜냐하면 내가 그를 안고 울고 있기 때문이다. 나는 울부짖으며 그를 붙잡고 흔든다. 그가 내 반응에 당황한다. 그는 내 머리를 쓰다듬으며 가만히 있다. 내 어깨를 짓누르던 모든 짐이 떨어져 나간다. 누군가가 안다. 그는 알면서도 여기에 있다. 그는 알면서도 나를 도와주기 위해 왔다. 나를 '도와주기 위해.' 나는 몸을 떨며 계속 고맙다고 말하기를 멈출 수 없다. 이오가 맞았다. 내가 맞았다.

"너는 내 친구야."

나는 어린 아이처럼 떨리는 목소리로 말한다. 이런 내 모습에 그도 울 뻔 한다.

진정한 친구다.

세브로가 머뭇거리며 말한다.

"물론이지. 하지만 네가 그만 울어재낄 때만이야. 이놈아, 우리는 여전히 골드들이야."

나는 그로부터 떨어진다. 창피하다. 내 얼굴을 소매로 닦는다. 내가 사과의 말을 중얼거리는 것 같다. 시야가 흐릿하다. 나는 훌쩍인다. 그가 나에게 수건 하나를 건넨다. 그것에 나는 흐르는 콧물을 푼다. 그는 인상을 찌푸린다.

"왜?"

"그 수건은 눈물 닦으라고 준 거였어."

우리는 함께 웃는다. 그 후 어색한 침묵 속에서 앉아 있다. 시간이 지나면서 나는 그에게 얼마나 오랫동안 이 사실을 알고 있었냐고 묻는다. 그의 말에 의하면 그는 기관에서부터 내가 아폴로에게 "우라질"이라고 말하는 것을 들었을 때부터 나를 의심했다고 한다. 당시에 내 목소리가 완전히 굵고 거칠게 변했었단다. 그 후 댄서는 내가 조각되는 과정을 그에게 비디오로 보여 준 것이다.

"어떻게 해서인지 그들은 네가 나를 믿어도 된다는 걸 알고 있었어. 정작 너는 믿지 않았는데도 말이지, 이 똥싸개야. 언제나 그래 왔어. 그리고 언제나 그럴 것이고."

"신경…… 쓰이지 않아? 내 정체가?"

나는 세브로에게 묻는다.

그는 짧게 깎은 머리를 긁는다.

"'신경 쓰인다'라. 지독하게 큰 것을 표현하기에는 쥐 똥구멍만 한 단어다. 사타구니 발진이 신경 쓰이지. 상한 생선이 신경 쓰이지. 작위가 주어진 꼴불견들이 신경 쓰이지. 이건……."

그가 어깨를 으쓱인다.

"그러거나 말거나. 너는 내 관점을 세상의 그 어느 또라이보다도 더 좋아해 주잖아. 그 호의에 보답이나 하려고. 내가 실제로는 네 그 불그죽죽하게 녹슨 뒷구멍보다 훨씬 큰데도 말이지."

나는 그 소리에 웃는다. 그에 비하면 내 레드 시절 모습은 난쟁이였다.

"내가 여기에 뭐를 하러 왔는지 알고 있겠지? 단순히 침투만 하는 게 아니야. 소사이어티가 무너져야 끝날 일이야."

"너무 높이 오르면 진흙탕에 쓰러지기 마련이지."

"그게 다야? 너도 함께하는 거야?"

나는 의아해하며 묻는다.

세브로가 코웃음을 친다.

"너를 찾아오느라 6개월 동안 토치 함선을 타야 했어. 트리톤에서 댄서가 나에게 진실을 보여 준 이후로는 3개월이 걸렸고. 내가 혼란스러웠냐고? 젠장, 제대로 혼란스러웠지. 하지만 그래도 나는 함선에 올랐어. 그리고 재고할 수 있는 기간이 3개월이나 주어졌지. 그럼에도 나는 여기에 있잖아. 그러니 내가 이 일에 전념할지 의심할 시기는 지났다고 봐. 어쨌든 내 골드 '교우들'은 내가 태어났던 순간부터 나를 죽이려고 했는걸."

그는 주위를 둘러본다. 우리가 잼필드를 설치하고 이 모든 것을 공유했음에도 불편해하는 것이다.

"나에게 잘 대해 줬던 사람들은 모두 그럴 이유가 없었던 사람들뿐이었어. 로우컬러들. 너. 이제 그 호의에 보답할 때가 왔다고 생각해."

"그럼 다른 애들은? 페블은, 클라운은?"

내가 격하게 묻는다.

세브로가 천천히, 터질 것 같은 무언가를 참아내며 말한다.

"내가 공유할 비밀은 아니잖아. 퀸은 이해해 줬을 거야. 다른 애들은 그런대로 따라올지도 모르지만, 시슬은 거부할 거야. 로크도 거부할 거고. 수백만 년이 지난대도 거부하겠지. 그들은 자신들의 종족을 너무 지나치게 사랑하고 있어. 그 키 크고 오만한 녀석은 어떻게 나올지 모르겠고."

"빅트라 말이지. 그럼 머스탱은?"

내가 묻자 세브로가 일어선다.

"연애 조언은 안 하겠어, 이 똥싸개야. 있잖아, 내가 혁명에 가담한다는 이유로 핑크로부터 마사지도 받으면 안 된다는 건 아니겠지? 그건 너무 별로인데."

나는 웃는다.

"나도 모르겠다. 솔직히 말해 나도 아직 알아내는 중이야."

"다 집어치워. 한번 받으러 가야겠어. 등이 우라지게 아파."

그가 웃음을 터뜨리자 삐뚤빼뚤한 이들이 모습을 드러낸다.

"느낌이 좋아. 그래서 이것이 옳다는 걸 확신할 수 있어, 리퍼. 이 모든 개똥같은 상황에도 불구하고, 여기가 느낌이 좋아."

그는 자신의 얄팍한 가슴을 두드린다.

"느낌이…… 어떻게 말하더라…… 아주 '우라지게' 좋아."

세브로와 작별인사를 하고 헤어지자 빅트라가 나를 찾는다.

"애시 로드의 개인 전용실이 네 차지래. 아우구스투스가 그 말을 전달하라며 나를 보냈어."

"아우구스투스가 나에게 가장 큰 방을 준다고?"

"네 함선이니, 네 전리품이라고 그가 말하더라고. 그가 얼마나 규칙에 대해 유별난지 너도 알잖아."

"네가 어디로 가야 그 방이 나오는지 알기를 바란다. 나는 벌써 길을 잃었어."

빅트라는 나에게 따라오라는 몸짓을 보인다. 우리는 말없이 걸으며 통로를 지난다. 나는 지친 상태지만 세브로가 나와 함께한다는 사실, 아레스가 여전히 나를 믿고 있다는 사실, 그리고 댄서가 아직 저 어딘가에서 살아 있다는 사실을 알게 된 것만으로도 충분히 기쁘다. 그것은 퀸이 죽어서 아픈 마음을 달래주는 연고다.

"내 가족이 대총독을 배신했다는 것은 알고 있겠지?"

그녀가 말한다.

"나도 들었어. 그래도 너는 여전히 우리 편이잖아."

"내가 말했던 것처럼, 나는 내가 하고 싶은 대로 행동해. 어머니는 안토니아에게 하듯이 나나 내 계좌를 통제하지 못해. 네가 이럴 때가 마음에 들어."

그녀는 옆에서 나를 바라보며 활짝 미소를 짓는다.

"이럴 때라고? 무슨 말이야?"

나는 웃을 수밖에 없다.

"나도 모르겠어. 넌 침착해 보여. 겪은 일에도 불구하고 편안해 보인다고."

"그리고 너는 유난히 상냥하게 군다."

"상냥이라? 참 진기한 허상이네. 하지만 내가 상냥함과는 거리가 멀다는 걸 우리 둘 다 알잖아."

우리는 내 전용실 문 앞에 도달할 때까지 말없이 걷는다. 나는 뒤를 힐끗 본다. 라그날이 통로에서 우리를 뒤따라오고 있다. 그의 몸에 감은 붕대들이 아니었다면 그를 전혀 발견하지 못했을 것이다. 나는 그에게 저리 가라는 손짓을 보낸다.

문 앞에서 나는 빅트라의 오만한 눈을 살핀다.

"내가 전용실로 가야 한다는 걸 전하라고 로우컬러에게 시켰어도 됐잖아."

"하지만 그랬다면 너를 못 봤겠지."

"그게 유일한 이유야?"

내가 묻자 빅트라는 짓궂게 미소를 짓는다.

"내 비밀을 지키는 게 낫겠어."

잠시 후, 그녀가 나를 올려다본다.

"하지만 네가 걱정되기는 해."

나는 눈을 굴린다.

"나를 걱정한다고? 무슨 꿍꿍이가 있는 거야, 빅트라?"

"아무것도 없어. 너는 정말 위선자야, 대로우."

그녀가 불쾌해하며 말한다.

"내가?"

"네가 뭔가를 원하고 있다며 택터스가 너를 의심해서 네가 준 바이올린을 버렸던 사건 기억나? 지금 네가 나를 똑같은 방식으로 취급하고 있어. 내가 루나의 정원에 있던 너를 찾아갔을 때와도 같고. 내가 네 친구고 너를 아끼고 있다는 걸 믿기가 그렇게 어렵니? 너는 나를 감정적으로 만들어. 나는 그게 싫어."

그녀가 코를 찡끗거린다.

"미안해. 너는 그냥……."

나는 이 키 큰 여성에게 좋게 의사전달을 해 보려고 애를 쓴다. 하지만 그렇게 할 수 있는 방법이 없다. 그러므로 나는 어깨를 으쓱한 후 말한다.

"네가 안토니아의 언니라는 사실을 알고 있으면서 그러기가 쉽지 않아. 그게 이 상황의 전말이야."

"하지만 나는 안토니아가 아니야."

"나도 그건 알……."

"정말 알아?"

빅트라는 손을 뻗더니 내 얼굴을 만진다. 그녀의 입술이 탐색하듯 벌어진다. 나는 스핏튜브를 통해 스스로를 발사시키기 전에 그 입술이 내 입술에 포개졌던 기분이 생각난다. 당시에는 그녀가 나에게 키스를 하도록 내버려 뒀다. 그녀가 차가운 여성일지라도 그녀의 마음속에는 나를 향한 무언가가 있다. 이오와는 다르고, 머스탱과도 다른 무언가가. 나는 그녀의 손으로부터 부드럽게 떨어지며 고개를 젓는다.

"너는 이상한 남자야."

빅트라가 부드럽게 한숨을 내쉬며 말한다. 마음속 깊이 상처받기 쉬워 보이던 그녀의 모습은 이제 모두 사라졌다. 그녀의 발톱이 돌아왔다. 내 반대편 담벼락에 등을 기댄 그녀는 무릎 한쪽을 구부린 후 부츠 하나를 담벼락 위에 올려놓으며 눈빛으로 나를 향해 웃고 있다. 이제야 내가 아는 빅트라가 나타났다.

"너는 여자를 사랑하지만 우리를 즐기지는 않아."

그녀의 입술이 살짝 벌어지면서 미소 주름이 자리를 잡는다. 내 눈은 그녀의 날씬한 목선, 날렵한 어깨에서 풍기는 힘, 그리고 솟아오른 그녀의 가슴을 훑을 수밖에 없다. 그녀의 눈은 불타는 듯이 나를 바라본다.

"즐길거리가 아주 많단다. 내 피부가 얼마나 부드러운지 알기나

하니?"

나는 캑 하며 웃는다.

"나를 놀리고 있군."

"언제나 그렇듯이."

빅트라는 모사꾼이다. 그것이 그녀의 방식이다. 하지만 잠시 동안 그녀는 약한 모습을 보였다. 그리고 그 모습을 보니…… 그 모습을 보니 모든 것이 달라진다. 나는 내가 아는 최선의 방법으로 우리 사이에 흐르는 성적 기류를 끊어 버린다.

"잘 자, 누나."

나는 그녀의 눈썹에 입을 맞춘 후 말한다.

"누나? 누나라고?"

그녀는 내가 떠나는 동안 기가 막힌다는 듯이 웃는다. 시간이 좀 걸렸지만 그녀는 나를 다시 부른다.

"내가 사악하다고 생각해서 그래?"

나는 다시 그녀를 돌아본다.

"사악하다고?"

"그래서 나를 한 번도 가지고 싶어 하지 않았던 거야?"

빅트라는 말을 멈추더니 나에게 할 말을 조심스럽게 고른다.

"왜냐하면 내가 너보다 못한 존재라고 생각해서?"

"왜 그런 생각이 든 건데?"

내가 부드럽게 묻는다.

빅트라는 어깨를 으쓱한 후 통로 주변을 살핀다. 이상할 정도로 머뭇거린다.

“나는 그런 식으로 하지 못…….”

그녀는 자신의 손을 비비꼬며 마땅한 말로 표현해 보려고 노력한다. 그녀는 손짓으로 자신을 가리킨다.

“이게 내가 생존하는 방식이야, 이해가 돼? 이게 우리 어머니가 나에게 가르쳐 준 방식이자 효과가 있는 방식이라고.”

“우리 뭔가 새로운 걸 시도해 보는 것은 어때?”

나는 그녀를 향해 다시 걸어가며 제안한다. 나는 손 하나를 내민다.

“안녕, 나는 대로우야. 소문과는 달리 유리를 먹지 않아. 음악과 춤추기를 사랑하고 신선한 과일을 매우 좋아해. 특히 딸기를 좋아하지.”

빅트라가 코웃음을 치며 웃는다.

“너무 바보 같잖아. 우리 자신을 다시 소개하자는 거야?”

“갑옷 없이. 그냥 두 사람끼리. 나 기다린다.”

나는 장난스럽게 말한다.

눈을 굴리며 빅트라도 한 발 앞으로 다가오며 통로 양쪽을 모두 살핀다. 그녀는 손을 내밀며 어린아이 같은 웃음이 나오려는 것을 참고 있다.

“빅트라야, 나는 비가 오기 전에 돌에서 나는 냄새가 좋아.”

그녀가 얼굴을 찌푸리자 양볼이 빨갛게 달아오른다.

“그리고…… 웃지 마. 나는 사실 금색을 무진장 싫어해. 초록색

이 내 외모와 더 잘 어울려."

잠을 잘 수가 없다. 뒤에 남기고 온 사람들의 시체가 나와 함께 어둠 속에서 떠다니고 있다. 나는 10여 차례를 깬다. 폭탄이 폭발하며 스치고 지나가는 빛, 휙 지나가는 칼날들이 꿈속을 찢어 갈긴다. 나는 이런 불면의 밤을 겪을 만하다. 그 사실을 알고 있다. 그리고 그로 인해 이런 밤들이 더더욱 힘들게 느껴진다.

일어서서 새 거처를 빠른 걸음으로 돌아다니며 광활한 공간을 탐색한다. 방 여섯 개. 작은 체육관이 하나. 큰 목욕탕 하나. 서재 하나. 이 모두가 위성을 불태워 버린 남자의 소유였다. 퓨리들의 아버지. 어떻게 이런 방에서 자겠나? 주머니에서 페가수스 펜던트를 꺼낸다. 그것이 라듐 폭탄이라는 것을 잊어 버릴 뻔했다.

함선의 통로들을 유령처럼 돌아다니다가 뒤를 쳐다본다. 라그날이 따라오고 있는지 궁금해서다. 나는 그에게 잠을 청하라고 말했다. 하지만 그의 감정 기복, 그의 생각 패턴, 그가 밤에 무엇을 하는지에 대해 내가 아는 바는 적다. 앞으로 배워 나아가야 할 부분이 많다.

어둑한 통로를 통과하며 오렌지 기술자들과 블루 시스템 조작자들을 지나친다. 금속 통로를 지나 밑에 위치한 함선의 내부, 즉 골드들이 절대 다니지 않는 곳으로 향하자 그들은 조용해지며 허리 숙여 인사한다. 천장이 더 낮다. 레드 일꾼들과 브라운 관리인들을 위한 곳이라는 의미다. 이 함선은 하나의 도시, 하나의 섬이다. 모든 컬러들이 여기에 있다. 나는 근무자 명단을 기억한다. 수천 가지 직종들. 수백만 가지의 움직이는 부분들. 나는 보수판을 살핀다. 이것을 가지고 일하는 오렌지가 이 판에 과부하가 걸리게 만든다면 어쩔까? 무슨 일이 벌어질까? 나는 모르겠다. 그것을 정말로 아는 골드들도 몇 안 될 것이라고 본다. 나는 그것을 기억해 둔다.

계속 전진한다. 배가 고파 식당으로 발길이 향한다. 내 방까지 쉽게 음식을 배달해 줄 것이다. 하지만 내 전용 하인들이 아직 정해지지 않은 상태다. 어째든 나는 서빙 받는 것을 정말 싫어한다. 식당에서 나는 나만큼이나 잠을 못 자는 사람이 긴 금속 식탁 앞에 앉아 있는 모습을 발견한다.

머스탱이다.

제24장

베이컨과 계란 요리

나는 머스탱의 맞은편으로 미끄러지듯 이동한다.

"잠이 안 와?"

내가 묻는다.

머스탱은 손을 쥔 채 손뼈로 자신의 머리를 툭툭 친다.

"여기 뭐가 시끌벅적하게 많아."

그녀는 고개로 부엌에서 냄비들이 달그락거리는 소리 쪽을 가리킨다.

"요리사가 신났어. 잔칫상을 차려 주려는 모양이야. 나는 그냥 베이컨과 계란 요리만 먹고 싶다고 말했는데. 내가 한 말은 다 귓등으로 흘린 게 분명해. 그가 꿩 요리 어쩌고 저쩌고 중얼거렸거든. 그는 말할 때 지구 태생 억양을 쓰더라고. 알아듣기가 힘들어."

잠시 후, 브라운 요리사가 부엌에서 우당탕거리며 나온다. 그가 든 쟁반에는 베이컨과 계란 요리뿐만 아니라 호박 와플, 절인 햄, 치즈, 소시지, 과일들, 그리고 열댓 가지 다른 요리들을 담고 있다. 하지만 꿩 요리는 없다. 그가 나를 발견하자 그의 눈이 와플만 해진다. 그는 무슨 이유에서인지 사과를 하더니 쟁반을 내려놓고 사라진다. 그러더니 잠시 후 더 많은 음식을 들고 나타난다.

"우리가 얼마큼이나 먹는다고 생각하는 건가?"

내가 그에게 묻는다.

요리사는 단지 나를 멍하게 쳐다보기만 한다.

"고마워."

머스탱이 말한다. 그가 뭔가 들리지 않는 소리를 지껄이더니 허리 숙여 인사하며 뒤로 물러선다.

"애시 로드는 우리와 사뭇 달랐던 모양이야."

내가 말한다. 머스탱은 과일을 내 쪽으로 밀어 준다.

"너는 베이컨을 싫어하는 줄 알았는데."

내 말에 머스탱은 어깨를 으쓱한다.

"루나에 있었을 때 매일 아침마다 먹었어. 베이컨을 볼 때마다 네 생각이 나더라고."

그녀가 섬세하게 와플에 버터를 바르며 내 시선을 피한다.

"너는 왜 잠을 못 자는 건데?"

"별로 잠이 잘 드는 편이 아니야."

"언제나 그랬지. 네 배에 구멍이 뚫렸을 때를 제외한다면. 그때는 아기처럼 잘 잤었는데.”

내가 웃는다.

“혼수상태는 제외해야 하는 것 아니야?”

꼭 다뤄야 하는 주제들만은 피하며 우리는 함께 이런저런 담소를 나눈다. 순수하고 조용히. 마치 같은 불꽃 주위로 춤추는 두 마리의 나방처럼.

“아무리 스타 함선이라고는 하지만 침대들의 이렇게 크다는 게 신기해. 내 건 어마무시해. 사실, 너무 크지.”

머스탱이 말한다.

“드디어! 내 의견에 동의해 주는 사람을 만났네. 나는 바닥에서 자는 경우가 태반이야.”

내 말에 그녀가 고개를 절레절레 흔든다.

“너도 그래? 어떤 때 나는 소리가 들려오는 것 같으면 옷장 안에서 잘 때도 있어. 누군가가 나를 잡으러 오는 거면 그 안은 확인하지 않을 거라고 생각하면서.”

“나도 그런 적 있어. 정말 도움이 되긴 하더라고.”

“옵시디언 가족 전체가 다 들어갈 정도로 옷장이 큰 경우를 제외한다면. 그럴 때에는 똑같이 심란하더라고.”

그녀가 갑자기 인상을 찌푸린다.

“옵시디언들은 서로 껴안나 궁금하네.”

“안 해.”

머스탱이 눈썹을 들어올린다.

"그것도 알아본 거야?"

나는 한 줌의 딸기를 해치워 버린다. 머스탱이 내 식탁 예절을 보며 인상을 쓰자 나는 어깨를 으쓱한다.

"옵시디언들은 세 가지 종류의 접촉이 존재한다고 믿어. 봄의 접촉, 여름의 접촉, 겨울의 접촉이지. 옵시디언들이 무기를 들고 아이언 조상들에 대항하며 봉기했던 '어둠의 반란' 이후, 품질 통제 위원회에서는 그 컬러 전체를 없애 버릴지 논의했어. 그들이 옵시디언들에게 종교를 주고 과학 기술을 가져간 건 너도 알잖아. 하지만 그들이 가장 없애 버리고 싶어 했던 것은 당시의 옵시디언들이 가지고 있던 엄청난 연대감이었어. 그래서 그들은 옵시디언 부족들의 샤먼을 돈으로 매수한 후 그에게 거짓말을 시켰지. 접촉을 금기한다고. 접촉은 영혼을 쇠약하게 만든다고. 그래서 이제 옵시디언들은 잠자리 중에 서로와 접촉해. 또 서로의 죽음을 막기 위해 접촉해. 그리고 서로를 죽이기 위해 접촉해. 서로 껴안지는 않지."

머스탱이 약간의 조소를 지으며 나를 바라보고 있다.

"하지만 그건 너도 다 알고 있는 내용이지?"

"응."

머스탱이 미소를 짓는다.

"하지만 가끔씩은 그 많은 생각들이 네 머릿속에서 돌고 있다는 것을 확인하는 게 좋네."

"아."

나는 나와 눈을 마주치려는 그녀의 시선을 피한다.

"네가 얼굴을 붉힐 줄도 안다는 걸 잊고 있었네!"

그녀가 나를 잠시 쳐다본다. 그녀는 소시지 하나를 섬세하게 자른다.

"너는 아마 몰랐겠지만 루나에 대한 내 논문들 중 하나는 품질 통제 위원회에서 사용한 사회학적 조작 정리들의 잘못을 집중 조명한 거야. 나는 그들이 근시안적이라고 판단했어. 예를 들어, 핑크 족속을 화학적으로 성 불모화시키니 '정원'에서의 자살률이 비극적으로 높아졌잖아."

'비극적으로.' 대부분의 사람들은 '비효율적'이라는 표현을 썼을 것이다.

"계층을 유지시키는 법의 강도가 너무 엄격해서 언젠가는 부러질 거야. 지금으로부터 50년? 100년? 누가 알겠어? 우리가 연구한 사례들 중 골드 여자가 옵시디언과 사랑에 빠졌던 경우가 있었어. 그들은 암시장 조각가를 찾아가 그의 정자가 그녀의 난자와 교배 적합해지도록 생식기를 변이시켰대. 그들은 발각돼서 둘 다 처형당했고 조각가는 살해됐어. 하지만 이런 일들은 수백 번, 수천 번이나 있어 왔어. 그들은 그냥 기록상에서 지워졌을 뿐이야."

"끔찍하네."

"그리고 아름답지."

"아름답다고?"

내가 역겨워하며 묻는다.

"이런 내용에 접근 권한을 갖고 있는 몇 안 되는 골드들을 제외하고는 이들을 아무도 몰라. 인간의 혼이 자유를 찾아 떠나려는 거야. 다시, 그리고 또 다시. '어둠의 반란'에서처럼 증오심으로 움직이는 게 아니라 사랑을 위해 움직이는 거라고. 그들은 서로를 따라하는 게 아니야. 이전 사람들로부터 영감을 받는 것도 아니고. 각자 자신이 처음이라고 생각하며 도약하는 거야. 그것이 용기야. 그리고 그것이 곧 사람으로서 우리의 일부라는 의미이기도 하지."

용기라. 그녀는 그런 사람들 중 한 명이 자신의 맞은편에 앉아 있다는 것을 알았더라도 그렇게 얘기했을까? 그녀는 하모니가 언급했던 이상론의 세계에서 살고 있는 것일까? 아니면 정말 그녀가 이런 것을 이해해 줄 수…….

머스탱이 말을 이어간다.

"그러니 나는 궁금한 거야. 아레스의 아들들과 같은 무리가 그 기록들을 발견하고 방송하기까지 얼마나 오래 걸릴지. 그들은 페르세포네도 그렇게 방송했잖아. 노래를 불렀던 그 소녀. 이건 시간의 문제일 뿐이야."

그녀가 멈칫한다. 내가 이오의 얘기에 무의식적으로 반응해 버리자 그녀는 눈살을 찌푸린다.

"무슨 문제 있어?"

나는 그녀에게 내가 무슨 생각을 하고 있는지 말할 수 없다. 그러니 나는 거짓말을 한다.

"논문들. 사회학. 너와 나는 매우 다른 분야를 전공했네. 루나에서의 네 삶이 어떨까 항상 궁금했었는데."

머스탱이 나를 장난스럽게 눈여겨본다.

"오? 내 생각을 했단 말이야?"

"어쩌면."

"낮에, 밤에? 머스탱이 무슨 옷을 입고 있을까? 그 애는 무슨 꿈을 꾸고 있을까? 어떤 남자와 키스하고 있을……?"

그녀는 마지막 말을 하면서 움찔한다.

"대로우, 해명할 게 있어."

"그럴 필요 없어."

내가 그녀를 향해 손사래를 치며 말한다.

"나와 카시우스와의 있었던 그 일은……."

"머스탱, 너는 나에게 아무것도 빚진 게 없어. 너는 내 소유가 아니었어. 지금도 내 소유가 아니야. 너에게는 네가 하고 싶은 것을 하고 싶은 때에 하고 싶을 사람과 함께할 권리가 있어."

나는 말을 멈춘다.

"그놈이 지독한 멍청이라고 생각하기는 하지만."

머스탱이 코를 킁킁거리며 웃는다. 유머는 빨리 찾아온 만큼 빨리 사라진다. 그녀의 눈빛에, 그녀의 반쯤 열린 입에 아픔이 서려 있다. 그녀의 하릴없는 나이프와 포크가 잊힌 접시 위를 맴돌고 있다. 그녀는 내려다보며 고개를 젓는다.

"나는 상황이 다르기를 바랐어. 너도 알잖아."

그녀가 중얼거린다.

"머스탱……."

나는 내 손을 그녀의 손목에 올려놓는다. 그녀의 강단에도 불구하고 내 딱딱한 손 안에서 그 손은 유약하다. 내가 깊은 광산 속에서 붙잡았던 다른 소녀의 손목만큼이나 여리하다. 그 소녀를 도와주지 못했다. 그리고 이제 나는 이 여성도 도와주지 못할 것 같은 기분이 든다. 내 손이 만들고 보듬기 위해 타고난 존재였다면…… 그랬다면 나는 무슨 말을 해야 할지, 무엇을 해야 할지 알았을 것이다. 다시 태어난다면 그런 남자가 될 수 있을지도 모르겠다. 이번 생에서는 내 말솜씨는 손만큼이나 어설프다. 그것들이 할 수 있는 일이라고는 상처를 주고, 깨부수는 일뿐이다.

"네가 어떤 기분인지 알 것 같아……."

머스탱이 나에게서 거칠게 밀친다.

"내가 어떤 기분일지 안다고?"

"나는 그런 뜻으로……."

소리가 나자 나는 말을 멈춘다.

우리가 뒤를 돌아보자 요리사가 또 다른 쟁반을 들고 어색하게 서 있다. 그는 뒤꿈치를 들고 살금살금 앞으로 다가온 후 그것을 내려놓은 다음 부자연스럽게 뒤로 물러서며 방을 빠져나간다.

머스탱은 얼굴 위로 흘러내린 머리카락들 사이로 맹렬히 나를 올려다본다.

"대로우, 입 닥치고 들어봐. 내가 어떤 기분인지 알고 싶다고? 다 내뱉어 줄게. 평생토록 나는 무엇보다도 내 가족을 우선시해야 한다고 배웠어.

기관에서 내 오빠와 있었던 일…… 내가 그를 너에게 넘겼을 때, 그 행위는 내가 자라면서 배웠던 모든 행동 가치에 반하는 것이었어. 하지만 나는 네가…….”

그녀가 한숨을 깊이 들이마시는데 그 마지막 숨결이 흔들린다.

“내 충성심을 바칠 만한 사람이라고 생각했어. 그리고 그 순간에는 너에게 충성을 바치는 것이 나를 위해 손가락도 한 번 까딱 안 해 본 아드리우스에게 바치는 것보다 훨씬 더 값질 것이라고 생각했어. 나는 그것이 옳은 일이라는 것을 알았어. 하지만 그것은 우리 아버지에게, 아버지께서 내게 가르치신 모든 것에 반하는 행위였어. 그게 무슨 의미인지 알기나 해? 아버지께서는 다른 사람들이 막대기를 부러뜨리는 것만큼 쉽게 다른 가문들을 망가뜨리셨어. 상상을 초월할 정도의 힘을 갖고 계시고. 그리고 무엇보다도 아버지께서는 나에게 말을 타는 방법을, 군사적 역사물뿐만 아니라 시를 읽는 방법을 가르쳐 주신 분이셔. 넘어졌을 때 내 스스로의 힘으로 일어설 수 있도록 기다려 주시며 옆에 서 계셨던 분. 우리 어머니께서 세상을 떠난 후 3년간 내 얼굴을 쳐다보지도 못하시는 분. 내가 너를 위해 부정한 사람이 그런 사람이야.”

그녀는 자신의 말을 정정한다.

“너를 위해서는 아니다. 다르게 살기 위해, 더 많은 것을 위해 살려고 그런 거지. 자긍심 이상의 것을 위해.

기관에서 너와 나는 규칙을 깨기로 했어. 끔찍한 곳에서 괜찮은 사람들이 되자고. 그래서 우리는 노예 대신 충직한 친구들로 구성된 부대를 만들었어. 우리는 더 나은 선택을 한 거라고. 그런 후 네가 우리 아버지가 부리는 살인자들 중 한 명이 되기 위해 떠나면서 내 얼굴에 침을 뱉은 거야."

그녀는 허공에 손가락 하나를 쳐든다.

"아니. 말하지 마. 내가 말을 멈춘다고 해서 네가 말할 차례가 온 게 아니야."

머스탱은 생각을 정리하고 접시를 밀어내며 시간을 갖는다.

"자. 내가 길을 잃은 기분이 들었다는 건 너도 이해하겠지. 첫째, 내가 네 안에서 특별한 누군가를 발견했다고 생각했기 때문에. 둘째, 우리가 올림푸스를 지배할 수 있게 만들어 준 아이디어를 네가 버린 것처럼 느껴졌기 때문에. 내가 약했고, 외로웠다는 것을 고려해 둬. 그리고 어쩌면 내가 마음에 상처를 입었고 내 아픔을 털어 버리려고 하다 보니 카시우스의 침대에 눕게 됐을지도 모른다고. 그게 상상이 돼? 대답하기를 허락할게."

나는 의자 쿠션에 앉아 꿈틀거린다.

"어쩌면."

"좋아. 이제 그 생각들을 네 똥구멍에나 쑤셔 버려."

그녀의 입술이 딱딱하게 일자를 이룬다.

"내가 무슨 레이스나 입는 창녀는 아니잖아. 나는 천재야. 이것은 사실이기 때문에 말하는 거야. 나는 네가 만난 그 어떤 사람보다도 똑똑해. 어쩌면 내 쌍둥이는 제외해야겠다. 내 마음이 내 머리를 바보로 만들지는 않아. 내가 카시우스와 관계를 갖고자 했던 이유는 자신의 설득에 넘어간 내가 아버지로부터 등을 돌렸다고 군주가 믿게끔 했던 이유와 같아. 우리 가족을 보호하기 위해서였어."

그녀는 자신의 음식을 내려다본다.

"나는 언제나 사람들을 조종할 수 있었어. 남자들이건 여자들이건 상관이 없었지. 카시우스는 걸어 다니는 상처투성이였어, 대로우. 네가 줄리언을 죽인 지 2년이나 지났음에도 불구하고 여전히 아픔이 생생했고 피투성이였지. 그를 본 순간 내게는 그 사실이 보였어. 그리고 나는 그가 나를 사랑하게끔 만들 수 있으리라는 걸 알았지. 나는 그를 위해 그의 말을 들어 줄 사람이, 그의 허한 마음을 채워 줄 사람이 돼 줬어."

머스탱의 말투에서 풍기던 단호함이 흐려진다. 그녀는 시작한 이야기에서 벗어나고 싶어 하듯 주위를 두리번거린다. 그녀가 이 이야기를 멈춘다면 내 마음은 더 좋을 것이다.

"나는 그가 나 없이는 살 수 없다고 생각하게끔 만들었어. 그것만이 남아 있는 내 가문 사람들의 안전을 보장해 주리라는 걸 알고 있었으니까. 나는 그것이 이 게임에서 내가 휘두를 수 있는 가장 좋은 무기라는 걸 알고 있었어. 그럼에도…… 내 자신이 너무 차갑게 느껴지더라고. 너무 끔찍하게. 내가 오디세우스를 유혹하는 잔인한 마녀인 것처럼 그가 사랑에 빠지게 만든 후 내 자신의 이기적인 목적을 위해 그를 붙잡고 있는 것 같았어. 그것이 너무나 타당하게 느껴졌지. 그리고 그가 나를 껴안았을 때에는 익사하는 기분이 들었어. 길을 잃고 내 모든 업보의 무게 밑에서 질식하듯이, 앞으로의 여생은 내가 사랑하지 않는 사람과 함께해야 한다는 사실에 질식하듯이.

그럼에도 불구하고 그것은 가족을 위한 일이었어. 내가 사랑하는 사람들을 위한 일이었어. 그들이 내 사랑을 받을 자격이 없더라도. 많은 이들은 그보다 더한 것도 희생했었어. 그 정도는 나도 희생할 수 있었지."

그녀가 고개를 젓는다. 그녀의 눈가에도 나처럼 눈물이 고인다. 그 눈물은 그녀가 입을 여는 순간 떨어진다.

"그런데 네가 갈라파티에 입장했어. 그리고…… 그리고, 그러자 마치 땅이 나를 삼켜 버리려고 갈라져 벌어지는 기분이 들었어. 내가 가짜처럼 느껴졌어. 뭔가 바보 같은 짓을 하기 위한 이유를 억지로 생각해 낸 사악한 소녀가 된 기분."

그녀는 눈물을 닦으려고 시도한다.

"내가 왜 그런 짓을 했는지 모르겠어? 나는 네가 죽기를 바라지 않았어. 지금도 죽지 않았으면 좋겠어. 클라우디우스 오빠나 팍스처럼 되지 않기를 바랐어. 그런 일이 벌어지는 것을 막을 수 있다면 뭐든 했을 거야."

"내가 그것을 막을 수 있어."

"너는 무적이 아니야, 대로우. 네 자신이 그렇다고 생각할 뿐이지. 하지만 어느 날 너도 네가 생각하는 것만큼 강하지 않다는 것을 발견하게 될 것이고 나는 혼자가 될 거야."

그녀는 속에 싸매고 있던 모든 이야기들을 풀어 버리면서 조용해진다. 그녀는 흐느끼지 않는다. 하지만 눈물은 흐른다. 그녀는 그런 모습을 보이는 것을 수치스럽게 여길 타입의 여성이다.

그런 그녀를 보니 내 마음이 무너진다.

"너는 사악하지 않아."

나는 그녀의 손을 쥐며 말한다.

"너는 잔인하지 않아."

그녀는 고개를 저으며 나로부터 떨어지려고 한다. 나는 오른손의 손가락들로 그녀의 턱을 잡는다. 그리고 그녀의 고개를 돌려 그녀의 눈이 내 눈과 마주치며 고항을 찾게 만든다.

"그리고 네가 사랑하는 사람들을 위해 하는 행동들은 비판할 수 없는 거야. 알겠어?"

나는 목소리를 깐다.

"알겠냐고."

그녀가 고개를 끄덕인다.

이런 식이 아니어야 했다. 골드들은 모든 것을 가졌다. 그럼에도 그들은 자신들로부터도 희생을 요구한다. 이곳은 역겹다. 이 제국은 망가졌다. 그 땅을 가는 가난한 자들을 허겁지겁 먹어치우듯 그 왕과 왕비들도 먹어치운다. 하지만 내가 묻은 소녀를 가져갔듯이 여자도 가져갈 수는 없을 것이다. 나는 그것이 그녀를 집어삼키도록 내버려두지 않을 것이다. 그것이 라이코스에 있는 우리 가족들도 집어삼키도록 내버려두지 않을 것이다. 나는 그것을 무너뜨릴 것이다. 그것이 마지막에 나를 잡아 갈지라도.

나는 엄지로 머스탱의 얼굴에 흐르는 눈물을 닦아 준다. 그녀는 그녀의 종족과 다르다. 그리고 그녀가 그들처럼 행동하려고 할 때면 그로 인해 그녀의 마음이 심지까지 깨진다. 그녀를 보며 나는 내가 잘못 생각했다는 것을 깨닫는다. 그녀는 나를 방해하는 존재가 아니다. 그녀는 내가 임무를 타협하게 만들지 않는다. 그녀가 그 모든 것의 핵심이다. 그럼에도 불구하고 나는 그녀에게 키스를 할 수 없다. 내가 이 제국을 무너뜨리기 위해 그녀의 마음에 상처를 남겨야 하는 이 판국에는 안 된다. 그것은 공평하지 못한 행동이다. 나는 그녀를 사랑하게 됐지만 그녀는 내 거짓말들을 사랑하고 있다.

"그 사람을 믿으면 안 돼."

머스탱이 빠르게 말한다.

"누구?"

나는 그녀의 갑작스러운 말에 당황하며 묻는다.

"내 쌍둥이 오빠."

그녀는 마치 그가 이 방 구석에 앉아 있는 것처럼 속삭인다.

"오빠는 너 같은 사람이 아니야. 뭔가 다른 존재야. 오빠가 우리 같은 사람들을 볼 때면, 오빠는 뼈와 살로 된 부대자루들을 보고 있다고 생각해. 오빠한테 있어서 우리는 실제로 존재하지 않아."

그녀는 내 손을 잡고 나는 인상을 찌푸린다.

"대로우, 내 말 들어. 오빤 사람들이 어떻게 이야기로 표현해야 할지 모르는 괴물이야. 너는 오빠를 믿어서는 안 돼."

그녀가 말하는 방식을 보니 그녀도 우리의 동맹에 대해 알고 있는 것이 틀림없다.

"나는 그를 믿지 않아. 하지만 그가 필요해."

"우리는 오빠 없이도 이 전쟁을 이길 수 있어."

"아까는 내가 충분히 강하지 않다며."

그녀가 미소를 지으며 대꾸한다.

"강하지 않지. 혼자서는 말이야."

그녀가 특유의 한쪽으로 기울어진 미소를 보인다.

"너에게는 내가 필요해."

이것이 그렇게 단순한 일이었다면 얼마나 좋을까.

그로부터 얼마 안 지나 머스탱과 헤어지고 내 방으로 돌아온다. 통로는 조용하다. 어떤 금속 왕국에서 그늘이 지나가는 듯한 기분이 든다. 그녀의 도움을 어떻게 받아들여야 할지 모르겠다. 또 그녀를 어떻게 다뤄야 할지도 모르겠다. 그녀가 카시우스와 함께 있는 모습을 봤을 때 그녀에게 절대 밝힐 수 없을 정도 그 이상으로 마음이 아팠다. 그리고 내 일부는 그 관계 전체가 다 교묘히 조종한 결과는 아닐 것이라는 사실도 알고 있다. 카시우스는 한 번도 괴물인 적이 없었다. 그리고 그가 괴물로 변하는 날이 도래한다면 그것은 내 탓일 것이다.

스위트룸으로 이어지는 문이 쌕 소리를 내며 열린다. 어깨에 손 하나가 올라온다. 내가 돌아보니 라그날의 가슴팍이 보인다. 나는 그의 기척도 못 들었다.

"누군가가 안에서 숨을 쉬고 있습니다."

"아마 시오도라일 테지. 그녀는 내 핑크 수발하녀야. 너도 그녀를 좋아하게 될걸."

"골드의 숨소리입니다."

나는 고개를 끄덕인다. 라그날이 그것을 어떻게 아는지 묻지 않는다. 그리고 팔에서 레이저를 꺼낸다. 문을 통과하는 사이에 레이저는 검의 형태로 속삭이는 소리를 내며 변한다. 불이 부드럽게 켜져 있다. 나는 라그날과 함께 스위트룸의 방들을 수색하다 자칼이 셰리주 한 잔을 들고 라운지에 앉아 있는 모습을 발견한다. 그가 우리의 무기들을 보며 낄낄 웃는다.

"나도 인정할게. 내가 좀 위협적이지."

자칼은 목욕 가운 차림에 슬리퍼를 신고 있다.

나는 라그날을 보낸다. 그렇게 상처 입은 상태니 그는 쉬어야 마땅하다. 마지못해 그는 터덜터덜 걸어 나간다.

"이 함선에서는 아무도 잠을 자지 않는 것 같네. 우리 협의안을 조금은 수정해야겠지."

나는 자칼 옆의 소파에 앉으며 말한다.

자칼은 술을 한 모금 빨아들인 후 탄식한다.

"너는 절제된 표현을 좋아하는군, 그렇지? 난 내가 그 지랄 같은 석호에서 익사할 줄 알았어. 언제나 내 죽음은 뭔가 위대할 것이라고 생각했는데. 태양을 향해 발사되거나, 정치적 라이벌에 의해 참수당하거나. 그런데 그 순간이 찾아오자……."

그는 몸서리를 치며 너무나 연약한 아이 같은 모습을 보인다.

"그것은 그냥 무성의한 차가움이었어. 마치 그 광산에서처럼 기관의 바위들이 내 주위로 모두 다시 떨어지는 기분이었지."

자칼의 말은 맞다. 죽음에는 따뜻함이 없다. 나는 카시우스가 나를 찌른 후 죽을 것이라고 생각했을 때 애처럼 울었다.

"완연히 이 일로 우리의 전략은 바뀌어야 해. 하지만 우리의 동맹도 바꿀 필요는 없다고 생각해."

내가 동의한다.

"나도 마찬가지야. 우리는 더욱더 너의 스파이들을 필요로 할 거야. 플라이니는 내 상승가도를 가볍게 받아들이지 않을 테지. 그리고 너는 여기, 네 아버지의 조정에서 빼도 박도 못하는 상태고. 정치인들은 우리 둘을 모두 제거하려고 시도할 거야."

나는 아레스의 아들들에 대한 언급은 안 한다. 내가 추측했던 대로 그들은 내가 그 와인 잔을 카시우스의 무르팍에 쏟자마자 모두의 기억 속에서 잊힌 상태다.

"플라이니는 제거해야겠지. 하지만 너와 나는 사회적 거리를 유지해서 그가 자신을 향한 위협 존재들이 힘을 합쳤다는 것을 모르게 해야 해. 그가 우리의 개인적 재원들을 잘못 가늠하고 있게 두는 것이 나아."

“그리고 그렇게 해야 텔레마누스 부자도 나와 계속 말을 할 테고 말이지.”

내가 말한다.

“맞아. 그들은 진심으로 내가 죽기를 바라니까.”

“마땅히 그럴 만도 하지.”

“그들이 못마땅한 게 아니야. 그냥 좀 많이 불편할 뿐이지.”

자칼이 그의 주머니에서 홀로캠 하나를 꺼내 나에게 준다.

“싱크로 해 뒀어. 난 내 함선들에 연락을 취해서 나를 마중 나오라 할 거야. 그리고 아마도 너는 여기 새 전리품과 함께 남겠지. 셔틀들이 왔다 갔다 하게 만드는 것도 별로야.”

나는 자칼에게 레토에 대해 물어보고 싶다. 왜 그를 죽였는지. 하지만 악마에게 그의 힘을 간파하고 있다는 것을 보일 필요는 없지 않은가? 그렇게 하면 그가 나를 위협적인 존재로 여기게 만들 뿐이다. 그리고 나는 그가 위협적인 존재들을 어떻게 처리하는지 본 바가 있다. 그냥 모르는 척하고 내가 언제나 유용하게끔 행동하는 것이 낫다.

나는 입을 연다.

“전쟁은 우리에게 더 많은 기회들을 제공하지. 그것이 얼마나 멀리까지 퍼져 나아가기를 우리가 바라는지에 따라 다르겠지만…….”

“네가 무슨 말을 하고 있는지 감이 오는데.”

“다른 모든 사람들은 불꽃을 꺼 버리고 갖고 있는 것을 유지하려고 할 거야. 특히 플라이니와 네 여동생이."

"그럼 우리가 그들보다 더 교묘하게 행동해야겠네."

"네 여동생은 다치지 않을 것. 우리 협의안 중 그 부분은 불변이야."

"걔가 다치는 일이 생긴다면 그것은 내가 아니라 너로 인한 걸 거야."

그의 말이 맞을지도 모르겠다.

"하지만 나도 너와 같은 선상에 있어. 불꽃에 부채질을 할 것. 전쟁을 퍼뜨릴 것. 전쟁을 이길 것. 전리품을 챙길 것."

"어떻게 해야 할지 생각해 놓은 게 있어. 네 네트워크를 통해 가니메데 도킹장에 대한 정보를 얻을 수 있을까?"

〈2권에서 계속〉

옮긴이 | 이윤진

원광대학교 한의학과 졸업, 영미 문학을 너무나 사랑하는 번역가이자 한의사. 지난 20년간 영미 문학을 손에서 뗀 적이 없다. 문학 번역에서 가장 중요한 것은 작가의 의도와 분위기를 그대로 번역하여 재현하는 것이라고 생각하기에, 항상 이에 대해 가장 신경을 많이 쓰며 독자가 즐겁고 생생하게 그 문학 작품을 읽을 수 있게 번역하는 것을 추구하고 있다. 『천국 주식회사』, 『푸른 수염의 다섯 번째 아내』, 『지상의 마지막 여친』, 『골든 선』 등을 번역했으며 『Pandemic Survival』, 『Morning Star』가 출간 예정이다. 또한 『평화의 소녀상』을 영어로 번역하기도 했다.

골든 선 1

1판 1쇄 찍음 2016년 10월 21일
1판 1쇄 펴냄 2016년 10월 28일

지은이 | 피어스 브라운
옮긴이 | 이윤진
발행인 | 김세희
편집인 | 김준혁
책임편집 | 최고운
펴낸곳 | 황금가지

출판등록 | 2009. 10. 8 (제2009-000273호)
주소 | 06027 서울 강남구 도산대로 1길 62 강남출판문화센터 5층
전화 | **영업부** 515-2000 **편집부** 3446-8774 **팩시밀리** 515-2007
홈페이지 | www.goldenbough.co.kr

도서 파본 등의 이유로 반송이 필요할 경우에는 구매처에서 교환하시고
출판사 교환이 필요할 경우에는 아래 주소로 반송 사유를 적어 도서와 함께 보내주세요.
06027 서울 강남구 도산대로 1길 62 강남출판문화센터 6층 민음인 마케팅부

ISBN 979-11-5888-179-5
ISBN 979-11-5888-181-8 04840 (set)

㈜민음인은 민음사 출판 그룹의 자회사입니다.
황금가지는 ㈜민음인의 픽션 전문 출간 브랜드입니다.